FRAUKE SCHUSTER

Watzmanns Erben

SAGENHAFT Vor über zwanzig Jahren hat Paul Leonberger der Stadt seiner Kindheit erbittert den Rücken gekehrt. Nun kommt er als erfolgreicher Journalist nach Bad Reichenhall zurück und hofft, die Gespenster seiner Vergangenheit endgültig begraben zu können. Doch dann findet ausgerechnet Paul die unbekleidete Leiche einer jungen Frau am Saalachwehr und wird, wie schon als Siebzehnjähriger, des Mordes verdächtigt. Als auch noch die Schwester der Ermordeten ungefragt bei ihm einzieht, vermischen sich in Pauls Gehirn Vergangenheit und Gegenwart in alptraumhafter Weise. Erst allmählich entwickelt sich zwischen dem kratzbürstigen Journalisten und der jungen Trinkerin eine vorsichtige Freundschaft. Doch dann gibt es einen weiteren Toten. Um sich selbst zu entlasten, versucht Paul zu ermitteln. Und seine Suche nach dem grausamen Mörder führt ihn in die Einsamkeit der Berge: dahin, wo einst der sagenhafte König Watzmann sein brutales Regime ausübte.

 *Frauke Schuster, Jahrgang 1958, verbrachte einen Großteil ihrer Kindheit in Ägypten, wo sie eine deutsch-arabische Begegnungsschule besuchte. Zurück in Deutschland studierte sie Chemie an der Universität Regensburg und arbeitete anschließend mehrere Jahre für eine Chemie-Fachzeitschrift. Neben der Liebe zum Orient und den Naturwissenschaften spielt die Schriftstellerei eine Hauptrolle in ihrem Leben. Frauke Schuster schreibt Kriminalromane sowie Kurzgeschichten auf Deutsch und Englisch. Die Autorin lebt mit ihrem Mann und einer Unzahl Bücherregale in einem kleinen Ort in Südbayern. In ihrer Freizeit liebt sie es zu reisen und wandert u.a. gern im Berchtesgadener Land.*

FRAUKE SCHUSTER

Watzmanns Erben

KRIMINALROMAN

Immer informiert

Spannung pur – mit unserem Newsletter informieren wir Sie regelmäßig über Wissenswertes aus unserer Bücherwelt.

Gefällt mir!

Facebook: @Gmeiner.Verlag
Instagram: @gmeinerverlag

Besuchen Sie uns im Internet:
www.gmeiner-verlag.de

© 2017 – Gmeiner-Verlag GmbH
Im Ehnried 5, 88605 Meßkirch
Telefon 0 75 75 / 20 95 - 0
info@gmeiner-verlag.de
Alle Rechte vorbehalten
4. Auflage 2024

Lektorat: Claudia Senghaas, Kirchardt
Herstellung: Julia Franze
Umschlaggestaltung: U.O.R.G. Lutz Eberle, Stuttgart
unter Verwendung eines Fotos von: © Luke-SX / photocase.de
Druck: Custom Printing Warschau
Printed in Poland
ISBN 978-3-8392-2051-1

PROLOG

Der Junge lehnte am Stamm einer hohen Fichte und blickte hinab ins Tal, ohne es bewusst zu sehen. Im Lauf seines 20-jährigen Lebens hatte er etliches einstecken müssen, sich aber nie zuvor derart mies gefühlt, derart wertlos. Und das Schlimmste war, dass ihm niemand aus dieser Situation heraushelfen würde. Heraushelfen konnte. Gab es überhaupt noch eine Chance für ihn nach allem, was geschehen war? Mutlos rieb er sich über die Stirn, setzte sich auf einen Felsblock.

Obwohl er selten in die Berge ging, empfand er die Stille als beruhigend, und nach einer Weile regte sich trotz allem ein Funke Hoffnung. Sicher, er hatte viele Chancen leichtfertig vertan, nie kapiert, wie wertvoll sie waren. Aber vielleicht hatte es diesen Schock gebraucht, damit er endlich eine davon ergriff? Falls man ihm noch eine gewährte, eine allerletzte ... Er schwor sich, diesmal würde sich alles ändern. Sein Leben würde sich ändern. Nein, *er* würde es ändern. Verantwortung übernehmen. Die Vergangenheit hinter sich lassen. Für immer.

Er bückte sich nach der bereitliegenden Flasche, verschloss sie mit einem Stopfen aus Moos und Blättern. Mit Hilfe eines Aststücks grub er ein Loch in den lockeren Boden, bettete den gläsernen Behälter behutsam hinein und schob mit dem Schuh Erde und Reisig darüber, als verstecke er einen Schatz fürs Geocaching. Eine Ära ging zu Ende. Musste zu Ende gehen, selbst wenn damit schmerzliche Abschiede verbunden waren.

Als er die Erde festtrat, beschloss der Junge, als Symbol für den neuen Weg seines Lebens auch für den Abstieg ins

Tal einen ihm bis dahin unbekannten Pfad zu wählen. Verlaufen konnte er sich kaum, schließlich musste er im Prinzip einfach immerzu abwärts gehen.

Eine halbe Stunde später erschienen wie von Geisterhand gewebt erste Nebelschwaden zwischen den Bäumen. Der Junge fröstelte in seinem rot karierten Flanellhemd. Warum hatte er keinen Pullover mitgenommen, keine Jacke? Jeder Depp, selbst der dämlichste Tourist wusste, dass das Wetter in den bayrischen Bergen unberechenbar war. Sein Leichtsinn gehörte zu jener Vergangenheit, die der Junge abzustreifen gedachte. Und der Nebel wurde unbarmherzig dichter, dämpfte sämtliche Geräusche.

Irgendwann wurde dem Jungen klar, dass er sich doch verirrt hatte. Egal, sagte er sich trotzig, es war Juli, nicht die Jahreszeit, in der man am Berg erfror. Außer im Hochgebirge natürlich. Doch der Weg, den er genommen hatte, schien sich in Nichts aufgelöst zu haben, und der Junge wusste, dass das Gelände bei der schlechten Sicht nicht ungefährlich war. Steile Felswände, Steinschlag und rutschige Pfade hatten schon manchen Wanderer unsanft ins Jenseits befördert.

Als er vorsichtig weiterging, immer darauf bedacht, nicht in einen zu spät erkannten Abgrund zu stürzen, meinte er plötzlich, das Lied einer Flöte zu hören. Eine leise, traurige Melodie, halb erstickt durch den Nebel. Oder einfach weit entfernt? Trotzdem stahl sich ein Lächeln auf die Miene des Jungen. Er war nicht allein, auch noch ein anderer später Wanderer war unterwegs. Vermutlich jemand, der sich gut in der Gegend auskannte, sonst würde er nicht seelenruhig in dieser Nebelsuppe spielen.

Der Junge drehte den Kopf, versuchte zu erraten, aus welcher Richtung die Töne herandrifteten. Von hinten? Oder von links? Sollte er versuchen, den Flötenspieler zu treffen? Möglicherweise kannte der einen schnellen Weg ins Tal? Nach kurzem Überlegen nickte sich der Junge selbst zu und wandte sich nach links. Sein Fuß blieb in einer Dornenranke hängen, er stürzte, und als er sich wieder hochrappelte, verstummte die Melodie. Und der Nebel schien näher zu rücken, als wolle er den Jungen zwischen undurchsichtigen weißen Wänden einsperren.

»Hallo?« Die Stimme des Jungen klang heiser. Eben noch hatte er sich zuversichtlich gefühlt, jetzt spürte er eine unbestimmte Angst. Knackte da nicht ein Ast schräg hinter ihm? Er fuhr herum, sah nur Nebel und fühlte, wie die Feuchte durch sein Hemd kroch.

»Ist da jemand?«

Ein Husten, halb unterdrückt, irgendwo zwischen den Bäumen.

»Warum versteckst dich?« Der Junge wurde ärgerlich. Hörte einen halbblauten Knall und spürte einen schmerzhaften Schlag am linken Oberschenkel, der ihn gegen einen Felsen warf. Entsetzt starrte er auf das Blut, das durch seine Jeans sickerte, und begriff, dass ihn ein Schuss getroffen hatte. Aus einer Waffe mit Schalldämpfer.

»Bist narrisch? Hör auf mit dem Scheiß! Ich bin doch kein Viech!«

Heiseres Lachen. Im nächsten Moment hörte der Junge das Knallen erneut. Diesmal allerdings hatte der Schütze das anvisierte Ziel verfehlt, und der Junge versuchte zu rennen, wollte blindlings den Hang hinab fliehen. Doch sein Bein machte nicht mit, er fiel zwischen die Fichten, kämpfte sich mühsam hoch und stolperte mit zusammengebissenen Zähnen vorwärts.

Der nächste Schuss streifte seine linke Seite.

»Was bist du für 'n Irrer? Warum sagst nichts?« Zorn und Furcht machten sich im Kopf des Jungen breit, doch der andere antwortete nicht. Stattdessen knallte eine Kugel auf den Felsen neben dem Verletzten, der sich rasch zur Seite warf.

Der will mich umbringen! Der Verrückte will mich erschießen! Die Silhouetten der Bäume flimmerten vor den Augen des Jungen. Halb ohnmächtig vor Schmerz und Schock schaffte es der Gejagte mit äußerster Mühe, sich hinter den Felsen zu ziehen. Obwohl er wusste, dass er sich auch dort nicht lange würde sicher fühlen dürfen.

Er presste die Lippen aufeinander, um das Zittern, das seinen Körper zu vereinnahmen drohte, zu stoppen, und schob die Hand in die Jeanstasche. Zog das Butterflymesser heraus.

»Zeig dich, du feiger Arsch!« Er merkte, dass seine Stimme nicht so kraftvoll wie gewohnt rüberkam. Aber vielleicht war das nicht schlecht. Denn seine beste Chance bestand darin, den Schützen so nah an sich heranzulocken, dass er ihn mit der Klinge außer Gefecht setzen konnte.

Lange schreckliche Minuten blieb alles still. Bis auf ein gelegentliches Knacken im Unterholz, das den Jungen befürchten ließ, dass der andere versuchte, hinter den Felsen zu gelangen. Und schließlich verstummten selbst diese Laute. Was war geschehen? Hatte der Jäger einen neuen, für seine perversen Zwecke besser geeigneten Standort gefunden? Wartete nun darauf, dass der wabernde Nebel sich um das Opfer herum ein wenig lichtete?

Der Junge ärgerte sich, sein Smartphone nicht mitgenommen zu haben. Ausgerechnet an diesem Tag hatte er es absichtlich zu Hause gelassen, hatte nicht in Versuchung geraten wollen, es zu benutzen. Wollte sich nicht ablenken lassen, wollte wirklich etwas ändern. Wirklich.

Und jetzt? Als die Flötenmelodie erneut einsetzte, meinte der Junge verrückt zu werden. Welcher Irre würde seinem Opfer Musik vorspielen, ehe er es tötete? Ein Fünkchen Hoffnung flammte auf. Sollte es sich bei dem Schützen um einen *echten* Irren handeln? Einen geistesgestörten Wilderer, der ab und an vergaß, was er eigentlich tun wollte, und deshalb zur Flöte griff?

Die Hand des Jungen krampfte sich um das Messer. Bestand die Möglichkeit, sich nun, da der andere mit seinem Instrument beschäftigt war, heimlich davonzustehlen? Doch als ihn eine Woge der Schwäche überflutete, begriff der Junge, dass er es nicht schaffen würde aufzustehen und fortzurennen. Für einen Moment fragte er sich, ob er um Hilfe schreien sollte. Aber damit würde er unweigerlich die Aufmerksamkeit des Schützen wieder auf sich lenken.

Nein, die einzige Chance bestand wirklich darin, dem Angreifer so nahe zu kommen, dass man ihm das Messer in den verdammten Leib rammen konnte. Und wenn der Schütze sich nicht heranlocken ließ, sei es aus Vorsicht oder weil er eben schwachsinnig war, musste sein Opfer es wagen, zu ihm zu robben. Was schwierig sein würde. Erstens wusste der Junge nicht genau, wo der Flötenspieler steckte. Zum anderen dürfte es sich als unmöglich erweisen, sich über Laub und Zweige am Boden zu ziehen, ohne Geräusche zu verursachen und damit sein Vorhaben zu verraten.

Während er hin und her überlegte, merkte der Junge, dass die Musik lauter wurde. Der andere rückte näher. Würde er sich endlich zeigen?

Ich muss mich tot stellen, schoss es dem Jungen durch den Kopf. Oder zumindest ohnmächtig. Bestimmt beugt er sich dann über mich und ich kann …! Die Hand, die das Messer umklammerte, schmerzte vor Anspannung.

Es fiel schwer, die Augen zu schließen und den Kopf abgewandt zu lassen, als die Melodie ein zweites Mal verstummte, sich dafür aber Schritte näherten. Vorsichtig und langsam.

Ich hab nur eine einzige Chance, wusste der Junge. Der erste Stich muss sitzen, den anderen so schwer treffen, dass er mich nicht mehr abknallen kann.

»Stell dich nicht an! Die zwei Kugeln bringen keinen um!« Die Stimme klang nicht wütend. Kalt eher. Was dem Jungen einen Schauer über den Rücken jagte.

»Schau mich an, wenn ich mit dir red! Oder ich jag dir augenblicklich eine Kugel durchs Hirn!«

Der Junge wollte herumwirbeln, das Messer werfen. Doch jäher Schmerz in seiner Seite, ausgelöst durch die heftige Bewegung, ließ alles vor seinen Augen verschwimmen.

Das Messer flog zu kurz, der Angreifer lachte, und der Junge wusste, er hatte seine Chance vertan. Möglicherweise für immer.

KAPITEL 1

Das Gesicht schwebte über Paul wie ein blasser Mond. Eine weiße Hand kam auf ihn zu, berührte seine Wange. Nass und eiskalt. Als Paul in die Höhe fuhr, klang ihm ein Schrei im Ohr nach, und er brauchte eine lange Minute, um zu begreifen, dass er nur geträumt hatte. Er rollte sich aus dem Bett, wollte das Fenster aufschieben und stellte fest, dass das nicht ging. Und erinnerte sich erst jetzt, dass er nicht mehr im dritten Stock über der Rue Pigalle wohnte, sondern im Haus seiner Kindheit im Berchtesgadener Land.

Mit bebenden Fingern öffnete er den Riegel, stieß beide Fensterflügel weit auf und vermisste augenblicklich den Lärm des nächtlichen Paris, der ihm in den letzten Jahren so vertraut geworden war. Hier, am Ortsrand von Bad Reichenhall, regierte nachts die Stille. Falls nicht gerade jemand schrie, weil ihm die Weiße Frau von Großgmain erschienen war. Oder ein anderes weibliches Wesen.

Während er in die Nacht hinausblickte, sah Paul die Frau aus dem Traum klar vor sich: jung, mit Hunderten von Sommersprossen und langem blonden Haar, das ihr Gesicht zur Hälfte verdeckte. Haar, in dem sich grüne Algenfäden verfangen hatten. Paul schauderte und schloss das Fenster so heftig, dass ein paar Blättchen des weißen Lacks absprangen. Die alte Bude gehörte dringend renoviert. Aber es widerstrebte ihm, damit anzufangen. Weil eine Renovierung etwas Endgültiges schien. Ein Beweis dafür, dass er in Zukunft hier zu leben gedachte. Und Paul hatte nicht die geringste Ahnung, ob er das aushalten würde.

Zuhause. Sollte das Wort nicht anheimelnd klingen statt abschreckend? Wie ein eingesperrter Wolf lief Paul in dem Schlafzimmer, das einst seinen Eltern gehört hatte, auf und ab. Bis er die Enge nicht mehr ertrug und sich ankleidete. Im Flur riss er eine Jacke vom Haken und trat in die stille Straße hinaus.

Hinter dem Dach konnte er die massive Silhouette des Predigtstuhls erkennen, des Hausbergs von Reichenhall, dessen Pfade er früher in- und auswendig kannte. Anderen mochte der nächtlich finstere Berg bedrohlich erscheinen, für Paul war er ein Vertrauter, ein Fixpunkt in einer unruhigen Welt. Paul zögerte einen Moment und machte sich dann auf den Weg zum Fluss. Den Weg, den er in seiner Kindheit oft gegangen war, und den er seit seiner Rückkehr beharrlich gemieden hatte. Weit hinter ihm schlug eine Uhr Mitternacht. Geisterstunde, dachte Paul. Doch in einer Kleinstadt wie dieser gingen wohl selbst die Geister früh zu Bett. Jedenfalls begegnete er keinen.

Das Rauschen des Saalachwehrs ließ sich schon von Weitem vernehmen. Wenigstens ein Laut, der die Stille unterbrach. Doch plötzlich mischte sich etwas anderes in das Brausen des Wassers: Fetzen rhythmisch hämmernder Musik. Paul trat an das Geländer, das die Straße vom Abhang zum Fluss trennte, und blickte zu der Gruppe junger Leute hinab, die auf der Kiesbank zwischen Wehr und Brücke hockte, die Boombox zur vollen Lautstärke aufgedreht.

Mit dem Lärm des mehrstufigen Wehrs auf der einen und dem hämmernden Metal-Sound auf der anderen Seite mussten sie gewiss schreien, wenn sie einander etwas mitteilen wollten. Oder wollten sie gar nicht?

Paul kam die Jugend in den Banlieues in den Sinn, die zornigen jungen Menschen in den Pariser Vorstädten, über die er als Journalist oft geschrieben hatte. Nachdenklich fragte er sich, wie das Leben dieser Mädchen und Jungen hier unten sein mochte. Trafen sie einander öfter an dieser Stelle? Feierten sie? Einen Ausbildungsabschluss etwa oder einen Geburtstag? Unter dem Schatten eines alten Baums, dessen üppige Krone ihn vor den Blicken der jungen Leute verbarg, studierte Paul die Gruppe, als wolle er sie porträtieren.

Sie saßen in einem losen Halbkreis vor einem Feuer, das ihnen die Polizei auf dem Kies kaum verbieten würde: zwei Männer und zwei junge Frauen. Ein Stück abseits, auf der anderen Seite des Feuers, stand ein drittes Mädchen, den Kopf im Nacken. Im Schein der Flammen rieselte ihr langes Haar wie ein goldener Wasserfall über ihren Rücken. Selbstvergessen, ohne die anderen zu beachten, die eine Flasche kreisen ließen, begann sie zu tanzen. Langsam, dem hämmernden Sound der Boombox trotzend, nach einer Melodie, die sie nur in ihrem Kopf zu hören vermochte. Auch vor ihr lag eine Flasche, und die junge Frau nahm sie zum Zentrum ihres selbst erfundenen Tanzes.

Mit wiegenden Hüften und erhobenen Armen näherte sie sich der Flasche, entfernte sich wieder von ihr, drehte eine Pirouette. Einer der Jungs klatschte und schrie »Bravo!« mit einer Zunge schwer vom Alkohol.

»Zeig uns was! Geil uns auf!«, brüllte der andere, nicht ganz so betrunken wie sein Kumpan.

Paul biss sich auf die Lippen. Was zuerst wie eine idyllische Feier erschienen war, drohte mit einem Mal hässliche Züge anzunehmen. Er sagte sich, dass er besser verschwinden sollte, dass ihn die jungen Säufer nichts angingen, und blieb dennoch. Vielleicht, weil er die berufliche Neugier nie ganz abzustellen vermochte?

Zunächst tat das Mädchen, als höre es die Worte des Mannes nicht, vernahm in ihrer Entrücktheit vielleicht wirklich nichts außer dem Lied im Kopf. Doch nach ein paar Minuten begann sie an ihrem weißen Top zu ziehen und zu zerren, bis sie es schaffte, es abzustreifen. Beifallsschreie aus der Clique. Das Mädchen ignorierte sie, tanzte weiter, nur in dem Minirock und einem Büstenhalter in Rosa und Weiß. Erst jetzt fiel Paul auf, dass sie keine Schuhe trug. War sie barfuß gekommen, oder lagen die Schuhe hinter den wenigen Sträuchern? Oder sogar im kalten Wasser des Bergflusses?

Die Arme jetzt auf Schulterhöhe ausgebreitet, den flachen Bauch vorgestreckt, umtanzte das Mädchen die Flasche zweimal, dreimal, ehe ihre Finger am Verschluss des BHs zu nesteln anfingen. Doch es gelang ihr nicht, ihn zu öffnen, und so zog sie auch den Büstenhalter über den Kopf, ließ ihn neben das Top und die Flasche fallen, als ob er zu einer Opferstelle gehörte.

Die Musik wummerte und dröhnte, das Wehr rauschte. Die Jungs am Feuer beachteten die Tänzerin kaum mehr, der Alkohol stumpfte sie ab.

Paul wandte für einen Moment den Blick ab, fühlte sich wie ein Spanner. Als er wieder zu der Gruppe sah, stand eines der anderen Mädchen auf und hielt der Tänzerin bittend das weiße Top hin. Doch die schlug den Arm der Gefährtin beiseite. Langsam, entweder, weil sie durch den Alkohol nicht mehr sicher auf den Beinen war, oder weil die groben Flusskiesel das Gehen erschwerten, kehrte das zweite Mädchen zum Feuer zurück.

Der Busen der Tänzerin leuchtete orangerot im Feuerschein, und Paul schluckte, als die Frau den Gürtel ihres Minirocks löste. Wollte sie sich weiter ausziehen? Komplett? Hör auf!, hätte Paul am liebsten gerufen. Geh heim, leg dich ins Bett und schlaf deinen Rausch aus! Doch er schwieg und sah zu, wie der Rock zu Boden glitt. Darunter trug die Tänzerin einen winzigen rosafarbenen Tanga.

Das Mädchen tanzte weiter, strich sich mit lasziven Bewegungen über die Kluft zwischen den Brüsten, streichelte die dunklen Warzen. Plötzlich fühlte sich Paul abgestoßen. Von der Szene, der Säuferclique und von sich selbst, weil er sie beobachtete wie ein schmieriger Voyeur. Abrupt wandte er sich ab, um nach Hause zu gehen. Und während er die Metal-Musik immer weiter hinter sich ließ, meinte er plötzlich das zarte Spiel einer Flöte zu hören. Doch als er sich in der Straße umsah, konnte er niemanden entdecken.

Später, als Paul sich auf der durchgelegenen Matratze in seinem Elternhaus ausstreckte, empfand er unbestimmte Trauer. Denn tief im Innern spürte er, dass die junge Tänzerin nicht glücklich war. Genauso wenig wie er selbst, der 38-jährige Journalist, in dieser Bruchbude am Rande einer bayrischen Kleinstadt.

Am nächsten Morgen stellte Paul wieder einmal fest, dass der edle Tagesrucksack, den er in Paris verwendet hatte, für eine Wanderung in den Bergen zu klein war. Er sollte sich endlich einen anständigen Tourenrucksack besorgen. Für diesmal musste die Cityversion allerdings reichen. Eine Flasche Wasser flog hinein, eine Packung Waffeln, die Regenjacke. Und natürlich das Messer. Kein Schweizer Messer, wie er es früher mit sich getragen hatte, sondern das edle Lieblings-Laguiole mit den Griffschalen aus Wacholderholz. Das Smartphone wanderte in die Hosentasche, auch wenn Paul sicher war, er würde jeden Weg, jeden Steig auch ohne GPS mit geschlossenen Augen finden.

Er warf den Rucksack in den Wagen, schaute kurz zum Himmel. Plante keine lange Tour, wollte mit der Gondelbahn auf den Predigtstuhl und von dort weiter zum Karkopf, um den eigenen Kopf freizukriegen. Viele Touristen würden ihm nicht in die Quere laufen. Es hatte den ganzen Morgen über penetrant genieselt, sollte aber laut Internet bald aufklaren.

Als er die Saalachbrücke erreichte, bei der der Fluss über das Wehr rauschte, trat Pauls Fuß wie von selbst auf die Bremse. Die Tänzerin der Nacht. Wann mochte sie nach Hause gegangen sein?

Überzeugt davon, dass er gleich weiterfahren werde, sperrte er den Wagen nicht ab. Warum es ihn überhaupt an den Fluss hinab zog? Vielleicht, weil er sich vergewissern wollte, dass die nächtliche Party eine unbedeutende Episode gewesen war? Sodass er sie abhaken und den freien Samstag unbeschwert würde genießen können? Oder weil ihn die Tänzerin an jemanden erinnerte?

Entgegen der Vorhersage nahm der Regen zu. Paul stand auf den hellen Steinen, zu seinen Füßen die Reste des erloschenen Feuers. Er ließ den Blick über die Kiesbank schweifen und stutzte: Dort hinten, das rote Ding! War das nicht ein Schuh? ·

Das Mädchen lag hinter einem kümmerlichen Weidenbusch, als schliefe sie, doch ihre Augen blickten zum Fluss. Sie war vollkommen nackt, trug lediglich ein geflochtenes Lederarmband am linken Handgelenk. Paul fiel neben ihr auf die Knie. Nachts, in der Dunkelheit, hatte er ihr Gesicht nur vage sehen können, doch jetzt …

»Sonja!« Der Name drängte heiser über seine Lippen, während seine Rechte dem Mädchen das blonde Haar aus der Stirn strich und dann nach einem Puls tastete, von dem er befürchtete, dass er ihn nicht finden würde.

»Verdammt!« Paul ergriff die Hand der jungen Frau, fühlte die Kälte. Außer den Würgemalen am Hals ließen sich an dem schlanken Körper keine Spuren von Gewalt erkennen. Langsam stand Paul auf, sah sich um. Von den Kleidern des Mädchens keine Spur, nur der rote Ballerina lag einsam auf dem Kies. Und der Regen ließ die Tote aussehen, als habe sie geweint. Weine noch immer.

»He, Sie! Was treiben S' denn da?«

Erschrocken fuhr Paul herum, hatte über dem Tosen des Wassers niemanden kommen gehört. Der Mann, der hinter ihm auftauchte, war mittelgroß, mit zu langem fettigem Haar, Stoppelbart und schiefer Nase. Er mochte zwischen 40 und 50 sein, schleppte mindestens 15 Kilo Übergewicht mit sich herum, und weder seine abgewetzten Jeans noch das verwaschene schwarze T-Shirt mit dem Raptoren-Aufdruck zeugten von Reichtum.

»Ich …« Paul begriff, wie schwierig seine Anwesenheit zu erklären sein würde. »Ich hab grade eben das Mädel hier gefunden.«

»Ist s' besoffen?« Der andere trat näher. Rasch streifte Paul seinen nassen Pullover ab und warf ihn über den Unterleib der jungen Frau, obwohl ihn die Polizei dafür anpfeifen würde. Als Journalist hatte er zu wissen, wie man sich beim Auffinden einer Leiche verhalten musste.

»Sie ist tot!« Er konnte den Blick kaum von dem sommer-sprossigen Gesicht der jungen Frau abwenden. Sie mochte so um die 20 bis maximal 25 sein. Zu jung, um ihr Leben gelebt zu haben. So wie Sonja mit ihren 15 Jahren zu jung gewesen war … *Bloß nicht an Sonja denken, jetzt nicht an Sonja denken*!

»Haben S' schon die Polizei gerufen?«

Während der Dicke das Mädchen anstarrte, ging Paul zum Ufer hinab. Die leeren Flaschen des Vorabends lagen zwischen den Steinen verstreut, eine davon zerbrochen. Wodka, Gin, Bier. Wann immer Paul mit Sonja hier gewesen war, hatten sie ihren Müll mit heimgenommen …

»Latschen S' doch nicht überall rum! Sie zertrampeln alle Spuren«, schimpfte der vermutlich vom Tatort gebildete Dicke. Paul gab vor, nicht zu hören. Als Journalist musste er in einem solchen Fall immer auch an die Story denken, die sich hinter diesem Tod verbarg. Und wie stets empfand er dabei ein leises Gefühl von Scham, zwang sich jedoch routiniert, es zu vertreiben und ein paar Handyaufnahmen zu schießen.

Der andauernde Regen ließ ihn schließlich unter den Bogen der Luitpoldbrücke flüchten, wohin sich der Dicke, der Paul vage bekannt vorkam, längst begeben hatte. Gemeinsam sahen sie zu, wie zwei Uniformierte auf den Kiesstrand herunterstapften, gefolgt von einem gut genähr-ten Mann in Zivil.

»Bin ich Ihnen schon irgendwo begegnet?« Xaver Porant, der glatzköpfige Kommissar, runzelte die Stirn, während er Paul von oben bis unten musterte. »Sind S' ein Hiesiger?«

»Paul Leonberger. Wahrscheinlich haben Sie mein Foto in der Zeitung gesehen. Ich arbeite für ›Reichenhall heute‹.« Paul fröstelte in seinem nassen Hemd, und er zog seinen Ausweis aus der Tasche, in der Hoffnung, das übliche Prozedere abkürzen zu können. Und damit der einen oder anderen unangenehmen Frage zu entgehen. Was leider nicht klappte.

»Was haben S' denn überhaupt hier getrieben, bei dem Regen?«, fragte Porant, nachdem er sich die Tote angesehen und dann dem eben anrückenden Spurensicherungsteam überlassen hatte. Zusammen mit Pauls Pullover.

»Ich hab den Kerl von der Brücke aus entdeckt«, sagte der Dicke. »Weil, ich geh fast jeden Morgen hier lang.«

»Sie hab ich nicht gemeint, Jakob.« Porant sah Paul an, und der sagte so leichthin wie möglich: »Mir war einfach danach, zum Wehr runter zu schauen.« Er schob den Ausweis zurück in die Geldbörse. »Ich hab ein paar Jahre im Ausland gelebt. Versuche gerade, in Reichenhall wieder heimisch zu werden. Erinnerungen aufzufrischen.«

Porant betrachtete ihn. Lange. Ließ seinen Blick erneut an Paul hinauf- und hinabwandern. »Und das probieren S' ausgerechnet heute. Bei dem Sauwetter.«

»Laut Internet hätte der Regen schon vor einer Stunde aufhören sollen.« Paul entschloss sich zum Gegenangriff. »Hören Sie, ich bin klatschnass, und der Wind ist kalt. Sie kennen meinen Namen und meine Arbeitsstelle. Kann ich also heim und mich umziehen? Eh ich mir den Tod hol?«

»Machen S' nicht auf dramatisch. Sagen S' mir lieber, ob Sie die Kleine kennen!«

Paul schüttelte den Kopf. Nein, diese Tote kannte er nicht. Auch wenn sie ihn noch so sehr an jemand anderen erinnerte.

Als er zu seinem Wagen hinaufging, kam der Kommissar hinterher.

»Sie wollten in die Berge? Was dagegen, wenn ich Ihren Rucksack anschaue?«

Paul stieg ein und blickte den Mann lediglich an. Porant hob in übertrieben entschuldigender Geste die Hände. »Ist mir selbst unangenehm, aber als Reporter wissen S' ja, wie's läuft: Wenn ich irgendwas versäume, zerreißt mich die Klatschpresse am nächsten Tag in der Luft.«

Ohne auf Antwort zu warten, setzte sich der Kommissar auf den Rücksitz neben den Rucksack. »Teures Modell, aber nur bedingt wetterfest.«

»Sie machen unnötig meine Sitze nass.«

»Über das ›unnötig‹ reden wir vielleicht ein andermal.« Porant wischte sich mit dem Ärmel über die feuchte Glatze und studierte den Inhalt von Pauls Marschgepäck.

»Waffeln? Eine anständige Brotzeit schaut anders aus.«

»Dann besorgen Sie mir eine!«

»Und das Messer hier ...« Porant hielt Pauls Laguiole in die Höhe. »Das kostet mindestens 150.«

»Neidisch?« Paul drehte sich um und nahm dem Kommissar sein Lieblingsmesser aus der Hand. »Beschlagnahmen dürfen Sie's trotzdem nicht.«

»Und wieso glauben S' das?«

»Weil ich als Reporter auf jede Kleinigkeit achte. Und deshalb vermute, dass das Mädchen erwürgt wurde. Nicht erstochen.«

Der Kommissar stieg aus, beugte sich jedoch noch einmal zum Fenster und klopfte gegen die Scheibe, die Paul widerwillig hinabließ.

»Wir sehen einander gewiss bald wieder, Herr Leonberger!«

»Va te faire foutre!«, knurrte Paul. Aber erst, nachdem er das Fenster geschlossen hatte. Denn leider wusste er nur zu gut, dass die Polizei ihn jetzt im Visier hatte. Und sich mit seiner Vergangenheit befassen würde.

Trotzdem noch in die Berge? Paul tendierte zu einem Ja. Jetzt hatte er das Durchatmen in sauberer Höhenluft doppelt nötig. Außerdem riss die Wolkendecke auf, der Regen hatte aufgehört. Aber Pauls Hemd klebte feucht an seinem Rücken, und sein Pullover war konfisziert. Er würde sich vor dem Ausflug tatsächlich umziehen müssen.

Zu Hause zerrte er ein trockenes Shirt aus dem Schrank und wählte, noch ehe er es überstreifte, die Nummer seines Assistenten. Der Schorsch hockte sowieso ständig am PC, würde problemlos zu erreichen sein, Wochenende hin oder her. Außerdem wollte Paul auf keinen Fall selbst über die Sache schreiben müssen. Eine Sache, die zu viele alte Emotionen wachzurütteln drohte.

Als er dem Schorsch die Eckdaten des Falls sowie die Fotos übermittelt hatte, holte er sich einen Pullover und fuhr in den Nachbarort Gmain. Für die Tour zum Karkopf wäre es zwar noch nicht zu spät, aber Paul verspürte keine Lust mehr, mit fröhlichen Touristen in die Kabinenbahn gepresst zu werden, die »Oh!«-Schreie zu hören, wenn die Gondel bei der Fahrt über die Pfeiler schaukelte. Er wollte allein sein. Allein mit sich und den Bergen, die er im flachen Paris so sehr vermisst hatte.

Doch auch wenn er wenig später tatsächlich allein durch Nadelwald und über Almwiesen marschierte, wollte sich die Ruhe der Landschaft nicht auf sein aufgewühltes Inneres übertragen lassen. Paul wusste, dass seine DNA auf dem Gesicht der Leiche zu finden sein würde, allerdings zum

Glück nicht auf ihrem Unterleib. War sie missbraucht worden, die junge Tote?

Und was würde der schmierige Typ namens Jakob der Polizei erzählen? Hatte er von der Straße aus beobachtet, wie Paul das Mädchen geradezu liebkoste? Paul runzelte die Stirn. Ob der Mann wirklich jeden Tag diesen Morgenspaziergang unternahm? Oder behauptete er das nur, um sich selbst zu schützen?

Als er über den Dicken nachgrübelte, stieg eine Erinnerung auf: ein stämmiger Junge auf dem Schulhof, ein paar Jahre älter als Paul selbst. Ein Junge namens Jakob, den auch in den unteren Klassen alle kannten, weil er eine Vielzahl kleiner Geschäfte tätigte, um sein Taschengeld aufzubessern. Sofern er überhaupt eins bekam. Konnte der Mann vom Fluss der Pausenhofhändler von einst sein? Möglich wäre es.

Dann jedoch drifteten Pauls Gedanken in eine andere Richtung. Ihm war klar, dass er dem Kommissar von der nächtlichen Fete hätte erzählen müssen. Vom Tanz des Mädchens, den jungen Männern, dem Alkohol. Aber damit hätte er, gerade er mit seiner problematischen Vorgeschichte, sich erst recht verdächtig gemacht. Man hätte ihn für einen Voyeur gehalten, womöglich gar einen Stalker. Niemand würde ihm glauben, dass er die Tänzerin nicht ihrer erotischen Ausstrahlung wegen beobachtet hatte. Nicht, um sich bei ihrem Anblick einen runterzuholen. Wütend kickte er einen Stein beiseite und setzte sich auf einen Felsblock, der in der Sonne bereits abgetrocknet war.

Erst jetzt fiel Paul auf, dass er eine sanft geneigte, mit Felsen und Blumen gesprenkelte Almwiese erreicht hatte. Ein idyllisches einsames Fleckchen Erde wie die, von denen er in Frankreich geträumt hatte. Der Wind legte sich, die Sonne brannte vom Himmel, wie es sich für August gehörte, und einzelne Schmetterlinge tanzten in der klaren Luft. Ohne die Sache mit dem Mädchen hätte es ein wundervoller Sommertag werden können, doch so …

Glücklicherweise hatte sein Smartphone Empfang, sodass er erneut seinen Assistenten anrufen konnte. Zwar hatte Paul offiziell frei, aber in der Redaktion würde man es seltsam finden, wenn er, als Chef der Online-Präsenz des Blatts, nicht informiert sein wollte. Triumphierend berichtete der Schorsch, dass er der Polizei den Namen der jungen Toten entlockt hatte: Nina Bernhardt, 22, ohne Job. Ein Streifenpolizist, der die Clique vom Saalachwehr des Öfteren wegen Ruhestörung verwarnen musste, hatte das Mädchen erkannt.

Obwohl Pauls Instinkt ihm davon abriet, sich näher mit dem Mord zu befassen, ließ sich die journalistische Neugier nicht abstellen. Er loggte sich bei facebook ein, suchte die Seite des toten Mädchens. Erkannte ihre Kumpel vom Vorabend auf den eingestellten Bildern wieder: Die Jungs nannten sich Boris und Quiri, die Mädchen Kat und Eva. Paul fiel auf, dass ausgerechnet der fb-Freund, der am häufigsten auf den Fotos der Toten auftauchte, nicht an der nächtlichen Party teilgenommen hatte. Ein Junge namens Basti, der dasselbe Lederarmband trug wie die ermordete Nina.

Paul wechselte zur Seite des Jungen, der nicht besonders fleißig postete. Sein letzter Eintrag lag circa vier Wochen zurück. Und lautete kurz und präzise: *Ich fühl mich scheiße. Hoch drei.* Nachdenklich schob Paul das Handy in die Tasche. Auf der stillen Almwiese glitzerten die Regentropfen im Gras wie Swarovski-Steine. Der Anblick war so schön, dass es fast schmerzte. Dass Paul sich kaum davon losreißen konnte. Und dennoch fragte er sich, ob er nicht besser sofort nach Paris zurückfliegen sollte, ehe der dämliche Kleinstadtkommissar es ihm verbot.

Im Haus seiner Eltern fand Paul den Anrufbeantworter vollgepflastert mit Nachrichten des Vaters. Und zuletzt einem Anruf der Seniorenresidenz, in dem er gebeten wurde, sich zu melden. Paul loggte sich kurz bei seiner Bank ein, um die Aktien eines Solarpanel-Produzenten abzustoßen, der seinem Gefühl nach auf einen absteigenden Ast geriet, und fuhr dann zum »Rosenpark«. Vor etwa einem Jahr war der Vater aus eigenem Antrieb in die Anlage für betreutes Wohnen gezogen, aber er schien dort nicht glücklicher, als er es in dem alten Haus am Ortsrand gewesen war.

»Wenn's nach dir gehen tät, könnt ich krepieren, und du würdest keinen Finger rühren!«, überfiel ihn der Vater schon im Flur. Kilian Leonberger saß nach seinem Schlaganfall immer noch am liebsten im Rollstuhl, obwohl er längst gelernt hatte, kürzere Strecken mit dem Rollator zurückzulegen. »Mein Herz macht wieder Probleme.« Die Stimme hatte den quengligen Klang, den Paul hasste. »Wahrscheinlich sterbe ich.«

»Wir sterben alle«, sagte Paul ohne Mitgefühl. Zu oft hatte er diese Szenen erlebt.

»Ja, aber nicht alle hier und jetzt.«

»Das würde auch euer Personal in schlechtes Licht rücken«, murmelte Paul.

»Du könntest wenigstens einmal Mitleid mit deinem alten Vater zeigen. Nach allem, was passiert ist.«

»Bei Herzproblemen kann ich dir nicht helfen, ich bin kein Arzt.«

Eine Schwester, die mit einem Tablett den Gang entlangeilte, zwinkerte Paul zu, und Kilian runzelte verärgert die Stirn.

»Die meinen immer, dass ich simuliere. Alle meinen s' das. Aber die werden schon sehen, wenn ich erst mal tot umkippe, direkt vor ihren Augen.«

»So rasch stirbst du nicht.« Paul wendete den Rollstuhl und steuerte ihn in die Cafeteria, wo sich der Vater am schnellsten beruhigen würde.

Während er an der Theke um Marmorkuchen und Getränke anstand, schob sich eine der Pflegerinnen an ihm vorbei und flüsterte dramatisch: »Gut, dass Sie da sind. Ihr Vater hat heut einen besonders üblen Tag.«

»Die Leich' am Flussufer«, sagte der Vater, als Paul mit Kaffee und Kuchen zum Tisch zurückkehrte, »du hast sicher von der gehört?«

Paul nickte.

»Das waren welche von auswärts. Bestimmt Rumänen.« Der Vater nahm den Kuchen in Angriff. »Ich sag immer, was das für ein Gschwerl ist, aber keiner will's hören.«

»Welche Rumänen?«

»Na, die Bettlerbanden. Die Männer, die auf der Straße knien und kein Wort Deutsch verstehen.«

»Ich hab keine Bettler im Ort gesehen.«

»Zu Ostern waren s' da. Eine ganze Horde.«

»Mittlerweile haben wir August.« Paul merkte, dass er den für den Vater bestimmten koffeinfreien Kaffee erwischt hatte, verschwieg es aber.

»Mir ging's furchtbar, als ich in den Nachrichten von dem Mädel gehört hab.« Der Vater hatte den Kuchen in Windeseile verputzt und kehrte zu seinen eingebildeten Herzproblemen zurück. »Ich hatte so ein Bumpern in der Brust. Die Sache hat vieles wieder wachgerufen … Auch deine Mutter wär nie so früh gestorben, wenn …« Er seufzte tief, schüttelte tragisch den Kopf und warf aus den Augenwinkeln einen Blick zu seinem Sohn. Der sich in diesem Moment wünschte, für immer und ewig in Paris geblieben zu sein.

Und er wünschte es sich noch viel mehr, als sein Handy klingelte und sich Kommissar Porant meldete.

»Wo stecken S' denn, Herr Leonberger? Immer noch auf dem Berg?«

»Ich stecke in meinem Privatleben.«

»Das Sie morgen früh bittschön verlassen, um am Präsidium vorbeizuschauen. Punkt zehn.« Obwohl der Kommissar es als Bitte formulierte, wusste Paul, dass es keine war. Was ihm den gesamten Abend verdarb.

»Und worum geht's jetzt so Wichtiges?«, knurrte Paul, nachdem er sich am Sonntagmorgen erstens überhaupt nicht beeilt und zweitens seinen Gruß beim Eintreten auf ein wenig freundliches Nicken beschränkt hatte.

»Um ein Alibi vielleicht?« Der Kommissar lehnte sich in seinem Schreibtischstuhl zurück und wies Paul mit einer Handbewegung an, ihm gegenüber Platz zu nehmen.

Paul starrte ihn an. »Wessen Alibi?«

»Ihres natürlich.«

»Und wieso sollte ich eins brauchen?« Kampfbereit schob Paul das Kinn vor, doch durch sein Inneres schwappte eine Welle der Furcht.

»Weil S' mir gestern nicht alles erzählt haben, zum Beispiel.«

»Was wollen Sie denn noch wissen, außer, was für eine Jause ich in die Berge mitnehme? Wie oft ich unterwegs pinkeln muss?«

Porant lachte. Gekünstelt. Und Paul befürchtete das Schlimmste.

28

»Was ich von Ihnen wissen möcht, ist, was Sie in der Nacht, als die junge Frau ermordet wurde, so alles angestellt haben. Und erzählen S' mir nicht, Sie seien die ganze Zeit im Bett geblieben!«

Paul stand auf, ging zum Fenster. Unten auf der Straße lief eine Gruppe Teenies vorbei, kichernde Mädchen in knappen Tops und Shorts, die kaum die Hintern bedeckten. In wenigen Jahren würden sie so alt sein wie die Tote am Fluss.

»Also?«, fragte der Kommissar.

»Ich bin spazieren gegangen«, sagte Paul. Eines der Mädchen blickte zu ihm hinauf und schnitt ihm eine Grimasse. »Ich nehme an, jemand hat mich dabei gesehen?«

»Interessanter wäre, was *Sie* gesehen haben.« So plump ließ sich Porant seine Informationsquellen nicht entlocken. »Waren S' zum Beispiel auch am Fluss?«

Blitzschnell dachte Paul nach. Wenn er sich jetzt rauszureden versuchte und der Zeuge ihn nachts auf der Loferer Straße beobachtet hatte, machte er sich extrem verdächtig. »Unter anderem bin ich bei der Luitpoldbrücke vorbeigekommen.«

»Und haben was dort gesehen?«

»Eine Party«, sagte Paul. »Eine Gruppe junger Leute beim Feiern.« Er brachte es nicht über sich, vom Tanz des Mädchens zu erzählen, von dessen Nacktheit. Aber ihm wurde speiübel bei der Vorstellung, Porant könnte auch das herausfinden.

Der Kommissar blickte ihn an. Schweigend. Als warte er. Doch Paul kannte die Taktik, lehnte sich ans Fensterbrett und starrte mit unbewegter Miene zurück.

»Bevor ich nach Reichenhall gekommen bin, habe ich in München gearbeitet«, sagte Porant endlich.

»Und warum wurden Sie hierher strafversetzt? Ins Kaff?«
Der Kommissar lief rot an. »Ihre Frechheiten werden Ihnen noch vergehen. In München habe ich schon mal einen Mädchenmörder gestellt. Solche stehen in der Gefängnishierarchie verdammt weit unten, das können S' mir glauben.«

»Ist wohl nicht mein Bier.« Paul wollte zur Tür gehen, doch der Kommissar erhob sich und verstellte ihm den Weg.

»Andere Insassen haben den Kerl vergewaltigt.« Porants Stimme nahm einen drohenden Unterton an. »Und raten S' mal, was sie ihm abgeschnitten haben?« Sein Blick wanderte an Paul hinab, zu dessen Unterleib. Paul fühlte sich plötzlich beschmutzt. Gedemütigt. Ohne ein Wort schob er den Kommissar beiseite und verließ den Raum.

KAPITEL 2

Die Flammen schlugen hoch in den Himmel, bildeten für einen Moment einen orangefarbenen Feuerball.

»Idiot!«, schrie Eva. »Du bringst uns alle um mit deinem blöden Spiritus!«

»Halt die Fresse, ja?«, brüllte Boris zurück, aber Eva ließ sich nicht beeindrucken.

»Du bist der Erste von uns, dem der Alk 's Hirn zerfrisst. Oder – wahrscheinlich hast nie eins gehabt?«

»Hört auf zu streiten!« Katrin brach in Tränen aus. »Die Nina ist tot. Und ihr zofft euch wegen … Spiritus.«

»Entspann dich, Mädel. Heulen hilft nichts. Zumindest der Nina hilft's nicht mehr.« Der Quirin drückte Katrin eine fast leere Wodkaflasche in die Hand. »Trink lieber 'nen Schluck, das hätt die Nina auch getan an deiner Stelle.«

Eine halbe Stunde später waren die Mädchen allein. Eva lag auf dem Rücken, hatte die hochhackigen Schuhe abgestreift und die Jacke unter dem Kopf zusammengerollt. Katrin saß neben ihr, die Arme um die aufgestellten Knie geschlungen.

»Glaubst du, dass es irgendwas gibt, nach dem Tod? Ich meine, für die Nina?«

»Quatsch«, sagte Eva. »Da ist nix. So wie wir jetzt schon nichts sind. Nullen eben.« Die Jungs waren abgezogen, um mehr Alk zu holen, und Eva zeigte sich, solange sie nicht ihr gewohntes Quantum intus hatte, reizbar.

»Warum leben wir dann überhaupt?«, fragte Katrin weiter.

»Keine Ahnung. Weil unsere Alten Lust zum Vögeln hatten, ohne Gummi?«

»Magst du Sex?«

Eva antwortete nicht gleich. »Wenn er genug Kohle bringt«, sagte sie schließlich gleichgültig.

»Und was ist mit Spaß?« Katrin zögerte, ehe sie hinzufügte: »Oder Liebe?«

»Siehst ja, wo die Nina damit gelandet ist.«

»Solang sie mit dem Basti beisammen war, war sie glücklich.«

»Und was hat der Arsch gemacht? Sie fallen gelassen.« Langsam richtete sich Eva auf. »Wo zum Teufel bleiben die anderen?«

Und die Flaschen, dachte Katrin. »Denkst du manchmal an später?«, fragte sie die Freundin.

»Wie, später? Morgen oder was?«

»Ganz später. Wenn wir 40 sind oder so. Richtung Midlife halt. Wie siehst du dich dann?«

Eva lachte. »Reich. Bis dahin hab ich mir irgendeinen geldigen Sack geangelt, der mir vollen Zugang auf sein Konto lässt. Mir zum Geburtstag 'n Cabrio schenkt. Oder 'ne Villa auf Mallorca, mit Putze und Swimmingpool, das tät mir noch besser gefallen.«

Katrin schwieg. Für Eva schien die Welt einfach. Und für sie selbst? Sie schrak zusammen, als sie einen Mann gewahrte, der gemächlich den Saalachstrand heraufwanderte. Wer mochte das sein? Katrin wollte sich einreden, dass sie keine Angst verspürte, aber in Wahrheit fürchtete sie sich entsetzlich. Allein mit Eva, ohne die Jungs, die sie im Notfall beschützen würden. Konnte es der Typ sein, der Nina ... auf dem Gewissen hatte? Nein, suchte sie sich zu beruhigen, wahrscheinlich war es nur wieder ein Polizist. Wie die Bullen, die am Nachmittag bei ihr zu Hause aufgekreuzt waren, 25-mal die gleichen Fragen gestellt hatten.

Nur wenige Meter unterhalb des Platzes, an dem die Mädchen saßen, kurz vor dem Feuer, blieb der Mann am Ufer stehen. Er wandte sich zum Fluss, trank einen langen Schluck aus der Aluflasche in seiner Rechten.

Eva stand auf. Rückte den Ausschnitt ihres Tops zurecht, dass der Spalt zwischen den Brüsten besser zu erkennen war.

»Bleib da!«, flüsterte Katrin beschwörend. Eva grinste nur. Der Mann drehte sich um, ließ die Flasche sinken und blickte zu den Mädchen. Katrin schluckte. »Lass ihn, Ev! Geh nicht hin!«

Doch die Freundin hörte nicht. Ihre schmalen Hüften wiegten hin und her, als sie mit leicht zurückgeworfenem Kopf, um Hals und Busen zu betonen, die Kiesbank hinunterspazierte.

»Gibst mir was ab, Kumpel?« Während sie fordernd eine Hand nach der Flasche ausstreckte, strich sie mit der anderen eine blonde Haarsträhne zurück. Wieder einmal wunderte sich Katrin, wie Eva in die simple Geste so viel Laszivität zu packen verstand.

Der Mann betrachtete das Mädchen aus zusammengekniffenen Augen. »Weshalb sollte ich?«

»Weil sich gute Taten auszahlen? Spätestens im Himmel?« Eva lächelte. Verführerisch. »Und vielleicht sogar schon früher? Falls wir uns überreden lassen, dir ein bisserl Gesellschaft zu leisten?« Sie winkte in Katrins Richtung, und halb widerwillig erhob sich auch Katrin, wollte die Freundin nicht im Stich lassen.

Die Blicke des Mannes wanderten zwischen den Mädchen hin und her. Schließlich nickte er trotz Evas offensichtlicher Anmache eher kühl und reichte ihr die Flasche. Eva setzte sie an die Lippen, nahm einen Schluck und spie ihn sofort wieder aus. Vor die Füße des Fremden, der zornig beiseite sprang.

»He, was soll das? Bist du verrückt geworden?«

»Verrückt bist selber!« Eva schleuderte die Flasche auf den Boden, trat so heftig darauf, dass sie in der Mitte einknickte. »Was war da überhaupt drinnen?«

»Wasser. Aus der Leitung in meiner Küche. Und was soll ich jetzt trinken?«

»Sauf halt Saalachwasser, du Arsch!«

Ehe der Fremde reagieren konnte, standen Boris und Quirin, jeder mit einem Bier in der Linken, neben den Mädchen.

»Schleich dich, wer immer du bist!«, knurrte Boris den Wassertrinker an. »Du störst.«

»Bei einer Trauerfeier?« Der Fremde war mittelgroß, schlank und trug zu teuren Markenjeans ein schwarzes Shirt und eine ebenfalls schwarze Lederjacke. Katrin schätzte ihn auf circa 35. Jetzt, aus der Nähe, fiel ihr die ungewöhnliche Farbe seiner Augen auf. Sie schimmerten in einem tiefen dunklen Grün, ähnlich wie die Flasche auf dem Boden.

»Was geht's dich an, was wir feiern?« Der Quirin stellte sein Bier ab, zog einen brennenden Ast aus dem Feuer und hielt ihn drohend nach vorn, als wolle er ihn dem Fremden ins Gesicht stoßen. Vorsichtshalber wich der Mann einen Schritt zurück. Seine Augen wurden schmal.

»Deine Freundin hat meine Flasche ruiniert.« Er wies auf Eva, und im nächsten Augenblick sauste der Ast haarscharf an ihm vorbei, sodass er sich instinktiv duckte. Gleich darauf fassten ihn vier kräftige Männerhände, zerrten ihn Richtung Fluss.

»Loslassen! Lasst mich verdammt noch mal los!« Der Fremde trat nach Boris, versuchte sich zu befreien, hatte aber keine Chance. Im Nu flog er ins eisige Wasser, kam wieder hoch, doch seine Schuhe rutschten auf den glitschigen Steinen, sodass er Mühe hatte, sein Gleichgewicht zu halten. Und dann landete eine Faust in seinem Magen, dass er in der Saalach zusammenbrach.

»Das sind unsre Mädel! Wenn du Wichser noch mal wagst, sie anzubaggern, dann –!« Als sich der Fremde mit schmerzverzerrtem Gesicht aufrappelte, blitzte ein Messer in Boris' Hand. »Ich schneid dir die Eier ab und fütter die Fisch' damit, hast kapiert?«

Beide Hände auf den Magen gepresst, stolperte der Fremde zum Ufer. Kaum hatte er es erreicht, als Boris ihn erneut zu Boden schlug.

»Boris! Quiri! Spinnts jetzt?« Katrin erwachte aus ihrer Starre. »Der Mann hat überhaupt nichts getan. Die Ev hat bloß geglaubt, er hätte Alk und stattdessen …«

Aber Eva versuchte, ihr den Mund zuzuhalten. »Lass doch! Der Arsch hat sich über uns lustig gemacht mit seinem Scheißwasser. Und jetzt lachen wir über ihn, wenn die Jungs ihn z'sammknicken.«

»Das ist nicht lustig.« Katrin riss sich los, und zu ihrer Überraschung kam der Quirin ihr zu Hilfe.

»Hör auf, Boris, die Kat hat recht! Die Bullen haben uns eh auf der Abschussliste, wegen der Sache mit der Nina. Im Moment sollten wir ein bisserl vorsichtig sein.«

Widerwillig ließ Boris die Fäuste sinken. Der Fremde versuchte, auf die Knie zu kommen, schüttelte das Wasser aus seinen Haaren.

»Ist August, Mann. Erfrieren wirst nicht.« Mitgefühl zählte nicht zu Evas Stärken. Obwohl sie wusste, dass das Wasser aus den Bergen selbst im Sommer eiskalt war.

»Tut uns leid. Wirklich«, hörte Katrin sich sagen und neben sich Evas verächtliches Schnauben. »Die Jungs haben halt gemeint, du wolltest uns an die Wäsche.«

Paul blickte sie an. Erkannte das Mädchen, das in der Nacht zuvor der Tänzerin das Top hatte reichen wollen. »Die Nina – war die deine beste Freundin?«

Quirin, der das Feuer aufschürte, hielt in der Bewegung inne. Boris, der sich bei den Getränken zu schaffen gemacht hatte, richtete sich auf.

»Was weißt von der Nina, du Dreckskerl?« Eva hielt Katrin, die sich zurückziehen wollte, am Arm fest. »Was hast du Scheißwichser mit der Nina zu schaffen gehabt?«

Paul hielt Evas Blick stand. Lange. Dann sah er zu Katrin.

»Ich hab sie auf der Kiesbank entdeckt, gestern«, sagte er ruhig. Katrin brach in Tränen aus und vergrub das Gesicht an Evas Schulter.

»Hier.« Paul fummelte in der Innentasche seiner Jacke und förderte eine an den Rändern aufgeweichte Visitenkarte zutage, die er Katrin in die schlaffe Hand drückte. »Mein Name ist Paul Leonberger. Ich hab deine Freundin dort liegen gesehen und ... ihr Gesicht geht mir nicht aus dem Kopf. Deshalb bin ich hier.«

Katrin ließ Eva los, setzte sich ans Feuer und starrte in die Flammen. »Die Nina«, ihre Stimme kam nur als Flüstern, »die Nina ... war meine Schwester.« Sie legte den Kopf auf die angezogenen Knie und schluchzte auf.

»Kannst du sie nicht, verdammt noch mal, in Ruh lassen?«, schrie der Quirin den Journalisten an. »Ihr geht's scheiße, kapierst das nicht?«

Paul ignorierte ihn, wollte sich neben Katrin setzen, doch der Boris riss ihn hoch.

»Hast Wasser in den Ohren, oder was? Du sollst sie in Ruh lassen! Dich endlich verpissen!« Er stieß Paul fort, und der Journalist wandte sich wortlos um und marschierte zur Treppe, die zur Straße hochführte. Und als er von oben über die Schulter zurücksah, fragte er sich, was die Clique getrieben hatte, während Nina auf der Kiesbank starb. Warum hatten sie das Mädel allein gelassen? Waren sie so zugedröhnt gewesen, dass sie Nina einfach vergaßen? Oder hatten sie in irgendeiner Weise mit ihrem Tod zu tun? Paul dachte an die Aggressivität, die Boris und Quirin ausstrahlten, und ihn schauderte nicht nur von der Nässe in seinen Kleidern.

Der Platz, an dem er die Leiche gefunden hatte, war auch am nächsten Tag noch mit rot-weißen Bändern abgesperrt. Paul hatte eigentlich nicht ans Saalachufer gehen wollen, aber schließlich hatte ihn der Gedanke an die junge Tote doch wieder hergetrieben. Mitten in dem gesperrten Areal lag ein Strauß weißer Moosröschen. Frische Blumen, von einem rosa Band zusammengehalten.

»Schon wieder Sie!«

Paul wandte sich um. Er hätte den Dicken sofort erkannt, auch wenn der nicht sein Raptoren-Shirt getragen hätte. Und wieder schoss die Erinnerung an den Jakob vom Schulhof durch Pauls Gehirn. »Sie sind ja auch da«, sagte er jedoch nur.

»Ich hab 'ne Kneipe, gleich da oben. ›Saalach-Bar‹.«

»Und die machen Sie schon so früh auf?«

»Muss putzen.« Jakob, dessen Stimme von reichlichem Alkohol- und Zigarettengenuss zeugte, wies mit dem Kinn zu dem abgesperrten Bereich. »Die Bullen haben natürlich keinen Schimmer, wer's war.«

»Und Sie?« Paul war sicher, dass der Mann seine ganz eigene Meinung zu dem Thema haben würde. Er sah Jakob an und wartete. Stumm. Die meisten Menschen konnten solche Stille schlecht aushalten, wurden nervös, wenn ihr Gesprächspartner zu lange schwieg. Und plapperten dann Dinge aus, die sie gar nicht hatten verraten wollen. Das konnte man sich als Journalist zunutze machen.

»Die Saufburschen, die sich abends am Fluss treffen.« Der Kneipier rieb sich über das stopplige Kinn. »Das ist 'ne ganz üble Bagasch.«

Paul nickte, ohne sich zu äußern.

»Neulich, da haben s' mir in der Nacht Hundescheiße an die Tür geschmiert. Gestunken hat's wie nur was.«

»Sie können nicht beweisen, dass die's waren, oder?«

»Wer sonst sollt's gewesen sein?«

»Und weshalb haben die was gegen Sie?«, erkundigte sich Paul interessiert.

»Weil ich sie nimmer anschreiben lass, die Saubande. Mein Laden ist nicht die Caritas. Aber jetzt muss ich arbeiten. Die Kneipe putzt sich nicht von allein.« Jakob stapfte davon, und Paul fragte sich, weshalb der Mann überhaupt an den Fluss herunter gekommen war. Aus Sensationsgier? Oder hatte er die Tote besser gekannt, als er zugeben wollte? Paul war nie in der »Saalach-Bar« eingekehrt und überlegte, ob er das in Zukunft ändern sollte.

Das Mädchen entdeckte er erst, als er eben gehen wollte. Katrin Matieser: Ihren vollen Namen hatte ihm der Schorsch gemailt. Sie kauerte hinter einem Busch, musste die gesamte Szene mit angehört haben. Paul blieb stehen, sah demonstrativ zu ihr, und schließlich stand sie auf.

»Hast du die Blumen gebracht?«, fragte Paul.

»Haben dir die Jungs gestern nicht gesagt, dass du uns in Frieden lassen sollst?« Ihre Stimme klang aggressiv, aber ihr Gesicht wirkte so kindlich-traurig, dass es Paul schmerzlich anrührte.

»Warum …« Er zögerte, wusste, dass er ein sensibles Thema berührte. »Warum hat deine Schwester so viel getrunken, in jener Nacht?«

Katrin stieg über das rot-weiße Band und setzte sich neben die Rosen, den Rücken zu Paul. »Sie war nicht richtig meine Schwester«, sagte sie nach einer langen Pause. »Nur meine Halbschwester.«

Auch das wusste Paul bereits von seinem Assistenten, und sein Gefühl sagte ihm, dass das Mädchen Wert auf diese Feststellung legte. »Und warum hatte Nina also so viel getrunken?«, wiederholte er seine vorige Frage.

Endlich sah Katrin ihn wieder an. »Wegen dem Basti.«

Paul erinnerte sich an das fb-Foto. Der fremde Junge mit dem Lederarmband, der auf der Party am Fluss gefehlt hatte. »Wer genau ist der Basti?«

Ihr Fuß scharrte im Uferkies. Paul wusste, dass sie nicht dort sitzen sollte, innerhalb des gesperrten Bereichs. Aber er war kein Polizist und wollte es sich nicht mit ihr verderben. Nicht jetzt, wo sie zu reden anfing.

»Der Basti war Ninas Freund, aber sie ... haben sich gezofft. Vor vier Wochen oder so. Sie wollt sich wieder mit ihm versöhnen, aber er ... Er geht nicht ans Telefon, wenn sie anruft, er reagiert nicht auf Nachrichten, macht nicht auf, wenn sie klingelt. Der verdammte Arsch!« Katrin schniefte, wischte mit der Hand über die Augen.

»Und weswegen haben die beiden gestritten? Missverständnisse zwischen Lovern, das passiert halt. Muss nicht endgültig sein.« Was rede ich Depp, dachte Paul. Nach Janine war ich selbst völlig daneben. Bin's noch.

»Was weiß ich, warum die beiden sich gezofft haben.« Sie starrte auf den Kies, und er vermutete, dass sie log.

»Und wie hat der Basti auf Ninas Tod reagiert?«

»Gar nicht«, sagte sie mit einer ganz kleinen Stimme. »Er hat sich nicht mal gemeldet.«

»Hat ihm denn jemand Bescheid gesagt …?« Paul brach ab. Der Tod des Mädchens war nicht nur groß in der Zeitung gestanden, sowohl in der Print- als auch in der Online-Ausgabe, sondern ebenso in Fernsehen und Radio breitgetreten worden. Wenn irgendjemand in Reichenhall nichts davon mitbekommen hatte, musste er blind und taub sein.

»Vielleicht hätt ich zu ihm gehen sollen … Aber ich hab's nicht fertiggebracht.« Katrin blickte auf, als Paul ebenfalls über die Absperrung stieg und sich neben sie setzte. Aus der Nähe sah sie noch kindlicher aus, ein Eindruck, den ihre leicht nach oben gebogene Nase erhöhte. Doch ihre Lippen waren die einer Frau, sinnlich und voll. Ein Lolita-Typ.

»Möglicherweise bereut er den Streit mit deiner Schwester längst? Und weiß bloß nicht, was er euch jetzt sagen soll«, schlug Paul vor. Beide schwiegen für lange Minuten.

»Die Bullen waren heut Nachmittag wieder bei meiner Mutter. Aber ich hab ihnen nichts von dem Basti erzählt.« Sie blickte Paul von der Seite her an. »Weiß nicht, warum ich's dir sag. Ich kenn dich eigentlich gar nicht.«

»Vielleicht weil du spürst, dass wir was gemeinsam haben?«

Misstrauen trat in ihre Augen. »Und was sollte das groß sein?«

»Du trauerst um deine Schwester, deren Leben zu früh geendet hat.« Paul hob einen flachen Kiesel auf, schleuderte ihn in Richtung Fluss. »Und meine Schwester … ist ebenfalls viel zu jung gestorben.« Er nahm einen zweiten Stein, wog ihn in der Hand. »Wahrscheinlich hat mich Ninas Tod deshalb so stark berührt. Ich dachte für einen Moment, ich sähe Sonja dort liegen. Sie hatte die gleichen blonden Haare, die gleichen Sommersprossen wie ihr …«

Katrin starrte zu Boden. »Wie ist deine Schwester gestorben?« Bitterkeit schwang in ihrer Stimme. »Hat sie sich auch die Gehirnzellen zu Mus gesoffen?«

»Hat Nina das getan?«

Sie begann zu weinen. »Mein Leben war vor ihrem Tod schon ziemlich scheiße. Und was soll jetzt werden?« Geräuschvoll zog sie die Nase hoch, sah wieder auf. »Wie ist dein Leben?«

»Bis vor Kurzem hätte ich ›gut‹ gesagt.« Paul machte eine hilflose Geste. »Ich weiß es nicht. Nicht mehr.«

»Wir wollten nach Lanzarote.« Katrin weinte heftiger. »Wir hatten's keinem der andern gesagt, aber wir hatten angefangen, dafür zu sparen. Einmal rauskommen, weg von allem … Verstehst?« Sie konnte nicht weitersprechen, Tränen rannen ihr über die Wangen. Paul zögerte einen Moment, legte ihr dann den Arm um die Schultern und spürte, wie dünn sie waren, wie zart die Knochen. Und erschrak über sich selbst, als ihm klar wurde, welche Gefühle dieses Mädchen in ihm auszulösen drohte.

Doch Katrin stieß ihn beiseite, holte aus ihrer Jacke eine Miniflasche Rum, setzte sie an den Mund.

»Hör auf!«, sagte Paul scharf.

Ihre Stimmung kippte von einer Sekunde zur anderen. »Was hab ich denn noch?«, schrie sie ihn an und sprang auf die Füße. »Was bleibt mir denn, außer mich selbst zu Tod zu saufen?« Sie wollte über die Absperrung springen, blieb an dem Band hängen, stolperte und schlug nach Paul, der ihr aufhelfen wollte. »Diese verdammte Welt taugt nicht zum Leben!« Völlig außer sich schleuderte sie die leere Flasche auf Paul, der sich gerade rechtzeitig abduckte. »Zum Sterben taugt s' höchstens, und selbst dafür nicht besonders!«

Er ließ sie fortrennen, sah ihr nach und ahnte, dass dieses Mädchen mehr Hilfe benötigte, als sie von ihren Kumpanen bekam. Bleib an ihr dran, mahnte der journalistische Teil seines Verstands. *Da* könnte die Story deines Lebens rausspringen. Aber die andere Hälfte seines Gehirns wehrte sich vehement dagegen, die Trauer des jungen Mädchens auszubeuten. Weil sie so aufrichtig war wie sein eigenes Leid, damals, nach Sonja. Nein, schwor Paul sich grimmig. Um diesen verdammten Fall sollte sich weiterhin der Schorsch kümmern. Er selbst würde dem Mädchen höchstens unterstützend zur Seite stehen. Falls sie das zuließ.

Als ein letzter Tritt seinen willenlosen Körper über den Steilabbruch stieß, war der Junge in der festen Überzeugung, im nächsten Moment zu sterben, in den Abgrund gestürzt.

Bis ihn der Baum, den er in der Finsternis nicht hatte sehen können, auffing. Und nun hing er hier fest, mit einem Körper, der im Fieber glühte, und einer Stimme, die keinen Hilfeschrei mehr herausbrachte, sondern bestenfalls ein heiseres Krächzen.

Als der Morgen heraufdämmerte, als der Junge erkannte, dass ihn lediglich eine krüppelige Kiefer, die aus der Felswand herauswuchs, vor dem Sturz in die Tiefe bewahrte, pinkelte er sich vor Schreck in die Hose. Ein mickriger Baum, die Äste nicht dicker als sein Unterarm, entpuppte sich als Herr über Leben und Tod.

Wenige Meter neben ihm fiel ein Bach über die Wand; immer wieder trieb der Wind fein zerstäubte Feuchtigkeit herüber. Trotz des Fiebers fing der Junge an zu frieren. Seine Zähne schlugen aufeinander, er konnte das Zittern nicht mehr beherrschen. Ein ehemaliger Schulkamerad, den der

Junge vor einiger Zeit im Supermarkt getroffen hatte, war mittlerweile bei der Bergrettung aktiv. Er hatte dem Jungen erklärt, dass das Kältezittern eine Notfallmaßnahme des Körpers war, bei der die Muskeln durch winzige schnelle Bewegungen Wärme zu erzeugen versuchten. Wenn das nicht half, drohte der Tod.

Sollte er ihn herbeisehnen? Die Schmerzen in seinem geschundenen Körper waren unerträglich. Noch immer vermochte der Junge kaum zu fassen, was geschehen war. Er dachte zurück an die endlosen Stunden in der Dunkelheit, in denen er sich nicht hatte vorstellen können, dass es noch schlimmer kommen würde. Bis die grausame Hetzjagd in der Nacht begann, bei der er, als das Wild, von vornherein keine Chance gehabt hatte. Und doch kämpfte ein letztes Fünkchen Lebenswille gegen die Versuchung an, sich jetzt endgültig aufzugeben.

In wenigen Stunden wärmt dich die Sonne, versprach die winzige Stimme der Hoffnung. Irgendwann scheint sie auch auf diese Wand, dann musst du nicht länger frieren. Dann zieht sich der Tod zurück. Bis dahin musst du durchhalten. Egal wie.

Der Junge versuchte, seinen Traum zu aktivieren, zu Hilfe zu rufen. Die richtige Einstellung sei immens wichtig für das Überleben in Notfällen, hatte der Bergwachtler betont. Mentale Stärke verhieß bessere Chancen, selbst in fast aussichtslosen Situationen. Und die Lage des Jungen war aussichtslos. Außer es käme zufällig ein Wanderer vorbei, der ihn rechtzeitig entdeckte. Was in dieser Einsamkeit so unwahrscheinlich war wie der Gewinn einer Lottomillion.

Aber es fiel schwer, den Traum zu wecken. Unendlich schwer. Wie sollte man sich einen sonnenwarmen karibischen Strand vorgaukeln, wenn man vor Kälte zitternd an einer Bergwand hing? Der Junge zwang sich, die Augen zu schließen, die bis dahin gebannt in den Abgrund gestarrt hatten. Auf den harten Fels, der ihn 50 Meter tiefer erwartete.

Nun gelang es besser, sich das Schiff vorzustellen: einen riesigen weißen Kreuzfahrtkoloss in einer türkisblauen Meeresbucht. Der Strand schimmerte golden unter der Sonne, die grünen Wedel einer Kokospalme bewegten sich sanft im Wind, und ein braunhäutiges Mädchen mit wunderhübschen Augen lächelte dem Jungen zu, während sie ihm einen bunten Cocktail servierte. Eiswürfel klickten im Glas aneinander. Eis. Das die Kälte gnadenlos zurückbrachte. Mädchen, Strand und Kokospalme lösten sich auf wie die Schimären, die sie waren.

Der Junge schluchzte laut und schämte sich für seine Schwäche, obwohl ihn niemand sehen konnte. Und dann, plötzlich, verstummte er, als hielten selbst die Tränen den Atem an. Ein schwarzer Vogel kreiste über ihm, stieß ein hässliches Krächzen aus. Für einen Geier war er zu klein, wahrscheinlich handelte es sich um eine Krähe. Eine zweite tauchte über dem Abgrund auf, landete mit wild flatternden Flügeln auf einem Felsvorsprung in der Nähe. Krähen. Waren das nicht die, die Leichen die Augen aushackten? Wie Miniaturgeier Fetzen aus totem Fleisch rupften? Wussten die Vögel, dass der Mann in der Kiefer nicht mehr lange zu leben hatte? Wann würde er krepieren? In der nächsten Stunde? Zu Mittag? In der Nacht? Wie bereitete man sich auf das Sterben vor? Der Junge wagte nicht einmal mehr zu weinen, während ihn endlich, endlich ein erster Sonnenstrahl traf.

»Auf geht's!« Boris' Stimme klang verwischt, aber Katrin war an die verschwommenen Silben gewöhnt und verstand. Schwankend kam sie auf die Füße, hatte ebenso reichlich getankt wie die anderen. Im Sommerhimmel tanzten Sterne über der Saalach wie betrunkene Irrlichter. Die Wodkaflasche in der Hand, folgte Katrin den Freunden.

Die »Saalach-Bar« in der Loferer Straße, nur wenige 100 Meter vom üblichen Treffpunkt der Clique entfernt, hatte bereits geschlossen. Ab ein Uhr lohnte es nicht, wegen drei oder vier Nachtschwärmern weiter einen Mann an der Theke zu beschäftigen.

Die verwitterten Fensterläden waren vorgelegt, das Türgitter herabgelassen. Auf dem Gehsteig waren die blauen Plastikstühle um die Tische herum aufgestapelt und mit Eisenketten zusammengehängt.

Keiner sprach mehr, auch die Mädchen verhielten sich still, erstickten ihr Kichern hinter vorgehaltenen Händen. Der Quirin öffnete seinen Hosenschlitz, stellte sich vor das Türgitter und ließ sein Wasser hindurchrinnen. Trotz des Alkohols im Hirn wusste er, wie der Eingang am nächsten Tag in der Sommerluft stinken würde, und grinste den anderen triumphierend zu. Boris fummelte unterdessen mit einem selbst gebastelten Dietrich an einem der Vorhängeschlösser zwischen den Stühlen herum. Als er es endlich aufbrachte, warf er den Stapel um, zerrte zwei der Stühle fort, zurück Richtung Fluss. Der Quirin schnappte sich zwei weitere, und die Mädchen liefen voraus, um zu sehen, ob die Luft rein war.

»Schaukel … stühle«, lallte der Quirin, während er bis zu den Knien in den kalten Fluss watete. Dann erst ließ er die Stühle los, und sie wiegten sich in der Strömung. Boris schleuderte seine Stühle weit in die Saalach hinaus, und Eva konnte ihr Kichern kaum stoppen.

Der grelle Blitz kam so unerwartet, dass Katrin im ersten Moment an ein Sommergewitter glaubte. Bis sie sah, wie Boris und Quirin rannten. Wieder Richtung Loferer Straße.

»Scheißkamera! Gib die verdammte Scheißkamera her!« Das Blitzlicht hatte die Jungs schlagartig ernüchtert. Sie verfolgten einen rundlichen Mann, in dem Katrin unschwer den schmuddeligen Jakob erkannte.

Der Saalach-Wirt war zunächst im Vorteil, stolperte aber über die Gehsteigkante. Und schon hatte der Boris ihn im Würgegriff.

»Haut ab, ihr Hundskrüppel! Besoffenes Gschwerl!« Der Kneipier fluchte und schimpfte, versuchte, das Beweisfoto zu retten, doch vergeblich. Der Quirin entwand ihm die billige Kamera, nahm die Speicherkarte heraus und lief damit zur Saalach hinab.

»Diebstahl!« Erst jetzt fiel dem Wirt ein, um Hilfe zu schreien, aber Boris hieb ihm in den Magen, dass ihm die Luft wegblieb. Und er hilflos zusehen musste, wie seine Speicherkarte samt Beweisfoto vom Fluss davongetragen wurde.

Als sich die Gruppe auflöste, schlug eine Kirchturmuhr drei. Katrin trat in die Pedale, als gelte es, ein Rennen zu gewinnen. Den frischen Wind, den ihre dünne Kleidung nicht aufhalten konnte, bemerkte sie nicht einmal.

Vor dem Haus ihrer Mutter suchte sie nach dem Schlüssel, konnte ihn nicht gleich finden. Müde ließ sie sich neben der Tür zu Boden rutschen. Ihr war speiübel und sie übergab sich in einen blau blühenden Hibiskus-Strauch. Als sie den Kopf an die Wand lehnte und zu den Sternen hinauf-

46

blickte, fühlte sie unendliche Traurigkeit. Und allmählich wurde ihr klar, weshalb es ihr so mies ging: weil sie nur zu viert gewesen waren vor Jakobs dreckiger Bude.

Zu viert. Eine hatte gefehlt. Katrins Hirn arbeitete langsam. Kehrte mühselig zu dem Abend zurück, als sie Nina zum letzten Mal gesehen hatte. Nina hatte sich reichlich zugeschüttet, und schon vor dem Treffen kräftig vorgeglüht. Verständlich, wo sie Tag für Tag darauf gewartet hatte, dass ihr Freund, oder vielleicht sollte man Exfreund sagen, zu ihr zurückkommen würde. Doch er meldete sich nicht … Und Nina trank. Und trank. Bis sie nicht mehr wusste, wo sie war, mit wem. Bis sie anfing zu tanzen.

Tanzen. Katrin klammerte sich an diesen Gedanken, versuchte, ihn nicht entwischen zu lassen. Nina hatte getanzt. Am Kiesstrand, abseits vom Feuer, allein. Und dann? Als die Gruppe aufbrach? Hatte ihre Schwester da noch getanzt? Oder lag sie bereits am Boden?

Katrin wusste es nicht. »Nina«, flüsterte sie in den Nachthimmel hinauf. »Nina? Ich hab dich allein gelassen, kannst du mir je verzeihen?« Niemand antwortete, und neuerliche Übelkeit, gepaart mit dem grässlichen Schuldgefühl, überrollte Katrin wie eine Monsterwelle.

Sie versuchte aufzustehen. Flehte den Himmel an, ihr zu helfen. Fand endlich den Hausschlüssel. Betete zu den beschwipsten Sternen, dass die Mutter schlafen möge, konnte keine Auseinandersetzung brauchen. Sie schlich sich in die Wohnung, so leise wie möglich und von unendlicher Müdigkeit überwältigt. Nur ein paar Schritte, und sie wäre in ihrem Zimmer, könnte sich auf ihr Bett fallen lassen. Schlafen, schlafen, schlafen … Verführerischer, trunkener Schlaf, die Schwester des Todes.

Durch das Flurfenster flutete blasses Mondlicht. Katrins Mund fühlte sich pelzig an, ein ekliger Geschmack machte sich auf ihrer Zunge breit. Sie streifte die Schuhe ab, streckte sich auf dem Bett aus. Nina war tot. Und Katrin hatte mehr Angst, als sie je einem der Freunde eingestehen würde. Nie, nie würde sie die Furcht loswerden, dass der Mörder ihrer Schwester auch Eva und sie ins Visier nehmen könnte.

KAPITEL 3

Paul saß an seinem Schreibtisch, einen dampfenden Becher Kaffee neben dem Notebook. Der Vorteil seiner Arbeit bestand darin, dass er in der Regel schreiben konnte, wann und wo er wollte. Solange er einmal wöchentlich zur Redaktionssitzung erschien und die Deadlines zum Updaten des Online-Auftritts einhielt.

Derzeit standen naturgemäß Nachrichten über den Mord an der Saalach im Fokus von »Reichenhall heute«. Auch wenn man dazu streng genommen kaum etwas schreiben konnte. Die Familie der toten Nina weigerte sich, mit Pressevertretern zu sprechen. Und die Polizei äußerte sich derart vage, dass Paul klar war, dass es bisher keine Erfolg versprechenden Spuren gab. So frettete sich die Zeitung mit Spekulationen, Berichten über ähnliche Fälle und Polizeiarbeit im Allgemeinen durch, was Paul rigoros an seinen Assistenten Schorsch delegierte. Er selbst beschäftigte sich lieber mit einer Reihe zum Thema »Inklusion«, die ihm besonders am Herzen lag.

Doch ehe er sich diesem, seinem Lieblingsthema widmen konnte, musste er noch den vom Chefredakteur geforderten Artikel über *Migranten im Berchtesgadener Land* fertigstellen. Eine Aufgabe, die Paul bewusst machte, dass er sich selbst wie ein Fremder in der eigenen Region fühlte.

Im Berchtesgadener Land wurde das Bayerntum stolz vor sich her getragen. Musste es sogar, den Touristen zuliebe, die nicht nur grandiose Bergkulissen fotografieren wollten, sondern auch Blaskapellen, Frauen in Dirndlkleidern und Männer in Lederhosen. Doch hinter der bayrischen Kulisse sorgten nicht selten Menschen aus Tschechien, Polen, der Ukraine und anderen Ländern für den reibungslosen Ablauf der Alpenidylle. Und ein Journalist, der in den Morgenstunden die Pariser Cafés vermisste. Zusammen mit den tausendundein SMS von Janine: *Je t'aime à la folie, chéri …*

Paul rieb sich über die Augen, legte das Headset des Diktierprogramms beiseite und trank einen Schluck Kaffee. Ihm fehlte das knusprige Croissant dazu, aber er hatte keine Lust verspürt, schon morgens einkaufen zu gehen. Selbst wenn es zur nächsten Bäckerei nicht weit gewesen wäre. Mit dem Becher in der Hand checkte er rasch die Nachrichten der großen Finanzplätze – Frankfurt, London, New York, Tokio, Hongkong. Schließlich verdiente er das wirklich dicke Geld eher in seinem Zweitleben als Hobby-Finanzhai denn als Journalist.

Als er nach der kurzen Pause das Headset aufsetzte, um weiterzuarbeiten, klingelte es. Mit wenig Begeisterung ging er zur Tür, und als er öffnete, stand das Mädchen vor ihm.

»Ich wollt nicht allein hingehen«, sagte sie mit einer Stimme, die an ein verirrtes Kind erinnerte. Dank Schorschs Recherchen wusste Paul, dass sie 19 war, aber sie besaß die Figur einer unterentwickelten 14-Jährigen.

»Und deine Kumpel? Sind die mal wieder hageldicht? Oder warum können die dich nicht begleiten?« Wie immer, wenn ihn jemand bei der Arbeit störte, zahlte Paul es mit Unhöflichkeit heim.

Katrin wich seinem Blick aus, und Paul begriff, dass sie ihre Freunde nicht gefragt hatte. Weshalb? Gab es Streit in der Alk-Clique? Er musterte das Mädchen, erkannte die Anzeichen des Katers: die fahrigen Gesten, die Hand, die kurz gegen die Schläfe drückte.

»Totale Angeberkutsche«, sagte Katrin, als Paul sie endlich widerwillig in seinen BMW steigen ließ. Sie blickte auf die Rückbank. »Blagen hast keine, oder?«

Noch immer unwillig zog er die Brauen hoch.

»Weil nichts rumliegt in deiner Karre außer Erwachsenenkram.«

Paul lachte unfroh. »Arbeitest du für die Polizei? Oder die NSA?« Sie wandte den Kopf ab, und er begriff, dass ihr nicht nach Witzen zumute war.

»Ist Dienstag«, kam er zum Grund ihres Besuchs. »Arbeitet euer Bastian irgendwo?«

»Manchmal jobbt er. Im Supermarkt. Aber da war ich schon.«

Paul fragte sich, wovon die Cliquenmitglieder lebten. Hartz, elterliche Unterstützung und Gelegenheitsjobs? Wie war das bei Katrin? Wie hatte Nina ihr Leben finanziert? Doch jetzt schien nicht der geeignete Zeitpunkt für derartige Fragen.

»Was heißt *manchmal*? Hat er keinen festen Job?«

»Er geht auf's Gymi. Macht Abi nächstes Jahr.« Sie drehte sich zu Paul, und er sah, wie ihre Lippen zitterten. »Ich war sogar bei seinem Alten. Der hat den Basti schon fünf Wochen nicht mehr gesehen. Mindestens.«

»Machen sich seine Eltern da keine Sorgen?«

»Sie glauben, er pennt bei irgendwelchen Freunden.« Das Mädchen wickelte eine blonde Haarsträhne um den Zeigefinger. »Aber der Basti hat nur uns. Andere Freunde gibt's nicht.«

Paul schob den Zündschlüssel ins Schloss. Die Stille wurde drückend. Ebenso wie die Hitze. Schließlich ließ Paul das Schiebedach auffahren, die Fenster herunter. »Okay, sag mir, wo's hingehen soll.« Vielleicht, hoffte er, könnte er sie später nach Hause bringen, eventuell mit ihren Eltern reden. Was bisher kein Journalist geschafft hatte.

Das Mädchen warf ihm einen abschätzenden Blick zu. »Aber du musst's für dich behalten. 100 Pro.«

»Ich bin verschwiegen.«

»Musst du sein. In echt. Die Jungs würden dich sonst massakrieren.«

Paul spürte ein Kribbeln im Magen. Auf was ließ er sich hier ein?

Wenig später lenkte er den Wagen in Richtung der südlichen Berge.

»Wir müssen steigen, aber bloß ein kurzes Stück«, sagte Katrin, als sie an einem Wanderparkplatz hielten. Sie ging voran, und Paul folgte ihr. Erst einen breiten Weg entlang, dann über kaum erkennbare Pfade bis zu einem Aussichtspunkt im Wald über Reichenhall, wo das Mädchen stehen blieb.

»Das ist der Lieblingsplatz vom Basti«, erklärte Katrin. »Hierher ist er oft gegangen, wenn er nachdenken wollte.«

»Wenn das sein Platz ist, wieso weißt du davon?«

»Ab und an haben wir uns alle hier getroffen. Aber nur selten. Meist ist der Basti allein rauf. Oder mit der Nina.«

»Und warum hast du mich hergebracht?« Paul ließ sich auf einem Felsblock nieder, um zu vermitteln, dass er Zeit hatte, zuhören würde.

Katrin setzte sich neben ihm ins Gras, sodass sie in die Stadt hinuntersehen konnte. »Weil … ich mach mir echt Sorgen.« Sie riss ein paar Grashalme ab, legte sie in Form eines Kreuzes über das Bein ihrer Jeans.

Paul wartete.

»Ich hab Angst, dass er vielleicht gar nicht mehr heimkommen wird«, flüsterte das Mädchen und biss sich heftig auf die Lippen.

»Warum? Hat er so was angedeutet? Worüber haben deine Schwester und er gestritten?«

»Er wollt schauen, ob er auf 'nem Schiff anheuern kann. Nach dem Abi. Für 'n ganzes Jahr.« Katrin spielte weiter mit den Halmen. »Aber die Nina war total dagegen, weil … auf den Schiffen, diesen Kreuzfahrern, da hätt er 100 andere Mädel getroffen. Bessere. Solche, die nicht saufen.«

Paul schnippte eine Fliege von seinem Arm. »Katrin! Wieso hast du das nicht gleich erzählt? Wenn euer Bastian jetzt fort ist, hat er wahrscheinlich schlichtweg das getan, wovon er träumte: sich einen Job auf einem Schiff gesucht. Sind ja Ferien. Und vielleicht wollte er deiner Schwester einen Denkzettel verpassen, hat ihr deswegen nichts davon gesagt?«

Ohne aufzublicken, schüttelte Katrin den Kopf. »Glaub ich nicht.« Sie fuhr sich mit dem Handrücken übers Gesicht.

»Die Ferien wollt er mit uns verbringen, mit der Gruppe. Weil's doch seine letzten sind vorm Abi.« Mit einer heftigen Bewegung wischte sie die Halme von ihrem Bein. »Aber irgendwie komisch drauf war er schon länger ...«

»Ich will dir gern helfen«, sagte Paul. »Aber das kann ich nur, wenn du mir ein bisschen mehr von euch allen erzählst. Damit ich ein klareres Bild kriege.« Er überlegte. »Hatte euer Bastian noch mit jemand anderem Streit? Außer der Nina?«

Hilflos zuckte sie die Achseln. »Mit dem Quiri manchmal. Der war ja vor ihm mit der Nina beisammen.« Neben ihm, im Gras, wirkte sie zart und verletzlich. Und heulte unvermutet laut auf. »Manchmal«, stieß sie unter Schluchzen hervor, »manchmal frag ich mich, ob ihm nicht vielleicht auch was zugestoßen ist, dass er gar nicht ...« Ihre Worte verwehten. Paul fühlte sich, als schütte ihm jemand einen Kübel Eiswasser über den Rücken, wie bei der schwachsinnigen Polarkreistaufe, die Kreuzfahrt-Passagiere auf nördlichen Routen über sich ergehen lassen müssen. War Bastian Tritting tatsächlich nicht einfach nach einem Streit mit der Freundin aus Trotz abgehauen? War ihm womöglich, wie Katrin vermutete, etwas passiert, das ihn für immer und ewig daran hinderte zurückzukommen? Oder – dritte Möglichkeit – konnte er in jener fatalen Nacht am Saalachwehr auf Nina gestoßen sein? Wobei es zu einer neuerlichen heftigen Auseinandersetzung kam, die mit dem Tod des Mädchens endete?

Auf dem Rückweg, kurz bevor sie den breiten Wanderweg erreichten, hörten sie das Schimpfen eines Vogels, der gleich darauf in die Luft stieg. Automatisch blickten Paul und Katrin ihm nach.

Der Vogel flog über ein paar Wipfel, dann ertönte ein gedämpfter Knall. Das Tier geriet ins Trudeln, fiel und verschwand aus dem Blickfeld der Wanderer, die erschrocken stehen blieben.

»Ein Schuss!« Unwillkürlich fasste Paul nach dem Arm des Mädchens. Katrin schien weniger besorgt.

»Ich hasse Krähen«, sagte sie nur. »Verdammte Aasfresser. Die kann jeder gern abknallen, wenn's nach mir geht.«

»Vielleicht solltest du dir 'ne Brille zulegen. Das war ein Häher.« Zwar hatte der Vogel gegen das Sonnenlicht dunkler gewirkt, aber Paul hatte die auffällige Flügelzeichnung erkannt.

»Häher sind die Wächter des Waldes.« Zumindest das hatte sie in der Schule gelernt.

»Gerade deshalb sollte man sich gut mit ihnen stellen.« Paul überrann ein neuerlicher Schauder. Wer hatte den Wächter ausgeschaltet? Bedeutete es, dass es für die Wanderer nun keinen Schutz mehr gab? Mit hämmerndem Herzen zerrte er Katrin hinter ein paar halbhohe Büsche.

Sie standen stocksteif, wagten sich nicht zu rühren. Paul strengte seine Sinne an, in der Hoffnung, unverfängliche Rufe von Jägern zu hören. Oder einen Förster zu entdecken. Aber sah und hörte nichts. Mehrere Minuten lang.

»Wovor hast du Angst?«, flüsterte Katrin. Gleich darauf stieg irgendwo im Wald eine dunkle, traurige Melodie gen Himmel. Das Lied einer Flöte. Und Paul wusste sofort, dass er es schon einmal gehört hatte. In der Nähe des Saalachwehrs. In der Nacht, als Nina starb.

Zufall? Er wusste es nicht, doch die Furcht nistete sich in seinem Inneren ein und ließ sich auch durch das vernünftigste Argumentieren seines Verstands nicht völlig vertreiben. Das unangenehme Gefühl, als beobachte jemand ihre Schritte, blieb ihm erhalten, bis er endlich wieder in seinem Wagen saß.

»Wo bist du verdammt noch mal gewesen?«

Katrin erstarrte, als die kräftige Silhouette des Mannes in der Küchentür erschien. Wieso war der Vater hier?

»Du hast deinen Termin beim Arbeitsamt verpasst«, fügte die Mutter hinzu, wie immer bemüht beherrscht. »Frau Weißl hat uns angerufen.«

»Ich bin krank«, murmelte Katrin. Und dann schrie sie: »Mann, die Nina ist tot und ihr denkt ans … scheiß Arbeitsamt?«

»Anscheinend bist nicht zu krank, um dich draußen rumzutreiben!« Mit zwei schnellen Schritten war der Vater bei Katrin, und seine Ohrfeige schleuderte sie gegen die Flurwand. »Hör auf, uns anzulügen, deine Mutter und mich!«

Und hör du auf zuzuschlagen, sobald dir was nicht passt!, wollte Katrin sagen, doch sie schwieg. Nicht, weil sie das Gefühl hatte, die Ohrfeige verdient zu haben, sondern aus einer Ohnmacht heraus, die sie dem ganzen Leben gegenüber empfand.

»Geh und pack dein Graffel! Ich hab dir zwei Koffer ins Zimmer gestellt, mehr brauchst du nicht«, befahl der Vater nach einer Weile, und Katrin starrte ihn an.

»Aber … wohin …?«

»Deine Mutter kriegt dich nicht in den Griff«, sagte Max Matieser hart. »Aber ich mach ihr draus keinen Vorwurf«, setzte er nach, als er Luises empörte Miene gewahrte. »Und du selbst bist anscheinend zu blöd, um zu erkennen, dass du dich um deine Zukunft bringst, wennst dauernd mit diesen Asozialen rumziehst.«

»Das sind meine Freunde. Waren auch Ninas Freunde.«
Doch Katrin sagte es so leise, dass ihre Eltern nur ein Mur-
meln wahrnahmen. »Wo wollt ihr mich überhaupt hinschi-
cken?«, fragte sie nach einer Pause lauter.

»Zu deinem Onkel.« Jetzt sprach die Mutter, und Katrin erkannte den Ernst der Lage daran, dass sich die Eltern
einig waren. Während sie sich sonst über alles und jedes zer-
kriegten, sich deshalb getrennt hatten.

»Onkel Alex?« Katrin fühlte blankes Entsetzen.

»Kennst du noch andere Onkel?«, fragte Max Matieser
barsch. »Mein Bruder besitzt ein Gasthaus im Bayrischen
Wald, wie du weißt. Er kann den Sommer über Hilfe brauchen, und du musst weg von hier. Das passt perfekt.« Seine
buschigen Brauen zogen sich bedrohlich zusammen, und
Katrin wich sicherheitshalber einen Schritt zurück. »Aber
ich hatte Mühe, ihn zu überreden, dich aufzunehmen. Eine
wie du ist nämlich in Wahrheit für niemanden eine Hilfe.«

»Max!«, mahnte Luise mit ihrer Lehrerinnenstimme, »wir
wollten das ruhig und sachlich angehen.« Sie wandte sich
an ihre Tochter. »Im Moment mag dir dieser Schritt hart
erscheinen, aber später wirst du begreifen, dass wir zu deinem Besten handeln, wenn wir dich fortschicken. Ist dir
nicht klar, welche Sorgen wir uns machen? Was … Nina
passiert ist« – Luise kämpfte mit den Tränen – »soll auf keinen Fall auch dir …« Sie brachte den Satz nicht zu Ende.
Die Tränen brachen sich Bahn, und sie wandte sich ab, in
einem verzweifelten Versuch, ihre Emotionen unter Kontrolle zu bekommen.

»Du verstehst also, dass es sogar zu deinem Schutz
geschieht, wenn wir dich aus Reichenhall wegbringen.«
Angesichts von Luises Trauer schien der Vater ruhiger. »Mit

dem Nebeneffekt, dass du im Bayrischen Wald arbeiten lernen wirst, dein Leben hoffentlich endlich auf die Reihe bekommst. So kann's nicht weitergehen.«

»Wir machen uns solche Vorwürfe, weil wir nicht schon früher eingegriffen haben.« Luise fuhr sich unwillig über die nassen Wangen. »Wenn wir euch nicht so viel hätten durchgehen lassen, wäre Nina«, ihre Stimme sank zu einem Flüstern, »noch am Leben.«

»Und … für wie lange soll ich weg?« Katrin sah Ninas Gesicht vor sich. Nina, wie sie im Feuerschein tanzte.

»So lange wir's für nötig halten. Was sicher mit davon abhängen wird, wie kooperativ du dich im Wirtshaus einbringst«, stellte der Vater klar. »Und jetzt pack dein Gwand und dein Nachtzeug. Wir fahren in einer Stunde.«

Im Gegensatz zu Katrins Leben herrschte in Katrins Zimmer einigermaßen Ordnung. Die Mutter hatte bei beiden Töchtern von deren frühester Kindheit an auf Aufräumen, Aufräumen, Aufräumen bestanden. Und irgendwann hatte Katrin gemerkt, dass es einfacher war nachzugeben, als ständigen Streit zu provozieren. Auch die zwei roten Koffer standen perfekt parallel zueinander, als wollten sie die Ordnung nicht stören.

Katrin nahm einen rosa Plüschteddy, an dem sie besonders hing, aus dem Regal. Ihre Oma hatte ihr ihn geschenkt, vor vielen Jahren. Ohne den Teddy würde sie nirgendwo hinfahren. Sie versuchte, sich das Gasthaus des Onkels in Erinnerung zu rufen, doch es gelang nicht recht. Vor fünf Jahren etwa hatten sie und die Eltern ihn das letzte Mal in Neureichenau besucht. Danach hatten sich die Eltern getrennt, und Katrin hatte Alex Matieser nicht mehr gesehen. Wie würde er sie aufnehmen, mit dem Wissen, dass die Eltern sie loswerden wollten? Hatten sie ihm gesagt, er müsse sie hart rannehmen? Der Vater bestimmt.

Wieder musste Katrin an Nina denken, und die Sehnsucht nach der Schwester, die eigentlich eine Halbschwester aus Luises erster Ehe war, überwältigte sie. Wenn Nina noch lebte, würden sie zumindest zusammen fortfahren können. Auch wenn der bayrische Wald nicht Lanzarote war. Dann dachte sie an den verschwundenen Basti, der ihnen nicht mehr helfen konnte. Und an Eva. Würde die Freundin sich widerstandslos fortschicken lassen? Gewiss nicht. Eva, die bei ihrer Oma lebte, fühlte sich frei wie ein Vogel und benahm sich genauso. Sie würde niemals klein beigegeben, sich wie ein Kind behandeln lassen.

Ich bin auch kein Kind mehr, schoss es Katrin durch den Kopf. Mit meinen 19 Jahren bin ich volljährig, erwachsen. Muss mich nicht rumkommandieren oder verschicken lassen. Doch zugleich mit dem Trotz kam die Angst vor der Konfrontation. Die bange Frage: Was soll aus mir werden, wenn ich mich weigere zu fahren? Wenn sie mich rauswerfen? Zu ihren Großeltern konnte sie nicht ziehen, der Opa war seit Jahren tot. Und die Oma lebte im Altenheim, litt unter Demenz, erkannte die Enkelin nicht mehr.

Katrin setzte sich auf ihr Bett, drückte den Teddy an sich. Ich kann jetzt nicht weg. Ich kann nicht weg, solange ich nicht weiß, was mit Nina und Basti geschehen ist! Sie begriff, dass es nur eine Lösung gab. Leise stand sie auf, öffnete die Tür und horchte nach unten zum Wohnzimmer hin. Laute Stimmen, aber nicht aus dem Fernseher. Die Eltern zofften sich, natürlich. Schnell zerrte Katrin ein paar Kleidungsstücke aus dem Schrank, warf sie in den kleineren Koffer, den Teddy obendrauf, dazu ihr bisschen Geld und ein paar Kleinigkeiten, die ihr unentbehrlich erschienen.

Das Haus war in einen Hang gebaut, sodass man im Obergeschoss an der Rückseite vom Fenster aus in den Garten steigen konnte. Und zwar am einfachsten im Arbeitszimmer der Mutter, dem »Studio«, wie Luise Matieser es bezeichnete. Früher hatten Nina und Katrin das Haus des Öfteren nachts auf diese Weise verlassen. Ärgerlich war nur, dass sie nicht riskieren durfte, ihre Jacke von der Garderobe unten zu holen, denn die Nächte konnten selbst im Sommer kühl werden. Aber im Schrank hing der dünne Anorak, den die Mutter ihr letzte Weihnachten geschenkt hatte. Zwar traf er nicht Katrins Geschmack – zu brav, zu praktisch – aber für den jetzigen Zweck eignete er sich gar nicht mal so schlecht.

Katrin schlich mit ihrem Gepäck ins Arbeitszimmer, hob den Koffer aufs Fensterbrett, kletterte vorsichtig hinaus.

»Mach voran, Mädel!«, hörte sie den Vater vom Erdgeschoss her brüllen. Bei der Vorstellung, er könne sie bei ihrer Flucht erwischen, brach ihr der Schweiß aus. Sie sah den 13-jährigen Nachbarbuben im angrenzenden Garten, seinen überraschten Blick, und bedeutete ihm rasch zu schweigen. Der Junge grinste und hob die Finger zum Victory-V.

Geduckt lief Katrin den Hang entlang zum Zaun, wuchtete den Koffer darüber und lief weiter, so schnell sie konnte, in den nahen Wald hinein. Wenigstens bis Einbruch der Nacht musste sie den Koffer verstecken, denn mit dem sperrigen Gepäck würde sie überall auffallen.

Nie zuvor hatte Katrin sich darüber Gedanken gemacht, dass in dem Fichtenwaldstück kaum Unterholz wuchs, und es somit wenige Möglichkeiten gab, einen größeren Gegenstand zu verbergen. Ob sie es hier wagen durfte, langsamer zu gehen? Nein, noch nicht. Sobald der Vater merkte, dass sie die Fliege gemacht hatte, würde er sofort an das Studiofenster denken. Schließlich betrieb er einen Sicherheitsdienst, wusste über Schwachstellen von Gebäuden bestens Bescheid. Auch wenn sich sein Job mehr um Ein- als Ausbrüche drehte.

Der Koffer war das denkbar unhandlichste Gepäckstück, das Katrin sich vorstellen konnte. Eine Reisetasche mit Schulterriemen oder ein Rucksack wären tausendmal praktischer. Aber in Katrins Zimmer war ihr weder das eine noch das andere zur Verfügung gestanden.

Immerhin erreichte sie bald keuchend dichteren Mischwald, wo sie den Koffer in ein Dickicht schob. Und weiter bergauf hastete, so rasch es ging.

»In den Bergen bist sicher«, hatte der Basti immer behauptet. »Und wennst mal für dich sein willst, findet dich dort keiner.« Ihr Vater würde bestimmt glauben, dass sie zur Eva gerannt war oder zu einem der Jungs. Würde die sogar beschatten lassen, falls einer der drei Deppen, die für ihn Schwarze Sheriffs spielten, gerade frei war. Sie fragte sich, ob sie es wagen dürfte, abends zum Wehr zu gehen. Nein, wahrscheinlich war das zu riskant.

Trotz des warmen Wetters, trotz des Laufens fror sie plötzlich, und die Pullover lagen im Koffer. Sie fror aus Angst und Einsamkeit. Denn wo sollte sie hin, wenn sie nicht zu den Freunden konnte? Wo schlafen? Flüchtig dachte sie an Paul Leonberger. Aber der gehörte nicht zu ihrer Welt, sondern zu denen, die bestimmt nicht geheim halten würden, wo sie steckte. Oder? Katrin stiegen Tränen in die Augen. Sie fühlte sich wieder wie das zwölfjährige Schulmädchen, das sich beim Klassenausflug am Jenner verlaufen hatte. Erinnerte sich an die panische Angst, als sie im vom Tal aufsteigenden Nebel umherirrte und befürchtete, die Nacht allein am Berg verbringen zu müssen. Damals hatte die Lehrerin sie rechtzeitig gefunden, aber heute? Heute durfte sie sich nicht mal finden lassen.

Vielleicht wäre es besser, nach Berchtesgaden zu laufen und von dort mit dem Zug wegzufahren? In eine größere Stadt, wo das Untertauchen leichter wäre? Aber wäre es das wirklich? Für jemanden wie Eva bestimmt. Aber Katrin hatte Evas Art, sich Geld zu beschaffen, nie gefallen. Und im Klauen war sie ebenfalls ungeschickt. Weshalb sie für Nina und Eva höchstens mal Schmiere gestanden hatte.

Ihr Atem kam in schweren Stößen, und sie verließ den Weg, setzte sich ein paar Meter weiter hinter einen Felsen, der sie vor den Blicken eventueller Verfolger verbergen würde. Und kämpfte nicht einmal mehr gegen die Tränen an, die über ihre Wangen strömten.

Katrin wusste nicht, wie lange sie so gesessen hatte, ehe ihr der Gedanke kam, dass sie doch nicht jeden Kontakt mit den Freunden meiden musste; schließlich besaß sie ihr Handy. Sie würde Eva oder Quirin anrufen, und einer der beiden könnte sich hier im Wald mit ihr treffen. Könnte ihr Essen und einen Schlafsack besorgen. Der Quirin war scharf auf sie, der würde sogar mit Begeisterung die Nacht mit ihr draußen verbringen, vorgeblich damit sie sich nicht fürchten müsste. Aber Katrin wusste nicht, ob sie so weit gehen wollte. Eine Nacht war lang und würde dem Quiri zu viel Hoffnung machen. Auf mehr, als Katrin zu geben bereit war. Vor allem jetzt, nach Ninas Tod. Mitten in den quälenden Schuldgefühlen.

Außerdem … Katrin dachte an den Abend zurück, an dem die Jungs Paul Leonberger ins Wasser geworfen hatten. Seit der Basti fort war, schienen sich der Quirin und der Boris härter zu geben, aggressiver. Auch untereinander, bei den Streitigkeiten um die Hackordnung. Basti war der Ausgleichende gewesen, der halbwegs Vernünftige, der die Kumpel oft auf humorvolle Art gebremst hatte, wenn sie zu rabiat auftraten. Katrin gestand sich ein, dass der Quiri und der Boris jetzt manchmal sogar ihr Angst einjagten.

Sie beschloss deshalb, lieber Eva anzurufen. Mit dem Handrücken wischte sie die Tränen fort und wollte die Kurzwahl für Evas Nummer drücken, doch das Display blieb schwarz. Verständnislos starrte Katrin auf ihr Billighandy, das sie gebraucht gekauft hatte, nachdem die Mutter letzte Woche ihr Smartphone konfisziert hatte. Hatte sie vergessen, das Gerät zu laden? Aber so ein Akku hielt normalerweise ewig. Der durfte doch nicht gerade heute schlappmachen! Und auf einmal durchlief es Katrin eiskalt: Sie konnte das Handy nicht laden, selbst wenn sie eine Steckdose finden sollte. Weil sie das Ladegerät nicht eingepackt hatte. Der Gedanke entsetzte sie so sehr, dass sie nicht einmal mehr heulen konnte.

Paul arbeitete wieder am Notebook, als der Vater anrief.

»Dieser Kommissar war bei mir. Ich kann mir seinen Namen nicht merken.«

»Porant?« Paul fühlte, wie sich sein Magen verkrampfte.

»Ja, so irgendwie.«

Paul schwieg. Hatte keineswegs die Absicht, dem Vater entgegenzukommen.

»Er hat von der Sonja angefangen.« Die Stimme des alten Mannes schaltete auf weinerlich. »Mir geht's sakrisch schlecht seither … Kein Wunder. Deine Mutter hat die Sache damals ins Grab gebracht.«

»Warum hast du den Kerl nicht einfach weggeschickt?« Wie immer hatte Paul den Verdacht, dass der Vater simulierte. In der Absicht zu manipulieren.

»Einen Polizisten? Ich hab die Pflicht, ihm zuzuhören.«

»Nimm eine Schlaftablette und geh ins Bett.«

»Du bist ein Eisklotz! Mein Sohn ist ein Eisklotz ohne Gefühl. Deshalb denk ich oft, dass …«

Dass der Kommissar recht hat, vollendete Paul den Satz stumm für sich. »Ich bin müde. Hatte einen anstrengenden Tag«, sagte er stattdessen.

»Faule Ausrede. Wie kann man müd werden, wenn man bloß am Schreibtisch hockt? Ich bin früher zehn Stunden am Stück im Laden gestanden. Was hätt ich da sagen sollen?«

»Versuch zu schlafen, Vater. Ich schau in den nächsten Tagen bei dir vorbei.«

»Kommst ja doch nicht. Hast deine Mutter vernachlässigt, kümmerst dich nicht um deinen sterbenskranken Vater. Und was du mit der Sonja getrieben hast, weiß kein Mensch. Ich …«

Paul zog den Stecker des altmodischen Telefons aus der Dose, schaltete auch sein Handy ab und schob es in die Schreibtisch-Schublade. Dann holte er sich eine Flasche Single Malt und ein Glas. Einen Eiscrusher gab's in dieser verdammten Bruchbude mit dem Kühlschrank aus den 70ern natürlich nicht.

»Warum bist du Idiot zurückgekommen?«, fragte Paul sich laut. »Nur weil du deine Berge so vermisst hast?« Unvoreingenommen betrachtet war die Landschaft grandios. Doch unter der hübschen Oberfläche aus saftigen

Almwiesen und schneeüberzuckerten Gipfeln entdeckte man die Wirklichkeit: Die Bergwelt war grausam. Nicht umsonst gab es die Legenden von Teufelslöchern, steinernen Hexen und dem brutalen König Watzmann, der zur Strafe für seine Untaten zu Fels wurde. Manchmal würde auch ich mich am liebsten in Stein verwandeln, von den Bergen herab den Menschen zusehen können, ohne mich in ihre dämlichen Streitigkeiten hineinziehen lassen zu müssen, dachte Paul bitter.

Aber war er nicht gerade deshalb nach Reichenhall zurückgekehrt? Um sich den Dämonen der Vergangenheit zu stellen, ihrer endlich Herr zu werden?

KAPITEL 4

In Paris war Paul an der Seine gejoggt oder in Parks. In Reichenhall eroberte er sich eine während seiner städtischen Jahre halb vergessene Welt zurück. Es machte ihm nichts aus, bis in die Nacht hinein am Computer für die Redaktion zu arbeiten, wenn er dafür tagsüber zwei, drei Stunden abknapsen konnte, um in den Bergen herumzustreifen.

In die stille Almwiese, auf die er am Tag von Ninas Tod zufällig geraten war, hatte er sich auf Anhieb verliebt. Und mittlerweile auch eine Abkürzung dorthin entdeckt. Der Aufstieg dauerte nun vom Wanderparkplatz aus, wenn man flott marschierte, nicht viel länger als eine Stunde, herunter ging's noch schneller. Der perfekte Ausflug für zwischendurch.

Auch an diesem Tag hatte Paul an dem sonnigen abgeschiedenen Ort Zuflucht gesucht, um über das Verschwinden von Bastian Tritting nachzugrübeln. Doch plötzlich schreckte ihn eine Stimme auf:

»Hast dich verirrt?«

Paul wandte den Kopf. Hinter ihm stand ein älterer Mann in Cordhose und Lodenjoppe, mit einem uralten Lederkäppi auf dem Kopf. Er stützte sich auf einen grob geschnitzten Stab und blickte Paul aus misstrauisch zusammengekniffenen Augen an.

»Nein. Ich … mach nur Pause.« Rasch erhob sich Paul von dem grauen Felsblock, der ihm als Sitz gedient hatte. Er hatte es nie gemocht, zu anderen aufschauen zu müssen.

»Und denke nach.«

»Über die Schlechtigkeit der Welt? Drunten in Reichenhall haben s' neulich eine Leich' gefunden. Das haben s' im Radio gebracht. Eine Frauenleich'.«

Paul fragte sich, wo der Mann hingehören mochte. Wie ein Wanderer wirkte er nicht, eher wie ein Almbauer. Erst als er näherkam, erkannte Paul, dass es gar kein Mann war. Sondern eine wie ein Mann gekleidete Frau. Die sich Paul gegenüber setzte, einen Flachmann aus der Joppe zog und den Journalisten musterte. »Kommst aus Reichenhall?«

»In gewisser Weise.«

»Was glaubst, wie froh ich bin, dass ich hier heroben wohne, nicht unten in der Stadt.« Die Frau wies vage nach links. »Mein Hof liegt dort drüben, hinter der Kuppn.«

»Schöne Gegend. Obwohl ich's mir hart vorstelle, den Winter am Berg zu verbringen. Oder ziehen Sie in der kalten Jahreszeit runter in den Ort, Frau …?« Aus der Gewohnheit des Journalisten heraus fragte er automatisch nach ihrem Namen.

»Krenmayer heiß ich. Krenmayer Hanna.« Sie sagte es mit einem gewissen Stolz. Vielleicht hatte sie seit ewigen Zeiten niemandem mehr ihren Namen genannt. War für die Touristen nur eine verschrobene Alte mit schwer verständlichem Dialekt. Bei der man ein Glas Milch zu zwei Euro trank, sich vor ein paar Kühen oder Schafen fotografieren ließ, und die man beim Weiterziehen gleich wieder vergaß.

»Im Winter ist's gar nicht schlecht hier heroben. Ruhig.« Offenbar war sie zum Reden aufgelegt. Vermutlich hoffte sie, Paul würde mehr über »die Leich'« erzählen können.

Doch er fühlte wenig Lust, über die tote junge Frau zu sprechen, hatte mit den eigenen Gedanken genug. »Dann genießen Sie Ihr Bergidyll, Frau Krenmayer. Ich muss langsam wieder runter.«

Die Bäuerin steckte die Flasche ein und kam, wie er befürchtet hatte, auf die Tote zurück. »Früher waren die Leut net so brutal. Früher hätt's hier so was nicht gegeben.«

Paul verbarg ein bitteres Lächeln. Warum glaubten die Leute immer an die Märchen von der guten alten Zeit? Jede Zeit hatte ihre Probleme. Auch in Reichenhall. Wer wüsste das besser als er?

»Früher hätten die jungen Leut arbeiten müssen. Da wären s' net am Fluss rumgelungert und hätten g'soffen.« Hanna nickte heftig, als müsse sie ihre eigenen Worte bestätigen. »Schau mich an! Erst hab ich mit dem Vater den Hof bewirtschaftet und jetzt allein. Zeit für Flausen hat's bei mir nie gegeben. Nie.«

»Und Zeit für Freude?« Paul erinnerte sich vage, den Hof früher einmal aus der Ferne gesehen zu haben. Einzelgänger, der er war, hatte er sich allerdings stets von den Almhütten fern gehalten, war lieber die einsamen Pfade gegangen.

»Freude kommt von anständiger Arbeit.« Hanna sah Pauls skeptischen Blick, umfasste mit einer weiten Geste die Berge ringsherum. »Wenn ich hier draußen bin mit den Schafen, das ist meine größte Freud, verstehst?«

»Vielleicht sind Sie leicht zufriedenzustellen«, mutmaßte Paul. Hanna lachte und steckte den Flachmann ein.

»Das ist's, junger Mann. Und genau das hat die heutige Generation verlernt. Die jungen Leut wollen immer nur mehr, mehr, mehr. Dann reicht ihnen 's Geld nicht, und schon sind s' frustriert.«

Paul musste sich eingestehen, dass die Frau nicht ganz falsch lag. So sehr er die Berge liebte, wäre er trotzdem kaum mit ein paar Schafen und einem hübschen Bergblick für den Rest seiner Tage glücklich zu machen. War es falsch, Träume zu haben, Ehrgeiz zu entwickeln? Mehr vom Leben zu erwarten als diese Bäuerin? Paul fragte sich, auf welche Zukunft die tote Nina gehofft haben mochte. Oder hatte sie sich einfach treiben lassen? Er nickte der Krenmayer zum Abschied zu und schulterte seinen Rucksack.

Er ging spät zu Bett und ärgerte sich über das Kissen, das muffig roch, sowie die scheußliche grün-lila Karobettwäsche. Als er endlich einschlief, plagten ihn genau die Träume, die er am meisten hasste. In Paris waren sie ihm ferngeblieben, doch seit seiner Rückkehr ins Berchtesgadener Land suchten sie ihn immer häufiger heim.

Er schwamm im Thumsee, der sich zunächst so lieblich präsentierte, wie er den Touristen erschien: ein stiller Bergsee, von Mischwald gesäumt, unter bayrisch weiß-blauem

Himmel. Aber nach und nach änderte sich der Charakter des Gewässers: das Wasser schimmerte nicht mehr blaugrün, sondern grauschwarz. Und die Fische, die zuerst desinteressiert unter Paul durchgeschwommen waren, schienen zu wachsen. Vor allem wuchsen ihre Mäuler, und ihre Zähne verwandelten sich in Raubtiergebisse. Raptorengebisse. Paul wollte ans Ufer schwimmen, doch ein plötzlicher stürmischer Wind ließ ihn nicht vorankommen. Die Mörderfische schnappten nach seinen Füßen, seinen Händen. Einer verbiss sich in sein Bein, ein zweiter in seine Schulter. Und während Paul verzweifelt um Hilfe schrie, tauchte eine fast durchsichtige Hand neben ihm auf, ergriff ihn so sanft, dass er sich für den Moment gerettet glaubte, und zog ihn dennoch unerbittlich in die Tiefe. Sonjas Hand? Wollte Sonja ihn zu sich holen, nicht länger ohne ihn sein? Aber er würde in ihrer Unterwasserwelt nicht leben können, wusste sie das nicht? Hatte er es ihr nie erklärt? Er bekam keine Luft mehr, wusste, er würde ertrinken, sterben!

Keuchend wachte er auf, hustete und hustete, begriff im ersten Moment nichts, roch dann den Qualm. Rauch? Ein See konnte nicht brennen, oder?

Paul wollte hoch, sah lodernde Flammen neben sich. Seine Augen fingen sofort an zu brennen, und das Gefühl zu ersticken quälte ihn schlimmer als im Traum. Das Fenster! Als er zu Bett gegangen war, hatte es offen gestanden. Hatte der Wind es zugeschlagen? Paul bekam die Flügel nicht auf, wahrscheinlich klemmte das uralte Teil. Er rannte zur Tür, knallte sie hinter sich zu, rannte aus dem Haus, rang nach Atem. Und wusste zugleich, dass er nicht stehen bleiben durfte. Durch Dunkelheit und dichten Nebel stolperte er in den Garten, zerrte den Schlauch von seiner

Halterung und drehte das Wasser an. Er riss den hölzernen Fensterladen von außen auf, schlug die Scheibe dahinter ein und sah entsetzt auf das, was einst das Schlafzimmer seiner Eltern gewesen war.

Das Feuer hatte auf sein Bett übergegriffen und brannte durch den frischen Luftzug so hell, dass es in den Augen schmerzte. Auch an der Wand daneben, an der alten Tapete und auf den ausgetretenen Fußbodendielen züngelten erste gierige Flammen. Loderten immer höher, je mehr Sauerstoff durch das Fenster ins Haus strömte. Noch immer hustend richtete Paul den Schlauch zuerst auf das Bett, dann auf Wand und Boden. Er überschwemmte das Zimmer regelrecht, froh darüber, dass wenigstens die Gartenbewässerung einwandfrei funktionierte.

Kurz fragte er sich, warum die Feuerwehr nicht längst mit Sirene und Löschfahrzeug anrückte, dann wurde ihm bewusst, dass aufgrund der einsamen Ortsrandlage und des Nebels vermutlich niemand den Brand bemerkte. Erst recht nicht mitten in der Nacht, wo kaum jemand aufstand, um aus dem Fenster zu seinen Nachbarn zu blicken.

Als endlich, endlich die letzten Flammen erloschen, nur noch dicker schwarzer Rauch aus dem Fenster drang, zitterte Paul am ganzen Körper. Vor Schock und Kälte, denn Nebelfeuchtigkeit und Löschwasser schienen gleichermaßen eisig. Er zog den Schlauch zurück und wollte zur Hauswand, um das Wasser abzudrehen. Da rutschte er auf einer nassen Steinplatte aus, stürzte und sank in bewusstlose Finsternis.

Als Paul wenig später wieder zu sich kam, wurde er sich bewusst, dass er unendlich fror, als sei er ins Polarmeer gefallen. Und tatsächlich lag er in einer riesigen kalten Pfütze.

Seine Lunge brannte grausam. Was war passiert? Er stützte sich auf alle Viere, ließ den Kopf nach unten hängen, weil ihm augenblicklich schwindlig wurde.

Nur langsam dämmerte die Erinnerung. Das Feuer. Der Gartenschlauch. Und danach? Er fasste an seinen Hinterkopf, ertastete eine Beule. Mit Mühe kämpfte er sich auf die Beine, schleppte sich ins Haus und streifte die nassen, nach Rauch stinkenden Sachen ab. Sich an der Wand entlang abstützend, schaffte er es trotz Kopfschmerzen und Schwindelgefühl die Treppe hinauf. Er schlurfte ins Bad, drehte in der Dusche das warme Wasser auf und stellte sich darunter. Blieb unter dem heißen Regen, bis ihm endlich wieder warm wurde, sich seine verspannten Muskeln lockerten.

Das Schlafzimmer im Erdgeschoss roch penetrant nach Qualm. Ebenso wie die frische Wäsche aus dem Schrank, der Jogginganzug aus Paris. Er würde alles in die Waschmaschine stecken müssen. Aber nicht jetzt, nicht mit diesen Kopfschmerzen. Zurück ins Bett konnte er nicht, der Schlafraum würde eine Komplettrenovierung benötigen. Also schluckte er zwei Aspirin und legte sich im Wohnzimmer auf das scheußlich grüne Sofa seiner Eltern.

Zwar gab es auch oben noch Räume, sein ehemaliges Jugendzimmer etwa und das von Sonja. Aber Pauls altes Zimmer hatte der Vater, ebenso wie das Gästezimmer, in den letzten Jahren als Abstellkammer missbraucht. Und in das andere wollte Paul auf keinen Fall umziehen.

Erst als sich das Hämmern in seinem Kopf abschwächte, begann Paul, sich diverse Fragen zu stellen. Nummer eins: Wie war der Brand in seinem Schlafzimmer entstanden? Nummer zwei: Weshalb lag er hier, anstatt die Polizei zu verständigen, wie es jeder normale Mensch getan hätte?

Nummer zwei ließ sich wahrscheinlich am leichtesten beantworten. Wenn Kommissar Porant vermutete, dass Paul die junge Nina umgebracht hatte, würde er nach dem Brand erst recht darauf schließen, dass Paul in irgendwelche seltsamen Vorgänge verstrickt sei. Würde ihm nicht glauben, dass er nur Opfer war. Schon gar nicht, wenn er die Vergangenheit mit denselben Augen betrachtete wie Pauls Vater. Und nachdem der Vater am Telefon von dem Besuch der Polizei erzählt hatte, fürchtete Paul, dass Porant längst in allen Einzelheiten über die Meinung des alten Mannes informiert war. Vor allem, wenn der Vater sich durch die ihm geschenkte Aufmerksamkeit zu mehr als ein paar Andeutungen hatte hinreißen lassen.

Doch ein weiterer Grund dafür, dass Paul zumindest nicht gleich die Polizei einschalten wollte, war das Mädchen. Katrin. Sollte er diesen Besuch ihren rabiaten Freunden verdanken, würde sie nach dem Motto *mitgegangen mitgehangen* unweigerlich in die damit verbundenen Ermittlungen hineingezogen werden. Und könnte in Folge nichts mehr mit Paul zu tun haben wollen. Was ihm, ohne dass er genau wusste weshalb, gegen den Strich ging.

Die Wärme unter der Decke tat wohl, ließ ihn stundenlang im Halbschlaf dahindämmern. Gegen Morgen dachte Paul daran, dass er sich bei der Redaktion melden sollte. Wenigstens bei seinem Assistenten, der sich vermutlich wunderte, warum Paul weder auf Mails noch auf Anrufe reagierte. Allerdings war die Chance, dass der Schorsch seinen Hintern vom Computersessel wegbewegen und nach seinem Chef schauen würde, denkbar gering, also konnte die Redaktion ruhig ein bisschen warten. Ein Brand im Schlafzimmer würde als Entschuldigung reichen.

Paul wandte den Kopf, sah zur Schlafzimmertür. Waren es tatsächlich die Kampftrinker gewesen, die den Überfall inszeniert hatten? Wer sonst könnte ein Interesse daran haben, einem kürzlich zugezogenen Journalisten eine Warnung zukommen zu lassen? Ein verärgerter Leser, über den Paul in unvorteilhafter Weise berichtet hatte? Oder … sollte jemandem sein Interesse an dem Tod des jungen Mädchens unangenehm aufgefallen sein? Paul fröstelte. Wer hatte Nina umgebracht? Ein Sexualtäter? Zwar schien das Mädchen nicht vergewaltigt worden zu sein, aber möglicherweise war der Täter gestört worden, ehe es dazu kam?

Oder weshalb sonst, wenn nicht aus sexuellen Motiven heraus, hätte jemand Katrins Schwester umbringen sollen? Paul musste an den verschwundenen jungen Mann denken. War Bastian Tritting der Täter? Katrins Angaben nach war er jedoch schon vor Ninas Tod verduftet … Nina und Bastian waren ein Paar gewesen, zumindest bis vor Kurzem. Konnten sie gemeinsam in kriminelle Aktivitäten verwickelt gewesen sein? Spontan fiel Paul die Drogenszene ein. Schließlich war durchaus denkbar, dass den beiden der Kick des Alkohols nicht mehr gereicht hatte, sie zu stärkeren Mitteln gegriffen hatten, um ihrer Alltagswelt zu entfliehen. Was in die Beschaffungskriminalität führen konnte. Paul biss sich auf die Lippen. Und Katrin? Wusste sie wirklich nicht mehr, als sie sagte? Ihre Tränen wirkten echt, aber vielleicht war sie nur eine perfekte Schauspielerin?

Er schaltete sein Handy an, auf dem ein Dutzend Nachrichten aus der Redaktion eingelaufen waren. Resigniert setzte er sich an den Computer und mailte dem Schorsch, dass er aufgrund eines Kurzschlusses einen Brand in der Wohnung gehabt hätte und sich darum kümmern müsse.

Dank Aspirin schaffte er es später auch, eine Ladung Wäsche in die Maschine zu stopfen und das angesengte Bettzeug in Müllsäcke zu packen. Wobei er am Fußboden des Brandzimmers Reste einer Gartenfackel mit rotem Stiel entdeckte, die er nie gekauft hatte. Er schob sie fürs Erste mit der Fußspitze unter den Kleiderschrank.

Wenig später stellte er außerdem fest, dass es nicht der Wind gewesen war, der nachts das Schlafzimmerfenster zugedrückt hatte. Sondern irgendjemand, vermutlich der Brandstifter, hatte es von außen geschlossen und mit einem Holzkeil festgeklemmt. Paul hatte das Stück Holz in der riesigen Löschwasserpfütze gefunden. Vermutlich stammte es von dem Brennholzstapel unter dem Schuppenvordach. Was Paul auf den Gedanken brachte, mit einem weiteren Holzstück die Reste der kaputten Scheibe herauszuschlagen. Weil er keine Lust verspürte, mit einem Glaser zu telefonieren und die Situation des Langen und Breiten zu erklären, nagelte er das Fenster vorerst mit Brettern zu. Und bestellte sich anschließend beim Pizzaservice eine »Quattro Stagioni«. Mit extra viel Thunfisch.

Er wusste, dass er bald eine Entscheidung treffen musste: Entweder der Polizei vertrauen und den Brand anzeigen oder aber selbst herausfinden, bei wem er weshalb auf der schwarzen Liste stand. Die dritte Möglichkeit, einfach abzuwarten, was weiter passieren würde, nur zu reagieren, statt zu agieren, lag ihm nicht. Wenn er bloß nicht von früher, wegen der Sache mit Sonja, so üble Erfahrungen mit der Polizei gehabt hätte!

Als er nachmittags die verkohlten Tapeten von den Schlafzimmerwänden riss, sehnte er sich unendlich nach einer Zigarette. Nach Janine, in jener Phase, in der er den Radikalumbruch in seinem Leben beschlossen hatte, hatte er auch das Rauchen aufgegeben. Doch jetzt, in dieser fieberhaften, verrückten Atmosphäre, in dem alten Haus mit den Gespenstern aus Pauls Kindheit und den neuen Bedrohungen, hätte er eine Dosis Nikotin äußerst beruhigend gefunden.

Während draußen das Licht schwächer wurde, die Wolken rosa- und goldfarbene Ränder bekamen, als wollten sie den Menschen das Ende des Tages versüßen, dämmerte Paul nach zwei Gläsern Whisky auf dem Sofa vor sich hin. In der Stereo-Anlage, die er aus Paris mitgebracht hatte, lief Jacques Brels »Fernand«, in dem der Sänger den Tod eines Freundes beklagte. »*Et maintenant, Bon Dieu, je vais pleurer.*« Vielleicht war es keine gute Wahl, das Lied, das Paul mit einer masochistischen Liebe immer wieder hörte, erinnerte ihn stets an Sonja. Hatte Gott Gewissensbisse verspürt, als er sie sterben ließ? Nein, eher war ihr Tod ein weiterer Beweis dafür, dass Gott nicht existierte.

Eine Stunde später legte sich die Dunkelheit über Reichenhall, das einzige Licht im Raum stammte von den LEDs der Musikanlage. Und erst jetzt fragte sich Paul, ob er eine Neuauflage der Ereignisse der letzten Nacht fürchten musste. Tagsüber hatte er es für unwahrscheinlich gehalten, dass so etwas zweimal hintereinander passieren könnte. Doch nun, in der Finsternis, war er sich nicht mehr so sicher. Was, wenn der Brandstifter der Meinung war, Pauls Haus gehöre komplett niedergebrannt?

Paul steckte seine leistungsstärkste Taschenlampe ein und öffnete die Haustür. Wie ein gejagtes Tier sah er sich nach allen Seiten um, ehe er sich in die Dunkelheit hinauswagte und ums Hauseck schlich, als sei er ein Einbrecher und nicht der Eigentümer. Er rollte den Gartenschlauch ordentlich auf und trug ihn in die Küche, wo er ihn am Spülbecken anschloss. So würde er im Notfall von innen löschen können ohne das Risiko, draußen überfallen zu werden. Außerdem kontrollierte er den Ladezustand seines Handys und traf mit sich selbst das Abkommen, bei einem zweiten Anschlag sofort den Notruf zu wählen.

»Musst dich immer so anmalen?« Die Augen der Oma waren noch gut, und Eva seufzte übertrieben.

»Bist jetzt dement oder was? Kriegst's nicht in deinen Schädel, dass heut alles anders läuft als zu deiner Zeit?«

»Wennst dich so herrichtest, denken die Mannsleut weiß Gott was.« So schnell wollte die Oma nicht aufgeben, aber Eva hatte die Diskussion, die sie schon tausendmal geführt hatten, satt.

»Vielleicht will ich das grad?« Sie stakste auf den orangefarbenen Stilettos in die Nacht hinaus und knallte die Tür hinter sich ins Schloss.

Draußen steckte sie sich als Erstes eine Zigarette an, nahm ein paar hastige Züge. Blickte nach links und rechts. Wenn sie nicht das Geld brauchen würde – sie begriff selbst nicht, wie sie schon wieder blank sein konnte – wäre sie ausnahmsweise vielleicht sogar zu Hause geblieben. Aber das konnte sie der Oma nicht auf die Nase binden, durfte der Alten keine Munition liefern. Ninas Tod hatte alles verändert. Funktionierende Welten zerbrochen. Selbst Evas Welt war nicht ohne Schrammen davongekommen.

Schnell ging Eva die Hubertusstraße entlang. War es nur der Gedanke an Ninas Tod, der sie glauben ließ, ein feines Echo der eigenen Schritte zu hören? Sie strengte ihr Gehör an, ging für eine Minute langsamer, und der Rhythmus der Echo-Schritte passte sich ihrem an.

Eva ließ die Zigarette fallen. Ihr Leben war seit ewigen Zeiten nicht ungefährlich. Und natürlich hatte sie über all die Jahre den einen oder anderen Kratzer einstecken müssen, sei er psychisch oder körperlich. Aber Ninas Tod hatte ihr drastisch klargemacht, wie hart an der Grenze sie lebte. In jeder Hinsicht.

Sie bog um ein Hauseck, trat in einen halbdunklen zurückgesetzten Eingang und drückte sich an die nach Hundepisse riechende Mauer. Tatsächlich! Sekunden später tauchte eine Gestalt im dunklen Anorak auf, die Kapuze über dem Kopf. Würde der Verfolger glauben, Eva verloren zu haben? In der Straße war es finster, eine Lampe ausgefallen, und die Häuser schirmten selbst das schwache Mondlicht ab.

Der Verfolger blieb stehen, atmete schnell, fast ängstlich. Eva fummelte in ihrer Handtasche nach dem Klappmesser, das sie seit Ninas Tod bei sich trug. Der Scheißkerl wirkte weder besonders groß noch kräftig. Sollte er ihr an die Wäsche wollen, würde er ihre Klinge im Hals spüren, ehe er »Nutte« sagen konnte. Doch im nächsten Moment fing Eva an zu lachen.

»Du? Du bist das?«

»Pst! Schrei nicht rum!« Katrin lief auf die Freundin zu und brach in Tränen aus.

Eva zog sie zu sich in den Eingang. »Kat! Was ist los? Warum hast dich vor mir versteckt?«

20 Minuten später saßen sie an der Saalach, nicht am üblichen Treffpunkt, sondern weiter flussabwärts hinter dichten Büschen. Auf dem Weg dorthin hatte Eva einen Abstecher zum Bahnhof gemacht und drückte der Freundin jetzt ihre

Einkaufstüte in die Hand. Gierig riss Katrin eine Packung Chips auf.

»Ich sterbe vor Hunger«, gestand sie. »Seit zwei Tagen hock ich im Wald und trau mich nicht in die Läden, weil ich immer meine, dass der Vater mich erwischen könnt.«

»Deine Mum war sogar bei der Oma.« Eva spuckte in den Kies. »Denkt die, du brauchst 'n Kindermädel?« Sie wusste, dass sie es einfacher hatte als die Freundin. Die Oma mochte predigen und maulen, aber richtig harten Stress machte sie selten. Versuchte höchstens, die widerspenstige Enkelin mit selbst gemachten Mehlspeisen zu mästen. Weil die Oma immer glaubte, Eva sei zu dünn. Und Eva hütete sich, ihr zu erklären, dass das in ihrem Leben eher von Vorteil war. »Jetzt iss erst mal«, sagte sie. »Dann überlegen wir, wie's weitergehen soll.«

Katrin hätte die Aufforderung nicht gebraucht. Sie leerte zwei Bierdosen hintereinander und verschlang die Chips in einer Geschwindigkeit, die für jeden Schnelless-Wettbewerb gereicht hätte.

»Warum gehst nicht zum Quiri? Der wartet bloß drauf«, fragte Eva endlich.

»Weil mein bescheuerter Vater die Jungs wahrscheinlich überwachen lässt. Der hat schließlich 'n Sicherheitsdienst. Deshalb hatte ich mich versteckt, um auf dich zu warten. Weil man nie wissen kann, wann und wo dem Vater seine Hilfssheriffs auftauchen. Und wenn ich dran denk, wie er mich verdroschen hat, damals mit 14 …« Katrin schauderte bei der Erinnerung an jenes erste Mal, als sie versucht hatte, von zu Hause abzuhauen.

Damals hatte sie nach der Schule und dem schlechten Halbjahrszeugnis spontan ein Bayernticket gekauft und war in den Zug nach München gestiegen. Dort hatte ihr irgendein Scheißkerl gleich am Bahnhof den Schulrucksack samt Geldbörse geklaut. Katrin hatte eine schreckliche Nacht auf einer Bank im Englischen Garten verbracht, wo sie morgens von einem Polizisten aufgegriffen wurde. Obwohl die Bullen ihre Mutter verständigten, war es der Vater, der Katrin auf der Wache abholte. Er nahm sie mit in sein Haus am Berg und verprügelte sie mit einem nassen Handtuch, bis sie als wimmerndes Bündel zu seinen Füßen lag. Ein Mann wie Max Matieser wusste, dass Schläge mit einem nassen Tuch kaum Spuren hinterließen.

»Wennst dich bei jemandem zu beschweren versuchst«, hatte er schwer atmend gedroht, »wird dir niemand glauben, dir, einer notorischen Lügnerin! Ich schick die Bullen zu deinen Lehrern, und die werden auf meiner Seite sein, so wie du dich in der Schule aufführst.« Und Katrin wusste, dass er recht hatte. Sie und Nina schwänzten zu oft, schwindelten zu oft, fälschten die Unterschrift der Mutter. Jeder würde ihre Eltern bedauern, niemand sie. Deshalb hatte sie geschwiegen. Jedes Mal, wenn der Vater zuschlug. Und deshalb fürchtete sie ihn noch heute.

»Warum bist nicht auf den Predigtstuhl gefahren, wenn du dich nicht in die Shops getraut hast?«, holte Eva die Freundin in die Gegenwart zurück. »In der Schlegelmulde hättest du 'ne super Brotzeit gekriegt und Alk dazu. Und am Berg hätt dein Alter dich nie gesucht.«

Katrin schwieg, wollte nicht sagen, dass sie in der Gondel stets seekrank wurde. Und zu Fuß mussten es über 1000 Höhenmeter bis zum Gipfel sein. Schließlich wechselte sie das Thema. »Sag mal, was denkst du wirklich in ganz, ganz echt, wo der Basti steckt?«

Evas Augen verengten sich, was ihrer Miene etwas Katzenhaftes gab. »Was meinst damit?«

Katrin schälte eine Banane. »Die Nina ist umgebracht worden. Und …« Sie brach ab, wusste nicht, wie sie ihre diffuse Angst in Worte fassen konnte.

Doch die Freundin hatte längst verstanden. Und es beruhigte Katrin keineswegs, dass Eva ihre vage Vermutung nicht sofort zurückwies. »Du meinst, es könnt ein Irrer rumlaufen, der's auf junge Leut abgesehen hat?«

Weil sie keine Ahnung hatte, was sie sagen sollte, zuckte Katrin die Achseln.

»Weißt, was das bedeuten tät?« Eva schnappte sich selbst ein Bier, trank es in einem einzigen langen Zug. »Es würde heißen, dass wir alle in Gefahr sind.«

»Hast du Angst?« Katrin hatte nicht fragen wollen. In der Gruppe galt Angst als Warmduscher-Eigenschaft. Aber es war ihr so herausgerutscht. Und vielleicht, weil die Jungs nicht dabei waren, nickte Eva langsam.

»Manchmal«, sagte sie. »Weil … ab und an hab ich das Gefühl, dass einer hinter mir her steigt. Stalker oder so. Am Stausee, wenn ich dort an meiner Ganzkörperbräunung arbeite. Aber ich lass nicht zu, dass die Angst mein Leben beherrscht, verstehst?«

Immerhin versprach sie, Katrin ein Handyladegerät zu organisieren. Und das Handy der Freundin fürs Erste bei sich zu Hause aufzuladen. Sodass Katrin in Notfällen die Jungs zu Hilfe rufen könnte. Katrin wäre es lieber gewesen, wenigstens ein paarmal bei Eva schlafen zu dürfen. Doch ausgerechnet in diesem Punkt übte sich deren Oma in absoluter Verweigerung, akzeptierte keine Übernachtungsgäste in der zu engen Wohnung.

KAPITEL 5

Unglücklicherweise war Pauls Hightech-Mountainbike kurz vor seiner Abreise aus Frankreich gestohlen worden. Paul erinnerte sich an die verblüffte Frage der dortigen Polizei, wozu er in Paris überhaupt ein Mountainbike benötigte. Doch Paul hatte das Rad geliebt, war damit häufig zur Arbeit gefahren. Er würde sich wieder ein anständiges Fahrrad besorgen müssen, dachte er grimmig, als er am Samstag den rostigen Drahtesel des Vaters aus einem der Gartenschuppen zerrte. Nachdem er die Kette großzügig mit Schmieröl eingesprüht hatte, sah er immerhin eine kleine Chance, dass das Schrottrad bis zum Wanderparkplatz durchhalten würde.

Seine Kopfschmerzen waren über Nacht verschwunden, und Paul hoffte, dass ihm der Blick auf grüne Almwiesen und die umliegenden Berggipfel in Erinnerung rufen würde, weshalb es ihn, den Weltenbummler, hierher zurück gezogen hatte.

»Kennst die Geschichte vom König Watzmann?«

Wieder die männlich gekleidete Almbäuerin. Paul wusste nicht recht, ob er sich freute, ihr zu begegnen. Auf der einen Seite strömte die Frau für ihn eine gesunde Normalität aus, die Paul in seiner momentanen Situation geradezu ersehnte. Auf der anderen Seite aber gehörten die Alpen-Gruselgeschichten von schlafender Hexe, Watzmann und Co. zu den Dingen, vor denen er geflohen war.

»Er war grausam«, sagte Paul. »Hat sein Volk schikaniert. Deshalb hat man ihn in Stein verwandelt.«

»Und sein Weib und die Brut ebenso.« Auf ihren Stab gestützt, blickte Hanna Krenmayer in die Ferne. »Von der Steinernen Hex', die man von Gmain aus so gut sieht, weißt sicher auch? Die hat ebenso den Menschen Böses gewollt, und jetzt ist's ein Gebirge.«

»Wenn man sich das richtig durch den Kopf gehen lässt, klingt's, als seien die Berchtesgadener Berge die versteinerte Ausgeburt des Bösen«, fand Paul.

»Oder man sieht's andersrum«, schlug die Frau vor. »Zum Ausgleich für das Böse, das hier passiert ist, wird den Bergen besondere Schönheit geschenkt.« Die Bäuerin umfasste das Panorama mit einer weiten Geste und fügte nach einer Pause hinzu: »Findest du's gerecht, dass der König Watzmann zu Stein wurde?«

Paul versuchte, sich an Einzelheiten der Legende zu erinnern. Besonders die Bauern hatte der König angeblich schikaniert. Bis sie einem der sogenannten Bergmännlein begegneten, das ihnen riet, Steine auf ihren König zu werfen. Im Flug vergrößerten sich die Steine, wurden zu Felsen und begruben die Königsfamilie unter riesigen Bergen, dem heutigen Watzmann-Massiv.

»Irgendwie schon«, gab er zu. »Archaisch vielleicht, aber nicht ungerecht.« Er dachte an Sonja. Daran, dass er bestimmt nicht bedauern würde, wenn ihr Mörder ebenfalls von den Steinen der mythischen Bergmännlein erschlagen würde.

»Und wie, denkst, würd so was heut laufen?« Die Bäuerin beantwortete ihre Frage gleich selbst. »Das Bergmännlein tät den Bauern sagen, dass es schon einen Grund geben wird, warum der König so 'worden ist. Dass er als Bub zu viele Watschen kassiert hat, und dass er den Bauern leid tun muss. Dann tät das Bergmännlein den Watzmann versprechen lassen, dass er in Zukunft nett zu seinem Volk ist. Aber um die Auflage zu kontrollieren, hätt's keine Zeit und kein Geld. Und der König tät die Leut weiter schinden bis in alle Ewigkeit.«

Paul schmunzelte. »Interessantes Szenario. Und von der Wahrheit möglicherweise nicht so weit entfernt.« Etwas anderes fiel ihm ein. Er hatte das fb-Profilbild von dem verschwundenen Bastian, der auch ab und an in den Bergen herumgelaufen war, auf dem Handy gespeichert. Jetzt zeigte er es der Bäuerin. »Sind Sie dem mal hier oben begegnet?«

»Wart.« Die tiefen Furchen auf der Stirn der Frau wurden noch deutlicher, während sie überlegte. »Ja ... Zumindest glaub ich, dass es der Junge gewesen ist, den du kennst. Der war mal bei meiner Hütte.«

»Ist das lang her?« Paul wusste, dass er sein Interesse besser rechtfertigen sollte, ehe er auch hier in Verruf geriet. »Seine Freunde haben ihn längere Zeit nicht gesehen, befürchten, dass ihm was passiert sein könne.«

»Lang ...?« Wieder grübelte die Bäuerin geraume Zeit. »Ich meine, das wär so vor drei, vier Wochen gewesen.«

Das half Paul nicht weiter. Bastian war zwar in den Bergen gewesen, aber niemand wusste, wann genau. Hatte er einen Unfall gehabt, war abgestürzt? Tödliche Bergunfälle ereigneten sich immer wieder, gerade bei Nebel oder Nässe. Für einen Moment dachte Paul daran, die Bergwacht über seinen Verdacht zu informieren. Dann erinnerte er sich, dass die Eltern des jungen Mannes in dessen Verschwinden keinen Anlass zur Beunruhigung sahen. Somit würden Polizei und Bergwacht nicht viel unternehmen.

»Vielleicht ist er in den Berg gegangen, zu den Bergmännlein«, sagte Hanna so ernst, dass Paul sich fragte, ob die Frau tatsächlich diesem alten Aberglauben anhing oder einen Scherz machen wollte.

»Glaub kaum, dass es die noch gibt.« Plötzlich kehrten die Kopfschmerzen zurück. »Zumindest hat man lange keine neuen Geschichten von ihnen gehört.«

»Schad eigentlich. Manchmal haben s' die Guten belohnt.«

»Was in unserer heutigen Zeit zu selten passiert, ich weiß.« Paul wurde wieder ernst. Zeigte die Watzmannge-schichte, dass das Gerechtigkeitsempfinden der Menschen früher klarer gewesen war? Der brutale König wurde gestei-nigt, die böse Hexe für immer in ein Gebirge gebannt. Ein-fach und drakonisch. Die alten Storys führten in der Regel zu einem Ende, das die Zuhörer befriedigte. War es allein dem Erstarken der wissenschaftlichen Psychologie zu ver-danken, dass die Welt nicht mehr so simpel schien?

»Der Junge, nach dem ich suche«, kam er auf Bastian zurück, »ist Ihnen, als er hier war, etwas an ihm aufgefallen?«

Hanna Krenmayer kratzte sich hinter dem Ohr. »Nervös war er«, sagte sie schließlich. »Wie gehetztes Wild, wennst verstehst, was ich meine. Normal sind die Leut entspannt, wenn s' wandern gehen, aber er …«

Eine halbe Stunde später, als er wieder ins Tal abstieg, grübelte Paul noch immer über den jungen Bastian nach. Hatte er sich auf ein Schiff abgesetzt? Oder sollte Katrin recht behalten, und ihr Freund war – vielleicht nicht mehr am Leben? War König Watzmann in moderner Form aufer-standen, um sein Volk zu quälen? Unwillkürlich beschleu-nigte Paul seinen Schritt. Und fragte sich, wie er je heraus-bekommen sollte, wovor Bastian Tritting sich auf seiner Wanderung gefürchtet hatte.

Die Gedanken an das Schicksal der jungen Leute wollten ihm den ganzen Tag über nicht aus dem Kopf. Und so fand sich Paul, als die Dunkelheit einsetzte, wieder auf dem Weg zum Saalachwehr.

Diesmal waren die jungen Männer allein dort, ohne Feuer. Ob die beiden eine Idee hatten, wo sich ihr Kumpel Bastian aufhielt? Sollte er zu ihnen hinabgehen, sie direkt fragen? Sein Bauchgefühl, geschult durch unzählige Interviews, riet ihm davon ab. Etwa 15 Jahre älter als die beiden Trinker und beruflich erfolgreich, gehörte er für sie zu einer anderen Welt. Zu den Gegnern.

Während Paul sich im Schutz der Büsche der Kiesbank näherte, entdeckte er den Fremden, der zielstrebig auf die Jungen zumarschierte, noch ehe die ihn bemerkten.

»Quirin!« Der Stimme des Ankömmlings hörte man an, dass er gern Befehle erteilte. In der Erwartung, dass sie diskussionslos befolgt wurden.

Langsam drehten sich die jungen Männer um. »Der Papa von der Kat«, tat Boris übertrieben überrascht. »Willst 'nen Schnaps?« Er hielt die Flasche in Richtung des anderen, zog sie gleich wieder zurück. »Kriegst aber keinen.«

»Ich will wissen, wo meine Tochter ist. Und zwar jetzt.« Max Matieser hielt die Arme neben dem Körper wie ein Westernheld, der sich bereit macht, zum Revolver zu greifen. Bloß, dass er keinen Waffengurt trug.

»Dann such sie halt!«, knurrte der Quirin.

»Wo versteckt sie sich? Tut nicht so, als ob ihr's nicht wüsstet!«

»Wenn wir was wüssten, wärst du der Letzte, dem wir's ausposaunen täten.« Boris nahm einen Schluck aus der Flasche. »Nach dem, was man hört, steht die Kat nämlich nicht auf dich. Brauchst dich also nicht als ihr Hüter aufspielen, Mister Scheiß-Matieser.«

»Aufspielen tuts ihr euch. Aber das wird euch bald vergehen, faules Pack! Wenn ich 'ne Frage stelle, erwarte ich 'ne vernünftige Antwort, klar?« Max Matieser wollte Boris die Flasche wegreißen, doch der zog sie rasch zurück.

»Hat der uns beleidigt, Quiri?«

»Könnt man so sagen.« Die jungen Männer verständigten sich mit einem Blick, traten dann jeder einen Schritt zur Seite, sodass Matieser zwischen sie geriet.

Vielleicht um einem Angriff von zwei Seiten vorzubeugen, packte der blitzschnell den Quirin am Hemd, riss ihn zu sich heran. »Hör auf mit den blöden Sprüchen, du Sauhund! Sag mir, wo ihr die Katrin versteckt, oder ihr kriegt den Ärger eures Lebens, das garantier ich euch!«

Im nächsten Moment trat Boris ihn von hinten in die Kniekehle. Doch Matieser war hart im Nehmen. Er stieß Quirin mit solcher Kraft zurück, dass der ins Taumeln geriet, und wollte eben auf Boris losgehen, als der einen Schritt zur Seite sprang. Und seine Flasche auf einen Stein hieb, dass der Boden herausbrach. Den scharfzackigen Flaschenrest in der Hand duckte sich Boris angriffslustig und tänzelte wie ein Boxer im Ring hin und her.

»Komm schon, du Arsch! Trau dich! Oder kannst kein Blut sehen?«

Paul, in der Deckung der Büsche, zog sein Handy aus der Tasche. Er musste die Polizei rufen, das hier drohte auszuarten. Wenn er nicht reagierte, würde er sich mitschuldig machen an was-auch-immer passieren sollte. Fatalerweise begann das Handy genau in diesem Moment zu klingeln. Paul erkannte die Nummer des Seniorenheims und drückte die Aus-Taste.

Max Matieser nutzte die Ablenkung, um zu versuchen, Boris die Flasche aus der Hand zu schlagen, doch der junge Mann wich erneut geschickt aus. Als er nun seinerseits den Gegner attackieren wollte, rannte Paul auf den Kies hinab.

»Aufhören!«, brüllte er mit so viel Autorität, wie er aufbringen konnte. Aber während Matieser und Boris ihn ignorierten, schien der Quirin ihn sofort als weiteren Feind wahrzunehmen und schleuderte einen Stein in seine Richtung. Paul duckte sich weg und verfluchte seinen Leichtsinn. Warum war er nicht abgehauen, als das Handy klingelte, und hatte die Polizei aus sicherer Entfernung verständigt? Nun war es zu spät. Oder doch nicht? Er wollte auf den Notruf tippen, aber ein zweiter Stein traf ihn schmerzhaft in die Seite und gleich darauf warf sich der Quirin über ihn. Nahkampf war nicht Pauls Stärke, aber als der Junge ihn zu würgen versuchte, hatte der Journalist nicht die geringsten Skrupel, ihm die Faust gegen das Ohr zu schlagen. Und spürte im nächsten Moment eine Messerklinge am Hals.

»Eine falsche Bewegung, und 's könnt deine letzte sein!« Paul erstarrte.

»Lass das Scheißhandy los!« Gehorsam ließ Paul das Telefon fallen.

Aus den Augenwinkeln konnte er sehen, dass Matieser am Ufer hockte und sich das Kinn rieb, während in Boris' Hand ebenfalls ein Messer blitzte. »Vielleicht solltet ihr überlegen, einen Gang runter zu schalten. Außer ihr wollt dauernd die Polizei im Nacken haben«, sagte Paul bemüht emotionslos. Langsam nahm der Quirin das Messer ein kleines Stück zurück. Ebenso langsam hob Paul die Rechte und schob die Klinge noch weiter von sich fort, ohne dass der junge Mann ihn daran hinderte. Er blieb jedoch auf Pauls

Beinen sitzen, und Paul versuchte gar nicht erst aufzustehen, um den anderen nicht unnötig zu reizen.

»Geht's Katrin gut?«, fragte er stattdessen. Und schrie im nächsten Moment auf, als die Klinge blitzschnell über seinen Arm fuhr, die Haut ritzte.

»Kapierst net?« Der Quirin sprang auf die Füße. »Die Kat geht dich einen Scheißdreck an! Genauso wenig wie den Arsch von Matieser!«

Paul spürte wenig Lust, mit dem jungen Mann zu diskutieren. Vorsichtig stand er auf und ging, ohne dass es ihm jemand verwehrte, zu Matieser hinüber.

»Arschlöcher«, knurrte der Sicherheitsmann, während er sich mühsam hochrappelte, und Paul roch den Alkohol in seinem Atem. »Weggesperrt gehören die Lumpen! In den Steinbruch tät ich die schicken, und dort müssten s' schuften, bis ihnen die großspurigen Töne vergehen.« Da Boris und Quirin bereits zur Straße schlenderten, als sei nichts geschehen, bekamen sie Matiesers Ausbruch glücklicherweise nicht mit.

»Was ist mit Ihrer Tochter?«, fragte Paul.

»Abgehauen ist s'«, brummte Matieser. »Ohne ein Wort.«

»Wo könnte sie hingegangen sein? Hat sie Facebook-Bekanntschaften, bei denen sie schon mal übernachtet hat? Ehemalige Schulfreundinnen, die von Reichenhall fortgezogen sind oder so?«

Matieser starrte ihn an. Lange. »Hältst mich für einen Trottel?«, fragte er endlich. »Glaubst, das hätt ich nicht längst alles selbst abgecheckt, du Gscheithaferl?«

Ich weiß noch nicht, wofür ich dich halten soll, dachte Paul. Auf jeden Fall aber bist du verdammt undankbar. Und der Gedanke, ob Max Matieser, der der Clique alles andere als wohlgesonnen schien, nicht etwas mit dem Verschwinden von Bastian Tritting zu tun haben könnte, verursachte ihm ein scheußlich flaues Gefühl.

Dennoch ging er nicht sofort nach Hause, sondern streifte noch eine Weile durch die abendliche Stadt. Zum einen, weil die körperliche Aktivität half, seinen Adrenalinspiegel auf friedliche Weise zu senken. Und zum anderen, weil ihn die Sorge um das Mädchen umtrieb. Weshalb war Katrin von zu Hause fortgelaufen? Versteckte sie sich an einem Ort, den ihre Freunde kannten? Paul nahm an, dass sie zumindest wussten, was Katrin vorhatte. Aber falls sie aus Angst vor Entdeckung nur telefonisch Kontakt hielt, konnte das bedeuten, dass sie ihre Nächte in dubiosen Quartieren verbrachte, völlig auf sich gestellt. In einem Ort, in dem ein Mädchenmörder frei herumlief.

Auch wenn Paul sich einzureden bemühte, dass er nur einen Stressabbau-Spaziergang unternahm, suchte sein Blick jede dunkle Nische ab, jede Bank im Kurpark. Bis ihn ein Obdachloser derart wüst beschimpfte, dass er sich frustriert auf den Rückweg machte, die fast schwarze Silhouette des Predigtstuhls vor sich.

Als er in den schlecht beleuchteten Weg zu seinem Haus einbog, atmete er unwillkürlich schneller, sah immer wieder über die Schulter. Der Brandanschlag hatte sein Sicherheitsgefühl stärker erschüttert, als er sich eingestehen wollte. Dagegen schien die direkte rohe Gewalt der Jungs am Fluss geradezu harmlos. Paul hielt sich in der Mitte des Wegs, um wenigstens ein paar Sekunden Reaktionszeit zu haben, sollte sich jemand in den nahen Büschen verbergen und ihn angreifen wollen. Doch alles blieb friedlich.

Plötzlich schrie ein Käuzchen, und Pauls Herzschlag beschleunigte sich zu einem Stakkato. War es ein echtes Käuzchen? Oder verständigten sich *die Verbrecher*, wer immer sie waren, durch nachgeahmte Tierlaute? Quatsch! Das hier war kein Wildwestroman. Paul holte den Hausschlüssel aus der Tasche und registrierte erleichtert, dass sich seine Augen allmählich an die Finsternis gewöhnten. Sodass er die Mülltonne erkennen konnte sowie die Umrisse eines Bündels neben der Haustür.

Moment. Welches Bündel? Sein Herz hämmerte schneller denn je. Er hatte nichts dort abgelegt, ganz bestimmt nicht. Seine Muskeln spannten sich kampfbereit. Doch das, was wie ein Haufen Kleider aussah, regte sich nicht. Paul stand wie erstarrt, wusste nicht, ob er wegrennen oder hingehen sollte.

Und wenn *sie* es war? Katrin? Hatte der Mörder vom Saalachwehr auch sie umgebracht? Aber weshalb hier, vor Pauls Haus? In einem der Flashbacks, die er so sehr hasste, schossen Bilder durch seinen Kopf: Sonja, wie er sie im Traum sah, mit Algen im Haar und durchsichtiger Haut. Nina auf der Kiesbank, nackt und mit Würgemalen am Hals …

Hatte der Mörder Katrin hierher geschafft, um Paul unter Verdacht zu bringen? Paul presste die Lippen aufeinander. Geh hin. Sieh's dir an. Nichts ist schlimmer, als rumzustehen und nicht zu wissen, was los ist. Er tat einen zögerlichen Schritt.

»Ich muss aufs Klo. Dringend.« Das Bündel richtete sich zum Sitzen auf, und Paul sprang vor Schreck zurück. Kurzfristige Erleichterung verwandelte sich in Zorn.

»Und wieso hier, verdammt?«

»Sperr auf, Blödmann, eh's mir in die Hosen rinnt!«

Paul öffnete die Tür, und ehe er sagen konnte, wo sich die Toilette befand, schoss das Mädchen die Holztreppe hoch ins obere Stockwerk. Wo kurz darauf das Licht anging.

Am Vortag hatte Paul eine Machete im Flur versteckt, in einem Regenschirmständer mit blau-weißer Bauernmalerei. Jetzt warf er rasch seine Jacke darüber; das Mädchen sollte die Waffe auf keinen Fall sehen. Im Wohnzimmer, in dem er geschlafen hatte, roch die Luft abgestanden, und er riss das Fenster auf, schloss allerdings sicherheitshalber den hölzernen Laden.

Oben rauschte die Spülung, und Paul fragte sich, wie es nun weitergehen sollte. Das Mädchen erweckte nicht den Eindruck, als wolle es zu seinen Eltern zurückkehren. Er beschloss, ihm Zeit zu lassen, sich frisch zu machen, und anschließend mit ihm zu reden. Fürs Erste schaltete er den Fernseher an, ein Steinzeitgerät, bei dem ein grasgrüner Streifen quer durch jedes Bild lief. Als die Nachrichten eine Viertelstunde später mit der Wettervorhersage endeten, war oben alles still. Totenstill.

Paul holte sich einen Whisky, schüttete ihn hinunter. Horchte und hörte keinen Laut. Der Zwischenboden aus Holz würde deutlich knarren, wenn oben jemand herumging. War das Mädel in der Wanne eingeschlafen?

Langsam stieg Paul die Treppe hinauf. Er hatte die oberen Zimmer bisher so wenig wie möglich betreten – sie erinnerten zu schmerzlich an Sonja. Denn natürlich hatte auch sie als Kind und Jugendliche dort geschlafen.

Die Badezimmertür stand offen, gab den Blick auf die altmodisch grünen Fliesen frei. Der Spiegel des steinalten Alibert über dem Waschbecken war beschlagen, als habe

gerade jemand geduscht. Und tatsächlich lag ein zusammengeknülltes Handtuch neben der braunen Wanne.

»Katrin?«

Keine Antwort. Wo steckte das Mädel? Paul öffnete die
Tür zu seinem früheren Jugendzimmer. Nichts außer dem
alten Gerümpel, das der Vater seit Jahrzehnten dort lagerte.
Die nächste Tür führte zu Sonjas Zimmer, und Paul hätte am
liebsten gar nicht hinein geschaut. Seine Eltern hatten aus
dem Raum ein Mausoleum gemacht und seit dem schrecklichen Tag, als Sonja verschwand, nie etwas darin verändert.
Trotzdem. Paul blieb nichts anderes übrig, als wenigstens
einen Blick hineinzuwerfen.

Sein Herzschlag beschleunigte sich unangenehm, als er
die Tür aufdrückte und hoffte, sie sofort wieder schließen
zu dürfen. Doch selbst in dem schwachen durch das Fenster
fallende Mondlicht konnte er erkennen, dass sich jemand
auf dem Bett unter die Decke kuschelte.

»Sonja!«, entfuhr es Paul unwillkürlich. Wie oft hatte
er seine Schwester so liegen gesehen, wenn er sie wecken
kam?

Katrin fuhr hoch, und Paul starrte in ihr blasses Gesicht.

»Was machst du hier?« Der Zorn loderte von Neuem auf.
»Wer hat dir erlaubt, hier zu schlafen, in diesem Zimmer?«

»Spiel dich nicht auf.« Die Stimme des Mädchens kam
undeutlich, verwischt. Erst jetzt bemerkte Paul die Flasche
auf dem Nachttisch, deren Inhalt sein ungebetener Gast
wohl reichlich zugesprochen hatte.

»Halt den Mund! Du hast hier nichts verloren, nicht in
diesem Raum!« Paul riss Katrin die Decke weg – und ihm
wurde schwindlig. Sie trug Sonjas Pyjama, den mit den
Snoopys.

»Ist dir nicht gut?«, fragte Katrin mit schleppender Stimme. Desinteressiert.

»Wenn's so wär, ginge es dich nichts an.«

»Du hast gefragt, ob du mir helfen kannst. Hast gesagt, dass dir ihr Tod nahe geht.« Sie meinte nicht Sonjas Tod, wie Paul nach einigem Nachdenken begriff, sondern den ihrer Schwester. Aber für ihn vermischten sich die Bilder der jungen Frauen, die Erinnerungen.

»Dass ich dir helfen will, heißt nicht, dass du oder sonst jemand ungebeten in mein Haus einziehen darf.«

»In deine Bruchbude, meinst du.« Sie zog die Decke wieder über sich. »Mir ist kalt, lass mich schlafen.«

Nicht hier, wollte Paul protestieren, nicht in Sonjas Zimmer. Dann erinnerte er sich an seinen Ärger darüber, wie dieser Raum mehr noch als wie zu einem Denkmal zu einem regelrechten Mahnmal hochstilisiert worden war. Er biss sich auf die Lippen und schwieg. Zog die Tür hinter sich zu.

Wieder unten, sperrte er sorgfältig sämtliche Türen und Fenster zu, platzierte erneut Smartphone und Taschenlampe neben seinem provisorischen Bett und löschte das Licht. Doch er konnte nicht einschlafen. Die Erinnerungen, einmal wachgerufen, ließen sich nicht so rasch in verschlossene Schubladen zurück verbannen.

»Warum hast du sie allein gelassen?« Die brüchige Stimme der Mutter hallte in seinem Kopf wider, zusammen mit den Schritten des Vaters, der in der Stube auf und ab lief. In eben jener Stube, in der Paul nun lag.

»Wie konntest du ihr das antun? Wie konntest du uns das antun?«

Und Paul sah wieder den knallroten Rucksack, den Sonja so oft in die Berge mitgenommen hatte, und der jetzt allein und verloren hinter der Tür ihres Zimmers stand.

»Sonja«, murmelte Paul. »Wenn du hier wärst, du würdest mich nicht anklagen. Du nicht.« Auf einmal schien ihm, als sähe er ihr Gesicht ganz deutlich, ihre 1000 Sommersprossen. Und sie lächelte, wie sie ihm immer zugelächelt hatte. Voller Vertrauen und Zuneigung. Unter dem Eindruck ihres Lächelns schlief er endlich ein.

»Mit wem sprichst du?« Katrin war die Treppe so leise herabgestiegen, dass Paul fast der Kaffeebecher aus der Linken fiel, als sie morgens hinter ihm auftauchte.

»Bis demnächst also«, sagte er in sein Handy und drückte die rote Taste.

»Wen erwartest du? Wer kommt?« In ihren Augen stand unverhüllte Angst. Und Paul, der ihr eigentlich gründlich die Meinung sagen wollte, fühlte mehr Mitleid, als ihm lieb war.

»Niemand. Das war mein Vater, am Telefon.« Er sah, wie sich ihre Schultern entspannten. »Was hast du geglaubt, mit wem ich geredet hab? Deinen Eltern?«

Sie ließ sich auf die Eckbank fallen. »Ich hab im Wald geschlafen«, sagte sie nach einer Weile. »Wenn du mich nicht hier pennen lässt oder meinen Eltern steckst, wo ich bin, weiß ich wieder nicht, wohin ich gehen soll.«

»Warum schläfst du nicht bei deiner Freundin?«

»Weil der Vater unbedingt Detektiv spielen muss.« Sie schlang die Arme um ihren Körper. »Der Ev und den Jungs, denen rennt er dauernd hinterher, um mich zu finden.«

Paul ließ einen Kaffee ab, stellte ihn ihr hin.

»Gibt's keine Milch?«

»Das ist kein Hotel.«

»Schwarz schmeckt er mir nicht.«

»Dann lass ihn stehen.« Doch als Paul ihr den Becher fortnehmen wollte, hielt sie ihn fest.

»Wenigstens ist's Koffein. Hast auch was zu essen?«

Paul warf zwei Brotscheiben in den Toaster, holte Margarine und Erdbeermarmelade aus dem Kühlschrank.

»Erdbeer schmeckt nach Sand.«

Wortlos tauschte Paul das Glas gegen eins mit Aprikosenmarmelade um.

»Warum hast du kein Nutella?«

»Weil ich Schokoschmiere nicht mag. Außerdem …« Paul erstarrte. Er hatte etwas gehört. Hinter der Tür zur Wohnstube. Ein Kratzen oder Scharren. Katrin wollte etwas sagen, doch Paul wehrte mit einer Handbewegung ab und riss die Tür auf.

Ein Hund mit schmutzigem weißem Fell, langer Schnauze und kleinen Ohren stand auf dem Teppich, sah den Hausherrn aus müden roten Augen an und wagte offenbar nicht, mit dem Schwanz zu wedeln. Paul starrte das Tier eine Minute lang an, der Hund hielt dem Blick stand, und Paul schloss die Tür wieder.

»Was soll das sein?«

»Hast noch nie einen Hund gesehen?«

»Und wem gehört der?«

»Mir. Im Moment zumindest.« Katrin stand auf, ließ den Hund herein. Das Tier bewegte sich leise knurrend um Paul herum. Aber der Hausherr machte ohnedies keine Anstalten, sich ihm zu nähern.

»Der kann nicht bleiben. Sieht aus wie 'n verdammter Kampfhund.«

Katrin kauerte sich neben das Tier. »Er hat niemanden.« Sie sah Paul nicht an, als sie sprach. »Er ist ganz allein.«

»Ich mag keine Hunde.«

»Er ist nicht groß.«

»Das hat nichts mit seiner Größe zu tun. Ich kann überhaupt keine Hunde leiden. Und solche schon dreimal nicht.«

»Aber vielleicht kannst du einen Wachhund brauchen?«

Damit traf sie ins Schwarze. Ein Hund, selbst wenn es sich dabei um einen altersschwachen Straßenköter handelte, mochte den einen oder anderen Kriminellen davon abhalten, in Pauls Haus einzubrechen. Außerdem würde das Tier bei einem neuerlichen Brand vermutlich Alarm schlagen. Zumindest, falls …

»Kann der wenigstens bellen?« Paul holte eine überlagerte Dose Würstchen aus der Speisekammer, kippte den Inhalt auf einen angeschlagenen Suppenteller und stellte ihn auf den Boden. Der Hund wartete bewegungslos.

»Na los, friss schon!«, sagte Paul unfreundlich. Katrin führte den Hund zu den Würstchen, riss sie in kleine Stücke. Nun schien das Tier zu begreifen. Doch es fraß langsam und blickte immer wieder zu Paul, als erwarte es, im nächsten Moment verjagt zu werden. Ein Tier, dessen Erfahrungen mit Menschen offenbar nicht immer positiv gewesen waren.

»Ihr wollt also bleiben«, stellte Paul fest. »Und für wie lange?«

Katrin setzte sich wieder an den Tisch, schmierte dick Marmelade auf ihr Brot. Sie sagte nichts.

»Was erwartest du eigentlich von mir?« Paul nahm sich noch einen Kaffee. Seltsamerweise fühlte er sich, trotz der Gesellschaft des Mädchens, noch einsamer als sonst.

Ihre Augen füllten sich mit Tränen. »Dass du mir hilfst, den Basti zu finden«, flüsterte sie. Und Paul kapierte.

»Du hast ihn geliebt?«

»Er war doch der Nina ihr Freund«, murmelte sie, aber der Protest klang schwach.

»Deshalb hast du's ihm nicht gesagt. Aber du *hast* ihn geliebt.«

Tränen tropften auf ihr Brot. Sie glaubt wirklich, dass ihrem Kumpel etwas zugestoßen ist. Paul wurde abwechselnd heiß und kalt. Stand Ninas Tod in einem größeren Zusammenhang? Wilde Theorien drängten sich auf: Hatte jemand Nina belästigt, der Junge sie zu rächen versucht und war dabei umgebracht worden? Flüchtig dachte Paul an Kommissar Porant. Sollte er ihn auf diese Möglichkeit aufmerksam machen? Aber für den Polizisten war Paul selbst verdächtig. Vermutlich würde er glauben, Paul wolle nur von seiner Person ablenken.

»Der Basti wollte auf ein Schiff. Aber er war nicht der Einzige, der weg wollte«, sagte Katrin nach einer Weile, ohne aufzublicken. Paul sah, wie ihre schmalen Schultern zuckten. Er empfand das Verlangen, seine Hände auf diese Schultern zu legen, sie zu drücken. Das weinende Mädchen an sich zu ziehen, ihren zitternden Körper an seiner Brust zu spüren. Rasch wandte er sich ab, starrte aus dem Fenster.

»Wer noch? Wer wollte weg? Und wann?«

»Die Ev«, sagte sie. »Kurz bevor der Basti verschwunden ist.«

»Hat sie gesagt, warum sie weg wollte? Und wohin?«

»In die Großstadt, hat sie gesagt. Frankfurt oder Berlin. Aber warum? Ich weiß es nicht, die Ev hat nur gemeint, manchmal solle man das Gras länger wachsen lassen.«

Oder Gras über etwas wachsen lassen?, fragte sich Paul.

»Warum ist sie trotzdem geblieben?«

»Die Jungs wollten nicht, dass sie geht. Sie ist doch mit dem Boris beisammen.«

Paul nickte. Konnte es sein, dass die Bande von irgendjemandem bedroht wurde? Oder sich jemand von der Säuferclique bedroht fühlte und sicherheitshalber zuerst zuschlug? Zuerst tötete? »Habt ihr mit jemandem Zoff?«, fragte er nach einer Weile und drehte sich wieder zu Katrin.

»Wir haben mit allen Zoff. Außer mit uns selbst.« Irrte er sich, oder klang etwas wie Stolz bei ihr durch? Der Stolz eines Outlaws auf sein Außenseiterdasein? Das ein Mädchen wie sie zugleich genoss und fürchtete?

Sie zog eine verknautschte Packung Selbstgedrehte heraus, zündete eine Zigarette an. Paul riss sie ihr aus dem Mund. »Hier wird nicht geraucht! Nicht im Haus.« Er warf die Zigarette in die Spüle, wo sie zischend erlosch, und musste sich Mühe geben, den Tabakgeruch nicht allzu gierig in sich einzusaugen. Schließlich hatte er nach Janine, wie um sich selbst zu kasteien, das Rauchen aufgegeben und sich erst vor Kurzem gratuliert, dass er die Nikotin-Abstinenz trotz allem so gut durchhielt.

Entgeistert sah Katrin auf, das Gesicht nass von Tränen. »Bist 'n Gesundheitsapostel, oder was?«

»Nein«, gab Paul zu. »Aber es steht zu hoffen, dass ich endlich kapiert habe, dass Rauchen der Gesundheit schadet.«

»Jetzt hörst dich an wie 'n bescheuerter Werbefuzzi von der Krankenkasse.« Sie steckte eine neue Zigarette kalt in den Mund. »Dabei wollt ich dir eigentlich ganz was anderes erzählen.«

»Im Zusammenhang mit Ninas Tod?«

Sie spielte mit den Zündhölzern, legte sie bedauernd zur Seite. »Die Ev«, sagte sie endlich, »selbst die Eva hat Angst. Und das ist verdammt selten bei ihr, das kannst mir glauben.«

»Und wovor fürchtet sie sich?«

»Sie meint, dass ihr manchmal einer nachsteigt. Heimlich. Dass so 'n verdammter Wichser sie stalkt.«

KAPITEL 6

Normalerweise nahm Paul die wenigen Stufen zur Redaktion hinauf in zwei langen Schritten; diesmal jedoch ging er langsam, in tiefes Grübeln versunken. Er hatte Katrin und den Hund im Haus zurückgelassen und dem Mädchen eingeschärft, niemandem aufzumachen. Auch nicht ihren sogenannten Freunden. Erst recht nicht ihren Freunden. Doch das Mädel schlief ohnehin fast die ganze Zeit, hatte den Sonntag größtenteils verpennt.

»Hast du deine Bude renoviert?« Redaktionsleiter Manfred, den seine Mitarbeiter insgeheim »Mad Fred« nannten, schwenkte seinen knallig orangefarbenen Drehsessel herum, weg vom Bildschirm. Paul setzte sich ihm gegenüber.

»Noch nicht.«

»Na ja, hast bestimmt Ausweichräume, oder? Da spielt's keine große Rolle, dass du dein Schlafzimmer abgefackelt hast.«

»Aber das Haus stinkt wie ein verdammtes Krematorium.«

Paul wies auf den Monitor. »Gibt's was Neues über die Tote von der Saalach?«

»Die Polizei rückt keine Infos raus. Scheint selbst zu schwimmen. Und die Familie mauert komplett.« Manfreds Augen verengten sich. »Du fragst vermutlich nicht aus purer Langeweile?«

Paul schwieg.

»Du hast das Mädel gefunden«, sagte Manfred nach einer Pause. »Eigentlich kümmert sich ja dein Schorsch um die Story, aber – wär's möglich, dass du selbst doch mehr über die Sache schreiben kannst?«

»Die Geschichte hängt mir irgendwie nach.« Obwohl er ständig mit Worten zu tun hatte, fiel Paul keine passendere Formulierung ein.

»Wegen der Sache … mit deiner Schwester?«

Paul zuckte die Achseln. Natürlich war es der Tod der Schwester, der ihn den Mord als so belastend empfinden ließ, aber darüber konnte er mit niemandem sprechen. Nicht darüber, wie sich nachts, in den Phasen zwischen Traum und Wachsein, die Figuren vermischten. Ninas Gesicht in das von Sonja überging, dann in das der jungen Katrin. Er war nach Reichenhall gekommen, um sich seinen Dämonen zu stellen. Ohne zu ahnen, dass der Umzug neue schaffen würde.

Mad Fred verlor die Geduld. »Wenn du dir im Klaren bist, was du mir eigentlich verklickern willst, komm wieder her!«, erklärte er das Gespräch für beendet und griff zum Telefon, dessen Blinken anzeigte, dass ihn noch andere Leute nerven wollten.

Paul stand auf. »Ich möchte mehr über die Story in Erfahrung bringen. Aber ohne drüber zu schreiben. Zumindest nicht jetzt gleich.«

»Du bist Reporter, hast du das vergessen? Zu alte Nachrichten stinken wie Odel auf der Wiese.« Mad Fred wedelte in Richtung Tür.

Doch Paul zögerte. »Genau deswegen muss ich Urlaub nehmen. Mit sofortiger Wirkung.«

Entgeistert starrte sein Chef ihn an. »Spinnst du? Du hast erst vor ein paar Wochen hier angefangen. Ich sollte dich gleich wieder rausschmeißen.«

»Tust du nicht. Dazu bin ich in meinem Job zu gut.«

»Ein arroganter Arsch, das bist du!«

»Danke für den Urlaub also. In dringenden Fällen kann ich gern zwischendurch übers Netz arbeiten.« Paul wollte hinausgehen, als der Redaktionschef ihn mit einem scharfen »Moment!« zurück pfiff und auf das Telefon deutete.

»Das war die Pforte. Die Frau unten will ausgerechnet zu einem Arsch wie dir.«

Fragend hob Paul die Brauen.

»Das kleine Besprechungszimmer ist frei«, knurrte Mad Fred. »Dort seid ihr ungestört.«

Die Frau war auf eine strenge Art schön und etwa Mitte 40. Ihre helle Hose und die Sandalen wirkten edel, keinesfalls wie aus einer Billigkette. Der Lippenstift harmonierte perfekt mit dem zarten Fliederton ihrer Seidenbluse, die Brauen waren zu schmalen Bögen gezupft. Lediglich die dunklen Schatten unter ihren Augen hatte die Frau nicht völlig wegschminken können.

Noch ehe sie ihren Namen nannte, wusste Paul, wen er vor sich hatte. Natürlich hatte er Ninas Familie gegoogelt. Und Luise Matiesers Foto auf der Homepage der Realschule, an der sie unterrichtete, gefunden. »Frau Matieser?«

»Es geht um meine Tochter. Katrin.« Luise sah auf ihre elfenbeinfarben lackierten Fingernägel. »Wissen Sie, wo sie sich … aufhält?«

Paul zog die Brauen hoch. »Wie kommen Sie darauf, dass ich Ihre Tochter kennen könnte?«

Luise Matieser hatte seine Visitenkarte in Katrins Zimmer gefunden. »Als ich Ihren Namen las, ist mir wieder eingefallen, dass Sie der Mann sind, der Nina … entdeckt hat. Außerdem hat Sie mein Exmann neulich getroffen … am Saalachufer.«

»Warum ist Katrin von zu Hause weggelaufen?«

»Es gab Streit. In vieler Hinsicht ist Katrin noch ein richtiges Kind. Uneinsichtig.«

Um Zeit zum Überlegen zu gewinnen, brachte Paul der Besucherin einen Kaffee.

»Weshalb macht Ihre Tochter das? Mit den Kampftrinkern rumziehen, meine ich? Warum hat es Nina getan?«

Luise schloss ihre Hände um den Becher. »Sie haben die falschen Freunde«, sagte sie nach einer langen Pause. »Nina arbeitete in einem Drogeriemarkt, aber sie hatte dort … wohl mehr mitgenommen als nur Parfümproben. Als man sie entlassen hatte, schwänzte Katrin immer häufiger die Schule. Dabei stand sie zwei Jahre vor dem Abitur.«

»Und dann ist sie von der Schule geflogen.« Das hatte Pauls Assistent von der Polizei erfahren.

Luise nickte niedergeschlagen. »Aber das ist nichts, was ich in der Zeitung lesen möchte, Herr Leonberger. Mein Besuch bei Ihnen ist rein privat. Ich bin nur gekommen, weil ich mir solche Sorgen mache. Sie müssen verstehen, ich habe schon eine Tochter verloren.« Ihre Stimme zitterte. »Hat Katrin sich vielleicht bei Ihnen gemeldet?«

»Würde sie einem Journalisten nicht eher aus dem Weg gehen?« Von Berufs wegen besaß Paul viel Geschick darin, unliebsamen Fragen auszuweichen.

»Man hofft halt.« Luise sah auf ihre hellen Sandalen hinab. Blickte erst nach einer langen Minute wieder auf. »Sie ist früher schon mal weggelaufen«, gestand sie dann leise.

»Katrin? Und wieder gekommen?«

Sie habe damals nach Berlin gewollt, erzählte die Frau. Vermutlich wegen eines Jungen, in den sie sich verguckt hatte, und der mit seinen Eltern in die Hauptstadt gezogen war. »Und wahrscheinlich fürchtete sie unsere Reaktion auf ihr miserables Zeugnis.« Luise nahm einen Schluck Kaffee. »Jetzt ist sie älter. Raffinierter.«

»Aber ihre Freunde sind hier.«

»*Freunde*!« Empört sah sie ihn an. »Dieses ... Gesindel ... nennen Sie ihre *Freunde*?«

Paul ließ sich selbst einen Kaffee ab, um die Frau nicht anblicken zu müssen. »Ihre Tochter ist erwachsen. Sie können ihr die Freunde nicht aussuchen.«

»Vermutlich haben Sie keine Kinder.« Luise trank ihren Becher aus, schüttelte den Kopf, als Paul ihr nachfüllen wollte. »Hat sich Katrin nun bei Ihnen gemeldet oder nicht?«

Paul zögerte. Einerseits wollte er das Vertrauen des Mädchens nicht missbrauchen, andrerseits machten sich die Eltern zu Recht Sorgen. »Sie übernachtet bei einem Freund«, entschied er sich endlich zu einem Kompromiss.

Luises Kopf fuhr hoch. »Wo? Bei wem? Haben Sie eine Adresse?«

»Leider kann ich Ihnen nicht mehr sagen, als dass Katrin zumindest im Moment in Sicherheit ist.«

Ihr Körper versteifte sich, und Paul wusste, dass sie nicht gewillt war, sich mit einer derart vagen Auskunft abspeisen zu lassen. »Mein Exmann hat mit dem Kommissar geredet, Herrn Porant.« Jetzt klang ihre Stimme metallen, und Paul merkte, wie sich seine Kinnmuskeln spannten.

»Kann man ihm schlecht verbieten.«

»Nein.« Sie legte eine Pause ein, in der Paul das unangenehme Gefühl hatte, am Rande eines Eisbachs zu stehen, in den er jeden Moment stürzen konnte. »Stimmt es, dass Sie schon einmal im Verdacht standen, ein junges Mädchen … in den Tod eines jungen Mädchens verwickelt zu sein?«

Paul schleuderte seinen halb vollen Kaffeebecher in den Papierkorb und ging wortlos hinaus.

»Ich hab noch net offen.« Jakob Ranackers graues Shirt wies unter den Achseln ausgedehnte Schweißflecken auf, und er fasste den Mopp, mit dem er unsystematisch über den dunklen Linoleumboden wischte, fester. Als wolle er ihn als Waffe verwenden.

»Aber ich hab Durst«, sagte Paul. »Können Sie eine Ausnahme machen?«

»Ausgerechnet für Sie?«

»Weshalb nicht? Mein Geld ist so gut wie das eines anderen, oder?« *Pecunia non olet* hätte er beinahe gesagt, aber er vermutete stark, dass der Wirt keine Latein-Leuchte war.

Der dicke Jakob schien zu überlegen, um endlich zu dem Schluss zu gelangen, dass ein verfrühter Kunde besser als gar keiner war.

»Und was soll's sein?«

»Cognac. Aber nicht die Schmuddelmarken.«

Jakob fischte eine Flasche unter dem verkratzten Tresen hervor, holte ein Glas, stellte beides vor Paul hin. »Einschenken kannst dir selber, Paul Leonberger.« Er kniff die Augen zusammen. »Sag mal, du bist doch der Bruder von der Kleinen, die damals am Thumsee …?«

»Halt's Maul!«

Als Paul den zweiten Cognac in Angriff nahm, stand Kommissar Porant neben ihm.

»Sieh an, der Herr Leonberger. Machen Sie das öfter, dass S' schon am helllichten Tag trinken?«

»Wenn Sie wissen wollen, ob ich Alkoholiker bin, fragen Sie meinen Arzt!«, gab Paul zurück. Dieser Kleinstadtkommissar mit gut gefütterter Wampe und ebenso überdimensioniertem Selbstbewusstsein ging ihm auf die Nerven.

»In meinem Job muss ich mich zwangsläufig für die Lebensgewohnheiten meiner Klientel interessieren.«

»Gehöre ich zu Ihren Verdächtigen?«

»Haben Sie die Nina vom Matieser wirklich nicht gekannt?«

»Vor der Partynacht am Fluss? Definitiv nicht. Aber das hatte ich Ihnen schon gesagt, als ich die Leiche entdeckt hatte.«

»Und von der Party zu erzählen vergaßen. Ebenso wie von Ihrer … Vergangenheit.«

»Meine Vergangenheit ist das, was der Name besagt: vergangen!«, fauchte Paul. »Und weil wir gerade von vergangen und vergessen reden: Fast könnte ich vergessen, dass ein junger Mann verschwunden ist. Eventuell schon eine Weile vor dem Tod des Mädchens.«

Das Ablenkungsmanöver glückte. Porant nahm Paul die Flasche weg. »Wovon reden S' jetzt?«

»Von etwas, das in Ihren Aufgabenbereich gehört. Bastian Tritting.«

»Nie gehört. Oder doch?« Porant fiel es offenbar schwer, sich zwischen den Optionen zu entscheiden.

»Der gehört auch zu der Säuferbagasch«, kam ihm Jakob zu Hilfe. »Neulich erst haben die Scheißkerle meine Stühle in den Fluss geschmissen.«

»Bei der Befragung hatten wir keinen Bastian dabei.« Porant runzelte die Stirn, und Paul verdrehte die Augen.

»Natürlich nicht. Weil er verschwunden ist.«

»Wenn noch 'n paar mehr von denen verschwinden, wär's kein Schaden.« Jakob bezog klar Position, und Paul erwog für eine Weile, ob er dem Kommissar nun von dem Brand in seinem Schlafzimmer erzählen sollte. Doch er entschied sich dagegen. Falls die Polizei überhaupt reagierte, würde sie bei ihm alles durchwühlen, nach Brandbeschleunigern suchen und so weiter. Würde seine Messersammlung finden, deren Existenz er lieber für sich behielt. Zwar hegte er im Allgemeinen eine platonische Zuneigung zu den Klingen, aber der Kommissar wirkte wie jemand, der alles so interpretierte, dass es in sein Weltbild passte. Anstatt die Dinge zu hinterfragen, wie es seine Aufgabe wäre.

»Woher wissen S' das mit dem verschwundenen Jungen?«

»Kann ich nicht verraten. Quellenschutz.« Paul eroberte die Flasche zurück. Der Cognac hinterließ ein angenehm warmes, entspanntes Gefühl in seinem Magen.

»Geschickter Schachzug.« Porant sah zu, wie Paul sein Glas leerte. »Aber glauben S' nur nicht, dass Sie damit von Ihrer Person ablenken können. Oder von Ihrer Vergangenheit.«

Dem Sauhund werd ich's zeigen, schwor sich Boris. Der muss mir schon 'ne verdammt gute Story liefern, damit ich ihn nicht einplätte, wie er's verdient hat. Er fragte sich, warum er unbedingt allein kommen sollte. Vielleicht hoffte der Dreckskerl darauf, glimpflicher wegzukommen, wenn er den Boris erst mal ohne die anderen traf? Da würde er sich gründlich täuschen. Boris brauchte keine Schergen, um mit jemandem abzurechnen.

Allerdings bestand auch die Möglichkeit, dass der andere über etwas reden wollte, von dem der Quirin und die Mädel nichts mitkriegen sollten. Hatte der Arsch was besonders Übles ausgefressen und musste sich vor den Bullen verstecken? Boris' Ungeduld wuchs, während er dem steilen Pfad bergauf folgte.

Plötzlich war ihm, als höre er die Melodie einer Flöte. Eine traurige Melodie, die der Wind durch den dichten Wald zu ihm heran trug. Boris ärgerte sich darüber. Falls sich neugierige Wanderer bei dem Treffpunkt herumtrieben, der in der SMS genannt worden war, könnte das stören. Andrerseits, man konnte immer woanders hin ausweichen. Die Cliquenmitglieder waren alle hier aufgewachsen, kannten jede Menge Verstecke in der Gegend, auch wenn sie für die früheren Abenteuerspiele im Bergwald längst zu alt waren.

Allein ging Boris nur noch selten in die Berge. Wandern fand er uncool. Ihn interessierten eher Sportarten wie Freeclimben oder Bouldering. Aber dazu fehlten ihm Kenntnisse und Geld. Und sich mit langen Kursen abzuplagen hatte er ohnehin keine Lust. Einmal hatte er Bungee-Jumping probiert, in Österreich drüben. Als ihn ein paar wilde Typen, die er in einem Club bei Salzburg kennengelernt hatte, zu der Schlucht mitgeschleppt hatten. Natürlich hatte er nicht nein gesagt, wollte sich nicht lächerlich machen. Obwohl er auf der winzigen Plattform hoch über dem Gebirgsbach vor Angst fast umgekippt war, trotz der paar Kurzen, die er sich vorher reingekippt hatte.

Hinterher hatte er gekotzt wie ein Reiher. Was er der Clique nie erzählen würde, nicht mal der Eva. Stattdessen behauptete er stets, er hätte es zwar mal ausprobieren wollen, aber es habe ihm nichts gegeben. Der Kick sei zu gering für den unverschämten Preis, den der Anbieter verlangte. Der Quirin hatte anschließend eine Weile davon fantasiert, dass sie selbst ein Seil kaufen und irgendwo an einem Berg anbringen könnten. Aber zum Glück hatte die Ev, die gnadenlos realistische, den Plan als hirnrissig eingestuft, selbstmörderisch geradezu. Und nach und nach waren andere Themen auf den Plan getreten und das Bungee-Jumping in Vergessenheit geraten.

Als er an eine Kehre hoch über dem Tal gelangte, von der aus man einen guten Blick auf die Schlafende Hexe hatte, legte Boris eine Pause ein. Er runzelte unwillkürlich die Stirn. Obwohl er nicht abergläubisch war, hatte er die Story von der versteinerten Hexe nie gemocht. Vielleicht, weil der Anblick dieser Felssilhouette ihm jedes Mal ins Bewusstsein rief, dass er verdammt noch mal anfangen sollte, seinem Leben eine andere Richtung zu geben? Dass es nicht so verlief, wie er es gern hätte?

Für die Clique war er der Boss, das gewährte eine gewisse Befriedigung. Selbst die ständig wiederkehrenden Auseinandersetzungen um die Hackordnung, die er mit dem Quirin ausfocht, störten ihn nie wirklich lange. Aber gelegentlich flackerten andere Gedanken hoch. Gedanken an Jugendträume, die in den hintersten Schubladen seines Gedächtnisses wochenlang einstaubten und nur selten und zaghaft an die Oberfläche zu dringen wagten.

Im Wald spielte noch immer die Flöte, deren leise Melodie ihm trotz des Störfaktors gefiel. Boris verfügte, wie ihm die Lehrer einst versicherten, über das absolute Gehör. Und nebenbei fragte er sich, ob sein Ärger gegen den Basti auch damit zu tun hatte, dass der andere die Kraft gefunden haben könnte, einen neuen Anfang zu wagen. Von der Sauferei wegzukommen. Das zu tun, von dem Boris manchmal selbst im Geheimen träumte.

Pilot hätte er werden wollen, allerdings nicht bei der Bundeswehr, dort war ihm der Drill zu rigoros, das blöde Salutieren und alles. Aber bei dem, was man die zivile Luftfahrt nannte. Einen der riesigen Passagierflieger über den Atlantik steuern, in einem teuren Hotel mit hübschen Flugbegleiterinnen die Laken zerwühlen, das wär's gewesen. Aber der einzige Job am Flughafen München, für den man ihn genommen hätte, wäre in einer Reinigungskolonne gewesen. Und anderer Leute Dreck wegzuputzen, war für Boris keine Option.

Er blickte hinab ins Tal und fragte sich, ob er wenigstens noch das Gleitschirmfliegen lernen konnte. Wenn er mal einen richtigen Job ergatterte, nicht wie die Aushilfstage im Baumarkt, wo ihn die regulären Angestellten herumhetzten. Und der Subunternehmer, für den sie werkten, ihm und dem Quirin einen Stundenlohn zahlte, der nicht mal 'ne Ratte ernähren würde.

Nach einer Weile fiel Boris auf, dass die Flötenmelodie verstummt war. Er blickte auf die Uhr. Gleich sieben. Kam er eben ein bisschen zu spät zum Treffpunkt, auch egal. Der Basti wusste, dass Pünktlichkeit nicht zu Boris' Stärken zählte. Außerdem hatte es der Basti mit Terminen selbst nie so genau genommen. Als er den verwilderten Pfad entlangging, erkannte Boris plötzlich, dass er sich in Wahrheit darauf freute, den langjährigen Spezl zu treffen. Ohne den Basti war die Clique nicht mehr dieselbe. Seither drehten die Mädel durch, und der Quirin, der dem Basti nie so nahe gestanden war wie der Boris, spielte sich immer mehr auf.

Doch als Boris eine Viertelstunde später als vereinbart auf der Lichtung eintraf, war keine Menschenseele zu sehen.

»Basti?« Er fragte es zwischen die Bäume. Da hatte er sich zuletzt tatsächlich ein wenig beeilt, und jetzt ließ der andere so auf sich warten. Ein Grund mehr, ihn vor der Versöhnung tüchtig zurechtzustutzen. Keine Antwort. Doch hinter ihm, im Unterholz, ein Rascheln.

»Spielst Verstecken, du Depp?«

Stille. Boris spuckte auf den Boden und wandte sich ab, um zu demonstrieren, dass nicht der Basti über die Modalitäten des Treffens zu bestimmen hatte, sondern er. Selbst als er die Schritte hörte, drehte er sich nur ganz langsam um, in der Absicht, den Desinteressierten zu mimen.

Und lachte grimmig auf. »Wennst meinst, dass du dir mit dem Schmarrn 'nen Gefallen tust, hast dich getäuscht.« Er gönnte der Perchtenmaske mit den verzerrten fahlen Zügen kaum einen verächtlichen Blick, drehte sich wieder zur Seite. Vor den Perchten, den dämonischen Gestalten der Raunächte, hatte er sich schon als Zehnjähriger nicht mehr gefürchtet. »Zahlen wirst trotzdem müssen, dafür, dass du einfach abgehauen bist. Das sehen die andern genauso.«

Erst, als der Percht die Antwort schuldig blieb, runzelte Boris die Stirn und wandte sich doch wieder ihm zu. Und blickte in die Mündung eines Gewehrs.

Kurz darauf trottete er einen Pfad entlang, die Hände auf Befehl des Percht hinter dem Rücken, sodass seine Linke sein rechtes Handgelenk umfasste.

»Was willst eigentlich von mir?« Sowie der Percht seine Anweisungen geraunzt hatte, war Boris klar geworden, dass er es nicht mit dem Basti zu tun hatte. »Und wer bist überhaupt?« Statt einer Antwort kam lediglich ein bedrohlich klingendes Knurren.

»Hat dir jemand ins Hirn geschissen, oder warum …?« Er kam nicht weiter, ein heftiger Schlag in den Rücken ließ ihn taumeln. Der Schmerz breitete sich explosionsartig durch seinen Körper aus, als habe ihm der andere einen Wirbel gebrochen. Und Boris verging jegliche Lust, weitere Fragen zu stellen.

Das Schlafzimmer war noch nicht geweißt, der Brandgeruch schwächer, aber lästig. Und Paul nach wie vor zu wenig sicher, wie seine Zukunft aussehen würde. Ich sollte das alte Gemäuer abreißen, dachte er, während er ins Wohnzimmer ging und sich einen Whisky holte. Weg mit den Mauern und den verdammten Erinnerungen. Das Grundstück selbst ist okay. Ich könnte ein modernes helles Haus hinstellen, einen Alpengarten anlegen. Mit einem luftigen Pavillon, in dem ich im Sommer schreiben könnte, statt windschiefer Schuppen.

Als er sich gerade in fb einloggen wollte, um zu sehen, was bei seinen Pariser Ex-Kollegen lief, hörte er die Musik. *We had joy, we had fun* … ›Seasons in the sun‹. Einer von Sonjas Lieblingssongs, in der Ursprungsfassung von Terry Jacks. Paul stellte das Glas ab.

»Sonja?« Ihm war, als gerate er in eine Zeitmaschine, die sich schneller und schneller drehte, um ihn in eine Vergangenheit zurück zu befördern, nach der er sich mal sehnte, und die er dann wieder vergessen wollte. Sein Mund war staubtrocken, sein Magen verkrampfte sich. Barfuß stieg er die Treppe hinauf, sorgfältig darauf bedacht, die Stufen, die besonders stark knarrten, zu meiden. Ohne zu wissen, weshalb er nicht gehört werden wollte.

Die Tür zum Badezimmer stand offen, ebenso wie die von Sonjas Zimmer, aus dem die Musik driftete. Paul warf einen Blick in den Raum, der seiner Schwester gehört hatte. Drinnen sah es fast aus wie damals: Kleidungsstücke auf dem Bett, dem Stuhl, dem Boden. Dazwischen ein Paar schwarze High Heels mit Riemchen, die bis über die Knöchel der Trägerin führen mussten. Nein, so etwas hatte Sonja nie getragen, sie war weder eine Schuh- noch eine Taschenfetischistin gewesen … Wie in Trance ging Paul zur Badtür.

Das Mädchen stand unter der Dusche und massierte sich mit geschlossenen Augen Shampoo in die Haare. Sie hatte den Duschvorhang nicht vorgezogen, und Paul sah, wie schaumige Rinnsale über ihren Kopf und Körper liefen. Während sie mit ihren Haaren beschäftigt war, drehte sich Katrin im Takt der Musik hin und her. Auf ihrer Haut glitzerten Schaumperlen, verwandelten das Mädchen in eine verführerische Nixe mit schlecht rasiertem Intimbereich. Ihr Körper erinnerte an Sonja, mit dieser jungen, glatten Haut, dem sanften Schwung des Hinterns, der bei ihren Bewegungen wippenden Brüste. Obwohl Sonja fester gewesen war, robuster gebaut.

Das Lied verklang, nur das Rauschen des Wassers blieb. Paul stand wie festgenagelt, mit einem Fuß in der Vergangenheit, als Sonja hier gelebt, hier geduscht hatte, und mit dem anderen Fuß im Hier und Jetzt. In dem sich die gut aussehende Nixe vor ihm drehte und wendete, freie Sicht auf alle Teile ihres knabenhaften Körpers gewährte.

»Hast genug geglotzt?« Die Stimme riss ihn aus seinem Bann. Sie klang rau und fremd, nicht wie die der Katrin, die morgens am Frühstückstisch herumgequengelt hatte.

»Du spritzt das ganze Bad voll«, sagte Paul in gewolltem Ärger. »Glaubst du, der verdammte Vorhang ist bloß Deko?«

»Ich wollt die Musik besser hören.« Sie spülte das Shampoo aus ihrem Haar. »Geiles Lied übrigens, hast du das früher gehört?«

»Unter anderem.« Er hatte es nicht mehr hören wollen, seit Sonja nicht zurückgekehrt war.

Sie stieg aus der Dusche, und Paul wusste, dass es höchste Zeit war, ins Wohnzimmer zurückzugehen, aber seine Beine weigerten sich.

»Bist du 'n Spanner?« Als sie näher kam, begriff er, warum ihre Stimme so anders war; ihr Atem sprach Bände.

»Du hast getankt.«

»Was bleibt einem sonst in dieser Scheißwelt? Und in dieser Scheißbude?«

»Wisch das Bad auf, wenn du fertig bist. Lappen hängt unterm Waschbecken!«, befahl er grob, und endlich setzten sich seine Beine in Bewegung. Im Wohnzimmer kontrollierte er die Bestände seiner Bar. Er glaubte, dass eine Weinflasche fehlte, aber auch der Rum. Was war er für ein Idiot, seine Vorräte frei zugänglich aufzubewahren. Hatte er geglaubt, in seinem Haus, unter seinem fragwürdigen Schutz, würde das Mädel sofort brav dem Saufen abschwören?

Als sie herunterkam, in einem Bademantel, der Sonja gehört hatte, saß er in seinem Sessel, das Whiskyglas neben sich auf dem Tisch.

»Der Mantel ist absolut grottig.« Sie unterdrückte ein Kichern, als sie den Saum des mit knallbunten Blüten gemusterten Kleidungsstücks betrachtete.

»Ich hab ihn meiner Schwester zum Geburtstag geschenkt. Sie hatte ihn selbst ausgesucht.« Die ganze Familie hatte das Ding grauenhaft gefunden, aber Sonja hatte es gefallen. »Sie hat Blumen geliebt.«

»Nur Blumen?« Katrin griff nach dem Whisky. Paul sprang auf, wollte ihn ihr wegnehmen, doch sie drehte sich um und setzte das Glas an die Lippen.

»Hör auf! Du bist besoffen genug.« Paul gelang es mit einiger Mühe, ihr das Glas zu entwinden. Der Hund, der mit dem Mädchen heruntergekommen war, flüchtete unter den Tisch.

»Was weißt du schon.« Sie schob die Unterlippe vor, wieder eine Geste, die an Sonja erinnerte. »Du kannst nicht mal den Basti finden, dabei bist du Journalist.«

»Eben. Ich bin Journalist und kein Kriminaler.« Paul sprach scharf. Die Sauferei des Mädchens stieß ihn ab, während ihr Körper ihn zugleich anzog. Betrunken, wie sie war, achtete sie nicht darauf, dass der Mantel aufklaffte, den Blick auf nackte Haut freigab. »Sag mal … Womit habt ihr überhaupt den ganzen Alk finanziert, deine Schwester und du?«

Ihre Miene verschloss sich. »Kleine Jobs, aushilfsweise oder so …«

»Was bedeutet *oder so*?«

Ohne zu antworten verschwand sie in der Küche.

KAPITEL 7

»Dein Alter hat aufgegeben, wie's scheint.« Quirin grinste Katrin zu. Sicherheitshalber hatten sie sich dennoch nicht an einer der üblichen Stellen getroffen, sondern am Waldsaum, in der Nähe der Predigtstuhlbahn.

»Sie sollte trotzdem für 'ne Weile aus der Gegend verschwinden.« Eva zog hastig an ihrer Zigarette. »Schließlich kann sie sich nicht auf Dauer in dem Haus von dem Schmierenschreiber verstecken.« Sie zog die Brauen hoch. »Erst recht nicht, wo der's doch selber gewesen sein könnte, mit der Nina.«

»Den lass ich bald aus der Hand fressen.« Katrin nahm der Freundin die Zigarette aus dem Mund, steckte sie sich zwischen die Lippen. »Gestern hat er mich im Bad gesehen, da sind ihm fast die Augen aus den Höhlen gekippt.« Die Mädchen kicherten, doch Quirins Miene verfinsterte sich.

»Der soll sich unterstehen, dich anzurühren! Den falt ich so was von zusammen, dass er ausschaut wie 'ne alte Wachstuchdecke!«

Katrin senkte den Blick und wechselte schnell das Thema. »Wo bleibt eigentlich der Boris?«

»Der ist schon gestern Abend nicht aufgetaucht.« Quirin spuckte aus. »Dabei hat er gesagt, dass wir uns treffen müssen. Dass er Neuigkeiten hätt.«

»Aber er hat nicht verraten, was?«

Quirin schüttelte den Kopf. Der Boris hatte nur erzählt, dass er in die Berge müsse. Allein. »Kam mir zwar komisch vor, aber ich hab mir nicht viel dabei gedacht. Und jetzt geht er nicht mal an sein Handy.« Er hielt Katrin das Telefon hin.

»Da, probier's selber, wennst mir nicht glaubst.«

Selbst der Hund schien gespannt zu warten. Katrin wählte, lauschte, drückte endlich die rote Taste. »Mailbox.«

Sie blickten einander an, und niemand wagte auszusprechen, was alle beschäftigte: Immer waren sie zu sechst gewesen. Boris und Eva, Quirin, Katrin, Basti und Nina. Weshalb verbargen sie sich jetzt zu dritt hinter Bäumen und Sträuchern, anstatt wie üblich am Saalachufer ihre Präsenz lautstark aller Welt zu demonstrieren?

Wie so oft ergriff Eva als Erste wieder das Wort. »Meine Nachricht hat er auch nicht beantwortet. War er denn gestern im Baumarkt? Als du gearbeitet hast?«

Quirin verneinte. »Die schmeißen ihn raus, wenn er nicht mit 'ner verdammt guten Entschuldigung wieder aufkreuzt.«

»Und wenn ihm … und wenn ihm was passiert ist?« Katrin hörte, wie unnatürlich ihre Stimme klang. »Quiri, was ist los in letzter Zeit? Was passiert hier?« Sie merkte, dass sie kurz davor stand, in Tränen auszubrechen. »Ich meine, der Basti ist fort, dann das mit der Nina und …« Sie brach ab.

»Wo war dein Schmierenschreiber eigentlich, als die Nina … gestorben ist?«, fragte Eva plötzlich. »Im Ort hört man so einiges über den Typen. Und 's ist doch seltsam, dass er sich dermaßen für den Tod deiner Schwester interessiert, oder?«

»Nicht für 'nen Reporter, nehm ich an.« Katrin blickte zu Boden. »Aber 'n komischer Heini ist er schon.«

»Inwiefern komisch?«

»Schwer zu sagen.« Katrin dachte an den vergangenen Abend, der ihr nur lückenhaft in Erinnerung war. »Was ist überhaupt mit dem Jakob?«, lenkte sie ab. »Der hat uns noch nie leiden können. Was, wenn der …?«

»Der ist doch 'n Volltrottel.« Evas Augen verengten sich zu Schlitzen. »Aber ich wüsst jemand anderen, der uns hasst. Und dem ich durchaus zutrauen tät, dass er über … äh … Leichen geht.«

Katrin wurde blass. Sie wusste, wen die Freundin meinte. Und das Schlimmste war, dass sie deren Verdacht nicht mal entkräften konnte. Schließlich hatte sie die Ausraster des Vaters in ihrer Kindheit oft genug miterlebt.

Als der Quirin schon fast zu blau war, um eine neue Flasche Wodka zu öffnen, erklärte Eva, dass sie los müsse. Katrin schloss sich ihr an.

»Gehst nach Hause?«

Eva steckte sich eine neue Zigarette an. »Erst muss ich Kohle machen.« Sie lachte unfroh. »Weiß nicht warum, aber Geld hält's bei mir nie lang aus.«

»Wo willst du's versuchen?«

»An der Berchtesgadener Straße.« Eva erzählte, dass schon zwei ihrer Kunden gesimst hatten, ob sie sich dort mit ihr treffen könnten. »Gleich zwei Typen an der Angel, da geb ich dir morgen einen aus.«

»Kann ich brauchen. Der Paul hält mir dauernd Predigten wegen der Sauferei.« Katrins Miene verdüsterte sich plötzlich. »Da vorn sind die Straßenlampen ausgefallen.«

»Wie ich meine Kunden einschätze, finden die das gut.« Eva warf die halb gerauchte Zigarette fort, sah Katrin abschätzend an. »Willst auch mal?«

»'n Glimmstängel? Immer.«

»Ich red nicht von Zigaretten.«

Katrin wurde heiß. Einerseits fühlte sie den Hauch eines schlechten Gewissens, weil Eva ihr immer großzügig Zigaretten, Alk und Schminke überließ. Andrerseits, allein beim Gedanken, wildfremden Männern im Auto einen blasen zu müssen, ekelte sie sich so sehr, dass ihr übel wurde. »Ich geh lieber zurück …« Doch anstatt umzukehren, packte sie ihre Freundin auf einmal hart am Arm. »Ev, hörst du?«

»Was soll ich hören?« Die Freundin blickte zur Straße, wo vermutlich bald ihr erster Kunde winken würde.

»Die Flöte.« Katrin fühlte, wie sich die Haare auf ihren Armen einzeln aufstellten. Sie kannte diese traurige Melodie.

Eva drehte sich zu ihr, sah die Angst auf dem Gesicht der Freundin. »He, was hast denn?«

»Weg! Schnell weg!« Und Katrin rannte fort aus der unbeleuchteten Zone, Eva lief hinter ihr her. Katrin rannte, so schnell sie konnte, bis ihre Lunge brannte, bis sie meinte, im nächsten Moment vor Atemnot ohnmächtig zu werden.

Erst in der Loferer Straße wurde sie langsamer, sah sich nach ihrer Freundin um. Eva trug ihre hochhackigen Schuhe in der Hand und keuchte, als habe sie gerade einen Marathon hinter sich gebracht.

»Spinnst jetzt? Was hast gegen 'ne Flöte?«

»Komm!« Mehr brachte Katrin nicht heraus. Sie zog Eva die Straße entlang, sah sich immer wieder um und lauschte, doch die traurige Melodie war verstummt. Trotzdem fühlte Katrin unbestimmte Angst, ließ ihre Freundin nicht los, bis sie kurz vor der »Saalach-Bar« standen und die letzten Nachtschwärmer auf den Plastikstühlen hocken sahen.

Erst hier erzählte Katrin von dem abgeschossenen Häher im Wald.

»Und da hat auch einer Flöte gespielt?« Eva schien skeptisch. »Glaubst nicht, dass du ein bisserl überreagierst?«

»Selbst der Paul hatte Angst.« Katrin hätte jetzt gern einen Schluck Alk gehabt. »Vielleicht ist's derselbe Typ, der dich stalkt?«

Eva kniff die Augen zusammen und zog ihre Schuhe wieder an. »Der Stalker hat's mittlerweile fast geschafft, mir den Platz am Stausee zu vermiesen. Weißt schon, den, wo ich mich immer sonnen geh.«

Natürlich kannte Katrin die Stelle, schließlich waren sie manchmal auch zu dritt hingegangen: Nina, Eva und sie. »Hörst du dort auch die Flöte?«, fragte sie ängstlich.

Langsam schüttelte Eva den Kopf. »Pass auf! Jetzt schauen wir in die Kneipe, ob der wamperte Jakob drin ist.«

Doch als die Mädchen in den düsteren Schankraum traten, stand hinter der Theke lediglich der Italiener Rinaldo, der Jakob jeden Sommer aushalf. Und den Freundinnen einen Gratisdrink kategorisch verweigerte.

Paul Leonberger war nicht daheim, als Katrin durch das Küchenfenster, das sie zu diesem Zweck nur angelehnt hatte, zurück in das alte Haus kletterte. Sie wollte sich einen Drink holen, doch er hatte den Barschrank abgeschlossen und den Schlüssel mitgenommen oder versteckt.

»Scheißkerl!« Ihre Hände zitterten, wenn sie an Boris dachte, und sie hätte einen Drink gut brauchen können. Schließlich, weil sie keinen Alkohol fand, der sie hätte wärmen können, brühte sie sich eine Tasse Assamtee auf. Während sie das heiße Getränk in kleinen Schlucken schlürfte und sich fast die Lippen verbrühte, fragte sie sich, ob sie unter Verfolgungswahn litt. Oder ob tatsächlich zu befürchten stand, dass dem Boris etwas zugestoßen war.

So spinnert, hart und unzuverlässig der Boris sich im Allgemeinen geben mochte, der Clique gegenüber hatte er immer Verantwortungsbewusstsein gezeigt. Deshalb war es zwar möglich, dass er aus einer Laune heraus den Job im Baumarkt riskierte, aber fast undenkbar, dass er ein Treffen der Gruppe ignorierte, ohne Bescheid zu geben.

Katrin legte beide Hände um die Tasse, um das Frösteln zu bekämpfen. Basti. Nina. Und jetzt Boris. Steckte ein System dahinter? War Nina nicht aus Zufall, weil sie zur falschen Zeit am falschen Ort geschlafen hatte, einem perversen Sextäter zum Opfer gefallen, der sich beim Anblick des nackten Mädchens einen runtergeholt hatte, sondern ihr Tod Teil eines mörderischen Plans? Katrin schauderte. Was würde das für Eva und Quirin bedeuten, was für sie selbst? Und wenn es einen Plan gab, wer zog die Fäden? Und weshalb?

Der Jakob war für so was vermutlich zu blöd. Wenn er was mit dem Ganzen zu tun hatte, müsste es einen Komplizen geben. Jemanden, der cleverer war. Katrin schluckte, als sie über Evas Verdacht nachgrübelte.

Im Gegensatz zu Boris war ihr Vater der absolute Kontrollfreak. Jemand, der stets wissen wollte, wo sich Frau und Tochter aufhielten, mit wem sie beisammen waren, alles. Jemand, der keine Hemmungen hatte, die Tochter abzuwatschen, wenn sie sich nicht freiwillig unterordnete. Und er wohnte in einem einsamen Haus am Berghang, hinter Büschen und Wald gut versteckt. Da er seine eigene Firma betrieb, konnte er sich unter einem fadenscheinigen Vorwand aus dem Büro abseilen, wann immer er wollte. Und ebenso wie der fette Jakob führte Max Matieser schon lange Krieg gegen die Clique. Krieg gegen Ninas und Katrins Alkoholkonsum, ihr gesamtes Leben, das nicht so verlief, wie der Vater es für die Töchter geplant hatte.

Katrin wurde übel bei dem Gedanken, der Vater könnte etwas mit Ninas Tod zu tun haben. Hatte er Nina in jener Nacht nach Hause holen wollen und sie sich geweigert mitzukommen? Gab es Streit, bis er ausrastete und die Stieftochter erwürgte?

Ihre Gedanken glitten weiter zu dem Mann, in dessen Haus sie sich vor dem Vater versteckte. Paul Leonberger. Ein Mann, dessen Schwester unter seltsamen Umständen gestorben sein musste. Ein einsamer Wolf, dessen Begehren in seinen Blicken vor dem Bad deutlich geworden war. Und wenn er Nina mit dem gleichen Blick betrachtet hatte? Durfte man ihm wirklich trauen? Oder versuchte er, ein potenzielles Opfer in trügerischer Sicherheit zu wiegen?

Irgendwie schienen alle Männer, mit denen sie zu tun hatte, plötzlich zwielichtig. Selbst der Quirin. Der war mit dem Basti oft heftig aneinandergeraten. Weil die Nina ihn für den Basti fallen gelassen hatte. Katrin seufzte, und das Verlangen nach Alk wuchs. Wo konnte sie sich überhaupt noch sicher fühlen? Höchstens bei der Ev. Aber bei der durfte sie nicht unterkriechen. Wegen der Oma.

Katrin horchte nach draußen. Alles still. Wie lange würde Paul fortbleiben? Am Vormittag hatte er sich das Gästezimmer im Obergeschoss notdürftig zum Schlafen eingerichtet, und Katrin stieg die Treppe hinauf, prüfte, ob die Tür abgeschlossen war. Nein, sie ließ sich problemlos aufdrücken. Das Mädchen zögerte einen Augenblick, trat dann in den fast quadratischen Raum. Vermutlich hatte Paul einen

Aufpreis in astronomischer Höhe dafür berappen müssen, dass der örtliche Möbelladen die Bestellung sofort geliefert und aufgebaut hatte: Das neue Bett mit einem Rahmen aus hellem Holz und dazu passendem Nachtkästchen und Schrank fiel aufgrund des schnörkellos modernen Designs sofort ins Auge. Im Eck neben der Tür stand eine alte dunkle Kommode, die bestimmt von den Vorbesitzern des Hauses stammte. So wie die Bilder an den Wänden. Kitschige Alpenlandschaften, ein Hirsch vor dem Königssee. Im Eck, unter der Decke, ein Kruzifix mit einem verstaubten Jesus. Darunter ein paar nicht ausgepackte Umzugskartons.

Ohne zu wissen, wonach sie suchte, zog Katrin nacheinander die Schubladen der Kommode auf. Socken, Wäsche, Shirts. Unter den Hemden ein gerahmtes Foto: eine zierliche schwarzhaarige Frau mit Ohrhängern in Korallenrot, die den Betrachter schmollend anblickte.

»Wer bist du? Was ist aus dir geworden? Bist du tot, wie die Nina?«, murmelte Katrin mit leisem Gruseln und legte das Bild zurück, wie sie es gefunden hatte, mit der Frontseite nach unten.

Im Schrank Hosen, Sakkos, ein dunkler und ein heller Anzug. Ein schwarzer Mantel. Für Beerdigungen, dachte Katrin. Daneben Trekkinghosen und Fleecepullover, eine teure Outdoorjacke. Markenware. Am Boden Schuhkartons. Langweiliger Kram, wie er sich in den Schränken vieler Männer finden mochte.

Katrin blickte aus dem Fenster, das zum Predigtstuhl hinausging. Trotz des neuen Betts fand sie das Zimmer trist. Ein Schlafraum für jemanden, der nicht wirklich in Reichenhall angekommen war. Als sie sich bückte, um das Nachtkästchen zu öffnen, hörte sie unten die Tür gehen. Katrin erstarrte. Sie wusste mittlerweile, wie sehr die alten Dielen knarrten, traute sich nicht in den oberen Flur hinaus, sondern presste sich hinter dem Schrank an die Wand.

Schritte auf der Treppe. Und falls es gar nicht Paul war, der nach oben kam? Hatte ihr Vater sich Zutritt zu der Wohnung verschafft? Ihm traute sie fast alles zu. Doch der Ankömmling verschwand im Bad und Katrin hörte, wie der Toilettendeckel an den Spülkasten schlug.

Obwohl sie wusste, dass sie die Chance nutzen sollte, um aus dem Raum zu verschwinden, wandte sie sich dem Nachtkästchen zu, zog die unterste Schublade auf. Und erstarrte.

»Stopp!« Paul, in der Tür, hielt die Hände vor sich, als wolle er ihr den Fluchtweg versperren. »Was suchst du hier, verdammt?« Sein Blick fiel auf das Nachtkästchen. Er durchquerte das Zimmer, hockte sich hin und checkte, ob etwas fehlte. Verrückterweise fiel Katrin auf, wie gut er in seinen hellen Jeans und dem grünen Shirt aussah. Schlank und muskulös, wie ein Yuppie aus einem Werbespot.

Doch als Paul sich umwandte, begann sie zu zittern. Sie rannte an ihm vorbei in ihr Zimmer, schmetterte die Tür zu, sperrte sie ab und schob sogar noch einen Stuhl davor.

»Mach auf!« Paul war ihr gefolgt und rüttelte an der Klinke. »Mach verdammt noch mal auf und erklär mir, warum du in meinen Sachen wühlst!«

Sie drückte sich an die Wand.

»Ich kann die Tür eintreten!«

»Kannst du nicht, du Angeber«, murmelte sie. Weil sie wusste, wie stabil solche alten Türen waren.

»Kann ich schon! Und ich hab sogar das Recht dazu, denn dies ist *mein* Haus, falls ich dich dran erinnern darf.«

»Was willst denn von mir?« Katrin hielt es für besser, ein wenig einzulenken. Ehe der Typ sich so in seine Wut rein steigerte, dass er seine Drohung wahr machte.

»Ich will, dass du mir erklärst, warum du in meinen Schränken rumschnüffelst.« Die Stimme des Mannes klang nun ruhiger. Nach einer Pause, in der Katrin sich die Lippen blutig biss, fügte Paul hinzu: »Brauchst keine Angst zu haben, ich tu dir nichts. Mein Wort drauf.«

Durfte sie ihm glauben? Sie dachte an ihren Vater, die heftigen Watschen, die sie so oft kassiert hatte.

»Ich warte unten auf dich. Wir können in der Küche reden.«

Dort gab es immerhin eine Tür ins Freie. Katrin fuhr sich mit der Hand über die Augen.

Als sie in die Küche trat, drückte Paul ihr einen Kaffeebecher in die Hand. Auf dem Tisch standen zwei Teller mit Apfelstrudel. »Willst du Sprühsahne?«

Katrin schüttelte den Kopf, öffnete die Tür zum Garten, ehe sie sich dem Journalisten gegenüber setzte.

»Kluges Mädchen.« Es klang nicht sarkastisch. »Sich einen Fluchtweg offen zu halten, kann ein entscheidender Vorteil sein.«

»Bist immer noch sauer?«

»Ja. Aber das heißt nicht, dass ich dich verprügeln will, falls du das befürchtet haben solltest.« Paul nahm seinen Kuchen in Angriff. »Es bedeutet vielmehr, dass mir meine Privatsphäre wertvoll und wichtig ist.«

Ohne ihn aus den Augen zu lassen, nahm sie einen Schluck Kaffee. Sah noch einmal nach der Tür. »Warum versteckst du die 1000 Messer im Nachttisch?«

»Weil ich sie sammle. Als Hobby.«

»Und warum im Nachttisch?«

»Weil's in diesem alten Kasten keinen anständigen Platz dafür gibt.«

Katrin überlegte. »Und warum ziehst nicht weg aus der Bruchbude, wenn sie dir nicht gefällt?«

»Weil sie das Haus meiner Eltern ist.«

»Wieso wohnen deine Eltern dann nicht drin?«

Paul erklärte, dass sein Vater ins Altenheim gezogen war. »Die Bank wollte ihm das Haus für einen Bruchteil seines Werts abluchsen. Deshalb hab ich's gekauft.«

»Hat die Schrottbude überhaupt einen Wert?«

»Das Haus nicht, aber das Grundstück. Außerdem ... Sonja hat hier gelebt. In diesem Garten gespielt.« Er sprach jetzt leise, und Katrin wagte die Frage, die sie schon ewig beschäftigte.

»Wie ist deine Schwester gestorben?«

Paul schob seinen Apfelkuchen beiseite, als sei ihm der Appetit vergangen.

Eine Stunde später trat Paul in der Unterhose, barfuß und mit nassem Haar, aus dem Badezimmer, als Katrin wie ein mageres Gespenst vor ihm auftauchte. Wieder in Sonjas Bademantel.

»Ich dachte, du schläfst längst«, sagte Paul wenig freundlich.

»Du musst den Basti finden.« Ihre Hände waren zu Fäusten geballt, die Wangen nass von Tränen. »Du hast gesagt, du hilfst mir. Jetzt tu's endlich richtig, verdammt!«

Paul sah sie nur an. Schweigend.

»Ich kann's spüren. Hier, in mir drinnen.« Sie fasste an ihre Brust, doch die Geste trug keinen erotischen Anstrich. »Ich spür's, dass er tot ist. Tot wie die Nina.«

»Unsinn.« Paul zögerte, sprach endlich doch weiter. »Katrin, euer Freund hatte vielleicht gute Gründe zu verschwinden. Vielleicht …«, er las das Entsetzen in ihren Augen und fuhr trotzdem unerbittlich fort, »vielleicht ist der Bastian damals, nachdem ihr schon weg wart, zum Wehr gekommen. Vielleicht wollte er sich mit deiner Schwester versöhnen, und stattdessen haben sie erneut gestritten. So lange, bis der Bastian …«

Er kam nicht weiter. Katrin schlug ihn heftig ins Gesicht. »Der Basti ist kein Mörder!«, schrie sie ihn an. »Der hätt der Nina nie was getan! Nie!« Schluchzend floh sie zu ihrem Zimmer. Wo sie sich auf der Schwelle umdrehte. »Entweder du hilfst mir in echt, den Basti zu finden«, brüllte sie so laut, dass es bestimmt noch auf der Straße zu hören war, »oder ich bring mich um! Kapierst jetzt? Ich bring mich verdammt noch mal um!« Peng!, knallte die Tür hinter ihr ins Schloss.

Das Mädchen schlief noch, als Paul am nächsten Morgen sein Zimmer absperrte und den neuen Rucksack packte, den er übers Internet erstanden hatte. Zwei Äpfel, ein Sandwich, eine Packung Kekse, Wasser und die Regenjacke. Ein Fernglas. Und natürlich das Laguiole.

Damit der Hund ruhig blieb, stellte Paul ihm einen Teller Trockenfutter hin und füllte den alten Emailletopf, der als Trinkschale diente, mit frischem Wasser.

»Pass auf die Kleine oben auf!«, sagte Paul halblaut. »Das ist die einzige Daseinsberechtigung, die du in dieser Bruchbude hast. Also erfüll deine Pflicht, oder du fliegst. Kapiert, Monsieur?« Doch den Hund interessierte nur sein Fressen. Sicherheitshalber schob Paul einen Zettel unter Katrins Tür hindurch, auf den er geschrieben hatte: *Ich geh ihn suchen. Damit du verdammt noch mal Ruhe gibst.*

Wie immer hatte Paul das Empfinden, eine Last fiele von seinen Schultern, kaum dass er die letzten Häuser hinter sich ließ. Diesmal nahm er einen anderen Weg, einen, der ihn oberhalb der letzten Gebäude entlangführte, hinter denen der Berg zu steil für jegliche Wohnbebauung wurde. Hier war der Wald lichter, und durch die letzten Schwaden des sich allmählich verziehenden Morgendunstes hindurch konnte Paul auf das Haus hinabsehen, das er auf seinem Stadtplan mit einem Kreuz markiert hatte. Das Haus, in dem Katrins Vater wohnte. Ein solides Gebäude, die Fenster im Erdgeschoss durch schmiedeeiserne Gitter geschützt. Bestimmt existierte auch eine Alarmanlage. Vermutlich war ein Mann, der einen Sicherheitsdienst betrieb, von Berufs wegen besonders vorsichtig bis hin zu paranoid. Und wahrscheinlich musste sein Haus den Kunden als Beispiel dienen, wie die perfekte Eigentumssicherung aussah.

Rasch stieg Paul weiter auf, nun wieder in Richtung der Stelle, die Katrin als Bastis Geheimplatz bezeichnet hatte. Erst hier fiel ihm ein, dass er besser den Hund mitgenommen hätte. Sollte Bastian Tritting im Gebirge verunglückt sein, könnte das Tier Paul vielleicht zur Absturzstelle führen. Die Frage war nur, ob dieser Straßenköter nicht lieber die Spur eines Rehs verfolgen und darüber seinen Auftrag vergessen würde.

Als er den Platz erreichte, beschloss Paul, die Stelle systematisch abzusuchen. Bestand eine vernünftige Wahrscheinlichkeit, dass er etwas finden würde, was das Verschwinden des Jungen erklären könnte? Er glaubte nicht daran, musste aber jede Chance ergreifen. So labil, wie Katrin im Moment war, nahm er ihre Suiziddrohung durchaus ernst. Zudem musste er daran arbeiten, sich selbst von dem Verdacht reinzuwaschen, den Kommissar Porant gegen ihn hegte. Und der, wie Paul wusste, längst den halben Ort beschäftigte.

Oder sollte es Zufall gewesen sein, dass gestern in der Bäckerei, in der Paul seine Semmeln holte, sämtliche Kundengespräche verstummten, sowie er in den Raum trat? Zufall, dass sich alle Blicke auf ihn richteten? Bis auf den der Bäckerin, die ihn übertrieben fröhlich begrüßte, ihm aber nicht in die Augen sehen mochte?

Methodisch schritt Paul über die kleine Lichtung. Seit dem Verschwinden des jungen Mannes waren Wochen vergangen, Fußspuren würden sich nicht mehr entdecken lassen, und außerdem hätte er sie nicht zuordnen können. Er fand ein Snickers-Papier, das jeder Wanderer hätte verlieren können, steckte es trotzdem ein. Ansonsten nichts. Frustriert trat Paul an den Steilhang, der Richtung Reichenhall abfiel, blickte hinab und konnte auch dort nichts Ungewöhnliches entdecken, obwohl er den Abgrund mit dem Fernglas absuchte. Nach einer Weile setzte er sich auf einen Felsen. Eine Dohle schwebte über ihm, spähte hoffnungsvoll herunter.

»Ihr könnt dauernd fressen, oder?« Paul holte ein Stück Brot aus dem Rucksack, hielt es gut sichtbar in der Hand. Die Dohle landete zwei Meter entfernt, sah ihn mit schräg gelegtem Kopf an. Vorsichtig, um den Vogel nicht zu erschrecken, warf Paul ein Bröckchen in seine Richtung, hatte aber schlecht gezielt, und das Brot landete eine Armlänge von dem gelben Schnabel entfernt. Ohne Paul aus den Augen zu lassen, aber auch ohne Eile, hüpfte die Dohle zu dem Leckerbissen und pickte ihn auf. Als sie wieder abhob, sah Paul etwas in der Sonne aufblitzen.

Er sprang auf, und die Dohle schrie empört. Doch Paul interessierte sich nicht mehr für den Vogel, lief dorthin, wo er den Lichtreflex gesehen hatte: Am Boden, halb unter einem abgefallenen Blatt, das die Dohle zufällig bewegt hatte, ragte der Rand eines Flaschenhalses aus der Erde.

Natürlich mochte Bastian oder wer immer einfach nur seinen Müll verscharrt haben. Doch als Paul sich nach einem geeigneten Stück Holz umsah, das ihm als Grabwerkzeug dienen konnte, spürte er ein Dröhnen in den Ohren wie von einem überlauten Tinnitus. Hatte er tatsächlich eine Spur gefunden?

Im ersten Moment schien die Bierflasche, als er sie endlich in den Händen hielt, leer. Aber als er sie gegen das Licht hob, sah er, dass sich etwas im Inneren befand und der Hals mit trockenen Blättern wie mit einem Stöpsel verschlossen war.

Paul drehte die Flasche um, schüttelte sie, doch vergebens. Er suchte einen dünnen Zweig, brach ein Stück davon ab und entfernte die Blätter. Was noch darin steckte, ließ sich allerdings nicht so leicht herausfischen, sodass Paul die Flasche schließlich auf einen Stein schlug. Und inmitten von grünen Scherben lag nun ein Gegenstand, den er kannte.

Er verscharrte die Scherben flüchtig und stieg weiter auf, getrieben von dem Drang, aus dem Wald heraus zu kommen, die offenen Almwiesen zu erreichen, wo vielleicht auch sein Kopf freier werden konnte. Erst als er die letzten Bäume hinter sich ließ, wurde er langsamer, fühlte sich weniger erregt, dafür unendlich kaputt, als liege eine gewaltige Anstrengung hinter ihm. Nachdenklich setzte er sich auf einen Felsen, holte das Wasser aus dem Rucksack. Und versuchte kühl zu analysieren, wie die Bedeutung seines Funds einzuschätzen war.

Ein Schubs in den Rücken ließ ihn aus seinen Grübeleien aufschrecken. Hinter ihm stand ein Schaf und sah ihn an, als erwarte es eine Strafpredigt.

»Du könntest dich anständigerweise von vorn annähern!«, schnappte Paul. Und hörte im nächsten Moment raues Lachen.

Die Almbäuerin, der er schon öfter begegnet war, trat hinter ein paar Felsen hervor. »Bist aber nervös heut«, sagte Hanna Krenmayer statt einer Begrüßung.

»Können Sie Ihren Schafen nicht zivilisierteres Benehmen beibringen?«

Ihr Lachen erstarb. »Meine Schafe sind gut so, wie s' sind.« Sie zog ihren Flachmann aus der Joppe. »Nimm halt einen Schluck. Wennst ein Nervenproblem hast.«

»Hab ich normalerweise nicht.« Paul verzichtete auf den angebotenen Schnaps, hatte nie gern aus demselben Glas oder derselben Flasche wie andere getrunken. Nicht mal, wenn einzig Janines Lippen vorher das Gefäß berührt hatten.

»Scheinst gern hier rauf zu kommen.« Die Bäuerin sah sich nach ihrer Herde um, die langsam über die Wiese trottete. Nach und nach versammelten sich die Tiere um die beiden Menschen, und, so absurd es war, fühlte Paul sich in der Menge von warmen Leibern und dichtem Fell eigenartig geschützt. Und an die Sage über den »Almerer« erinnert, einen mythischen Bergbauern, der immer auftauchte, wenn Wanderer seine Hilfe benötigten. Würde sich diese Frau als Pauls persönlicher Schutzgeist in den Bergen entpuppen?

»Ich denk immer noch über den Jungen nach, der in Reichenhall vermisst wird«, gestand Paul nach einer Weile. »Über einen möglichen Zusammenhang zwischen seinem Verschwinden und dem Tod des Mädchens an der Saalach. Hatte er eigentlich irgendwas dabei, als Sie ihm damals hier heroben begegnet sind?«

Sie setzte die Flasche an die Lippen, musterte ihn genauer. »Bist von der Polizei?«

Paul verneinte, wollte auch nicht verraten, dass er Journalist war. Gerade einfache Leute verschlossen sich gern, wenn sie erfuhren, dass er für eine Zeitung arbeitete. Er holte die Kekse heraus, bot sie Hanna an, und die Almbäuerin bediente sich ohne Umschweife.

»So genau weiß ich's nimmer, ob der Junge was dabei gehabt hat. Vielleicht hat er einen Rucksack getragen, auf so was acht ich nicht besonders.«

»Nur seine Nervosität ist Ihnen aufgefallen.«

Sie runzelte die Stirn, als erinnere sie sich nicht mehr an ihre frühere Beobachtung. Was wahrscheinlich der Fall war, dachte Paul. Schließlich war Hanna Krenmayer nicht mehr die Jüngste, und zudem interessierten sie ihre Schafe bestimmt mehr als die Wanderer.

Als er endlich nach Hause kam, war Katrin nicht da, und sein Zettel lag hinter ihrer Tür, als habe sie ihn gar nicht bemerkt. Paul spürte einen Klumpen der Furcht im Magen. War Katrin fortgelaufen, um ihre Drohung auszuführen? Warum reagierten Mädchen so entsetzlich emotional? Nach einer Weile rief er den Schorsch an, doch sein Kollege hatte keine Neuigkeiten zum Fall Nina, was Paul vermuten ließ, dass die Polizisten weiter ihn im Visier hatten. Und zum Glück erzählte der andere auch nichts von neuen Leichen.

»Sei froh, dass Mad Fred dich in Urlaub geschickt hat«, sagte der Schorsch stattdessen. »Soll 'ne richtige Schönwetterlage geben in nächster Zeit. Kannst schwimmen gehen oder biken.«

In Urlaub geschickt? Paul hatte die freien Tage erkämpft!

»Du musst den Fred verstehen. Solang die Bullen denken, dass du was mit dem Tod des Mädels ... Also, du weißt schon ... Ich glaub den Schmarrn natürlich nicht, aber ... Der Fred muss auf den Ruf der Zeitung achten.« Der gutmütige Schorsch meinte wohl, seinen Chef zu trösten, doch Paul überrann es eiskalt. Mad Fred hatte ihn quasi nachträglich suspendiert? Nur weil dieser Scheißkommissar Gerüchte verbreitete, die er nie würde beweisen können? Paul war so sauer, dass er wünschte, einen Sandsack zu besitzen, um auf ihn einprügeln zu können. In Ermangelung dieses nützlichen Gegenstands riss er eins der kitschigen Königsseegemälde von der Wand und brach es über dem Knie entzwei. Anschließend holte er sein Notebook und schaufelte Aktien einer südamerikanischen Biotechnologiefirma in sein Depot. Frustshopping für Börsenhaie gewissermaßen.

Aber in seine Wut mischte sich immer wieder die Sorge um das Mädchen. Wo steckte Katrin? Das Letzte, was er brauchte, war eine weitere Tote. Außerdem brannte er darauf, dem Mädchen den Fund aus der Bierflasche zu zeigen.

Als das Telefon in die Stille der Nacht klingelte, sprang Paul auf. Befürchtete das Schlimmste. Halb benommen vom Schlaf erwischte er das Handy nicht richtig, es fiel zu Boden, schlitterte unter sein Bett. Und verstummte, gerade als er es zu fassen bekam.

Wer hatte angerufen? Er starrte auf das Display. War Katrin am Wehr gefunden worden, ermordet wie ihre Schwester? Oder war sie aus Verzweiflung selbst in die Saalach gegangen? Allein bei der Vorstellung wurde Paul übel. Er drückte die Taste für die letzten Anrufe. Die Nummer sagte ihm nichts, außer, dass es sich um ein Handy handeln musste. Sollte er gleich zurückrufen? Vielleicht hatte sich nur jemand verwählt, und danach konnte er sich beruhigt wieder schlafen legen?

Paul sah auf den Wecker. Zwei Uhr morgens. Ein neuer Gedanke jagte ihm einen Schauer über den Rücken. Hatte jemand angerufen, um festzustellen, ob er daheim war? Der Brandstifter von neulich etwa? Lauerte er draußen, um zu sehen, was passierte? Würde es ihn ausreichend abschrecken, dass Paul das Licht angeschaltet hatte? Paul schob die Taschenlampe zusammen mit dem Handy in seine Pyjamahose, holte ein Butterflymesser aus der Schublade.

Er tappte über den Flur, legte sein Ohr an Katrins Tür. Nichts. Leise drückte er die Klinke. Von drinnen keine Reaktion. Er schob sich ins Zimmer und knipste die Taschenlampe an, während er zugleich mit der anderen Hand den Lichtkegel abdeckte, sodass nur ein schwacher Schimmer den Raum erreichte. Zu schwach, um eine Schlafende zu wecken. Doch seine Vorsicht war überflüssig, Katrins Bett leer. Wieder blickte er auf das Telefon. Hatte das Mädchen vom Handy eines ihrer Freunde angerufen? Steckte Katrin in Schwierigkeiten?

Seltsamerweise tauchte in diesem Moment das Bild von dem Mädchen unter der Dusche vor ihm auf, der schlanke Körper, die sonnengebräunte Haut, der kleine Busen. Verführerisch. Gefährlich verführerisch. Gefährlich für sie, die halb Lolita war und erst halb Erwachsene. Paul fühlte sich, als werde er in ein dunkles Loch gerissen, das sich immer schneller drehte. Er setzte sich auf Katrins Bett, starrte lange Zeit auf sein Handy und drückte schließlich den Rückruf.

Endloses Klingeln. Paul verfluchte sich dafür, den Anruf nicht sofort wieder aufgenommen zu haben. Schließlich doch ein Knacken in der Leitung. Dann das Leerzeichen. Ließ man das Mädel nicht telefonieren? Hatte sie ihn heimlich zu erreichen versucht und schnell wieder aufgelegt, weil jemand in der Nähe war, der das Gespräch nicht mitbekommen sollte? Ähnliche Situationen hatte Paul in seiner Journalistenkarriere häufig erlebt, aber selten waren sie ihm derart an die Nieren gegangen. Er wartete ein paar Minuten, wählte erneut.

Diesmal klappte die Verbindung. »Wer ist da?«, bellte eine Stimme, die Paul nur zu gut kannte.

»Seit wann hast du ein Handy?« Mehr fiel Paul nicht ein.

»Seit heut Abend«, sagte sein Vater. »Eine Pflegerin hat's mir geborgt, weil das Telefon in meinem Zimmer nicht funktioniert.«

»Und deshalb rufst du mich mitten in der Nacht an?« Pauls Angst schlug in Ärger um. Rot glühenden Ärger.

»*Du* hast *mich* angerufen. Und geweckt. Was willst denn jetzt von mir?«

»Nichts«, sagte Paul. »Geh wieder schlafen.« Er drückte das Gemecker des alten Mannes mit der roten Taste weg und kehrte in sein Zimmer zurück, wo die Nachttischschublade noch offen stand.

Dass in seiner Sammlung ein Smith&Wesson-Messer fehlte, fiel Paul nur auf, weil die etwa 20 Zentimeter lange Klinge durch die auffällige schwarzgraue Oberfläche normalerweise kaum zu übersehen war.

KAPITEL 8

Am nächsten Morgen hatte er eigentlich besonders früh in die Redaktion fahren wollen, um Mad Fred zur Rede zu stellen, überhörte jedoch den Wecker. Schlecht gelaunt schüttete Paul eine Tasse Kaffee in sich hinein, stopfte das am Vortag nicht gegessene Sandwich aus dem Rucksack erst in einen Gefrierbeutel und dann in seine Laptoptasche.

Am Auto erwartete ihn neuer Ärger: Die linke hintere Seitenscheibe war eingeschlagen, ein großer Flusskiesel lag auf dem mit Glasscherben übersäten Sitz. Ein rascher Check ergab, dass im Wagen nichts fehlte außer den Münzen, die Paul für die in Reichenhall überall aufgestellten Parkautomaten im Handschuhfach aufbewahrte. Sogar das Werkzeug im Kofferraum war noch da, ebenso wie der Feuerlöscher.

»Scheiße!« Paul ärgerte sich, dass jemand wegen ein paar Euro Parkgeld einen derartigen Schaden anrichtete. Spontan fielen ihm die jungen Leute von der Saalach ein. Hatten sie ihm einen Denkzettel verpassen wollen, weil er sich ihrer Ansicht nach zu intensiv in ihre Angelegenheiten mischte? Und die Münzen nur mitgenommen, weil sie gerade da lagen?

Er rief bei der Polizei an, wo sich der Diensthabende erkundigte, ob Pauls Wagen fahrfähig sei.

»Natürlich.«

»Dann bringen Sie ihn uns vorbei! Unsere eigenen Fahrzeuge sind alle unterwegs.«

Paul glaubte seinen Ohren nicht zu trauen. War er zurück in Paris? Oder gar in Marseille, wo Autoaufbrüche der Polizei nicht mal mehr ein müdes Lächeln entlockten?

»Der Herr Kommissar will Sie sowieso sprechen«, fügte der Polizist an, und Paul erklärte eisig, dass er in dem Fall erst abends kommen könne, da er im Moment nicht so viel Zeit habe. Dann telefonierte er mit seiner Versicherung und beschloss, sich als kleine Entschädigung doch erst ein anständiges Frühstück zu gönnen. Aber nicht mitten in Reichenhall, wo er Porants Leuten auffallen mochte. Glücklicherweise erinnerte er sich an das »Café Nieberle« in Bayerisch Gmain, das es schon gegeben hatte, ehe er mit dem Journalistikstudium anfing. Und dessen in der eigenen Konditorei hergestellte Kuchen ihm bereits damals vorzüglich geschmeckt hatten.

Erfreut stellte er fest, dass das Café noch existierte, und ließ sich an einem Fenstertisch nieder, um seinen Wagen im Auge behalten zu können. Hier erwischte ihn prompt ein Anruf des Vaters. »Jetzt hab ich ausgeschlafen. Jetzt können wir reden.«

»Ich hab keine Zeit.«

»Letzte Nacht hast mich aus dem Bett geklingelt, weilst so dringend mit mir hast sprechen müssen und nun …«

»Umgekehrt«, sagte Paul und wusste zugleich, dass sein Vater, wie früher, nie zugeben würde, dass er unrecht hatte.

»Was gibt's denn so Wichtiges?«

»Den Jakob, den Wirt von der ›Saalach-Bar‹, kennst du den?« Paul beschloss, die Gelegenheit zu nützen, um eine sinnvolle Frage zu stellen, und reckte den Hals zum Fenster, als eine Frau dicht an seinem Wagen vorbeimarschierte. Jakob und Max Matieser waren neben den Jungs aus der Säuferclique seine Hauptverdächtigen für den Mord an der jungen Nina. Und vielleicht würde der Vater über andere Leute genauso gern herziehen wie über den eigenen Sohn?

»Jakob Ranacker? Schmieriger Typ. Mit dem solltest dich nicht einlassen.«

»Inwiefern ist er schmierig?«

»Da war mal was, ein übles Gerücht.«

»Und was genau?« Paul spürte, wie sein Herz schneller schlug.

»Weiß ich nicht mehr. Deine Mutter hat nur vor Jahren so was gesagt.«

Ehe Paul das Café verließ, telefonierte er kurz mit dem Schorsch, aber der kannte keine wie auch immer gearteten Gerüchte um den »Saalach«-Wirt. Vielleicht hatten die Eltern bloß wieder irgendeinen böswilligen Klatsch aufgebauscht, an den sich der Vater jetzt vage erinnerte? Paul steckte das Handy ein und beschloss, trotz seiner Abneigung gegen den Kommissar nun doch gleich zur Polizei zu fahren. Schließlich sollte er die kaputte Scheibe schnellstmöglich reparieren lassen. Und sobald das Glas ersetzt war, wollte Paul den BMW abstoßen und sich ein SUV zulegen. Einen Range Rover vielleicht. Mit viel Bodenfreiheit und einem leistungsstarken Motor. Einen Wagen, der sich in der Stadt und auf den Bergstraßen gleichermaßen gut machen würde. Paul hatte den Evoque im Internet unter seinen Favoriten abgespeichert und war zuversichtlich, einen gehörigen Rabatt aushandeln zu können. In solchen Dingen hatte er von jeher Geschick bewiesen.

Ziemlich genau in der Mitte zwischen Bayerisch Gmain und Reichenhall, als Paul überlegte, wie viel er für seinen Traumwagen auszugeben gewillt war, spürte er eine sanfte Berührung am rechten Oberschenkel. Er sah Richtung Beifahrersitz und verriss im nächsten Moment abrupt das

Steuer. Der Wagen schleuderte, stellte sich quer, drehte sich weiter, rutschte halb von der Straße. Jemand hupte, dann noch jemand. Der BMW kam zum Stehen, und Paul lehnte im Sitz. Totenstarr.

Die Fahrertür wurde aufgerissen, ein zornrotes Gesicht erschien in Pauls Blickfeld.

»Sind S' narrisch?«, brüllte eine Männerstimme. Paul brachte keine Antwort heraus.

»Was ist? Sind S' verletzt? So reden S' doch!« Die Stimme klang nun etwas weniger wütend. »Brauchen S' einen Krankenwagen?«

Paul schluckte. »Erst wenn mich das Vieh gebissen hat, nehm ich an.«

Der Blick des anderen wanderte von Pauls Gesicht zu dessen Schoß. »Jesses Maria, Mutter Gottes! Soll ich die Feuerwehr rufen?«

»Falls das Tier explodiert, ist das sicher keine schlechte Idee.« Paul wusste selbst nicht, wie er in seiner Situation noch dumme Sprüche machen konnte.

»Halten Sie ganz still«, sagte eine neue, ruhigere Stimme von draußen. »Kreuzottern sind nicht aggressiv. Solange sich das Tier nicht bedroht fühlt, wird's nicht beißen.«

»Aber *ich* fühle mich bedroht.« Die Schlange war überraschend schwer. Das rote Gesicht verschwand aus Pauls Blickfeld, stattdessen sah er jetzt einen jüngeren Mann, der gar nicht erschrocken wirkte.

»Wichtig ist, dass Sie die Nerven behalten. Das Tier nicht durch eine unbedachte Bewegung reizen. Schaffen Sie das?«

»Sieht aus, als hätte ich keine andere Wahl, oder?«

»Kreuzotternbisse sind meist nicht lebensgefährlich, zumindest nicht die der deutschen Arten.« Der Neuankömmling wandte sich an die Autofahrer, die hinter Paul angehalten hatten und sich nun um den interessanten Wagen drängten, und forderte sie auf, Abstand zu wahren. Oder, noch besser, weiterzufahren. »Ich bin übrigens Biologe und heiße Dietmar«, stellte er sich dann Paul vor.

Obwohl der Mann ihn offensichtlich zu beruhigen versuchte, verkrampften sich Pauls Muskeln mehr und mehr. »Und? Ist das hier 'ne deutsche Art?«

»Da sie vermutlich niemand eigens für Sie importiert hat, sollten wir davon ausgehen.«

»Und den Hund meines Vaters, den hatte damals dann wohl eine Import-Version erwischt?«, fragte Paul zwischen zusammengebissenen Zähnen heraus. »Der ist nämlich an dem Biss gestorben.« Er verschwieg, dass der Rottweiler zu jener Zeit bereits 14 Jahre alt gewesen war, ein Hunde-Methusalem gewissermaßen. »Aber es freut mich, dass Sie mir eine Überlebenschance zugestehen.« Die Otter hatte sich mittlerweile auf Pauls Schoß zusammengerollt, und er fand, dass ihr Kopf unangemessen nah an seinen Genitalien ruhte.

»Tut mir leid, das mit dem Hund. Aber wie gesagt, solch drastische Folgen sind Ausnahmen«, erklärte Dietmar.

»Ich hab ihn sowieso nie leiden können.« Paul wunderte sich, dass er das einem völlig fremden Menschen erzählen konnte. Den Hund nicht und meinen Vater auch nicht, dachte er dabei. Aber wenigstens den zweiten Teil sollte er für sich behalten. Er versuchte, auf die Autouhr zu schauen, doch das Display spiegelte zu stark, ließ nichts erkennen. Wie lange gedachte das dumme Vieh auf seinen Beinen zu schlafen?

Bilder aus der Vergangenheit. Das Aufjaulen des Rottweilers. Dann, bald darauf, der unsichere, schwankende Gang des sonst so agilen Hundes. Der immer apathischer wurde, immer schwächer winselte.

»Geht's Ihnen noch gut?«

»Sicher.«

»Sind Sie Schlangenexperte?« Paul fragte hauptsächlich, damit die Zeit nicht so unendlich langsam vertickte.

»Nein«, plötzlich schien der Biologe verlegen. »Ich … äh … schreibe eine Arbeit über … Edelweiß.«

»Das ist wenigstens nicht bissig.«

»Ich werde jetzt versuchen, leise die Beifahrertür zu öffnen«, schlug Dietmar vor. »Und alle Leute wegscheuchen. Vielleicht verlässt die Schlange das Auto dann freiwillig.«

»Seien Sie um Himmels willen vorsichtig.«

»Versprochen. Indianerehrenwort.«

Wenig später hörte Paul, wie die Tür sich öffnete, und spürte den Luftzug. Auch die Kreuzotter musste etwas mitbekommen haben, denn sie hob den Kopf.

»Tu mir einen Gefallen und verschwinde!« Paul wusste, dass Schlangen nicht hören können, aber es tat ihm gut, seine Gedanken in Worte zu fassen.

Er war jetzt allein. Der Edelweiß-Fachmann hatte sich zurückgezogen, damit die Schlange sich sicher fühlen konnte. Paul merkte, dass ihm die beruhigende Gegenwart des anderen fehlte, dass auch sein eigener schwarzer Humor ihm bisher geholfen hatte, die Situation besser zu ertragen. Nun galt es zu warten, reglos. Konnte man dem Tier nicht eine Maus besorgen und damit seine Jagdinstinkte wecken, es aus dem Auto locken? Paul versuchte sich vorzustellen, wie eine Schar weißer Mäuse vor den geöffneten Türen tanzte, um die Aufmerksamkeit der Schlange auf sich zu lenken, und hätte beinahe gelacht. Bis sich wieder das gequälte Winseln des sterbenden Rottweilers in sein Bewusstsein drängte. Wie schmerzhaft waren Schlangenbisse für Menschen?

In extremem Zeitlupentempo bewegte er seine Linke abwärts, um im Ablagefach der Tür herumtasten zu können. Was befand sich gerade dort? Irgendetwas, das sich zur Verteidigung gegen Reptilien verwenden ließ? Paul fühlte eine Packung Taschentücher, dann etwas Größeres, in Plastik verpackt. Er wagte nicht hinabzuschauen, überlegte, was es sein könne. Bis es ihm einfiel: Die Tüte mit Kaffeebonbons, die er neulich an einer Tanke gekauft hatte. Unendlich vorsichtig schloss er die Finger darum, fühlte sich einem Herzinfarkt nahe, als die Verpackung raschelte. Schlangen können nicht hören, du Idiot! Er mahnte sich zur Ruhe, bewegte die Hand unendlich langsam aufwärts, bis sie neben ihm und der Kreuzotter auf dem Sitz ruhte. Dann hielt er sich wieder vollkommen still.

Er hatte keine Ahnung, wie lange er stocksteif auf dem Autositz saß, der ihm nie zuvor so unbequem erschienen war. Dietmar blieb in der Nähe und checkte gelegentlich durch das Daumen-hoch-Zeichen, wie Paul sich fühlte. Und sobald Paul ein Nicken andeutete, breitete sich ein strahlendes Lächeln über das Gesicht des Biologen aus. Die anderen Autofahrer hatten sich verzogen. Die Vorbeifahrenden warfen zwar neugierige Blicke aus den Fenstern, hielten aber nicht mehr an. Im Rückspiegel konnte Paul beobachten, wie eine Ambulanz etwa 20 Meter hinter ihm sanft ausrollte. Wahrscheinlich hatte der Edelweiß-Forscher sie herbeigerufen.

Den Rennradler konnte Dietmar allerdings nicht rechtzeitig bemerken, weil er gerade hinter einem Baum stand und in die falsche Richtung blickte.

»He, alles okay mit Ihnen?« Unwillkürlich zuckte Paul zusammen, doch es war wohl mehr der Schatten des vor der Fahrertür auftauchenden Fremden, der die Schlange aus ihrer phlegmatischen Ruhe aufschreckte. Die Otter fuhr hoch, zeitgleich hieb Paul mit der Linken zu, hörte den Radler schreien und erwischte mit der Bonbontüte den Kopf des Reptils. Die Schlange griff ein zweites Mal an, Paul parierte mit der Tüte, und das Reptil schlug seine Zähne in die Plastikfolie.

Im nächsten Moment beförderte Dietmar mit noch offenem Hosenschlitz die Kreuzotter mit einem langen Stock von der Beifahrertür aus in die Wiese hinaus. Zeitgleich stolperte Paul auf der anderen Seite aus dem Wagen. Nur Sekunden später setzten zwei Sanitäter eine Trage neben ihm ab.

»Möglichst wenig bewegen.« Der Notarzt kannte sich mit Schlangenbissen aus, und ehe Paul sich versah, versuchten die Sanitäter, ihn auf ihre Trage zu drücken.

»Nehmt lieber das Vieh mit, das hat mehr abgekriegt!« Paul riss sich los.

»Wo hat sie Sie erwischt?« Der Arzt packte Pauls Arm, als habe er Sorge, sein Patient könne türmen.

»Nirgends. Mir ist gar nichts passiert. Nur den Bonbons.« Paul kämpfte ein hysterisches Lachen nieder. Doch wenigstens ließ ihn der Arzt nun los, und die Sanitäter blickten geradezu enttäuscht drein.

Der Biologe Dietmar wollte sich unauffällig verdrücken, doch Paul hielt ihn zurück: »He, wenn Sie wollen, schenke ich Ihnen die Schlange. Zum Dank für die Hilfe.«

»Nett von Ihnen. Aber ich bleib lieber beim Edelweiß.« Immerhin schaffte es Paul, dem hilfsbereiten Mann seinen vollen Namen zu entlocken, da er plante, ihm eine Kiste edelsten französischen Wein zu schicken.

Als Dietmar fröhlich winkend davonfuhr und die Ambulanz startete, starrte Paul vom Rand der Wiese auf seinen BMW. Und begriff, dass er Angst hatte, wieder in den Wagen zu steigen. Denn wer wusste schon, ob die Kreuzotter ihren Ausflug allein unternommen hatte?

»Das ist Quatsch.« Kommissar Porant, hinter seinem Schreibtisch, schüttelte vehement den Kopf. »Nichts weiter als eine hirnrissige Theorie, die uns von unbequemen Fragen abhalten soll.«

»Wie hätte die Schlange gestern unbemerkt in den Wagen kriechen können? Ich sperre ihn immer ab, so was lernt man in der Großstadt schnell«, konterte Paul.

»Und was ist mit der Zeit, in der Sie Ihren Rucksack in den Kofferraum gepackt haben? Ihre Bergschuhe ausgezogen haben? Vermutlich haben S' da die Wagentür offen gelassen?«

»Ich glaube nicht an solche Zufälle.« Paul fühlte sich erschöpft. »In der Früh ist mein Autofenster kaputt, und kurze Zeit später kriecht eine Kreuzotter im Wagen herum. Da soll kein Zusammenhang bestehen?«

»Wer würde denn Ihrer Ansicht nach eine Kreuzotter einfangen können? Oder überhaupt zum passenden Zeitpunkt finden? Die Viecher können S' nicht im Supermarkt kaufen. Nicht mal im Zoohandel.« Der Kommissar beugte sich so weit vor, dass Paul seinen Kaffeeatem riechen konnte.

Paul wandte den Kopf ab. Porants Frage hatte eine gewisse Berechtigung, sodass er sich seine Antwort gut überlegen musste. »Es könnte umgekehrt gewesen sein«, argumentierte er schließlich. »Jemand findet eine Kreuzotter und überlegt, was sich damit anstellen lässt.«

»Dann muss er sie immer noch einfangen. Und wer sollte so verrückt sein?«

»Morgens, wenn's kühl ist, sind die Viecher angeblich eher träge.« Paul konnte sich gut vorstellen, wer als Mutprobe oder zum Spaß mit einer Giftschlange spielen würde: die Jungs aus Katrins Clique. Die möglicherweise sauer waren, weil eins *ihrer* Mädchen bei ihm untergekrochen war. Doch diese Theorie wollte er nicht diskutieren. Weil der Kommissar genauso wenig wie die Matiesers erfahren sollte, dass Paul das Mädel bei sich wohnen ließ. Der Kommissar würde sofort an die Geschichte mit Sonja denken und Schlüsse ziehen, die Paul belasten könnten.

»Und der Stein?«, änderte er seine Argumentationslinie. »Ist der auch von allein in meine Scheibe gefallen? Weil sich die Schwerkraft kurz um 90 Grad gedreht hat als nette physikalische Anomalie?«

Porant lachte zu laut. »Den Stein haben irgendwelche Vandalen geworfen. Besoffene. Oder ... hat jemand was gegen Sie? Haben S' sich hier mit jemandem angelegt, seit Sie aus Ihrem geliebten Paris zurückgekommen sind?«

»Nur mit Ihnen. Wo waren Sie vergangene Nacht?«

Der Schädel des Kommissars rötete sich. »Jetzt werden S' nicht unverschämt! Ich krieg Sie schon noch, verlassen S' sich drauf.« Zu Pauls Erleichterung wies Porant zur Tür, und Paul marschierte mit hoch erhobenem Kopf hinaus.

»Vergessen S' nicht, sich weiterhin zur Verfügung zu halten!«, vernahm er Porants Stimme im Rücken und tat, als habe er nichts gehört.

Als es an seiner Tür klingelte, hatte er es sich eben erst mit der französischen Ausgabe der Neshov-Trilogie auf dem Sofa gemütlich gemacht. Er verspürte absolut keine Lust auf Besuch, aber es mochte Katrin sein, also raffte er sich trotzdem hoch und ging barfuß zur Tür. Als er sie öffnete, drängte sich Katrins Hund, der mit dem Mädchen zusammen verschwunden war, an den beiden Menschen draußen vorbei und flitzte ins Haus.

»Sie halten einen Kampfhund?«, fragte Luise Matieser, während ihr Mann Paul finster musterte.

»Weil ich Besucher hasse.« Paul wandte sich um, ging ins Wohnzimmer und ließ Katrins Eltern die Wahl, ihm zu folgen oder nicht.

»Wo ist unsere Tochter?« Max Matieser schien nüchtern, doch Paul erkannte an den fahrigen Handbewegungen, dass der Mann allmählich die nächste Dosis der Droge Alkohol benötigte.

»Sollten das nicht Sie wissen?«

»Wenn Sie uns nicht freiwillig mit ihr reden lassen, holen wir die Polizei.« Matieser ballte die Fäuste.

Warnend legte Luise ihrem Exmann die Hand auf den Arm. »Bitte, Herr Leonberger. Der Postbote hat unsere Tochter in dieser Straße gesehen. Uns liegt vorerst nur daran zu erfahren, ob es ihr gut geht.«

Paul setzte sich auf das Sofa, und Max ließ sich augenblicklich auf dem Sessel gegenüber nieder. Luise zögerte eine Weile, setzte sich schließlich auch.

»Ich weiß selbst nicht, wie's Katrin geht.« Paul behielt Max Matieser genau im Auge. »Heute Morgen hab ich eine Kreuzotter in meinem Auto gefunden, damit hatte ich erst mal genug Probleme.«

Der Sicherheitsmann senkte den Blick. Hatte er etwas mit

der Sache zu tun oder war es ihm lediglich peinlich, Paul so hart angegangen zu haben?

»Eine Kreuzotter?«, fragte Luise. »Wie ist die denn in Ihren Wagen geraten?«

Paul winkte ab, wollte die Story nicht breittreten. »Jedenfalls war's keine besonders angenehme Erfahrung. Und deshalb wär ich Ihnen dankbar, wenn Sie mich in Ruhe lassen würden. Damit ich wenigstens noch ein paar entspannte Stunden genießen kann.«

Luise biss sich auf die Lippen. Als sie aufstand, erhob sich ihr Mann ebenfalls. »Bitte.« Die Frau war den Tränen nahe. »Bitte ... sagen Sie uns die Wahrheit. Über meine Tochter.«

Auf ewig würde er es nicht verbergen können. Nicht, ohne definitiv zu lügen. Paul sah auf den Hund, der sich in der Ecke niedergelassen hatte, den Kopf auf den unglaublich schmutzigen Vorderpfoten. »Ihre Tochter war in der Tat bei mir«, sagte er endlich. »Weil sie nicht wusste, wohin. Aber seit gestern ist sie fort, und ich hab nicht die geringste Ahnung, wo sie sich derzeit aufhält.«

Er schrie auf, als Max ihn vom Sofa riss, ihn heftig gegen die Wand stieß.

»Ich weiß, was man über dich im Ort erzählt.« Max presste Paul mit seinem Körper gegen die Wand. »Wenn du mieses Schwein meine Tochter auch nur anfasst, bring ich dich um! Kapiert? Ich bring dich um, und zwar auf eine Weise, dass du lang was davon hast!«

Paul sah, dass Luise weinte. Es gelang ihm, einen Arm frei zu bekommen, er griff in Matiesers Haar, riss daran. Im nächsten Moment lag er auf dem Boden, und der Sicherheitsmann kniete auf seinem Rücken, verdrehte ihm den Arm.

»Schwör mir, dass du ihr kein Haar krümmen wirst, du

Sauhund! Schwör mir, dass du's mir sagst, sobald sie sich bei dir meldet!«

Paul heulte fast vor Schmerz, aber er schwieg.

»Max! Lass ihn los! Willst du, dass er dich anzeigt?«

Endlich ließ der Druck in Pauls Rippen nach, Matieser erhob sich. »Hast kapiert, du Oberarsch?«

Paul hatte Mühe sich aufzusetzen. »Raus!«

Der Hund in seinem Eck winselte. Dann fiel die Tür ins Schloss.

Katrin erwachte, weil sie fror. Sie besaß nur eine dünne Decke gegen die nächtliche Kälte. Eva hatte sie mitgebracht, als sie sich Boris' Schlafsack *organisiert*, also einfach aus dessen Bude geholt hatte. Für die sie natürlich einen Schlüssel besaß. Noch immer hatte sich der Anführer der Clique nicht gemeldet, und der Quirin trat laut Eva von Tag zu Tag machomäßiger auf. Sonst hätte Katrin bei ihm geschlafen. Jetzt, unter der klammen Decke, fing sie allerdings an, darüber nachzugrübeln, ob das nicht trotz allem besser gewesen wäre. Sicher, der Quirin hätte zum Dank Sex erwartet, aber war das so schlimm? Mit seinen wirren dunkelblonden Locken sah er echt cool aus. Sie könnte ihm geben, was er verlangte, nur … In ihren Träumen gehörte sie dem Basti. Dem Jungen mit den samtdunklen Augen, in deren Blick ein Mädchen sich verlieren konnte. Und falls der eines Tages unverhofft zurückkehren sollte und die Nina nicht mehr vorfand …

Aber er wird nicht zurückkommen. Nie. Eine winzige Stimme in ihrem Innersten verriet Katrin, dass der Freund nicht mehr am Leben war. Und der Scheiß-Journalist nahm ihre Angst nicht ernst. Ich geh ihn suchen. Damit du verdammt noch mal Ruh gibst. Der arrogante Arsch von Leonberger log sie bestimmt an, machte sich einen vergnügten Tag.

Und deshalb hatte sich Katrin mit Eva abends am Saalachsee zugeschüttet. Nicht an Evas üblichem Sonnenplatz, wo sich der Stalker rumtrieb, sondern ein Stück näher an der Stadt, auf einer winzigen durch dichtes Gestrüpp vor neugierigen Blicken geschützten Lichtung. Und irgendwann waren sie eingeschlafen, Seite an Seite. Doch hierzubleiben war keine Dauerlösung. Vor allem, weil Eva für die nächste Nacht wieder zu ihrer Oma zurückkehren und Katrin sich im Freien ohne die Freundin zu Tode fürchten würde.

Sie drehte sich zur Seite, spürte die Kater-Kopfschmerzen loshämmern. Im selben Moment merkte sie, dass sich im Buschwerk hinter ihr etwas bewegte. Katrin erstarrte.

Ein Tier, es kann nur ein Tier sein! Sie versuchte sich zu beruhigen, doch es gelang nicht. Ihr Herz raste, und die eben noch leichte Hangover-Übelkeit verstärkte sich zu einem schwer zu bekämpfenden Brechreiz. Hatte es bei Nina genauso angefangen? Hatte sie mitbekommen, dass sich jemand näherte? Oder war sie gnädigerweise in der tiefen Bewusstlosigkeit des schweren Rausches geblieben, als der Täter sie ermordete? Katrin fühlte nach dem Messer, das sie dem Journalisten geklaut hatte. Doch es befand sich nicht unter ihrer Decke, und sie erinnerte sich nicht, wo sie es am Vorabend versteckt hatte. Vielleicht hatte sie es im Suff verloren? Sie musste Eva wecken, unbedingt! Aber sie wagte nicht, den Namen der Freundin zu flüstern, tastete stattdessen vorsichtig nach deren Arm. Eine Hand berührte ihre, drückte sie. Und Katrin begriff, dass Eva den Schlaf vortäuschte, die Gefahr ebenfalls erkannt hatte.

Wenigstens sterbe ich nicht allein wie die Nina. Seltsam,

dass einen so ein Gedanke trösten konnte. Das Rascheln kam wieder, näher jetzt. Auf einmal sprang Eva auf die Füße. Katrin sah, dass die Freundin etwas in der Hand hielt, es ins Strauchwerk schleuderte.

»Hau ab, du Wichser! Verpiss dich!« Eva bückte sich, um einen neuen Stein aufzuheben, während im Wald Äste brachen, Laub raschelte, Vögel schimpften. Katrin wollte Eva helfen, doch kaum, dass sie sich bückte, wurde ihr dermaßen übel, dass sie nur ein paar Schritte zur Seite wanken konnte und sich übergab.

»Weg ist er. Glaub ich zumindest.« Eva griff sich an die Stirn, litt ebenfalls unter den Folgen des Alks vom Vorabend.

»Vielleicht war's ein Wildschwein?«

»Schwein auf alle Fälle. Und in wilde Flucht geschlagen haben wir's auch.«

»Hast *du*'s.« Katrin fühlte sich elend. Nicht bloß wegen des Katers, sondern auch, weil sie die Freundin im Stich gelassen hatte. »Wenn mir wenigstens der Hund nicht abgehauen wär. Der hätt uns bewachen können … Wo er wohl hin ist?«

»Der Hund oder der Spanner?«

»Der Hund.«

»Zurück auf die Straße halt. Der ist 'n Streuner, genau wie wir.« Eva warf ihre Haare zurück. »Mich interessiert viel mehr, wer der Typ eben war. Wieder der Scheiß-Stalker? Hat der meinen neuen Platz entdeckt, weil wir gestern Abend zu laut waren? Oder kann das dein Macker gewesen sein? Der dich unter der Dusche angeglotzt hat?«

»Der ist nicht mein Macker. Ich hatte nur mal gedacht … gehofft … er wär jemand, dem ich vertrauen könnt. Weil er nicht von hier ist. Zumindest nicht richtig.«

Eva sammelte Steine auf und legte sie zurecht, als wolle sie sich einen Vorrat an Wurfgeschossen schaffen. »Trauen darfst keinem Mann. Nie.«

»Auch nicht dem Boris?« Katrin tat, als wolle sie die Sache auf die leichte Schulter nehmen, aber Eva blieb ernst. »Auch dem nicht«, sagte sie nach einer langen Weile.

»Ev, sag mir, was du weißt!« In Katrin stieg wieder der Verdacht hoch, dass etwas passiert sein musste innerhalb der Gruppe. Etwas, von dem die anderen sie aus unerfindlichen Gründen ausschlossen.

»Ist besser, wenn man nicht zu viel weiß.« Eva trat unter die Büsche, lauschte, sah sich um und kam zurück. »Die Jungs haben halt Scheiße gebaut, wie du die Grippe gehabt hast. Aber ... das kann nicht mit dem zusammenhängen, was jetzt passiert.«

»Was für Scheiße?« Katrin fröstelte stärker. Doch Eva antwortete nicht.

Eine Stunde und ein paar Bier später half Katrin ihrer Freundin, einen Baumstamm mit Moos zu überziehen und die dicke grüne Schicht mit Ranken zu fixieren. Das *Herz* des groben Dummys wurde durch ein entsprechend gefaltetes und mit Ästen befestigtes Papiertaschentuch dargestellt, der Kopf – in der Höhe eines Mannes wie Boris – durch in Kreisform geflochtene Zweige.

Eva nahm Katrins Messer, das sich unter dem Lager der Mädchen wiedergefunden hatte. Sie stellte sich zwei Meter vor dem Dummy auf, schrie ihn an, beschimpfte ihn und sprang plötzlich vor, stach mit der Klinge in das weiße Tuch. »Tot! Du bist tot!« Sie ließ die Klinge sinken, gab sie Katrin. »Jetzt du. Zeig, wie du ihn erledigst!«

Katrin kam sich bei der Vorstellung, die Moospuppe anzugreifen, lächerlich vor. Doch Eva gab nicht nach. »Wieder und wieder musst du's machen. Damit sich's automatisiert. Damit dein Hirn dabei nimmer denken muss. Und im Ernstfall macht's deine Hand, ohne dass du überlegst oder Hemmungen hast. Wie beim Computerspielen.«

Abwechselnd stachen sie auf den Dummy ein, bis dem das Moos in Fetzen vom Körper fiel. Sie tänzelten vor ihm auf und ab, als wollten sie ihn provozieren, brüllten ihn an, befreiten sich von ihrer Angst. Bis Eva so sehr nach Atem rang, dass sie eine Pause vorschlug.

»Wenn dein Duschspanner dir seinen Schwanz zeigt, machst du's mit ihm genauso.« Eva war immer die Harte gewesen, härter als Nina und Katrin. Musste hart sein, wenn sie abends durch die Straßen wanderte, auf der Suche nach Männern, denen sie Kohle abknöpfen konnte.

Katrin ließ sich ins Gras fallen, nahm einen langen Zug aus der großen Colaflasche, die Eva organisiert hatte. »Ich weiß nicht, ob ich das in echt bringen tät. Einen Menschen abzustechen, meine ich.«

Die Freundin setzte sich neben sie. »Dann lass uns abhauen. Hier kotzt mich eh alles an. Immer derselbe Fluss, dieselben Scheißtypen …«

Doch Katrin wusste, dass sie Reichenhall nicht verlassen würde. Nicht, ehe sie herausfand, warum ihre Schwester gestorben war. Und warum der Basti nicht wiederkam.

»Ist der Basti fort, weil die Jungs Scheiße gebaut haben?«, formulierte sie eine Frage, von der sie hoffte, dass die andere sie beantworten würde.

»Weiß ich nicht. Aber's könnt sein. Der Basti hat schon lang von einem neuen Anfang geträumt, denk ich. Aber wahrscheinlich hat er nie mit jemand anderem als der Nina drüber geredet.«

Vielleicht war er doch nicht tot, sondern auf einem Schiff? Katrin sah den Kumpel in einem weißen Outfit, wie er auf irgendeinem Kreuzfahrer an der Luxusbar Getränke ausschenkte. Nein, so einen Job hatte er sicher nicht ergattert, obwohl er in seinem Leben genug gesoffen hatte, um sich mit Alkohol jeder Art auszukennen. Viel eher gehörte er zum Heer der Unsichtbaren. Der Arbeitssklaven, die, während die Passagiere in ihren Kojen schliefen, klar Schiff machten. Abfalleimer leerten, Türgriffe polierten und so Zeug. Dennoch … Selbst wenn er die Drecksarbeit erledigen müsste, wäre sie gern an seiner Seite. Es würde ihr nicht viel ausmachen, Böden zu schrubben oder die Betten fremder Leute aufzuschütteln, wenn sie nur mit dem Basti zusammen sein könnte. Und ab und an, wenn diese Luxuskähne anlandeten, an exotischen Orten wie den Malediven, Tahiti oder Thailand, durfte auch das Personal von Bord. Katrin stellte sich vor, wie der Basti und sie einen weißen Strand entlangliefen, Hand in Hand, mit Palmen auf der einen und einem türkisblauen warmen Meer auf der anderen Seite.

»Eva?«

»Hm?« Die andere hatte die Augen geschlossen, genoss die Wärme der Sonne auf ihren langen Beinen, dem Gesicht.

»Meinst du, dass wir irgendwann auf die Malediven kommen? Oder wenigstens nach Lanza? Oder bleiben wir für den Rest unseres Lebens mit der Arschkarte hier in den verdammten Bergen?«

KAPITEL 9

Wieder hatte Paul abends beim Saalachwehr vorbeigeschaut, doch niemand von der Clique hatte sich gezeigt. Dabei brannte er darauf, Katrin von seinem Fund im Wald zu erzählen. Ihr die Hoffnung zu schenken, dass ihr Bastian heil und am Stück war, wenn auch vermutlich weit, weit entfernt. Hatten die jungen Leute ihren Treffpunkt verlegt?

Als Paul enttäuscht nach Hause zurückkehrte, drückte er sich, wie immer in den letzten Tagen, erst eine Weile im Baumschatten vor seinem Haus herum, um sicherzugehen, dass ihm niemand folgte. Dann ließ er sich hinein und ging zunächst durch alle Räume, gefolgt von dem Hund, der auf Fressen hoffte. Das Mädchen war nicht zurückgekehrt. Wo steckte sie? Paul machte sich mittlerweile riesige Sorgen. Zu ihren Eltern war sie bestimmt nicht gegangen, eher zu den Kumpels. Aber was, wenn irgendeine Auseinandersetzung innerhalb der Clique zu Ninas Tod geführt hatte? Dann war Katrin möglicherweise nicht einmal bei ihren Freunden sicher. Und zudem stand ihre Selbstmorddrohung im Raum.

Wo sollte, konnte Paul überhaupt noch suchen? Er betrat Sonjas ehemaliges Zimmer, setzte sich auf den Schreibtischstuhl. Zu früheren Zeiten, sogar noch in seiner Kindheit, hätte es Sinn gemacht, den Papierkorb zu durchwühlen. Nach Telefonnummern und Notizen Ausschau zu halten. Aber heute schrieb man keine Nummern mehr auf, man speicherte sie wie er selbst im Handy. Und Notizen? Paul hatte nie beobachtet, dass Katrin je etwas geschrieben hätte. Außerdem war der Papierkorb leer. Wie seit ewig.

Paul kehrte zu dem Hund zurück, fütterte ihn mit einer Currywurst, ließ ihn hinaus. Nun fiel ihm doch ein Ort ein, an dem er an diesem Tag nicht gesucht hatte. Der Platz im Wald, an dem er das Lederarmband des Jungen gefunden hatte. Vielleicht hielt sich das Mädel dort auf? In der Hoffnung, sich dem Jungen, den sie liebte, nahe zu fühlen? Als der Hund wenig später winselnd an der Tür kratzte, holte Paul ihn wieder herein und betrachtete ihn skeptisch.

»Hast du jemals versucht, eine menschliche Spur zu verfolgen?« Paul hegte starke Zweifel, ob der Hund die Regeln einer Suche begreifen würde. Oben im Bergwald würde er auf die Gerüche von Rehen, Füchsen oder Vögeln stoßen und Paul nie mitteilen können, hinter was er gerade herzujagen beabsichtigte. Nachdenklich kaute Paul auf seiner Unterlippe, griff endlich nach dem Handy.

»Schorsch. Bist du noch wach?«

»Nein, ich schlaf, du Hirsch. Und schätze es gar nicht, wenn mich irgendein Narrischer dabei stört.«

»Kennst du jemanden, der mir einen Suchhund leiht? Einen, der vermisste Personen aufspüren kann?«

»Warum? Bist verloren gegangen?« Der Kollege schien echt sauer, und als Paul auf die Uhr blickte, begriff er auch, weshalb. Ein Uhr nachts.

»Ich mach mir Sorgen um jemanden. Eine junge Frau, die eventuell allein in den Bergen unterwegs ist.« Oder vielleicht schon tot. Aber das sagte er nicht. »Ihr habt bestimmt Kontakte zur Bergwacht? Über das Käseblatt, für das wir schreiben?«

»Die Bergwachtler schlafen um diese Zeit. Ich frag mich nur, warum?«

»Ich ruf dich morgen früh noch mal an. Bis dahin hast du hoffentlich einen Namen und eine Nummer für mich.«

»Die vom Doktor der Klapsmühle bestimmt.«

Am Morgen hatte der Schorsch schon auf Pauls Anruf gewartet. Allerdings nicht mit guten Nachrichten.

»Suchhunde sind keine frei. Weil die zur österreichischen Seite rüber mussten, dort wird ein Wanderer vermisst. Seiner Frau war die Tour zu anstrengend, die ist umgekehrt, aber ihr alter Tatterer ist weitergestiegen. Und nicht zurückgekommen. 75 Jahre alt.«

»Ich drück den Leuten die Daumen.«

»Ist immer dasselbe. Die Leut werden älter, aber sie meinen, sie könnten noch klettern wie die Gämsen.« Der Schorsch hatte so viele ähnliche Fälle erlebt, dass sie ihn nicht mehr aufregten. »Den werden s' gewiss finden, den Alten. Fragt sich nur, in welchem Zustand.«

Dieser letzte Satz beschäftigte Paul, während er auf dem klapprigen Rad des Vaters zum Wanderparkplatz fuhr und der Hund neben ihm her trabte. Anstatt im Wald Jagdbegeisterung zu entwickeln, schien das Tier jedoch wenig Lust zu verspüren, Paul auch noch den Berg hinauf zu begleiten.

»Mach voran, dämlicher Köter. Je schneller wir dort sind, desto eher kannst du dich wieder zu Hause unter den Tisch fläzen.« Der Hund knurrte als Antwort auf den Ruck an der Leine, und Paul hatte gute Lust, ihn freizulassen und für immer los zu sein.

Bastians geheimer Platz war leer. Der Hund legte sich hechelnd ins Gras.

»Ich schau mich mal um, Monsieur.« Das einzig Positive an dem Köter war, dass er einen wenn auch fast stummen Ansprechpartner darstellte. Und hoffentlich melden würde, sobald jemand Fremder in den Büschen herumschleichen sollte.

Zuerst jedoch suchte Paul den Platz nach Hinweisen darauf ab, ob jemand – also Katrin – seit seinem letzten Besuch an dieser Stelle gewesen sein könnte. Doch er fand nichts. Keine auffällig gebrochenen Äste, keine weggeworfenen Getränkeflaschen, keine Essensreste. Nur die Glasscherben, die er selbst vergraben und die irgendwelche Tiere wieder frei geschart hatten.

Paul zog das Flechtarmband aus der Tasche, betrachtete es nachdenklich. Hatte Bastian Tritting es in der Flasche beerdigt, weil er seine Beziehung zu Nina beenden wollte? Aber warum hatte er es in dem Fall nicht einfach weggeworfen? Sollte das Armband eher ein Versprechen darstellen, das Bastian sich selbst gab? Das Versprechen, dass er beabsichtigte, eines Tages zurückzukehren und Nina zu sich zu holen? Ja, so musste es sein. Paul presste die Lippen aufeinander. Wenn er nur endlich, endlich Katrin das Armband zeigen und seine Theorie erklären könnte! Endlich ein bisschen Freude in ihre traurigen Augen zaubern dürfte!

Wo das Mädel bloß steckte? Ihren Schlafplatz hatte? Paul suchte ein Stück Wurst aus dem Rucksack, gab es dem Hund, ließ ihn aus einer Plastikflasche Wasser trinken. Danach holte er den Bezug von Katrins Kopfkissen heraus, den er extra in eine Plastiktüte eingeknotet hatte, damit der Geruch nach Haar und Schweiß nicht verfliegen konnte.

»Hier, Monsieur, riech dran.« Paul legte die Leine um einen Baumstamm und drehte den Kopf des Hundes so, dass das Tier nicht ausweichen konnte. »Und dann suchst du mir das Mädel, okay?«

Zu Pauls Freude schnupperte der Hund ausgiebig an dem Kissenbezug. Dann biss er in den Stoff und weigerte sich, ihn wieder herzugeben. Frustriert setzte sich Paul dem Tier gegenüber und stützte den Kopf in die Hände. Lag es an ihm, dass das Mädchen wieder fortgelaufen war? Er hasste die Vorstellung und war trotzdem realistisch genug zu erkennen, dass sie im Bereich des Möglichen lag. Nicht nur, dass es Katrin unangenehm gewesen war, wie er sie unter der Dusche beobachtete, hatte er ihr zudem den Zugang zu seinen Alkoholvorräten gesperrt. Und dann war da noch dieser Zettel. *Damit du verdammt noch mal Ruhe gibst.* Hätte er das nicht schreiben dürfen, sensibler mit ihren Ängsten umgehen müssen? Aber warum, zum Teufel? Warum ausgerechnet er?

Als er den Kopf wieder hob, war der Hund fort. »Monsieur?« Weder Katrin noch Paul hatten dem Hund einen richtigen Namen gegeben. Paul redete das Tier stets mit »Monsieur« an, und der Hund hatte angefangen, darauf zu reagieren. Allerdings nicht immer. Paul versuchte es trotzdem. Immerhin müsste der Hund mit Pauls Stimme die Hoffnung auf Futter verbinden. Verdammt, er hatte den Köter zu locker angebunden, die Leine nur lose um einen dünnen Stamm gelegt. Weil er gehofft hatte, sie gleich wieder in die Hand nehmen und mit dem Tier zusammen nach Katrin suchen zu können. Und jetzt? Vermutlich erwachte selbst in dem drögsten Hund irgendwann ein Rest Jagdinstinkt, und der würde das Ende des Tieres bedeuten. Denn jeder Jäger würde den kampfhundähnlichen Köter sofort als potenziellen Wilderer einstufen.

»Mistvieh, dämliches!« Paul stand auf. Die Lichtung war leer, kein Hinweis darauf, in welche Richtung das Tier verschwunden war.

»Monsieur!« Paul rief lauter. Keine Antwort. Er versuchte, logisch zu denken, sich in den Hund hinein zu versetzen. Sollte ein jagdbares Wild das Tier fortgelockt haben, konnte das Vieh überall sein. Dann hatte Paul keine Chance, es wiederzufinden. Es bestand aber auch die Möglichkeit, dass der Hund, der den Ausflug von Anfang an nicht besonders anregend gefunden hatte, inzwischen auf dem Heimweg war. Verärgert beschloss Paul, sich ebenfalls auf den Rückweg zu machen. Er packte Wasserflasche und Wurstreste ein und blickte sich ein letztes Mal um. Und hörte das Bellen.

»Wo steckst du? Komm her, du alter Depp!« Das Kläffen kam definitiv nicht aus der Richtung des Heimwegs. Paul rannte los, getrieben von der Sorge, dass der Hund verstummen würde, ehe er ihn genauer orten konnte. Im Laufen korrigierte er mehrfach die Richtung und wurde erst langsamer, als das Bellen ganz nah klang. Sodass er fürchtete, abrupt auf das Tier zu stoßen, es dadurch zu erschrecken und erneut in die Flucht zu treiben.

Monsieur gab nur noch einen einzigen Laut von sich und schwieg dann. »Wo bist du, verdammter Köter?« Paul ging langsam, sah sich immer wieder um. Kein Hund. »Monsieur?« Endlich wieder eine Antwort, mehr ein Winseln als ein Bellen. Von links. Da, wo die Bergwand abrupt in eine Schlucht abfiel. Paul trat an den Rand und prüfte jeden Schritt, um nicht mit versehentlich losgetretenen Steinbrocken abzustürzen. Erneutes klägliches Fiepen.

Paul konnte den Hund noch immer nicht sehen, ließ sich auf alle Viere nieder und kroch näher an die Klippe heran.

Sie fiel mindestens 50 Meter weit ab, unterbrochen von Felsvorsprüngen und Simsen, die hier und da mit niedrigem Gestrüpp bewachsen waren. Und auf einem solchen Sims, zwei oder drei Meter unter Paul, hockte der Hund.

»Wie, zum Geier, bist du Trottel da runter gekommen? Und wie, denkst du, soll ich dich …« Paul brach ab. Der Hund sah nicht zu ihm hoch, sondern nach schräg unten. Instinktiv blickte Paul in dieselbe Richtung.

Zunächst sah es aus wie ein Stück Stoff. Ein Hemd, das ein Tourist abgelegt hatte und das dann von einem Windstoß in die Schlucht geweht worden war, wo es sich an einer Kiefer in der Felswand verfangen hatte. Doch das Hemd war nicht leer.

»Scheiße!« Paul fühlte sich schwindlig. Wenigstens war es nicht Katrins Jacke, die dort unten hing. Vorsichtig zog sich Paul wieder ein Stück zurück, holte das Fernglas aus dem Rucksack. Aus dem rot karierten Flanellhemd mitten in der krüppligen Kiefer ragte ein Kopf. In einem Winkel, der vermuten ließ, dass der Mensch, zu dem er gehörte, nicht mehr am Leben sein konnte.

Paul versuchte sich zu erinnern. War hier in der Predigtstuhlecke kürzlich ein Wanderer vermisst gemeldet worden? Er konnte sich an keinen unaufgeklärten Fall erinnern.

»Was starrst denn da ummi?«

Er hatte sie nicht kommen gehört, ließ vor Schreck fast das Fernglas fallen.

»Dort unten.« Paul wies zu dem Hemd, und Hanna Krenmayer trat neben ihn, kniff die Augen zusammen.

»Sieht nach 'nem Absturz aus. Hast die Bergwacht gerufen?«

Dazu war Paul noch nicht gekommen. Er robbte wieder zur Kante.

»Bleib ruhig sitzen, Monsieur. Wir holen dich bald rauf.«
Für einen Moment segnete Paul den ihm unbekannten Erfinder des Handys, während er Schorschs Nummer wählte.

»Schorsch? Jetzt musst du mir doch deine Bergwachtler schicken. Schnell. Und die Bullen obendrein.«

Er wartete im Wald, schoss nebenbei ein paar Handyfotos. Der Hund hatte zu seinem üblichen Phlegma zurückgefunden und sich auf dem Felssims hingelegt. Ab und an schaute er zu Paul hinauf, wie um sich zu vergewissern, dass der ihn nicht im Stich ließ. Die Almbäuerin hockte auf einem Felsen und stärkte sich mit Schnaps. Paul vermutete, dass sie die Szene genoss, und schaffte es nicht, sie dafür zu verurteilen. Schließlich führte sie in ihrer Hütte ein abgeschiedenes, eintöniges Leben.

Die Bergwacht rückte zuerst an. »Warum haben S' denn nicht gesagt, dass es sich um ein Tier handelt?«, fragte einer der Männer, während die anderen ihre Seile festmachten. »Und warum haben S' den Hund überhaupt von der Leine gelassen?«

»Kann er aggressiv werden, wenn man sich ihm nähert?« Der Anführer der Männer, der sich als Michael vorstellte, interessierte sich mehr für die praktischen Probleme.

»Der ist absolut friedlich.« Paul wusste zwar nicht, ob das immer zutraf, aber es schien ihm wahrscheinlich. Er wies mit dem Daumen in die Richtung des rot karierten Flanellhemds. »Das Hauptproblem dürfte weniger der Hund darstellen, sondern *der* dort.«

Erst jetzt bemerkte die Bergwacht den Mann, der über dem Abgrund hing, neben einem über die Klippe stürzenden Bach.

»Wer ist das?«

»Hat sich mir nicht vorgestellt.« Paul hockte sich an die Kante, damit der Hund ihn sehen konnte. Und nicht in Panik geriet. »Ich hab den Mann selbst erst entdeckt, als ich nach dem Hund gesucht hab.«

Sie holten Monsieur zuerst herauf. Zum einen, weil der Hund lebte, und zum anderen, weil sie hofften, dass die Polizei eintreffen werde, ehe der Tote aus der Felswand geborgen werden musste. Der Hund hielt brav still, während ein Bergwachtler ihm das Geschirr anlegte und ihn schließlich nach oben zog. Wo er sich ins Gras legte, als sei nichts geschehen. Paul befestigte die mittlerweile etwas ramponierte Leine diesmal sicher an einem Baum.

»Die Polizei musste zu einem Lkw-Unfall.« Michael steckte sein Telefon ein und zuckte die Achseln. »Dann holen wir den Toten eben allein, ewig können wir net warten.«

Paul hatte nichts dagegen, auf Porants lästige Anwesenheit zu verzichten. Umso mehr, als der Kommissar ihn vielleicht daran gehindert hätte, den Toten aus der Nähe zu betrachten. Und Paul hatte eine schreckliche Vermutung, um wen es sich handelte.

»Ein schöner Anblick ist's nicht.« Auch Michael wollte Paul von der Leiche fernhalten, allerdings aus Rücksicht. Paul hörte nicht auf ihn, trat an den leblosen Körper heran, sobald die Bergwachtler ihn ein Stück von der Klippe entfernt ablegten. Obwohl Vögel das Gesicht entstellt hatten, wusste Paul sofort, dass der Tote jung gewesen war.

»Ich glaub, den kenn ich.« Einer der Männer, weiß im Gesicht, starrte den augenlosen Leichnam an. »Der war mit mir auf der Schule.«

»Und sein Name?« Paul fröstelte. Waren es die Vorboten des Abendnebels, die diese seltsame Kälte brachten?

»Tritting. Bastian Tritting.«

»Und jetzt erklären Sie mir, wieso ausgerechnet wieder *Sie* den Toten entdeckt haben.« In der Miene des Kommissars zeigte sich Misstrauen, aber Paul wollte nicht darüber reden, dass er eigentlich Katrin Matieser gesucht hatte.

»Nicht ich hab ihn gefunden. Sondern der Hund.«

»Und warum waren S' mit dem Vieh überhaupt hier? Zu dieser Stelle führt kein markierter Weg.«

»Schon vergessen, dass ich in Ihrem Kaff aufgewachsen bin?« Paul verspürte den Wunsch zu provozieren. »Meine Schwester Sonja und ich, wir sind jedes Wochenende in die Berge gegangen.« Er starrte dem Kommissar direkt in die Augen, und der sah ebenso starr zurück.

»Ihre Schwester und Sie … Und was haben S' abseits der üblichen Wege getrieben, Sie und Ihre Schwester?«

Paul packte den Mann am Hemd, stieß ihn Richtung Abgrund, sodass zwei Uniformierte erschrocken herbeisprangen, um Paul von Porant wegzureißen. »Schauen Sie dort rüber!« Paul mühte sich, nicht zu schreien, obwohl ihm danach zumute war. »Was man dort sieht, nennt man Aussicht. Genau das haben die Sonja und ich gesucht. Kapiert?«

Die Bergwachtler starrten ihn an.

»In den Bergen«, fügte Paul nun ruhiger hinzu, »hat kein Mensch die Sonja runtergemacht. Hier oben konnte sie einfach Mensch sein, zusammen mit mir. In den Bergen sind alle gleich.« Er begriff im selben Moment, als er sie aussprach, dass die einstige Wahrheit nicht mehr zutraf. »Zumindest waren sie's damals.«

Alle schwiegen. »Der Herr Leonberger hat recht«, brach Michael, der alte Bergwachtler mit den wasserblauen Augen, schließlich die Stille. »Das ist's, was auch mir an den Bergen gefällt: Dass hier einzig der Mensch zählt.«

Porant seufzte. »Bleibt die Frage, was ihr seid: Idioten oder Idealisten.« Er blickte zu Paul. »Oder Heuchler.« Dann schüttelte er den Kopf. »Die romantische Bergwelt, die gibt's höchstens in euern Träumen. Braucht's bloß den Toten anzuschauen.«

»Der hat 'n paar Kugeln eingefangen«, sagte einer der Uniformierten. »So viel zum Thema Menschlichkeit in den Bergen.«

Obwohl niemand außer den Bergwachtlern, der Polizei und der Almbäuerin etwas von der Aktion mitbekommen hatte, würde sie spätestens am nächsten Tag groß in der Zeitung stehen, wie Paul wusste. Schließlich würde die Polizei mit Trittings Eltern sprechen, die Maschinerie der Ermittlungen anwerfen. Mad Fred würde Paul ausquetschen, der sich schlecht weigern konnte, seinem Arbeitgeber einen ausführlichen Bericht zu liefern. Fotos inklusive. Und so würde auch Katrin, falls sie denn noch lebte, vom Tod des Freundes erfahren. Pauls Angst um das Mädchen wuchs mit jeder Minute. Wie würde Katrin auf die entsetzliche Nachricht reagieren? Würde sie sich tatsächlich das Leben nehmen? Als Nächstes ihre Leiche gefunden werden?

Pauls Hand tastete nach Bastians Armband. Er hatte sich darauf gefreut, Katrin davon zu erzählen, ihr ein Quäntchen Glück schenken zu dürfen. Und nun? Würden wieder all ihre Gedanken um Tod und Sterben kreisen …

Monsieur erhielt das Abendessen seines Lebens, mit Hühnerbrust und Schokopudding aus dem Kühlregal, da er sich – wenn auch unabsichtlich – als Spürhund bewährt hatte. Zwar hatte er die, die er suchen sollte, nicht gefunden, aber vielleicht hieß das, dass das Mädel sich nicht in den Bergen versteckt hielt. Wo aber dann? Wenn sowohl Nina als auch deren Freund Bastian ermordet worden waren, was bedeutete das für die anderen Mitglieder der Clique? Hegte jemand nur einen Groll gegen dieses eine Pärchen, oder nahm der Täter die ganze Gruppe aufs Korn?

Paul schauderte, hielt es in dem stillen Haus am Ortsrand nicht mehr aus. Musste an Paris denken, die laute kleine Wohnung über der schmalen Rue Pigalle, in der bis spät in die Nacht das Leben pulsierte. Er hätte Reichenhall aus seiner Karte streichen, sich in Paris eine größere Wohnung mieten und dort bleiben sollen. Dort, wo man sich lebendig fühlte. Wo man nachts nicht befürchten musste, die Gehsteige hochgeklappt zu finden, sondern immer eine Crêpe oder Galette essen gehen konnte, wenn einem danach zumute war. Er streifte ein frisches Shirt über und lief in die Nacht hinaus.

Die Beleuchtung in der »Saalach-Bar« ließ zu wünschen übrig, und die fleckigen grünen Tapeten verstärkten den düsteren Eindruck. Fast wäre Paul auf dem Weg zur Theke über eine am Boden abgestellte Aktentasche gefallen.

»Sieh an, der Leonberger.« Jakob schwitzte in dem schlecht gelüfteten Raum. »Was darf's denn sein?«

»Whisky. Einen guten.«

»Bist anspruchsvoll, he?« Jakob zauberte eine Flasche

irischen Single Malt unter der Theke hervor. Paul nahm dem Kneipier die Flasche ab und schenkte sich selbst ein.

»Soll ich die Bottle gleich da lassen?«

»Allerdings.«

Der Wirt blickte sich um. Seine anderen Gäste waren offenkundig gut mit sich selbst beschäftigt. Er beugte sich zu Paul vor. »In den Bergen haben s' einen Toten gefunden.«

Paul ließ die goldbraune Flüssigkeit in seinem Glas kreisen.

»Einer von der Bergwacht hat's erzählt. Junger Kerl, war ziemlich geschockt.«

Paul schwieg weiterhin.

»Bist du das, der Journalist, der ihn entdeckt hat?«

»Und wenn?«

Der Wirt nahm Pauls Flasche und holte sich ein eigenes Glas. »Die Leut sagen, dass sich was zusammen braut über Reichenhall. Was Böses. Wie damals zu König Watzmanns Zeiten.«

Jetzt fing der auch an mit den alten Geschichten. »Ja, und ich gehöre zu den Bergmännlein«, knurrte Paul, um weiteren Ortsmärchen zuvor zu kommen. Doch er nutzte die Chance, die volle Aufmerksamkeit des Wirts zu besitzen, für eine andere Frage: »Die Katrin Matieser kennst du doch, oder? Hast du die gestern oder heute gesehen?«

»Warum fragst nach der?«

»Weil selbst die Bergmännlein nicht alles wissen.«

Jakob trank. Ohne Paul aus den Augen zu lassen. »Ich hab niemanden gesehen von der verfluchten Bagasch. Will auch keinen von denen sehen.«

Paul nickte. Für kurze Zeit erwog er, sich etwas zu essen zu bestellen, aber die Sandwiches, die hinter dem Schutzglas vor sich hindämmerten, sahen allesamt aus, als stammten sie vom Vortag: traurig dahin welkende Salatblätter, aufgebogene, vertrocknete Schinkenränder.

»Warum gibt's bei dir keine Galettes?« Die Sehnsucht nach Paris überwältigte ihn.

»Keine was?«

»Vergiss es. Aber der Vater von der Katrin, was hältst du eigentlich von dem?«

»Big Macho Man.« Jetzt grinste Jakob. »Selber saufen wie 'n Loch, aber die Töchter abwatschen, wenn sie sich 'n Beispiel nehmen. Und dass die Katrin dauernd mit dem Flitscherl rumzieht, kann er erst recht nicht ab.«

»Von wem redest du?«

»Von der Eva halt, der Schlampn.«

Paul zahlte den Whiskey und ging nachdenklich zur Tür. Am Tisch neben dem Eingang hockten zwei Männer und flüsterten miteinander, die Köpfe dicht an dicht.

»Der ist's«, verstand Paul deutlich. »Der soll früher schon mal a Madl um'bracht haben, und wennst mich fragst, ist's a Schand, dass der frei …« Doch nun merkte der Sprecher, dass sich Paul fast neben ihm befand und brach ab.

»Ich sollte wirklich nicht frei rumlaufen«, fauchte Paul und trat so nah an den Mann heran, dass der sich erschrocken rückwärts beugte. »Vor allem, weil ich nicht nur kleine Mädchen abschlachte, sondern auch große Klatschmäuler!« Er ging hinaus, pfefferte die Tür hinter sich zu und hätte am liebsten ganz Reichenhall in Schutt und Asche gelegt.

Obwohl es draußen allmählich kühler wurde, hatte Paul das Gefühl, sein Gesicht würde brennen. In der Stadt zerriss man sich also die Mäuler über diesen Leonberger, der vielleicht die eigene Schwester getötet hatte. Und zwei weitere Leichen *angeblich* gefunden. Plötzlich schien es, als rase er in der Zeit zurück, war wieder der 17-Jährige von einst. Der Paria, den seine Mitschüler abwechselnd mieden und mobbten. Dessen Fahrradreifen zerstochen wurden, den man *rein zufällig* am Schulhof zu Boden stieß. Dessen Bücher auf unerklärliche Weise aus dem Schulrucksack verschwanden und bestenfalls schmutzig und zerfleddert wieder auftauchten. Dem man auf der Schultoilette *versehentlich* eine brennende Zigarette auf den Unterarm drückte, weil man wusste, dass er sich nie bei den Lehrern beschweren würde. Nie. Denn auch für die war er der Aussätzige. Der mit dem Freispruch aufgrund mangelnder Beweise. Dem Freispruch zweiter Klasse, der ihn ebenso brandmarkte wie die kreisrunde Narbe von der Zigarettenglut.

Würde es erneut so enden? Würde Paul verhaftet werden, wieder und wieder im Verhörraum seine Unschuld beteuern? Er musste dem verdammten Porant zuvorkommen. Rauskriegen, wer die jungen Leute getötet hatte. Und aus welchem Grund. Aber zu aller-allererst musste er Katrin finden. Zu ihrer Sicherheit. Ihrem Schutz. Vor anderen und vor ihr selbst.

Während er durch die abendliche Stadt wanderte, kehrte nach und nach sein kühles Urteilsvermögen zurück. Außer ihm und eventuell dem Mörder gab es noch jemanden, den Katrins Aufenthaltsort brennend interessierte. Max Matieser. Der sogar gewalttätig geworden war, um zu erfahren, wo sich seine Tochter versteckte. Ein Kontrollfreak, der sich, seit ihn seine Frau verlassen hatte, offenbar bemühte, wenigstens die Kontrolle über Katrin zu behalten. Wie, wenn er sie inzwischen aufgespürt haben sollte? Was würde er mit ihr tun? Sie einsperren?

KAPITEL 10

Das Haus am Waldrand wirkte wenig einladend. Nur im oberen Stockwerk brannte hinter einem einzigen Fenster Licht, im Erdgeschoss war alles dunkel. Paul wagte sich nicht zu nah an das Gebäude heran, vermutete, dass es durch eine Alarmanlage geschützt war. Schließlich wanderte er an der Außenseite des Zauns entlang, fand ein rückwärtiges Gartentürchen und trat nach kurzem Zögern auf das verwilderte Gelände.

Eine Weile lungerte Paul unter dem erleuchteten Fenster herum in der vagen Hoffnung, Katrin würde sich zeigen. Doch nichts geschah, die dünnen Stores bewegten sich keinen Zentimeter. Paul war hundemüde und zugleich zu aufgekratzt, um schlafen zu gehen. Vielleicht sollte er besser am anderen Morgen noch einmal herkommen? Tagsüber würde das Mädel, sollte es denn hier sein, eher aus dem Fenster blicken.

Als er fast wieder bei der Straße war, hörte er die Schritte. Hinter sich. Er fuhr herum, doch zu spät. Heftiger Schmerz jagte von seiner Schulter durch den gesamten Körper, und er stürzte zu Boden, gelähmt, ohne zu wissen wieso. Im nächsten Augenblick fummelten Hände an seinen Hosentaschen, in seinem Schritt, an seinem Oberkörper. Eine Ohrfeige knallte auf seine Wange, dann eine zweite.

Die Schmerzen wurden dumpfer, aber kaum angenehmer. Paul fühlte sich wie bei einem extremen Muskelkater und wusste nicht einmal, was passiert war.

»Was hast hier gesucht, du Arsch?« Der Mann kniete über ihm, in der Rechten etwas, das wie ein dicker Stab aussah. Ein Elektroschocker, wie Paul begriff. Im nächsten Augenblick traf ihn der zweite Stromstoß, schwächer diesmal. Doch Paul schrie vor Schmerz, als sich seine Muskeln erneut verkrampften.

»Tut mir leid, war 'n Versehen.« Die Stimme klang nicht, als wäre die Entschuldigung ernst gemeint. »Also, mach's Maul auf und beantworte meine Frage. Ich bin verdammt nervös, wenn jemand nachts durch meinen Garten schleicht. Und meine Finger könnten *versehentlich* noch öfter abdrücken.«

»Ich wollte …« Paul konnte sich nicht bewegen, kaum sprechen. Selbst seine Kiefermuskulatur schien beeinträchtigt. »Ich dachte …« Gern hätte er Matieser mit einer Anzeige gedroht, aber bei dem Gedanken an einen weiteren Stromstoß brach ihm der Angstschweiß aus. Außerdem würde Matieser behaupten, er habe Paul für einen Einbrecher gehalten, und der idiotische Kommissar würde ihm jedes Wort glauben.

»Was hast gedacht?«

Der Elektroschocker näherte sich bedrohlich Pauls Unterleib. Verzweifelt versuchte Paul, sich zur Seite zu drehen, doch sein Körper schien zu durcheinander für koordinierte Bewegungen. Was sollte er antworten? Dass er den Kerl verdächtigte, seine Tochter einzusperren? Nina und ihren Freund ermordet zu haben?

Paul fiel nichts ein, womit er sein Eindringen hätte rechtfertigen können, doch zum Glück zog Matieser die Waffe zurück.

»Egal, du würdest mir sowieso nur Lügen auftischen. Aber jetzt wirst genau tun, was ich sage, oder der nächste Schlag verbrutzelt deine Eier, kapiert?«

Paul bejahte hastig.

»Steh auf!«

Er versuchte es, schaffte es nicht. Matieser packte ihn grob am Arm, schleifte ihn zu dem Pavillon im hinteren Ende des Gartens. Paul hatte das Gefühl, zusätzlich zu den anderen Schmerzen werde nun auch seine Schulter ausgerenkt. Doch er wagte nicht zu protestieren.

»Nimm das hier!« Matieser reichte ihm einen halben Pflasterstein, den Paul sofort fallen ließ, weil sich jegliche Kraft aus seinen Fingern verflüchtigt hatte.

»Nimm ihn, du Arsch!«

Es gelang erst im dritten Versuch.

»Und jetzt schlag ihn gegen die Scheibe. Fest. Bis sie bricht.«

Paul starrte den anderen an, glaubte sich verhört zu haben.

»Schlag die Scheibe ein, du mieser Schnüffler! Und wennst dich je bei den Bullen über mich beschweren solltest, zeig ich ihnen den Stein. Mit deiner DNA. Damit s' mir glauben, dass ich bloß einen dämlichen Einbrecher stellen wollt.«

Paul blieb nichts anderes übrig, als zu gehorchen. Obwohl er wusste, dass Matieser ihn damit in der Hand hatte.

»Und jetzt schleich dich! Die Rechnung für den Schaden bring ich dir persönlich vorbei, damit du nicht zu zahlen vergisst.«

Pauls Körper zitterte von der Anstrengung, sich aufrecht zu halten. Er sagte kein Wort, wollte fortgehen und stürzte nach drei Schritten.

»Wenn du nicht laufen kannst, kriechst eben auf allen Vieren«, raunzte Matieser grob. »Aber verschwind endlich, verdammt noch mal!«

Paul brauchte zehn ewig lange Minuten, um zum Tor hinaus und zu den nächsten Büschen zu gelangen, wo er sich erneut hinsetzen musste. In Paris hatte er die Elektroschocker der Polizei für eine segensreiche Erfindung gehalten, da es den Gesetzeshütern damit manchmal erspart blieb, tödliche Schüsse auf Verbrecher abzugeben. Aber Paul hatte nie darüber nachgedacht, wie es sich anfühlte, derartige Schocks verabreicht zu bekommen. Jetzt wusste er es und fragte sich, wie er es bis nach Hause schaffen sollte. Ein Taxi rufen? Bloß nicht. Zum Glück saß der Schorsch noch am Computer und stellte wenig Fragen.

»Kommt sicher von deinem Kreuzotterbiss, diese Schwäche«, vermutete er, als Paul sich mühsam in den klapprigen Citroën hievte.

»Äh ... wie?« Paul glaubte sich verhört zu haben.

»Der Mad Fred hat heut erzählt, dass dich 'ne Schlange erwischt hat. Ich hatte für morgen 'nen Kondolenzbesuch geplant, aber den kann ich mir jetzt wohl schenken, oder?«

»Und woher weiß Mad Fred von der Kreuzotter?«

»Sein Neffe arbeitet im Krankenhaus. Und dem haben's die Sanis erzählt.« Der Schorsch warf seinem Chef einen neugierigen Blick zu. »Viel Gift hat das Viech anscheinend nicht gehabt, sonst würdest im Spital liegen, richtig?«

»Ich hab die Schlange nicht gefragt.« Und Paul hatte auch wenig Lust, sich selbst zu fragen, an welcher Stelle der Informationskette die Kreuzotter begonnen hatte, nicht die Bonbontüte, sondern ihn zu beißen.

Als der Wagen wenig später vor Pauls Haus hielt, wollte der gutmütige Kollege seinen Chef zur Sicherheit hinein begleiten. Doch der lehnte ab, wollte allein sein, niemandem einen Drink anbieten, mit niemandem reden müssen.

Der Schorsch drängte ihm noch eine Flasche Schnaps auf, die er angeblich extra als Stärkungsmittel für Paul erstanden hatte und fuhr mit einem fröhlichem »Servus!« davon.

Im oberen Flur brannte Licht. Monsieur war nirgends zu sehen. Paul schluckte. Er wollte nur ins Bett, ein oder zwei Aspirin einwerfen und schlafen. Sich nicht mit neuen Angriffen, Einbrüchen oder sonstigen Katastrophen befassen müssen. Jetzt wünschte er doch, den Schorsch mit hineingenommen zu haben. Glücklicherweise erinnerte er sich an die Machete im Schirmständer, wollte sie gerade holen, als …

»Paul?« Die Stimme dünn, mindestens so ängstlich wie sein Hirn. »Paul, bist das du?« Oben wurde eine Tür geöffnet, dann tappte Monsieur die Treppe herunter. Hinter ihm Katrin in einem bunt geringelten Pullover, der Sonja gehört hatte.

»Hast du eine Zigarette?«, fragte Paul.

Er öffnete das Wohnzimmerfenster, um den Rauch abziehen zu lassen, und gab dem Mädchen, das unendlich zu frieren schien, eine muffig riechende Wolldecke. Sie rauchten schweigend.

»Im Radio haben sie gesagt, dass man den Basti gefunden hat.«

Paul nickte.

»Ich hab gleich gewusst, dass du das warst.« Katrins Augen waren gerötet, und sie begann zu weinen. Nicht laut wie ein Kind, sondern still, aber ihre schmalen Schultern bebten.

»Tut mir leid.« Paul wusste jetzt, dass er ihr nie vom Fund des Armbands erzählen konnte. »Wirklich.« Er wartete, bis das Mädchen ruhiger wurde, räumte den Aschenbecher mit den zwei Stummeln fort und holte zwei Tassen Kaffee. »Katrin.«

Mit nassen Wangen und roter Nase sah sie auf.

»Sag mir, was du über diese Sache weißt.« Paul zögerte. »Ich hab mittlerweile total Angst, dass auch du und deine Freundin Eva in Gefahr sein könnten.«

Das Mädchen schniefte. »Ich weiß nichts! Echt nicht. Ich hab selber nur Schiss.«

»Die Zeit für Verarsche ist vorbei. Endgültig.« Paul langte es nun. »Zwei von euch sind tot, und ihr spielt weiter die naiven Unschuldsengel? Was passiert hier, Katrin? Worum geht's überhaupt?«

»Ich weiß es ehrlich nicht.« Sie weinte stärker, wich seinem Blick aus. »Nur die Eva … Die Ev hat was angedeutet.«

»Und was?«

»Dass die Jungs Scheiße gebaut hätten. Irgendwas Idiotisches gemacht.«

»Wir müssen rauskriegen, was es war. Rausfinden, ob eure Jungs sich jemanden so sehr zum Feind gemacht haben, dass derjenige …« Paul überlegte. »Was genau bedeutet *Scheiße bauen* in Evas Jargon? Was stellen eure Jungs üblicherweise an?«

»Blödsinn eben.« Sie zuckte die Achseln. »Autos zerkratzen oder mal für 'ne heimliche Spritztour aufbrechen. Alk klauen. Teenies erschrecken. Abfallkörbe anzünden. Mal 'ne Faust auf jemanden pflanzen.« Sie sprach, als handle es sich um normale Hobbys, und Paul wurde wieder einmal bewusst, wie verschieden seine und ihre Welt waren.

»Ihr müsst weg, Katrin. Die Eva und du. Solange, bis sich alles geklärt hat.«

Doch sie schüttelte den Kopf. »Ich hau nicht ab. Wir gehören zusammen, wir alle. Wenn die andern bleiben, lauf auch ich nicht weg.« Leiser setzte sie hinzu: »Angst hab ich, das ja. Aber ich will nicht als feiger Arsch dastehen.«

»Lieber lebender Arsch als mutige Leiche.« Die Courage des Mädchens rührte Paul. Obwohl sein Verstand sie als naiv und gefährlich einstufte. »Du hast den Bastian sehr geliebt.« Es war eine Feststellung, keine Frage, und das Mädchen nickte.

»Er hat mich auch gemocht.« Ihre Stimme klang so zerbrechlich, dass Paul den Drang verspürte, Katrin in den Arm zu nehmen. Doch er wagte es nicht. »Nicht so wie die Nina, aber trotzdem … Und jetzt … Ich hab so sehr gehofft, dass er zurückkommt. Dass wir 'ne Zukunft haben könnten.«

Paul vermutete, dass er das Falsche sagen wollte, und konnte sich trotzdem nicht beherrschen: »Katrin, ihr hättet alle eine Zukunft. Die Eva, du und sogar eure Jungs, wenn ihr weniger saufen würdet.«

»Und was sollen wir stattdessen machen, die Ev und ich?« Sie brauste auf, die Trauer wich zurück. »Brav zu den Landfrauen gehen, vielleicht? Blumen für irgendwelche Pfarrer arrangieren, die uns aufs Arschgeweih starren, wenn wir uns zu den Vasen in der Kirche runterbücken? So wollen wir nicht sein! So … überangepasst. Wir wollen's nicht, dieses scheiß vorhersehbare Leben, dessen einziger Kick darin besteht, sich mal mit 'ner lobenden Bemerkung im Pfarrblattl zu finden!«

»Was wollt ihr dann?«

Sie wandte den Kopf ab. Zuckte die Achseln. »Ein richtiges Leben. Wennst verstehst, was ich meine. Eins, in dem Action ist. In dem man sich lebendig fühlt.«

Er verstand nur zu gut. Hatte schließlich selbst dem kleinstädtischen Mief, wie er es damals bezeichnet hatte, den Rücken gekehrt und war fortgegangen. Erst an die Journalistenschule, dann in die Welt hinaus und zuletzt nach Paris. Doch er war zurückgekehrt …

»Jetzt haben s' dich schon wieder mit einer Leich' erwischt. Bist seit Neuestem nekrophil?«

Paul hätte nicht vermutet, dass sein Vater das Wort kannte. Aber wenn es darum ging, den eigenen Sohn zu beschimpfen, konnte er sich zu unerwarteten geistigen Höhenflügen aufschwingen.

»Wenn ich's wäre, würde's die Klatschbörse bei euch ungemein bereichern.« Er wusste, dass sein Sarkasmus auf seinen Selbsterhaltungstrieb zurückzuführen war. Niemals zeigen, dass man sich verletzt fühlt, nie neue Angriffsflächen bieten. Vielleicht sollte er eine Artikelserie über Mobbing zwischen Eltern und Kindern schreiben? Mit dem Telefon in der Rechten trat er ans Fenster, sah einem Gartenrotschwanz zu, der geschäftig zwischen den Bäumen und seinem Nest an der Schuppenwand hin und her flog.

»Bist noch dran?«, fragte der Vater.

»Ich überlege gerade, ob Vögel ihre Jungen mobben.«

»Du warst nie normal. Und jetzt schnappst komplett über.«

Die Jungvögel schrien lauthals, als sich der Altvogel dem Nest näherte, und Paul schmerzte der Gedanke, wie sehr sie ihren Eltern vertrauten. »Ich muss los. In die Berge.« Er fragte sich, warum er die Anrufe des hinterhältigen alten Mannes überhaupt annahm.

»Was willst in den Bergen? Hoffst auf weitere Tote? Für deine abartigen Neigungen?«

»In den Bergen trifft man die anständigsten Menschen.«

»Und was ist an den Touristen so sakrisch anständig?«

»Ich rede nicht von Touristen.« Paul dachte an die alte Bäuerin mit ihrer simplen Lebensphilosophie. »Eher von Leuten wie die Frau von der Krenmayer-Alm.«

»Der Bissgurn, die ihren Sohn wegsperrt? Na dann viel Spaß.« Der Vater legte auf und nahm nicht mehr ab, als Paul sofort zurückzurufen versuchte.

Hanna Krenmayer hatte einen Sohn? Und warum behauptete der Vater, dass sie ihn wegsperrte? Oder war das bloß wieder eine seiner aus der Luft gegriffenen Gehässigkeiten?

»Hallo!« Als er seine Lieblings-Almwiese erreichte, erspähte Paul die Schafbäuerin ein Stück weit über sich auf einer frischen Weide. Auf ihren Hirtenstab gestützt, sah sie zu ihm herab, das Gesicht unter dem Schirm der Männerkappe kaum erkennbar, und trotz der abwertenden Worte des Vaters fühlte sich Paul erneut an die Almerer-Sage erinnert. Und einen mythischen Beschützer konnte er allemal brauchen, nachdem er es vermutlich geschafft hatte, sich in ganz Reichenhall unbeliebt zu machen.

»Der Paul Leonberger.« Sie wartete, bis er, etwas außer Atem, zu ihr hinaufgestiegen war. »Willst zu mir?«

»Ich hatte gehofft, Sie zu treffen.« Katrin hatte ihn begleiten wollen, doch Paul hatte abgelehnt. Ihm schien es nach wie vor besser, dass möglichst wenige Leute ihn und das Mädel zusammen sahen.

»Willst etwa Almbauer werden?« Hanna pfiff einem ihrer Hunde, der herbeirannte und sich zu ihren Füßen legte. »Ich brauch aber keine Mannsbilder hier heroben. Die Hunde sind mir Gesellschaft genug.«

Und was ist mit deinem Sohn? Zählt der nicht als Gesellschaft? Doch Paul hatte Hemmungen, die Frau darauf anzusprechen. Erst recht, nachdem er nicht wusste, ob der Vater lediglich wieder grundlos zu hetzen versuchte. »Keine Angst. Ich will Sie nicht lang stören«, sagte er deshalb nur und bückte sich, um den Hund zu streicheln. Der fletschte die Zähne und knurrte tief und grollend.

»Hat der auch was gegen Männer?«

»Gegen Fremde. Muss so sein, damit keiner meine Schafe klaut.«

Paul nickte und zog sich sicherheitshalber zwei Schritte zurück. Die Muskeln des Hundes entspannten sich, sein Kopf sank auf die Vorderpfoten.

»Bastian Tritting. Der Mann, der tot im Steilhang hing. Sie haben damals ja mitgekriegt, dass er mehrere Schusswunden hatte.« Paul sah zu den Bergwäldern, die ihm dunkler erschienen als noch vor wenigen Tagen. »Wer jagt eigentlich alles hier? Wissen Sie das?«

Sie zog den Schirm der Kappe tiefer. »Na, die offiziellen Jäger halt«, sagte sie nach längerem Überlegen. »Die sorgen dafür, dass das Wild net überhand nimmt. Und der Matieser. Aber der hat selten Zeit.«

»Max Matieser?«

»Guter Schütze«, wusste Hanna. »Net mein Fall, der Mann, aber was er treffen will, trifft er. Bei dem muss kein Viech lang leiden.«

»Was für eine Waffe benützt er für die Jagd?«

Sie runzelte die Stirn. »Hab sie mir nie genau angschaut.«

»Woher soll die auch was wissen, die alte Bäuerin!« Katrins Gemütslage schwankte nach wie vor zwischen sämtlichen

Extremen, als Paul von seinem Besuch auf der Alm erzählte. »Oben auf'm Berg hausen, das ist noch tausendmal schlimmer als Landfrauen-Kränzchen und Co.«

»Hanna Krenmayer fühlt sich wohl dort. Sagt, dass sie mit dem Ort nichts zu tun haben will.«

Das Mädchen stieß einen verächtlichen Laut aus. Sie trug nur den Bademantel über ihrer Unterwäsche. Manchmal traten Tränen in ihre Augen, und sie kauerte sich im Sessel zusammen, umschlang die Knie mit den Armen. Dann wieder lümmelte sie sich hin, dass der Mantel aufklaffte und gab sich aggressiv und biestig.

»Sie hat nicht gesagt, dass sie den Papa verdächtigt.«

Verteidigte sie jetzt den Vater, den sie ansonsten stets verteufelte? »Besitzt dein Vater eigentlich mehrere Waffen?«

»Dutzende. Der hat 'n riesiges Arsenal im Keller. Der Quiri träumt davon, da mal einzusteigen.«

»Was vermutlich nicht leicht geht?«

»Ist alles perfekt gesichert. Selbst der Garten wird mit Kameras überwacht.«

Weswegen Matieser Paul am Vortag bemerkt hatte. Die Erinnerung an den Elektroschocker und die damit verbundenen Schmerzen riefen in Paul Übelkeit hervor. Doch er wollte keinen Whisky trinken, nicht vor dem Mädchen, das in seinem überemotionalen Zustand für die Versuchungen des Alkohols anfälliger denn je sein würde. Er holte eine Packung Knäckebrotstreifen mit Rosmarin, die Erinnerungen an einen Urlaub in Schweden hervorriefen. Auch in Skandinavien war die Natur unendlich schön, menschliche Siedlungen oft weit verstreut. Das Leben abseits der Städte einfach und ehrlich.

Katrin probierte das Knabberbrot und verkrümelte den Großteil über die alten Dielen.

»He, spinnst du? Glaubst du, ich hab 'ne Putzfrau? Eine, die nichts tut, als hinter dir her zu wischen?«

Sie brach in Tränen aus. »Ich mach's ja weg. Später.« Heulend sank sie in sich zusammen, der Rest des Brotstreifens fiel zu Boden.

»Katrin …« Er wollte sie trösten und wusste doch, dass er sich damit auf gefährliches Terrain begeben würde. Ihr zarter Körper an seinen geschmiegt … Würde er den netten Kumpel spielen können oder das Verlangen übermächtig werden?

»Kannst mich nicht einfach in den Arm nehmen und sagen, dass alles paletti wird, du Holzklotz?« Im nächsten Moment lag sie auf der Couch, ihr Kopf auf Pauls Schoß. Und da Paul Angst hatte, seine Hände könnten ein anderes Ziel suchen, streichelte er ihr verwuscheltes Haar. Hätte gern auch diese sonnenbraunen Arme gestreichelt, deren kleine Härchen gelegentlich im Licht aufblitzten wie Lurex-Fäden. Und von den Armen wanderte sein Blick zu den Beinen, zu dem Höschen, das durch den Spalt des Bademantels sichtbar war. Ein himmelblaues Höschen mit herausstehenden Enden von Gummifäden. Billigware, und dadurch umso anrührender. Einladender …

Eine Stunde später war das Mädchen ins Bett gegangen, und Paul holte den unter einem Kästchen versteckten Schlüssel des Barschranks, goss sich zum restlichen Knabberbrot ein Glas Merlot ein. Sein Blick streifte den Fußboden, wo Katrin zwar die Krümel erwartungsgemäß nicht weggekehrt, der Hund sie aber längst aufgeleckt hatte. Paul dachte wieder an Schweden, an die klaren Seen, die stillen Wälder. Dann an Hanna Krenmayer. Was mochte sie für ein Leben führen? Er hatte ihre Hütte mit den zugehörigen

Ställen und Schuppen bisher nur von der Weite gesehen und versuchte, sich die Frau vorzustellen, wie sie bei einem gusseisernen Herd saß und ihre Strümpfe ausbesserte. Auch bei einem Glas Wein? Oder bevorzugte sie Bier? Und ab und zu ein Stamperl Obstler? Mit Likör brachte er sie nicht in Verbindung, dafür war sie zu rau, zu herb. Eventuell stopfte sie auch keine Strümpfe, sondern besserte Werkzeug aus, setzte einem hölzernen Rechen neue Zähne ein. Das würde besser zu ihr und ihrer männlichen Art passen. Und der Sohn? Saß er bei ihr in der Stube, heizte den Ofen? Paul stellte ihn sich als wortkarg vor, zwischen 30 und 40 Jahre alt, mit ebenso simplen Gewohnheiten wie die Mutter. Vielleicht stand er tagsüber in der Käsekammer, während Hanna mit den Schafen unterwegs war. Vielleicht war er nicht *weggesperrt*, sondern mied von sich aus die Gesellschaft der Menschen.

Die Türklingel schrillte mitten in Pauls Gedanken. Nur im Laden hatten seine Eltern auf einen sanften Gong gesetzt; im Haus funktionierte die simple Klingel aus Pauls Kindertagen immer noch.

»Aufmachen!« Eine befehlsgewohnte Männerstimme. Paul stellte den Wein ab und trat leise in den Flur. Eben wollte er die Machete aus dem Schirmständer holen, als der Besucher sich erneut meldete.

»Öffnen Sie die Tür! Polizei!«

Paul ballte die Fäuste. Ihm war klar gewesen, dass Porant ihn nach dem Fund des zweiten Toten nicht lange in Frieden lassen würde. Aber er wollte den Mann keinesfalls seinen Sonntagabend stören lassen.

»Wir haben Ihr Licht gesehen. Machen S' auf, oder ich lasse die Tür aufbrechen und Sie abführen!«

Paul öffnete, blieb aber so stehen, dass er den Eingang blockierte. »Was wollen Sie?«

»Es besteht der Verdacht, dass Sie ein junges Mädchen gewaltsam bei sich festhalten. Lassen S' uns jetzt in die Wohnung?«

»Können Sie einen Durchsuchungsbeschluss vorweisen?«

Porant zog ein Papier aus der Brusttasche, hielt es Paul hin. Ehe der es auffalten konnte, hörte er Bellen und Schritte von der Treppe her. Porant starrte an ihm vorbei in den Flur, ebenso wie die beiden uniformierten Polizisten hinter ihm. Paul drehte sich um.

Am Fuß der Treppe stand Katrin, ohne Bademantel, nur in ihrem himmelblauen Slip.

»Was treiben S' hier für Spiele?« Porant hatte seine Sprache wiedergefunden, riss Paul das Papier aus der Hand, schob den Journalisten beiseite und trat ins Haus. »Katrin Matieser?«

»Ich hab nichts getan. Kannst mich nicht einkasteln.« Sie verschränkte die Arme über der nackten Brust, was ihr kindliches Aussehen verstärkte.

»Ich will Sie nicht einsperren, sondern nach Hause bringen. Ihre Eltern machen sich Sorgen.«

»Meine Eltern?« Paul merkte, dass Katrin getrunken hatte. Oder etwas eingeworfen. Hatte Eva ihr das Zeug besorgt? Schließlich hatte Paul allen Alkohol weggesperrt.

»Ziehen S' sich bittschön was über.« Porant schien sich unwohl zu fühlen und warf Paul, der ihm nachgegangen war, einen zornigen Blick zu.

»Ich will schlafen«, sagte sie träge. Paul vermochte nicht einzuschätzen, ob sie ihre Lolita-Auftritte inszenierte oder ihrem Unterbewusstsein überließ.

Erklär ihnen, dass du freiwillig hier bist, hätte er am liebsten gefaucht. Aber damit würde er die Hypothese der Polizei, er halte das Mädel in seinem Haus fest, erst recht untermauern. Seit dem Kampusch-Fall waren die Behörden gegenüber solchen Vorwürfen hellhörig geworden. Er schloss die Tür zu dem verrußten Schlafzimmer mit dem Fuß, bevor jemand auf die Verwüstung durch den Brand aufmerksam werden konnte, nahm seine Kaschmirjacke von der Garderobe und warf sie Katrin zu.

»Kommen Sie.« Entschlossen lotste er Porant ins Wohnzimmer, wohin ihm das Mädchen und die beiden Uniformierten schließlich folgten.

»Wie lang ist sie schon bei Ihnen?«, fragte der Kommissar.

»Warum fragen Sie sie nicht selbst?«

»Sie wissen, dass das Mädel alkoholabhängig ist. Weshalb geben S' ihr dann zu trinken? Um sie gefügig zu machen?«

»Den Stoff hat sie nicht von mir.« Paul sah, wie der Blick des Kommissars zu dem Merlot wanderte und wusste sofort, dass Porant ihm wieder nicht glaubte.

»Der Paul hat mich eben lieb.« Katrins leicht verwischt vorgetragenes Statement erreichte das Gegenteil von dem, was es sollte. Porants Miene zeigte deutliche Verachtung.

»Ein Betthaserl haben S' gesucht, und da kam Ihnen die Kleine grad recht, wie?«

»Wollen Sie eine Verleumdungsklage an den Hals?«, fragte Paul bemüht kühl zurück.

Katrin setzte sich auf den Tisch. »Lasst den Paul in Ruh!« Ihre Stimme klang jetzt klarer. Härter. Die Lolita war unter der Jacke verschwunden. »Ihr wisst überhaupt nichts, ihr Bullen! Haubentaucher seids, allesamt!«

Der Kommissar zog die Brauen hoch. »Passen Sie auf, wie S' mit uns reden, Katrin Matieser. – Und wovon wissen wir Ihrer Meinung nach nichts?«

Mit einem übertriebenen Seufzer zündete sich Katrin eine Zigarette an und blies den Polizisten den Rauch ins Gesicht. »Findet's raus. Ist das nicht euer Job? Aber ihr habt ja nicht mal den Basti finden können. Der Paul hat ihn gefunden. Für mich.« Die Tränen begannen zu rollen. Zornig wischte das Mädchen sie fort, warf die qualmende Zigarette in den Aschenbecher und ging zur Tür. »Und sagt meinen Eltern, dass ich hier bleib, solange 's mir passt!« Damit verschwand sie, und die Männer hörten sie die Treppe hinaufsteigen.

»Ist damit alles geklärt? Lassen Sie mich jetzt auch schlafen gehen?«, setzte Paul noch einen drauf.

Nachdem die Polizei endlich abgezogen war, saß Katrin oben auf der Treppe, und Paul war klar, dass sie gelauscht hatte. Als er hinaufkam, wollte sie in ihr Zimmer flüchten, doch Paul ging ihr nach.

»Es ist verdammt noch mal keine gute Idee, halb nackt rumzulaufen, wenn die Polizei hier aufkreuzt!«

Sie hörte ihm genauso wenig zu, wie Porant auf ihn gehört hatte, hielt ein Bild in der Hand, das aus Sonjas Schreibtisch stammte. Eine kindlich anmutende und trotzdem erstaunlich geschickte Zeichnung von einem Jungen und einem Mädchen. Der Junge schaute finster drein, aber das blonde sommersprossige Mädchen strahlte so viel Glück aus, dass das Bild den Betrachter rühren musste. Fast jeden Betrachter, zumindest.

»Sie war ein Depperl, deine Schwester. Hat die Ev gesagt. Und die weiß es von ihrer Oma. Genauso ein Depperl wie der Sohn von der Almbäuerin.«

Paul starrte Katrin an. Wollte sie für die Bemerkung über seine Schwester rüffeln und sagte doch etwas völlig anderes. »Sprichst du von Hanna Krenmayer?«

»Von wem sonst? Und warum fragt den Typen eigentlich keiner, ob er den Basti erschlagen hat?«

»Euer Bastian wurde nicht erschlagen«, stellte Paul richtig und ergriff das Mädchen am Arm. »Wie kommst du darauf, dass der Sohn der Almbäuerin …? Hattet ihr Streit mit ihm?«

Katrin ließ die Zeichnung fallen und riss sich los. »Ich bin müde. Lass mich endlich schlafen gehen.« Als hätte er sie aufgehalten. Und während er sich nach dem Blatt bückte, sperrte sie sich in ihrem Zimmer ein.

KAPITEL 11

Am nächsten Tag war Paul wieder auf dem Berg unterwegs. Er hatte bis Mittag gewartet, doch Katrin war nicht aufgestanden, und so hatte er ihr erneut einen Zettel hingelegt. Diesmal in neutralem Ton. Mit dem Hinweis auf eine Pizza im Tiefkühlfach des in punkto Energie höchst verschwenderischen Kühlschranks.

Schon beim Aufstieg merkte er, dass er die Bergwetter-Vorhersage hätte beachten sollen. Die Saalach und Reichenhall hüllten sich in Nebel, und Paul war nicht sicher, ob es bei der Alm klarer sein würde. In seiner Jugend hatten er und Sonja ein untrügliches Gespür für die Wetterlage in den Berchtesgadener Alpen besessen. Aber vielleicht war er zu lange fort gewesen, hatten sich die Instinkte verflacht, mussten sich neu einnorden.

»Sonja.« Er sprach ihren Namen in die nebelgedämpfte Stille. »Katrin hat unrecht, du warst kein Depperl. Du warst bloß … anders. Unschuldiger. Voller Liebe. Eine Madonna der Berge.«

War Hannas Sohn, von dessen Existenz Paul erst durch den Vater erfahren hatte, genauso? Paul fühlte sich der herben Bäuerin wie durch ein geheimes Band verbunden, was mit ein Grund war, warum er die Frau aufsuchen wollte. Vergrub sie sich in der Einsamkeit, um ihren Sohn vor einer Welt zu schützen, die seinen Wert nicht erkannte? So wie Paul oft mit Sonja in die Berge geflüchtet war, wo es keine verletzenden Worte gab? Sondern nur sie und ihn, die Unschuldige und ihren Begleiter? Hatte der Vater deshalb behauptet, Hanna würde den Sohn *wegsperren*?

Doch tief in seinem Inneren mahnte eine winzige Stimme, dass es auch anders sein konnte. Dass geistige Behinderungen und psychische Störungen nicht immer Madonnen hervorbrachten. Sondern manchmal auch das Gegenteil. Selbst Sonja hatte nicht bloß engelhafte Tage, sondern gelegentlich heftige Wutanfälle gehabt. Was, wenn die Almbäuerin ihren Sohn nicht in den Bergen behielt, um ihn vor der Welt, sondern die Welt vor ihm zu schützen? Dass sie bei den bisherigen Begegnungen nie auch nur ein Wort über ihre Familie verloren hatte, nicht mal beim Auffinden des toten Bastian, machte den Journalisten in Paul misstrauisch, ließ innere Alarmlämpchen aufleuchten.

Obwohl er keine Ahnung hatte, wie er die ihm auf den Lippen brennenden Fragen klären sollte, stieg Paul genau deshalb wieder flott den Berg hinauf, dankbar für die körperliche Fitness, die er auch in Paris nie vernachlässigt, sondern mit zahllosen Übungseinheiten in angesagten Studios trainiert hatte. Und während er stetig bergan ging, dachte er auch darüber nach, warum er selbst die Almbäuerin nicht viel früher nach ihren Familienverhältnissen gefragt hatte. Vielleicht, weil sie zu unabhängig rüberkam, zu männlich?

Als er die Almwiese erreichte, war der Nebel dichter als im Tal, das Gras klatschnass. Keine Schafe und keine Bäuerin zu sehen. Sollte er zu ihrem Hof gehen? Würde er dort den Sohn antreffen? Wie würde Hanna reagieren, wenn Paul ihrer Privatsphäre näher rückte? Einen Kaffee würde sie ihm wohl kaum anbieten … Obwohl Sommer war, fröstelte Paul in der feuchten Luft, zog die Jacke enger und ging weiter.

Die Hütte lag still im Nebel. Die Schafe auf ihrer eingezäunten Weide ließen sich dahinter gerade noch als graue Schemen erkennen. Keine Menschenseele weit und breit. Auch kein Licht in der Hütte. Langsam trat Paul näher heran, entdeckte, dass die Tür zu einem der Nebengebäude offen stand.

»Hallo?« Er wollte niemanden erschrecken, nicht ungeladen eintreten.

Ein Klappern, als ob jemand Geschirr abstellte, dann erschien Hannas Kopf in der Tür. Diesmal wirkte sie mehr wie eine Bäuerin, trug ein dunkelgrünes Tuch um den Kopf. Allerdings nicht, wie die Bauersfrauen es banden, sondern mehr wie ein Hippie aus den 70ern. Über der Cordhose prangte eine Schürze, die vermutlich früher weiß, aber durch häufiges Waschen ohne Bleichmittel grau verfärbt war.

»Du schon wieder.« Erfreut klang das nicht. »Ich muss gleich weitermachen, bin beim Käsen.«

Zwar war er nicht sicher, ob ihre Worte als Aufforderung zum Hereinkommen galten, folgte ihr aber trotzdem in den Raum, wo in einem riesigen Bottich der Käsebruch schwamm. Ohne auf den Besucher zu achten, begann Hanna, die Käsemasse in Formen zu pressen.

»Haben Sie niemanden, der Ihnen bei der schweren Arbeit helfen könnte?« Eine plumpe List, um auf ihre Familienverhältnisse sprechen zu kommen. Sie durchschaute ihn sofort, warf ihm einen schrägen Blick zu.

»Also hat man's dir erzählt.«

»Man sagte mir, dass Sie einen Sohn haben.« Paul kam sich schäbig vor, nicht offen gefragt zu haben.

»Der wohnt aber nicht hier.«

»Ach so?« Davon hatte Katrin nichts erwähnt.

»Ich hab ihn ins Heim geben müssen. Im Frühjahr schon. Weil er nimmer auf mich gehört hat. Immer am Berg rumstromern wollte.« Hanna wies mit dem Kinn nach draußen. »Die Berge sind gefährlich, bei solchem Wetter vor allem. Auch im Winter, da besonders. Schneebretter und Lawinen, vereiste Wege. Und ich konnt den Buben nicht dauernd beaufsichtigen. Wegen der Viecher. Um die muss sich schließlich jemand kümmern. Weil wir von denen leben.«

Paul nickte. »Meine Schwester«, sagte er nach einer Weile. »Sonja war ebenfalls ... anders.«

Hanna musterte ihn lange. »Komm.« Sie wischte die Hände an der Schürze trocken, und Paul folgte ihr in die Almhütte.

Das Foto hing bei der Eckbank, im Herrgottswinkel, wo sich bei bayrischen Katholiken oft ein Kreuz findet. Den schlichten Holzrahmen zierten getrocknete Edelweißblüten. Das Bild zeigte einen Mann von etwa 30 Jahren, und Paul war überrascht von der zarten Schönheit des Gesichts unter den dunklen Locken.

»Wie heißt er?«

»Simon.«

»Sieht gut aus. Südländisch irgendwie.«

Sie holte eine Flasche Schnaps. »Das hat er von seinem Vater.« Ohne vorher zu fragen, schenkte sie für beide ein. »Hier, das ist echter Enzian. Vom Kärlingerhaus.«

Paul konnte sich nicht von dem Bild losreißen. Der Mann sah nicht nach Downsyndrom aus, entrückt eher. Wie jemand, der nicht in diese Welt gehörte. Sein Blick, obwohl nach vorn gerichtet, traf den Betrachter nicht wirklich.

»Au-tis-tisch ist er, sagen die Doktoren. Aber helfen konnten s' ihm nicht.«

»Sie müssen ihn vermissen?«

»Und deine Schwester?« Fragen, die sie nicht beantworten wollte, überging sie mit einem Selbstbewusstsein, das Paul gefiel.

»Sonja ist tot.« Aufgrund ihres einsiedlerischen Lebensstils war die Krenmayerin vermutlich der einzige Mensch in der Reichenhaller Gegend, der nicht über die Familie Leonberger Bescheid wusste. Sie tranken schweigend, jeder den anderen taxierend. Paul fragte sich, wie er herausbekommen sollte, ob der autistische Simon aggressive Neigungen hatte. Ob das der wahre Grund war, weshalb seine Mutter ihn fortgebracht hatte. Hanna hatte erwähnt, dass er gelegentlich weggelaufen war. Hatte er sich bei einem seiner Ausflüge mit Katrins Clique angelegt? Aber selbst wenn es so wäre, wie sollte der junge Mann an eine Waffe gekommen sein? Paul begriff, dass viele Fragen offen blieben. Zum Beispiel die, ob Hanna Krenmayer einen Jagdschein besaß und ein Gewehr. Ob ihr Sohn sich durch sie Zugang zu einer Schusswaffe hätte verschaffen können. Der abgeschossene Häher fiel ihm ein, und trotz des Enzians spürte er Gänsehaut auf den Armen.

»Hoffentlich haben Sie einen guten Platz für Ihren Sohn gefunden? Wo er sich wohlfühlt?«, fragte Paul in der Hoffnung, mehr zu erfahren.

»Ich muss nach den Viechern schauen.« Hanna stellte die Gläser fort und wandte sich zur Tür. Paul war höflich genug, die Aufforderung zu verstehen.

»Danke für den Schnaps. Ist lang her, dass ich so guten Enzian getrunken habe.«

»Ist ja auch von hier.« Die alpenländische Herkunft schien für sie das absolute Qualitätsmerkmal. Paul fühlte einen Stich in der Brust, weil für ihn, den Weltenbummler, die Welt nicht mehr so einfach war wie für diese Bäuerin. Und es nie mehr sein würde.

Der Nebel wurde dichter, die Nässe schlimmer. Schon wenige Meter unterhalb der Alm fühlte Paul sich komplett von der Welt abgeschnitten. Kein Vogel sang, die dichten Schwaden schluckten sämtliche Geräusche. Und schienen in ständiger Bewegung wie Vorhänge, die in einer Brise hin und her wehten, was die Szenerie unwirklich und unheimlich erscheinen ließ. Unwillkürlich schritt Paul schneller aus, sah wieder Bastian Trittings Körper an der Felswand hängen und schauderte.

Trieb sich der Mörder des Jungen noch in den Bergen herum? War er an diesem Tag ebenfalls unterwegs? Oder saß er mittlerweile in einer psychiatrischen Anstalt, ohne dass jemand ahnte, welches finstere Geheimnis der Sohn der Bergbäuerin verbarg?

Urteile nicht vorschnell, ermahnte sich Paul. Wieso sollte ausgerechnet Hannas Sohn in die Morde verwickelt sein? Bisher wusste er nicht einmal, ob Bastian Tritting überhaupt in den Bergen gestorben oder seine Leiche von andernorts in die Schlucht geschafft worden war. Und das Mädchen Nina war definitiv in der Stadt ermordet worden, beim Saalach-wehr. Dennoch wollten die virtuellen Alarmglocken in sei-nem Kopf nicht aufhören zu schrillen. So wie die Krenmayer das Bild ihres Sohns geschmückt hatte, musste sie ihn gern haben. Weshalb also wich sie Pauls Fragen aus, anstatt froh zu sein, mit jemandem über ihren Simon reden zu können? Sollte der Vater ausnahmsweise recht behalten und Hanna hatte den Sohn *wegsperren* müssen? Weil er eine Gefahr für sich selbst oder andere Leute darstellte?

In den Büschen bewegte sich etwas, und Pauls Herz begann zu hämmern. Bestimmt nur ein Vogel … Doch alle Vernunft der Welt half nicht, und er ging schneller, achtete mehr auf den dunklen Wald in seinem Rücken als auf den Weg. Bis er merkte, dass er sich auf einem Pfad befand, den er nicht kannte. Hatte er vor lauter Grübeln die Abzwei-gung, die direkt ins Tal führte, übersehen? Wie konnte ihm das passieren?

Paul wusste, dass er zurücklaufen sollte, um den offiziel-len Weg wiederzufinden. Aber in welche Richtung? Der Pfad, auf dem er sich zu befinden glaubte, war wohl eher ein Wildwechsel. Wo kam er her, wo führte er hin? Das Handy-GPS streikte, wieder raschelte es im Unterholz, und Paul musste sich gewaltsam ins Gedächtnis rufen, dass es im Wald jede Menge Kreaturen gab, die Geräusche verursachen konnten. Und dass es für ihn als erwachsenen Mann eine Schande wäre, sich davor zu fürchten.

Dennoch widerstrebte es ihm, noch einmal bergauf zu steigen. Und er sagte sich, dass er, wenn er stetig bergab gehen würde, irgendwann aus dem Wald herauskommen und sich wieder auskennen müsste.

Doch statt auf einem Weg stand er plötzlich vor einer tiefen Bergfalte, die das Weitergehen ohne Seil und Haken unmöglich machte. Also doch umdrehen. Paul biss sich auf die Lippen, spähte in die immer dichter werdende Nebelsuppe. Er vermutete, dass er sich östlich des offiziellen Weges befand, die Predigtstuhlbahn somit westlich von ihm verlief. Der Gedanke an die Bahn, an andere Menschen, vorzugsweise solche, die nichts mit Verbrechen zu tun hatten, war tröstlich. Ja, er würde umkehren und in Richtung Seilbahntrasse marschieren. Und erst, wenn er dabei auf einen regulären Weg stieß, weiter absteigen. Paul drehte und wendete den Plan in Gedanken und fand ihn ohne besondere Risiken. Außer … unbekannten Verfolgern. Aber wurde er überhaupt verfolgt? Oder bildete er sich das bloß ein?

Er zwang sich, nicht weiter darüber nachzudenken. Erste Priorität musste bleiben, im Nebel nirgends abzustürzen. Verbissen mühte er sich, ungefähr die Richtung zu halten, wusste um die Gefahr, im Kreis zu laufen. Dann ein gewaltiges Rascheln, brechende Äste, ein Schatten, der davonraste. Ebenso schnell raste Pauls Herz. Sein einziger Trost bestand darin, dass das Reh über die unerwartete Begegnung genauso erschrocken war wie der Mensch.

Nach einer Stunde zweifelte Paul stark daran, ob die Richtung noch stimmte. Ein Auf und Ab gab es in den Bergen immer, sodass kürzere Anstiege ihn nicht stutzig machen durften. Aber für sein Dafürhalten ging er bereits viel zu lange bergauf. Verdammt! Er hätte nie geglaubt, dass er sich so komplett versteigen könnte.

Er blieb stehen und hatte sofort das Gefühl, nicht allein zu sein. Woher das merkwürdige Empfinden stammte? Von leisen Geräuschen, die er mehr im Unterbewusstsein wahrnahm, als tatsächlich hörte?

Wieder ein Reh? Für einen verrückten Moment fragte sich Paul, ob Hanna ihm nachgegangen war. Der weibliche Almerer, der den verirrten Wanderer schützte. Möglicherweise sogar vor dem eigenen Sohn.

»Hallo?« Er fragte mit belegter Stimme, merkte, wie die Nebelfeuchte allmählich durch seine Hose drang, den Stoff unangenehm an den Beinen kleben ließ. »Ist da jemand?«

Welch blöde Frage, rügte er sich gleich darauf stumm. Sollte sich jemand vor ihm verbergen, würde er kaum antworten. Und jemand, der sich nicht verstecken wollte, hätte sich längst bemerkbar gemacht, froh darüber, in dieser Nebelsuppe einem anderen Menschen zu begegnen.

Paul bewegte sich seitwärts zu einer Felsgruppe. Wenn derjenige, der sich in seiner Nähe verbarg, eine Schusswaffe trug, würden allerdings auch die härtesten Felsen nicht dauerhaft Schutz bieten. Dennoch fühlte Paul sich besser, als er die Felsen erreichte, mit einem Satz in ihrer Mitte verschwand und sich niederkauerte. Zumindest konnte er von hier aus in die Umgebung horchen, ob und von welcher Seite sich jemand zu nähern versuchte.

Die Kälte kroch in seine Knochen. In seinen Pariser Jahren hatte er vergessen, wie scheußlich sich sogar sommerlicher Bergnebel anfühlte. Außerdem knurrte sein Magen, und er dachte sehnsüchtig an die Brotzeit im Rucksack, die er nicht herauszuholen wagte. Fast meinte er, jemanden atmen zu hören. Dann sagte er sich, dass das nur er selbst sein konnte, denn der Nebel dämpfte jedes Geräusch. Sodass man einen Menschen, den man nicht zu sehen vermochte, keinesfalls atmen hören würde.

Er kauerte in einem steinernen Rettungsboot in einem Meer aus Kälte und Nässe wie ein Schiffbrüchiger. Wahrscheinlich war er inzwischen so paranoid, dass er sich auf Schritt und Tritt verfolgt fühlte, obwohl niemand da war. Er sollte aufstehen und weitergehen. Schon um sich aufzuwärmen.

Als er sich zögernd erhob, hörte er den anderen wieder. Mittlerweile waren Pauls Nerven so gespannt, dass er es trotzdem nicht zwischen den Felsen aushielt, aus seiner Burg trat.

»Schluss mit den blöden Spielchen!« Er nahm den Zorn zu Hilfe, um so wütend zu klingen wie möglich. »Komm raus, wenn du mit mir reden willst.«

Gleich darauf höhnisches Lachen hinter ihm, und ehe Paul sich umdrehen konnte, stieß ihn jemand heftig in den Rücken.

»Sorry, hab dich zu spät gesehen.« Die Stimme triefte vor Sarkasmus, was Paul erst recht in Rage versetzte.

»Warum schleichst du mir überhaupt nach?« Erleichtert erkannte er in dem Verfolger den Quirin von Katrins Clique, denn er hatte eher auf Hannas geheimnisvollen Sohn oder den Matieser mit seinem Elektroschocker getippt. Trotzdem, auch der junge Mann war gefährlich. Stark und aggressiv, wie Paul aus Erfahrung wusste.

»Und wegen was schleichst *du* am Berg rum?« Quirin trat näher, und Paul fühlte sich gleich unbehaglicher.

»Warum wollte Bastian Tritting fort von Reichenhall?«
Der Journalist weigerte sich, Angst zu zeigen.

»Geht 'nen Arsch wie dich nichts an!«

»Wollt ihr warten, bis eure beiden anderen Mädel auch
tot sind?« Paul fragte sich wieder einmal, ob es nicht Quirin
oder Boris selbst sein konnten, die die Cliquenmitglieder
umgebracht hatten. Wegen Rangstreitigkeiten oder Eifer-
süchteleien.

Quirin wollte ihn packen. Paul wich rasch aus und fuhr
mit der Rechten in die Tasche, in der er sein Messer wusste.

»Wie gut kennst du den Sohn von der Hanna Krenmayer?«, ruderte er trotzdem zurück.

Der andere kniff die Augen zusammen. Er trug keine
Jacke, nur einen abgewetzten fast durchgeweichten Pulli.
Seine Haare klebten nass am Kopf.

»Den Sohn der wer?«

»Der Almbäuerin.« Paul machte eine vage Kopfbewe-
gung, ehe ihm einfiel, dass er gar nicht wusste, in welcher
Richtung die Alm von seinem Standort aus lag. »Der mit
den Schafen.«

»Meinst den Spasti?« Die Kinnmuskeln des Jungen zuckten, die Augen wurden noch schmaler. Verächtlich? Paul
musste sich zusammennehmen, um dem jungen Mann nicht
die Faust ins Gesicht zu schlagen. *Den Spasti. Deine Schwester war ein Depperl.* Er hasste die Arroganz, die aus solchen
Bemerkungen sprach.

»Wann hast du ihn zum letzten Mal gesehen?«

»Wen interessiert der Scheiß?« Quirin sprang so plötz-
lich vor, dass Paul nicht mehr reagieren konnte, packte den
Journalisten und stieß ihn rückwärts gegen einen Baum.
Paul spürte die raue Rinde durch seine Jacke. »Mich inter-

essiert viel mehr, was du mit der Kat treibst, du verdammter Wichser! Weißt, was dir blüht, wenn du die anrührst?« Er wartete keine Antwort ab. »Ich schneid dir die Eier ab und lass sie dich vor meinen Augen fressen, dass du nie wieder Lust kriegst, 'ne Braut aufzureißen, kapiert?«

Paul schluckte. Und wollte doch Antworten, war es gewohnt, sie zu bekommen. »Du hast immer noch nicht gesagt, was du hier machst. Im Nebel.«

Überraschend fiel die Wut des Jungen in sich zusammen. Der Quirin ließ Paul los, trat einen Schritt zurück. Sah sich um, als würde er sich erst jetzt seiner Umgebung bewusst. »Hast jemand andern getroffen außer der Bäuerin?«, fragte er.

Paul schüttelte den Kopf. »Sieht aus, als wären nur wir beide bescheuert genug, bei dem Wetter wandern zu gehen.«

»Ich geh nicht wandern«, sagte der andere mürrisch.

»Du hast jemanden gesucht?«

Der Quirin kaute auf seiner Unterlippe, zog eine Packung Zigaretten heraus, bot überraschenderweise Paul an. Der lehnte ab, obwohl ihm beim Gedanken an das Nikotin das Begehren heiß ins Blut schoss.

»Hab gedacht, der Boris sei vielleicht hier heroben. Aber mit dem verdammen Nebel …« Offenbar hatte Quirin sich genauso verirrt wie Paul.

»Meine Vermutung ist, dass die Bahn dort hinten verläuft.« Paul wies die Richtung mit dem Kopf.

»Könnt stimmen.« Der Quirin fuhr sich durch das nasse Haar.

Warum suchte er den Kumpan am Berg? Rief ihn nicht einfach an? Ehe Paul die Fragen stellen konnte, begriff er, und es lief ihm eiskalt über den Rücken.

Sie sprachen kein Wort mehr, kämpften sich neben- oder hintereinander durch den Wald. Paul spürte keine Angst mehr vor dem Zorn des Jungen, fühlte sich mit dem Gefährten sogar sicherer. Und vermutete, dass es dem andern ähnlich ging. Beide atmeten auf, als aus dem Weiß des Nebels ein hoher Pfosten auftauchte. Die Predigtstuhlbahn.

Unten im Tal kaufte sich Paul, der keine Lust hatte, erst in sein Haus zurückzukehren und mit Katrin zu diskutieren, eine angenehm trockene Jeans und fuhr anschließend zum Baumarkt.

»Kann ich Ihnen behilflich sein?«, drang eine Stimme in sein Bewusstsein, während er die Farbkarten der diversen Wandanstriche musterte. Und sich fragte, ob sein Schlafzimmer in einem sonnigen Gelb oder einem kühlen Rauchblau ansprechender wirken würde.

»Ich such den Boris. Der hat mich neulich so perfekt beraten.«

»Reden wir von demselben Boris?« Der Baumarkt-Mann starrte den Kunden an, als sähe er ein Gespenst.

»Ist er da oder nicht?« Paul griff zu einer verzweifelten Maßnahme und zückte seinen Journalistenausweis. Kurz darauf saß er im Glaskasten des Markts einem Abteilungsleiter gegenüber.

»Darf ich fragen, woher Ihr Interesse an unserem Ex-Mitarbeiter rührt?«

»Wieso Ex?«

»Weil er, wenn er sich hier wieder zeigen sollte, keine Stelle mehr hat.«

»Was hat er ausgefressen?« Hatte Boris geklaut?

»Nichts. Mangels Gelegenheit. Weil er seit mehreren Tagen ohne Entschuldigung der Arbeit fernbleibt.« Wieder fühlte Paul den kalten Schauer. Es passte alles perfekt zusammen. Grausam perfekt.

Nachdem er den lästigen Baumarkttypen los geworden war, der unbedingt wissen wollte, für welchen Artikel Paul recherchierte, rief er von einem öffentlichen Telefon am Bahnhof die Polizei an. Anonym. Um nicht einen neuerlichen Besuch von Porant ertragen zu müssen. Er sagte nur, dass ein weiterer Mann verschwunden war. Ein gewisser Boris, der im Baumarkt gearbeitet hatte.

Als er kurz darauf nach Hause kam, wartete Katrin schon auf ihn. Angetrunken, wie üblich.

»Ich hab mir Sorgen gemacht.«

Dafür hast du auch allen Grund, hätte Paul am liebsten geantwortet, aber er sprach es nicht aus. Später lag er lange im Bett, ohne Schlaf zu finden. Wenn Quirin die Wahrheit sagte, wenn er unterwegs gewesen war, um seinen Kumpel Boris zu suchen, bedeutete das, dass Quirin nicht der Mörder sein konnte. Aber Boris selbst? Entweder war er ein neues Opfer, oder aber – der Mörder seiner Freunde? Hatte er sich abgeseilt, weil ihm die Luft zu dünn wurde? Wie die Wahrheit herausfinden?

Nina war an der Saalach gestorben, Bastian Tritting vermutlich am Berg. Pauls Bauchgefühl nach lag dort auch die Lösung verborgen. Am Berg. Auf dem sich zumindest der Großteil seiner Verdächtigen – die Jungs aus der Clique und Max Matieser – bestens auskannten. Auch der dicke Jakob von der »Saalach-Bar« war in Reichenhall aufgewachsen, mochte in jüngeren Jahren ebenfalls in den Bergen herumgestromert sein. Und dann war da noch der mysteriöse Sohn der Almbäuerin. Der *Weggesperrte*.

»Mach schon.«

Der junge Mann rappelte sich auf. Fühlte sich schwach. Hätte alles gegeben für eine Flasche Wodka oder Korn.

»Du hast nur diese eine Chance.« Die Stimme klang ungerührt, emotionslos, sodass Boris' Furcht ins Unermessliche stieg. Trotz des Zitterns – war es nur die Alkoholabhängigkeit? – kämpfte er sich auf die Knie und schließlich auf die Füße.

»Renn. Renn um dein Leben!«

»Ich … wir haben doch nicht gewusst, dass …«

»Red nicht. Renn.«

Als ihn ein Schlag in den Rücken traf, stolperte er los. Er vermutete, dass es Nacht war, obwohl er nichts sehen konnte, weil seine Augen mit Paketband zugeklebt waren. So fest, dass er vermutlich Stunden brauchen würde, um es herunterzubekommen. Wenn er überhaupt jemals die auf den Rücken gefesselten Hände frei bekam.

Und als ihn der erste Schuss am Arm streifte, begriff er, dass die Jagd eröffnet war. Und er war das Wild.

Eine gefühlte Stunde später lief der Junge noch immer durch den Nebel, in nassen Schuhen, ohne Jacke, stieß gegen dunkle Bäume. Er schwitzte und fror zugleich. An der Rinde eines Stamms hatte er das Paketband etwas nach oben schieben können, sodass er nun zumindest ein wenig sehen konnte, wohin er lief. Wirklich nur ein wenig. Denn der dichte Nebel streute das spärliche Licht des Mondes extrem, ließ kaum die nächsten Bäume erkennen.

Wieder ein Knall und ein Schmerz im Bein, der ihn vor Angst aufheulen ließ.

Das soll mein Leben gewesen sein? Boris versuchte, den Schmerz zu ignorieren, lief weiter, im Zickzack zwischen den Bäumen hindurch. Hinab ins Tal, ich muss runter, dorthin, wo Menschen sind. Wo niemand mehr wagen wird, wie ein Irrer rumzuballern.

Doch der nächste Schuss streifte seine Schulter, und diesmal konnte Boris einen Schrei nicht unterdrücken, obwohl die Wunde nicht schlimm sein konnte. Er rannte schneller und schneller, bis er zu spät merkte, wie der Boden unter ihm abfiel. Ein Schritt, noch einer – Boris konnte nicht rasch genug stehen bleiben, griff nach einem Ast, verfehlte ihn und stürzte ins Leere. Das Echo seines Schreis hallte von den Bergen wider.

Zum Glück fiel er nicht tief, landete mit Kopf und Oberkörper in stachligem aber nicht zu hartem Reisig. Doch sein Knie knallte auf Stein, und er schrie erneut, als höllischer Schmerz wie Feuer durch sein Bein raste.

Er wagte nicht sich zu rühren, um den Schmerz nicht durch Bewegung zu verschlimmern, und heulte vor Hilflosigkeit und Wut. Nun würde er sterben, würde die nächste verdammte Kugel in seinem Bauch landen oder seiner Brust. Der Junge wusste, dass er mit dem kaputten Bein keine Chance mehr hatte, nicht weiter fliehen konnte.

Was blieb ihm noch? Beten, wie man es vor unendlich langer Zeit im Religionsunterricht von ihm verlangt hatte? Das hatte schon damals nichts gebracht. Außerdem wollte er, wenn's denn schon ans Abkratzen ging, nicht als Weichei sterben. Sondern tough.

»Na los, knall mich ab!« Er hörte die Schritte näherkommen, sah den Gewehrlauf aufblitzen. »Jetzt hast ja erreicht, was du gewollt hast!«

»So einfach wirst nicht sterben.« Die Waffe zielte auf seinen Unterleib. »Ich bin noch lang nicht fertig mit dir, das kannst mir glauben!«

Schwer atmend fuhr Paul in die Höhe. Hatte er geträumt, sich die leisen Schritte im Zimmer nur eingebildet? Im Sitzen starrte er in die Dunkelheit, versuchte, den Atem anzuhalten. Seine Hand tastete nach dem Messer, das er griffbereit unter seiner Matratze versteckt hatte.

Und dann war er auf einmal sicher, nicht allein zu sein. Vielleicht des leisen Luftzugs wegen, der von der Tür her kam. Paul spannte seine Muskeln, umschloss das Messer mit der Rechten, bereit, sich auf den Einbrecher zu stürzen.

Jetzt hörte er auch den flachen Atem des anderen, bemühte sich, ihn zu orten. Auf jeden Fall kam er näher. Nun galt es, das Überraschungsmoment zu nützen. Paul warf sich dahin, wo er einen Schatten wahrnahm, und vernahm im nächsten Moment einen entsetzten Schrei.

»Du?« Paul knipste die Lampe an. Katrin kauerte am Boden, nur in ihrem Höschen. »Hast du sie nicht mehr alle? Wieso schleichst du nachts in mein Zimmer?«

»Ich kann nicht schlafen. Hab solche Angst.« Der schmächtige Körper zitterte. Paul, der sich wieder auf sein Bett gesetzt hatte, wusste nicht recht, was er tun sollte.

Katrin stand auf, kletterte auf sein Bett, schob sich an ihm vorbei zur Wandseite und kroch unter die Decke. »Kann ich bei dir bleiben? Nur ein paar Minuten?«

Er dachte an Janine. Die ihm eine Mail gesandt hatte. Ob es okay für ihn wäre, wenn sie nach Deutschland käme, ihn besuchen würde. *Nein*, hatte er zurück geschrieben, *bleib, wo du bist. Es ist vorbei, und ich will's nicht anders. Nicht mehr.* Sein Körper, vor allem sein Unterleib, hatte seine Worte Lügen gestraft, aber das konnte man einer Mail zum Glück nicht ansehen. Gleich darauf hatte sie ihn über Skype angerufen, doch er hatte seinen Status geändert in als »offline« anzeigen. Und eine gewisse Befriedigung dabei empfunden, dass sie ihn nicht erreichen konnte …

»Das geht nicht.« Er war sich unangenehm bewusst, nur eine kurze Pyjamahose zu tragen.

»Bitte. Ich kann nicht allein sein. Nicht diese Nacht.« Ihre Stimme wurde immer dünner. »Weil – ich hab vom Basti geträumt. Und … jetzt ist auch noch der Boris weg …« Er hörte die Tränen, die sie zu unterdrücken versuchte. »Ich brauch, dass du mich in den Arm nimmst, verdammt!«

Er legte sich neben sie, vorsichtig, als sei sie eine Fliegerbombe, die jeden Moment explodieren könne.

»Wieso fällt dir das so schwer?«, murmelte sie, während sie seinen Arm unter ihren Nacken manövrierte. Sich eng an ihn kuschelte, dass er die Mischung aus Alkohol und Parfüm riechen konnte, die sie ausdünstete. »Du bist so ein Klotz. Und dabei willst in Paris gelebt haben.«

»Gerade das hat mich gelehrt, auf der Hut zu bleiben.« Ihre Glieder waren zart, dünner und zerbrechlicher als die von Sonja. Aber auch Sonja war gern zu ihm ins Bett gekrabbelt, wenn sie schlechte Träume quälten. Und natürlich war das später an die Ohren der Polizei gedrungen und hatte Paul noch verdächtiger erscheinen lassen. Obwohl er Sonja nie als Frau gesehen hatte, zu naiv gewesen war, zu dumm. Eine Dummheit, an deren Folgen er noch heute litt. Die ihn so tief in diesen Fall hineingetrieben hatte, den er sonst lediglich mit kühler journalistischer Neugier betrachtet hätte.

»Wenigstens ist dein Körper warm«, murmelte das Mädchen zehn Minuten später. Er spürte ihre Hand auf seiner Brust, schob sie zurück.

»Ich hab kein Interesse an einer Beziehung.«

»Bist du bloß blöd oder 'ne Tunte?«

Als Paul am Morgen erwachte, lag sie zusammengerollt neben ihm, dünn und blass. Ihre struppigen blonden Haare ähnelten einem zerzausten Heiligenschein. Paul stand auf, trat ans Fenster und betrachtete die Schlafende.

Im Gegensatz zu dem, was das Mädel vermutete, begehrte er ihren Körper durchaus. Und es wäre nicht das erste Mal, dass er sich Sex ohne Liebe gegönnt hätte. Aber das wollte er ihr nicht antun. Und Liebe kam nicht infrage, nicht mit einem störrischen Kind, dessen Finger an der Wodkaflasche klebten. Um sich mit so jemandem zu liieren, brauchte es eine ausgesprochen masochistische Veranlagung. Die er nicht besaß. Oder doch? War es nicht auch Masochismus gewesen, sich mit einer skrupellosen Fremdgängerin wie Janine zusammenzutun? Nicht, solange es gehalten hatte, dachte Paul. Da war es der Himmel auf Erden. Oder zumindest recht ähnlich. Er sah Katrins Zigaretten auf dem Nachttisch, zündete sich eine an und stieß das Fenster auf, um nach draußen zu rauchen.

»Das sind meine.« Ihre Stimme, schlaftrunken und mürrisch, bestätigte nur seine Ansicht über ihre Probleme.

»Sieh's als Bezahlung für den Alk, den du mir geklaut hast.« Er drehte sich zu ihr, hielt die Zigarette ins Freie.

»Aber so ist's bei euch, in der Generation Egoismus: *Ihr* dürft klauen, saufen, huren. Die anderen nicht.«

»Ich hure nicht.« Beleidigt setzte sie sich auf. Ihre nackten Brüste, jung und zart, ließen Paul wieder aus dem Fenster blicken. »Nur die Ev macht das«, setzte sie nach einer Pause hinzu. »Weil s' Geld braucht.«

»Und deine Schwester? Was war mit der?«

»Manchmal«, sagte Katrin nach einer Pause. »Aber nur ganz, ganz selten.« Aggressiv fügte sie hinzu: »Verkauft sich nicht jeder mal in der einen oder anderen Weise?«

»Nicht unbedingt. Aber lass uns über den Sohn der Krenmayer reden. Warum glaubst du plötzlich, ausgerechnet er könne was mit Bastians Tod zu tun haben?«

Sie gähnte ausgiebig. »Weil er mir unheimlich ist.«

Mehr war nicht aus ihr rauszukriegen, egal wie intensiv Paul bohrte. In dieser Hinsicht kehrte sie voll den bockigen Teenie heraus. Was Paul hasste.

Zum Frühstück wollte sie nicht herunterkommen, blieb in ihrem Zimmer. Paul war überrascht, dass er nicht mehr an *Sonjas Zimmer* dachte, sondern an das von Katrin. Bedeutete es, dass die alte Wunde zu heilen begann?

Als er das Notebook hochfuhr, poppte eine Stellenanzeige in seinem Postfach auf: Eine französische Zeitung mit internationaler Ausrichtung suchte einen Redakteur, der perfekt Englisch sprach. Wieder für die Online-Präsenz, Pauls Spezialität. Dadurch, dass er während des Journalistik-Studiums auch zahlreiche PR-Module belegt hatte, könnte er zudem den Online-Werbesektor mitbetreuen, was ihm einen Vorsprung vor Konkurrenten gab.

Alès. Paul wusste, dass es sich um eine Stadt am Rand der

Cevennen handelte. Karge Hochebenen und tief eingeschnittene Canyons mit glasklaren Flüssen. War es nicht genau das, was eine wunde Seele brauchte? Für einen Moment ließ Paul seiner Fantasie freien Lauf, dann löschte er die Mail. Er durfte nicht wieder fortlaufen. Sonst würde er es ewig tun.

KAPITEL 12

Ursprünglich hatte Katrin nicht an die Saalach mitkommen wollen, sich zuletzt aber doch von Eva überreden lassen.

»Hast dein Messer dabei?« Die Freundin wirkte gelassen. Gefährlich gelassen.

Katrin nickte.

»Und ich hab einen Pfefferspray.« Eva zeigte die kleine Dose. »Komm, wir gehen ans Wehr, probieren das Zeug aus.«

»Was hast du vor?« Katrin spürte, dass Eva einen Plan verfolgte, und Evas Ideen kamen ihr meist riskant vor. Es war, als ob der anderen jegliche Gefahr egal sei, manchmal, als ob ihr sogar ihr Leben egal sei.

»Sag ich dir später. Weilst sonst nicht mitgehst.«

Die Bemerkung trug nicht dazu bei, Katrins Lust auf den Ausflug zu steigern. Sie begleitete die Freundin trotzdem, weil Eva die Letzte der Clique war, der Katrin noch rückhaltlos vertraute. Und weil sie sich nach der Vergangenheit sehnte. Nach der Zeit, als die Gruppe jeden Abend am Wehr abhing, Leute anpöbelte und sich über deren Empörung amüsierte.

»Wie willst du's ausprobieren?« Katrin sah sich beim Wehr um. Außer ihnen war nur ein Teenie mit zwei Schäferhunden am Fluss. Der Junge warf Äste ins Wasser, und die Hunde stürzten sich hinterher, um die Hölzer zu apportieren.

»Wart's ab.« Fast unmerklich bewegte sich Eva in Richtung der Hunde. Bis der Größere das ihm zugedachte Aststück ignorierte und auf die Mädchen zurannte. Instinktiv trat Katrin ein paar Schritte zurück, doch Eva streckte den Arm mit dem Spray vor.

Im nächsten Augenblick jaulte der Hund auf, raste mit orangeroter Schnauze ins Wasser, dann zu seinem Herrn, und wieder zurück in die Saalach.

»Arschgeige!« Der Teenie, er mochte um die 14 sein, lief auf Eva zu. »Ich zeig dich an, du blöde Kuh! Das ist Tierquälerei! Da kannst dann blechen für, damit's dir vergeht!«

»Dein dämlicher Fellklops wollt mich beißen!« Eva schrie dem Jungen die Worte ins Gesicht. »Die Katrin hier kann bezeugen, dass das Viech gemeingefährlich ist. Geh zu den Bullen, du Watschengesicht, und ich sorg dafür, dass dein Köter die Todesspritze kriegt!«

Rot vor Wut sah der Junge von dem winselnden Tier zu den Mädchen und wieder zurück. Katrin tat der Hund leid. Am liebsten hätte sie ihn gestreichelt, ihm die Augen gewaschen, aber sie wagte es nicht. Nina hätte sie verstanden, wäre auf ihrer Seite gewesen, aber Eva war anders. Hart zu sich, hart zu der Welt. Mehr denn je begriff Katrin, welche Lücke der Tod von Nina und Basti in ihrem Leben hinterlassen hatte.

Den Spray herausfordernd in der Rechten, starrte Eva dem Teenie in die Augen, bis der vor ihr auf den Kies spuckte, sich umdrehte und nach seinen Hunden pfiff. Die Mädchen sahen zu, wie er flussabwärts davonzog. Als er sich noch einmal umdrehte, zeigte Eva ihm den Stinkefinger.

»Der Hund hat mir echt leid getan«, sagte Katrin nun leise, so dass Eva sich aussuchen konnte, ob sie es über dem Lärm des Wehrs hören wollte oder nicht. Die Freundin sah sie schräg an.

»Weilst zu weich bist. Aber wer weich ist, geht unter. Bleibt auf der Arschkarte hocken, für immer und ewig.«

Sie spazierten weiter flussaufwärts bis zum Südzipfel des Saalachsees. Dahin, wo sie kürzlich den Spanner aufgestöbert hatten.

»Und falls er der Mörder ist? Der, der die Nina …?« Katrin hatte Angst, doch sie wollte es vor der Freundin nicht zeigen. Erst recht nicht, wenn die sie ohnehin für einen totalen Softie hielt.

Eva zuckte die Achseln. Katrin wusste von der Schule her, dass Eva intelligent war. Hochintelligent. Und deshalb schnell gelangweilt. Genau aus dem Grund hatte sie in der Schule den Unterricht gestört, die Lehrer genervt, und trotz häufiger Fehlzeiten die Quali-Prüfung geschafft. Jobs aber konnte sie nie lange halten, eckte überall an mit ihrer ständigen Besserwisserei, ihrer zu ausgeprägten Selbstständigkeit. Und dem Alkoholismus.

»Ich hab alles geplant.« Eva zeigte auf ein Fleckchen Gras. »Da legst du dich hin. Und nach 'ner Weile tust, als ob dir zu heiß würde, und ziehst dich aus. Immer mehr. Klar?«

»Du willst ihm 'ne Falle stellen.«

»Logisch.«

»Und wo bist du?« Die Rolle des Lockvogels fand Katrin nicht wirklich erstrebenswert. Immerhin war ihr jetzt klar, warum sie so langsam und für jeden, der einen Feldstecher besaß, deutlich sichtbar hierher gebummelt waren. Ob der Spanner tatsächlich wieder auf Tour war?

»Er kann nur von der Waldseite her rankommen. Deshalb werd ich im Unterholz stecken.« Eva warf ihre blond gefärbte Mähne zurück. »Die Nina und ich, wir hatten so was schon mal probiert, bevor sie … Zwei- oder dreimal sogar. Aber's hat nie geklappt. Der Kerl konnte sicher nicht jeden Tag nur hinter uns herrennen. Aber in letzter Zeit hab ich das Gefühl, dass er wieder häufiger unterwegs ist.«

»Und falls er ein Gewehr dabei hat?« Katrin dachte an die Geschichten über Ratten, die in die Enge getrieben wurden. Ihrem Gegenüber an die Kehle sprangen.

»Tu einfach, was ich dir sag. Ich hab alles im Griff.«

Es war nicht das erste Mal, dass Katrin sich vor den Blicken anderer entkleidete. Wenn die Clique zum Baden an den Thumsee fuhr, machten sich die Mädchen einen Spaß daraus, das Umkleiden zu zelebrieren wie Erotiktänzerinnen. Vergnügten sich damit, die Jungs aufzugeilen, bis die stöhnend ins kühle Wasser sprangen, mit den unnützen Erektionen in den Badeshorts.

Diesmal war es anders. Trotz der Wärme des Sommertags fühlte Katrin, wie sich die feinen Haare auf ihren Armen und Beinen aufstellten, als fröstele sie. Hielt sich der Spanner schon in der Nähe auf? Richtete sein Fernglas auf sie, erfreute sich an ihrer Nacktheit? Katrin wurde sich bewusst, dass sie ihr Dreieck seit einiger Zeit nicht mehr anständig rasiert hatte;

sie war Pauls Apparat nicht gewöhnt. Hier und da zeigten sich dunkle Stacheln, wo glatte Haut hingehörte. Aber für einen Spanner musste man sich ja nicht extra schön machen.

Sie streckte sich auf der Decke aus, die sie im Zimmer von Pauls Schwester gefunden hatte. Seltsamerweise empfand sie es als prickelnd, mit den Möbeln und Kleidern einer Toten zu leben, hatte an diesem Tag erneut eins von Sonjas Tops angezogen. Modemäßig war das Vintage pur.

Obwohl ihr die Sonne ins Gesicht schien, wagte sie nicht, die Augen zu schließen oder sich zu entspannen. Sonjas azurblaues Top lag nun neben ihr, sie konnte es an ihrem Arm fühlen. Fast war ihr, als würden die toten Mädchen – Sonja und Nina – durch die zarte Berührung ein Signal senden: Hab keine Angst, wir wachen über dich.

Katrin fragte sich, wie Pauls Schwester gewesen sein mochte. Ein *Depperl*, hatte sie gespottet, aber das traf es wohl nicht ganz. Offensichtlich hatte Paul seine Schwester geliebt, sie gern mit in die Berge genommen. Katrin spürte einen Stich wie von Eifersucht. Hatte sie sich in den kratzbürstigen Journalisten verliebt? War er dabei, Basti aus ihrem Herzen zu verdrängen? Bei dem Gedanken an Bastis Tod stiegen die Tränen hoch, und sie begriff, dass ihre Gefühle für die beiden Männer unterschiedlicher Art waren. Sie liebte Paul nicht. Nicht wie Basti. Aber sie wollte, dass er sich in sie verliebte. Weil er das einzige Stück Sicherheit bot, das ihr in dieser grausamen Zeit blieb. Und weil er, der Erinnerung an seine Schwester zuliebe sowie aus der Abneigung gegen Porant heraus, ebenso wie Katrin herausfinden wollte, warum Nina und Basti sterben mussten.

Auf die Uhr blicken wollte Katrin nicht, aber nach einer Weile erinnerte sie sich an Evas Anweisungen, setzte sich auf und griff nach dem Sonnenöl. Eva hatte es im Drogeriemarkt geklaut. Creme mache weiße Flecken und sähe nicht sexy aus, hatte sie erklärt. Ein ölglänzender Körper hingegen sei wie in den Pornos.

Mit trockenem Mund goss Katrin Öl auf ihre Hand und fing an, Schultern und Arme einzureiben. »Langsam«, hatte sie Evas Worte im Ohr. »Es muss wie ein Liebesakt wirken. Damit's den Scheißkerl aufgeilt, ihm den Pimmel schwellen lässt bis zum Platzen.«

Sie hörte nichts. War Eva noch auf ihrem Platz? Bestimmt, sie würde Katrin nicht im Stich lassen. Katrin wünschte, sie hätten Monsieur mitnehmen können. Aber der Hund würde die Annäherung eines Fremden zu früh verraten.

Ihren Busen ölte sie besonders ausgiebig. Träufelte dann Öl auf ihren Unterleib, verrieb es mit trägen Bewegungen. Wanderte tiefer. Bis sie sich schließlich mit einem gespielt wohligen Seufzer zurücksinken ließ.

Eine Stunde später konnte sie die Augen kaum mehr offen halten und war überzeugt, dass Evas Falle an diesem Tag nicht funktionierte. Ob sie sich aufsetzen und die Freundin rufen durfte? Katrin zögerte. Sie wollte Eva keinesfalls verärgern, die Einzige aus der Clique, mit der sie rückhaltlos reden konnte. Zumindest fast rückhaltlos. Nein, besser warten, bis Eva von sich aus das gefährliche Spiel abbrach.

Katrins Körper entspannte sich, da sie die Gefahr vorüber wähnte. In der Wärme des Sommertages sanken ihre Lider herab, und sie merkte nicht einmal, wie sie einnickte.

Schreie. »Du Arsch!«

Ein Aufheulen. »Au! Nutten, verdammte!« Lärm wie von einem riesigen Tier, das durch Gehölz brach.

»Hau nur ab! Wird dir nichts nützen, elender Wichser!«

Katrin riss Sonjas Top an sich, ihr Höschen und die Shorts und rannte zum Stausee hinab. Sie sollte Eva zu Hilfe kommen, aber ihre Angst, nackt einem Sextäter in die Hände zu fallen, war übermächtig. Am Seeufer kauerte sie sich hinter eine Binsengruppe, kleidete sich zitternd an. Was war passiert? Wo steckte Eva? Erst jetzt merkte Katrin, dass sie das von Paul geklaute Messer unter der Decke hatte liegen lassen.

Doch sie musste zurück, musste Eva beistehen, falls der Kerl sie erwischt hatte. Katrin suchte nach einem geeigneten Stein, ein bisschen mehr als faustgroß, lief damit zu ihrer Decke. Sie achtete vorsichtig darauf, dem Waldsaum nicht zu nahe zu kommen. Und erstarrte, als sie die Bewegung im Unterholz bemerkte.

Im nächsten Moment bückte sie sich nach dem Messer und musste zugleich an Basti denken. An die zahlreichen Schussverletzungen in seinem Körper. Gegen Schusswaffen erschienen ein Messer und ein Stein lächerlich.

»Piss dir nicht ins Hemd.« Eva trat aus dem Wald, in der Rechten ihr Handy, in der Linken den Pfefferspray.

»Wo ist er?« Selbst Katrins Lippen bebten.

»Abgehauen. Aber wird ihm net helfen.« Ein siegesgewisses Grinsen breitete sich über Evas Gesicht. Ihr hartes Grinsen. Das sie aufsetzte, wenn es um Geld ging. »Weil ich ihn nämlich hier auf dem Bild hab.« Lachend tanzte sie um Katrin herum, die vergeblich versuchte, ihr das Handy wegzunehmen.

»Zeig schon, ich sterb vor Neugier!« Katrin verlegte sich aufs Betteln, und schließlich hielt Eva ihr das Gerät hin. Das Bild war nicht ganz scharf, doch der Spanner deutlich erkennbar.

»Der?« Katrins Furcht war wie weggeblasen, ersetzt durch Zorn. »Der war das? Wie kann der's wagen …!«

»Pst!« Eva steckte das Handy ein und legte einen Finger auf ihre Lippen. »Darfst niemandem was davon sagen, das musst mir versprechen!«

»Auch nicht den Jungs?«

»Keinem.« Eva lachte laut und glücklich. »Die Jungs würden den Arsch zusammenfalten, dass der nie wieder 'nem Mädel auch nur hinterher kriechen könnt. Und was hätten wir davon? Gar nix!«

Katrin begriff immer noch nicht, und Eva drückte das Handy an die Brust und führte einen weiteren Freudentanz auf. »Überlass alles mir, okay? Ich weiß genau, was ich tu.« Im nächsten Moment wurde ihre Miene wieder ernst. »Mensch, stell dir vor, dabei hatte ich jemand ganz andern im Verdacht. War absolut sicher, dass wir einen andern erwischen würden.«

»Wen?«

Die Freundin beugte sich zu ihr und flüsterte Katrin einen Namen ins Ohr.

»Das … hast nicht im Ernst gemeint.«

»Doch«, sagte Eva schlicht. »Weil ich die Mannsbilder kenn. Sauhund sind s', alle.«

Der Vater saß in seinem Rollstuhl vor der geschlossenen Balkontür.

»Verdammt, man erstickt ja in diesem Mief.« Paul riss die Tür auf, und Kilian Leonberger rollte sofort ein Stück zurück.

»Willst mich umbringen? Die Luft ist eisig, ich kann Lungenentzündung kriegen.«

»Wenn du zu lässt, kriegst du Kohlendioxidvergiftung. Von deinem eigenen Atem. Außerdem haben wir August, also ist's draußen warm.«

Als er ausreichend Abstand von der gefährlichen Frischluft erreicht hatte, drehte der Vater den Rollstuhl herum. »Dass du überhaupt kommst. Ich dacht schon, du hast mich komplett aus deinem Gedächtnis gestrichen. Da hat man einen Sohn, der im selben Ort lebt, aber blicken lässt er sich nie, feiner Herr, der er geworden ist.«

»Jetzt bin ich da.«

»Wenigstens was mitbringen hättest können, zur Entschuldigung.«

Paul fand, dass er niemandem eine Entschuldigung schuldete, aber er hob den Strauß, den er unten am Kiosk erstanden hatte.

»Ich hab dir was mitgebracht. Die hier.«

»Was soll ich damit? Grünzeug ist für Weiberleut.« Der alte Mann wehrte ab, als sein Sohn ihm den fröhlich bunten Strauß in die Hand drücken wollte. Pauls Lippen wurden zu einem schmalen Strich. Er marschierte auf den Balkon und schleuderte die Blumen hinab. Sie landeten zu Füßen eines uralten Mannes, der sich mühsam nach ihnen bückte und dann nach oben sah. Rasch zog sich Paul zurück.

»Was war das jetzt? Erst bringst mir ein Geschenk und dann wirfst du's zum Fenster raus«, klagte der Vater.

»Du hast es nicht gewollt.«

»Ich hab einen Irren zum Sohn.« Der Vater seufzte. »Wann sperren s' dich endlich weg?«

Im Moment bist du weggesperrt. Aber Paul sprach es nicht aus.

»Die Hanna Krenmayer. Die Almbäuerin«, sagte er stattdessen. »Wusstest du, dass ihr Sohn autistisch ist?«

»Der Simon.« In manchen Dingen funktionierte das Gehirn des Vaters noch perfekt. Vor allem, wenn er es wollte. Paul beschäftigte sich damit, den Wasserkocher anzuwerfen, um wenigstens einen Pulverkaffee trinken zu können. »Sie sagt, sie hat ihn im Frühjahr weggegeben. In ein Heim.«

»Da hat er auch hingehört.«

»Kennst du ihn näher? Kann er sich mit den Leuten im Ort verständigen?«

Als Paul zwei Haferl füllte, rollte der Vater heran, sog gierig den Kaffeeduft ein. »Verstehen tut ihn nur die Hanna. Die hat ihn manchmal mit auf den Markt genommen. Früher. Als er noch klein war.«

»Und später?«

»Hab ich ihn kaum mehr gesehen. Er hat nimmer runter dürfen vom Berg. War auch besser so.«

»War er ... aggressiv?« Paul reichte dem Vater einen Becher.

»Du hast ihn zu voll gemacht.« Der Kaffee schwappte über, auf der Untertasse bildete sich ein brauner See. »Nicht mal Kaffee einschenken kannst ohne Katastrophen.«

»Wir haben über den Simon gesprochen, den Sohn der Almbäuerin.«

»Alles hat immer so sein müssen, wie er's wollte. Wenn's anders lief, konnte er ausrasten. Wenn er eine Semmel wollt und hat stattdessen eine Brezn gekriegt, hat er gebrüllt wie am Spieß. Um sich geschlagen und getreten.« Der Vater nahm einen vorsichtigen Schluck, und Paul war sicher, dass er sich gleich beschweren würde, dass das Getränk zu heiß war. Doch er hatte sich getäuscht.

»Im Juni war der Simon aber noch nicht im Heim.« Die lichten Momente des Vaters zeigten sich dann, wenn man sie am wenigsten erwartete. »Da war ich nämlich beim Zahnarzt. Und hab ihn gesehen. Auf der Straße.«

Paul setzte sich, musste an ein Buch denken, das er vor langer Zeit gelesen hatte: *Wer die Nachtigall stört*, von Harper Lee. Der geheimnisvolle Boo Radley.

»Was interessiert dich der Simon überhaupt?« Der Vater bekam den Giftzwerg-Blick, wie Paul ihn insgeheim nannte. »Der ist doch kein junges Madl.« Pause. »Wie's die Sonja war. Oder die Kleine, von der die Leut sagen, dass du sie in dein Bett nimmst.«

Paul schüttete seinen Kaffee in die Waschmuschel und marschierte ohne Abschiedsgruß hinaus.

Den im Heim nicht getrunkenen Kaffee gönnte er sich später in edlerer Form im »Café Amadeo« am Angererbrunnen, wo er in der Sonne sitzen und Shoppern und Touristen zusehen konnte. Paris war es zwar nicht – wie gern wäre Paul jetzt müßig und sorglos am Montmartre gesessen oder am Seine-Ufer zwischen den Bouquinisten. Doch er musste zugeben, dass Reichenhall durchaus Charme besaß. Fast südländischen Charme sogar. Ein Ort, in dem Paul auf immer würde leben können? Nicht, solange man ihn für den Mörder eines jungen Mädchens hielt. Oder sogar zweier Mädchen.

Seine Gedanken glitten ab zu Hannas Sohn. Von dem die Almbäuerin behauptete, dass er sich seit dem Frühjahr in einem Heim befand. Während der Vater ihn noch vor wenigen Wochen im Ort gesehen haben wollte. Konnte es sein, dass Hanna log, ihren Sohn zu decken versuchte? Hatte sie ihn wirklich weggegeben oder … Paul verschluckte sich fast an seinem Macchiato. Was, wenn Hanna ihren Sohn irgendwo in den Bergen versteckt hielt?

Er zog sein Smartphone heraus, um die Telefonnummern der infrage kommenden Heime im Umland herauszusuchen. Unglücklicherweise schien er einen schlechten Tag erwischt zu haben: Weil er kein Angehöriger war, dürfe man ihm keine Auskunft erteilen, hieß es lapidar, wo immer er es versuchte. Wahrscheinlich war kürzlich eine Belehrung über Datenschutz erfolgt, sodass sich zumindest vorübergehend alle absolut korrekt verhalten wollten. Nur in einer Einrichtung glaubte man sich wenigstens befugt, ihm mitteilen zu dürfen, dass es keine Bewohner mit Namen Krenmayer gab.

Frustriert steckte Paul das Telefon wieder ein. Besonders nützlich waren Negativ-Auskünfte in diesem Fall ohnedies nicht. Schließlich konnte Hanna ihren Sohn, gerade wenn sie ihn aus der Schusslinie halten wollte, gut und gern auch in ein weiter entferntes Heim abgeschoben haben. Einzig die Möglichkeit, ob sie ihn in den Bergen versteckte, ließ sich mit etwas Glück abchecken. Und zwar, indem man den Hof beobachtete. Der Gedanke missfiel Paul, denn noch immer brachte er die raue Bergbäuerin eher mit dem wohlgesonnenen Almerer aus der Sage in Verbindung als mit Verbrechen. Doch vielleicht galt es umzudenken?

Am anderen Morgen lief auf seinem Notebook eine Mail vom Schorsch ein, der vorschlug, Paul solle mit Mad Fred über die Suspendierung reden. Die dürfe schließlich nicht ewig dauern.

Doch, darf sie. Und zwar, bis mir die Untätigkeit den totalen Boreout beschert, schrieb Paul zurück, sauer auf die ganze Welt. In dem Moment tappte Katrin die Treppe herunter, in knappen Shorts und einem zartgrünen Rüschen-shirt, das Paul, wie er sich bestens erinnerte, für Sonja gekauft hatte. Kurz vor deren Tod.

»Zieh das sofort aus!«

Sie kicherte. »Hast also doch Interesse?«

»Das Teil gehört meiner Schwester.«

»Die braucht's nimmer. Und 's ist echt cool. Vintage.« Sie wirkte aufgekratzt, zappelig, nicht so gedrückt wie in der letzten Zeit. Hatte sie was eingeworfen? Oder was sonst hatte ihre Stimmung so gehoben? Misstrauisch sah er zu, wie sie ihre Schuhe anzog.

»Willst du ins Zentrum?«

Sie nickte.

»Ich muss zur Bank, kann dich mitnehmen.« Ihr Zögern entging ihm nicht, doch dann akzeptierte sie sein Angebot.

»Wennst schnell bist. Mir pressiert's.«

Sie war also vermutlich verabredet. Mit Quirin? Eva? Paul war entschlossen, es herauszufinden.

Er ließ sie bei der Bank aussteigen, trat in das Gebäude und kurz darauf wieder heraus. Katrin ging zügig Richtung Fluss und er folgte in großem Abstand. Als Journalist hatte er im Lauf unzähliger Interviews ein Gefühl dafür erworben, wann ein Mensch etwas zu verbergen hatte. Winzigste Auf-fälligkeiten der Körpersprache lieferten subtile Hinweise, die man nicht einzeln und bewusst wahrnahm, sondern die sich zu einem Bauchgefühl summierten. Und im Moment war Paul absolut sicher, dass Katrin etwas für sie Wichtiges vorhatte, von dem er nichts erfahren sollte.

Ein paar Mal schaute sie über die Schulter, doch er vermu-tete, dass dies nicht ihm galt, sondern der Befürchtung, ihren

Vater zu treffen. Außerdem hatte Paul Erfahrung darin, sich unauffällig im Hintergrund zu halten. Auch das lernte man als Reporter.

Auf der Uferstraße wartete Eva, mit rotem Minirock über einer schwarzen Netzstrumpfhose und Stilettos, die ihre Beine optisch um circa zehn Zentimeter verlängerten. Die Mädchen steckten die Köpfe zusammen, kicherten und marschierten dann nebeneinander weiter, wodurch sie alle entgegenkommenden Passanten zum Ausweichen zwangen. Paul dachte daran, wie er in diesem Alter gewesen war, und wünschte, er hätte damals ein ebensolches Selbstbewusstsein besessen. Es hätte ihm vieles erspart.

Zu seiner Überraschung stoppten die Freundinnen vor der »Saalach-Bar«. Was wollten sie dort? Die Kneipe hatte noch nicht geöffnet. Kauften sie Alk? Wohl kaum, den bekamen sie im Supermarkt billiger. Was also dann? Paul überrann es kalt bei der Vorstellung, die Mädchen könnten sich bei dem schmierigen Wirt härtere Drogen besorgen. Er beobachtete, wie Eva gegen die Tür schlug und, als keine Reaktion erfolgte, um die Hausecke bog. Paul schlich hinterher.

»Mach auf, wamperter Uhu!«, brüllte Eva durch ein Seitenfenster, als Paul sie aus der Deckung einer Hecke heraus wieder sehen konnte. Gleich darauf wurden die Fensterflügel aufgestoßen, und Jakobs Gesicht erschien.

»Zefix! Was wollts denn?«

»Sollen wir's über die ganze Straße plärren?«

Das Gesicht zog sich zurück. Wenig später öffnete sich eine Hintertür, und die beiden Mädchen verschwanden im Haus.

Vorsichtig schlich Paul zu dem nun unbeachteten Fenster. Der Wirt hatte es unglücklicherweise geschlossen, sodass

Paul von dem, was drinnen geredet wurde, kaum einzelne Worte verstand. Doch er sah, wie Eva ihr Handy schwenkte, etwas auf dem Display zeigte. Ein Bild oder eine Videosequenz? Der Wirt schwitzte, hatte den Putzeimer, mit dem er sich zuvor beschäftigt hatte, beiseite gestellt, und gestikulierte wild und wütend.

Was wollten die beiden von dem unsympathischen Typen? Paul wagte nicht, am helllichten Tag weiter wie ein Spanner an einem fremden Fenster zu hängen, ging zurück Richtung Auto. Fast hatte es ausgesehen, als drohten die Mädel dem Kneipier. Aber womit? Wussten sie etwas über die Morde? Etwas, das den dicken Jakob mit den Toten in Verbindung brachte? Falls ja, wäre es Wahnsinn von den beiden, sich mit ihm anzulegen. Überhaupt: Hätten sie in so einem Fall nicht ihren Kumpel Quirin mitgenommen?

Ein neuer Gedanke meldete sich, eine Vorstellung, die Paul Übelkeit bescherte. Katrin hatte davon gesprochen, dass Eva ihren Körper verkaufte. Auch an Jakob? Und, schlimmer noch: Wollte Eva ihrer Freundin zu Geld verhelfen und drängte dem Wirt nun auch deren Dienste auf? Das würde erklären, warum die Mädchen allein in die Kneipe gegangen waren. Auf dem Handy befanden sich vielleicht aufreizende Bilder. Paul musste an die Wortschöpfung *Sexting* denken, die die Unsitte bezeichnete, Nacktfotos von sich aufzunehmen und an Freunde beziehungsweise Freundinnen zu verschicken. Natürlich war so etwas hauptsächlich unter hirnlosen hormongesteuerten Teenies verbreitet, aber die Alk-Clique schien Paul von diesem Entwicklungsstadium intellektuell nicht allzu weit entfernt. Bedrückt fuhr er nach Hause. Wo er sich trotz seines Zwangsurlaubs in die

Redaktionsarbeit stürzte, um sich nicht vorstellen zu müssen, wie der dicke Wirt sich an Bildern von Katrins makellosem Körper aufgeilte.

KAPITEL 13

Seine Bergausrüstung – Trekkingschuhe und Rucksack – hatte Paul schon am Nachmittag heimlich im Kofferraum deponiert. Gegen zehn Uhr abends verließ er das Haus in Jeans und Sneakers, als plane er lediglich einen Spaziergang oder Kneipenbummel. Katrin stellte jedoch ohnedies keine Fragen. Sie war am Vorabend erst kurz vor Mitternacht sturzbetrunken zurückgekehrt und hatte den größten Teil des Tages in missmutiger Katerstimmung auf dem Sofa vor dem Fernseher verbracht. Selbst Monsieur, der zu ihr hinaufspringen wollte, wurde mit barschen Worten und Gesten abgewiesen, woraufhin sich der Hund in die Küche trollte.

Nacht in den Bergen. Natürlich war Paul früher, wenn er sich auf einem Hang verstiegen hatte, ab und an in die Dunkelheit geraten. Diese Nachtwanderung aber geriet gefühlsmäßig zu etwas komplett anderem. Weil er sich erst kürzlich, als er im Nebel herumirrte, vor dem Quirin erschrocken hatte? Oder weil er befürchtete, dass der Mörder, der ein junges Mädchen und mindestens einen jungen Mann auf dem Gewissen hatte, ebenfalls dieses finstere

Gelände durchstreifte? Zwar hatte Paul eine Taschenlampe dabei, aber er wagte nicht, sie anzuschalten. Der Schein wäre meilenweit zu sehen.

Während Paul in raschem Tempo bergauf marschierte, drifteten seine Gedanken zu dem Mädchen auf seiner Couch. Wie würde Katrin den Abend verbringen, jetzt, wo sie wusste, dass Paul fort war? Würde sie Jakob besuchen, ihm im Hinterzimmer der Bar einen blasen? Um Geld für Alk zu kriegen? Oder zahlte der schmuddelige Wirt direkt in Wodka, Korn oder gar Speed? Eine Szene aus der Vergangenheit blitzte auf: Jakob in der hintersten Ecke des Schulhofs, wie er seine Pornohefte zeigte. Hardcore-Ware, an die Jugendliche damals nicht so leicht kamen wie heute, weil sie kein Internet hatten. Auch der etwa 14-jährige Paul hatte sich die Bilder angesehen ohne zu wissen, wo Jakob sie geklaut hatte. Vielleicht beim eigenen Vater.

Als er ihm zum ersten Mal in Reichenhall wiederbegegnet war, hatte Paul den Wirt auf um die 50 geschätzt. Jetzt wurde ihm klar, dass Jakob höchstens drei oder vier Jahre älter sein konnte als er selbst.

Gewaltsam versuchte Paul, die Gedanken an Jakobs gierige Finger, wie sie an Katrins Körper herumfummelten, zu verdrängen. Er sollte alle Sinne auf seine Umgebung richten. Falls Hanna ihren Sohn nahe der Alm versteckt hielt: Konnte es sein, dass der junge Mann die Mutter gelegentlich austrickste? Aus wo-immer-er-sich-befand ausbüxte und auf dem Berg und an der Saalach herumstreifte? Aber warum sollte Simon, falls er der Täter war, Bastian Tritting umgebracht haben? Weil der herausgefunden hatte, dass Simon das Mädchen Nina am Saalachufer getötet hatte? Ninas Tod mochte auf ein sexuelles Motiv zurückzuführen sein, aber wäre Simon in der Lage zu begreifen, dass ihm von Ninas Freund Gefahr drohte? Vermutlich höchstens dann, wenn Bastian den jungen Autisten direkt beschuldigte. Autisten vermochten meist keine Wortspiele und Andeutungen zu erfassen. Doch falls Bastian auf den anderen losgegangen war, um ihn zu zwingen, den Mord zu gestehen, hätte Simon sich sicher gewehrt.

Allerdings hatte Bastians Leiche zahlreiche vereiterte Schusswunden aufgewiesen, die laut dem Schorsch letztlich zu einem tödlichen Multiorganversagen geführt hatten. Simon hätte also Zugang zu einem Gewehr haben müssen. Die wichtigste Frage blieb somit: Wo steckte die Waffe? Ob es Paul gelingen konnte, heimlich die Nebengebäude von Hannas Hütte zu durchsuchen? Er hatte sich im Internet kundig gemacht, wie sich Tiernasen mit etwas Glück überlisten ließen; jetzt hoffte er, dass ihn das vorgebliche Wundermittel auch vor Hannas Hunden schützen würde.

Als er den Wald hinter sich ließ, fühlte Paul zunächst Erleichterung, weil das Gelände nun übersichtlicher war, ihn niemand mehr aus der Deckung eines Baums heraus überraschend angreifen konnte. Dann kehrte die Angst zurück, schlimmer als zuvor. Denn jetzt befand er sich in der Nähe von Hannas Hof mit den unbeleuchteten Nebengebäuden. Mehrere Schuppen, der Stall, eine ältere kleine Hütte, möglicherweise der Vorgänger des jetzigen Hauptgebäudes. Irgendwo schliefen die Hunde. Und irgendwo, möglicherweise in einem der Schuppen, konnte Simon Krenmayer stecken.

Viele Geschichten, die er in seiner Zeit als Journalist erlebt hatte, schossen Paul durch den Kopf. Storys über Eltern, die ihr behindertes Kind in einem einzigen Zimmer hielten wie ein Tier, abgeschottet von der Umwelt, der Neugier oder dem Mitleid der Nachbarn. Erschütternde Geschichten.

Paul beschloss, erst mal am Rand der Almwiese zu bleiben, dem Haus noch nicht zu nahe zu rücken, um die Hunde nicht zu alarmieren. Zusätzlich besprühte er seine Kleidung und den Rucksack mit dem Witterungsblocker, den er sich online bei einem Shop für Jagdbedarf besorgt hatte. Wenn das Zeug wirkte, sollten ihn die Hunde nicht oder zumindest nicht so leicht wahrnehmen können.

Schnell wurde das Herumsitzen langweilig. Im Fernsehen kamen Observierungen spannend rüber, doch im echten Leben bestanden sie aus dröger Warterei. Die Anspannung blieb dennoch, weil Paul die Geräusche des nächtlichen Waldes in den Jahren, die er in der Großstadt verbracht hatte, fremd geworden waren. Selbst das Rascheln von Mäusen im Laub schien in der Stille überlaut, und einmal schreckte der geräuschlose Flug einer Eule, die dicht über seinem Kopf hinwegsegelte, Paul auf. Die Jäger der Nacht rückten aus. Nur tierische Jäger?

Nach einer Weile drängte sich immer mehr der Gedanke auf, dass er ein Idiot war. Sollte Hanna ihren Sohn auf dem Berg versteckt halten, musste sie ihn nicht in der Dunkelheit versorgen. Bestimmt kannte sie ausreichend Plätze, wo nie ein Wanderer hinkam. Plötzlich fielen Paul die Stollen ein. In dieser Region hatte es von jeher Bergbau gegeben: Eisen, Mangan, Blei, Salz. Möglicherweise hatte die Bäuerin ihren Sohn in einem alten Fördergang untergebracht? Jedenfalls war die Chance, dass die Frau oder ihr Sohn ausgerechnet in dieser Nacht an ihm vorbei über die Almwiese stiefelten, relativ gering. Also galt es doch, die Gebäude gleich zu untersuchen, statt lediglich zu beobachten?

Langsam wagte Paul sich näher, die Deckung einzelner Felsen und der Schuppen ausnutzend. Würden die Hunde anschlagen? Der Witterungsblocker funktionieren, auch den Angstschweiß verbergen? Paul hatte das Spray nie zuvor ausprobiert. Hatte die Almbäuerin ihre Hunde eigentlich scharf gemacht? Auf den Mann dressiert? Schließlich lebte sie sehr einsam. Paul dachte an die Kreuzotter. Er hatte keine Lust, den Sanitätern als Nächstes mit einem Hundebiss Gesprächsstoff zu liefern. Falls er es nach einer Auseinandersetzung mit den Kötern überhaupt bis in die Notfall-Ambulanz schaffte.

Er merkte, wie seine Anspannung wuchs, je näher er dem vordersten Schuppen kam. Kein Laut von den Hunden. Waren sie nicht da? Mit der Bäuerin unterwegs? Vorsichtig, das Licht mit der hohlen Hand abschirmend, schaltete er nun doch die Taschenlampe an, den Rucksack hatte er unter den letzten Bäumen versteckt. Der Schuppen verfügte über ein einziges Fenster ohne Läden, und Paul leuchtete hinein. Massenhaft Brennholz, an der einen Wand ein moderner Holzspalter, in einem halben Fass diverse Äxte. Im Eck eine Kettensäge, darüber an roten Haken Handsägen in den verschiedensten Ausführungen. Die Almbäuerin liebte Werkzeug, sofern man das aus der Vielzahl der Geräte schließen durfte. Raum für ein Versteck schien der Schuppen nicht zu bieten, und ein Gewehr war auch nirgends zu entdecken. Allerdings würde die Krenmayer, falls ihr Sohn ein Mädchen getötet hatte, die Tatwaffe wohl kaum leicht sichtbar hinlegen oder -hängen.

Wonach suchte Paul also überhaupt? Wenn Simon Krenmayer sich in den Bergen aufhielt, dann bestimmt nicht hier, wo jederzeit Wanderer auftauchen konnten. Aber Paul wusste dank seiner Erfahrung mit journalistischer Recherche, dass hartnäckiges Suchen zuletzt oft doch Hinweise lieferte. Zwar manchmal nur winzige Puzzleteilchen, aber auch mit denen ließ sich weiterarbeiten. Vorsichtig manövrierte er sich zum nächsten Gebäude, der früheren Hütte. Im Haus bellte ein Hund, doch es klang, als habe ihn bloß ein Traum geweckt, und er verstummte sofort wieder. Dennoch wäre Paul fast fortgerannt. Er lehnte sich an das alte Holz und schloss für einen Moment die Augen. War er nicht nach Reichenhall gekommen, um Ruhe zu finden? Nicht mehr in den Banlieues unterwegs sein zu müssen, wo es galt, sich vor den Kämpfen zwischen rivalisierenden Gangs in acht zu nehmen, um nicht als Kollateralschaden auf der Straße zu verbluten?

Die ungewöhnlich breite Hüttentür war verschlossen. Paul prüfte jeden Fensterladen, doch alle schienen von innen verriegelt. Erst beim letzten merkte er, dass dieser zwar ebenfalls verschlossen, aber reichlich verzogen war, sodass sich zwischen den zwei Flügeln ein mehrere Millimeter breiter Spalt gebildet hatte. Paul holte sein Laguiole aus der Tasche, klappte die dünne Klinge heraus, schob sie in den Spalt und hebelte den Riegel auf. Zu seiner Freude fehlte die Glasscheibe hinter den Läden, war wohl irgendwann herausgebrochen und nicht ersetzt worden. Paul zögerte. Die Alm zu beobachten, in die Fenster zu leuchten, war *ein* Ding. Einzusteigen besaß eine andere, dramatischere Dimension. Stellte eine Art Hausfriedensbruch dar, selbst wenn in dieser alten Hütte niemand mehr wohnte.

Er atmete tief durch. Was er vorhatte, durfte er nicht auf journalistische Neugier schieben, würde privat die Verantwortung tragen müssen. Andrerseits: Was konnte groß passieren? Sobald er merkte, dass im Haus jemand wach wurde, konnte er flüchten. Sich in den Wald retten. Und die Hunde?, fragte die kritische Stimme in seinem Hinterkopf. Die hängen dir dann an den Fersen. Oder anderen Körperteilen.

Trotzdem schwang er sich ins Innere der Hütte. Die wohl als Lager für alles diente, was im Haupthaus keinen Platz fand. Paul entdeckte Langlaufskier verschiedenen Alters sowie ein Regal mit vergilbten Kinderbüchern. In einer Ecke eine rostige Rolle Maschendraht in einer Zinkwanne. Und ganz vorn neben der Tür, Paul glaubte seinen Augen kaum zu trauen, ein Quad. Höchstens zwei, drei Jahre alt, sauber und gepflegt. Benutzte Hanna es zum Schafe treiben? Oder hatte sie es dem Sohn geschenkt, damit der auf der Alm seinen Spaß haben konnte? Mit einem derart geländegängigen Gefährt wäre es ein Leichtes, schnell ins Tal hinab und wieder hinauf zu flitzen. War Simon Krenmayer mit diesem Quad ins Tal gefahren, als Nina an der Saalach tanzte? Hatte der junge Mann, ebenso wie Paul, heimlich dem Tanz des Mädchens zugesehen? Und später versucht, sich Nina zu nähern? Hatte sie geschrien, er ihr deshalb die Kehle zugedrückt? Paul spähte in jeden Winkel. Kein Gewehr, keine Trophäen wie Geweihe oder gegerbte Felle, die auf eine Jägerin schließen lassen würden. Nun, falls Hanna ein Gewehr besaß, würde sie es wahrscheinlich im Haus aufbewahren. Um es in dieser einsamen Gegend griffbereit zu haben. Und ins Haus einzusteigen war unmöglich … Wirklich? Würde es vielleicht tagsüber funktionieren, wenn die Bäuerin mit ihren Schafen unterwegs war? Paul beschloss sich zurückzuziehen und noch ein, zwei Stunden am Waldsaum zu warten, ob Hanna oder ihr Sohn, falls er denn die Nächte im Haus verbrachte, herauskommen würde. Er schlich zum Fenster zurück, schaltete die Taschenlampe aus.

Dass genau das ein Fehler gewesen war, merkte er, als er beim Herausklettern mit dem rechten Fuß draußen in ein Drahtstück oder etwas dergleichen trat, was ihn zum Stolpern brachte. Er fiel gegen einen Blecheimer, der seinerseits eine Milchkanne traf. Mit einem Scheppern, das Paul im Vergleich zu der Stille vorhin ohrenbetäubend erschien. Und das laut genug war, selbst taube Hunde zu wecken.

Paul hörte das wütende Gebell, rannte geduckt über die freie Fläche, hörte, wie die Hüttentür aufflog. Gleich darauf ein Knall. Instinktiv warf sich Paul zu Boden, robbte die letzten Meter zum Waldrand. Stand wieder auf, packte den Rucksack und erprobte seine Sprintfähigkeiten, indem er in Richtung des nächsten ihm bekannten Bachs rannte. Der einzigen Möglichkeit, seine Spur vor den Hunden zu verbergen, die zumindest in Büchern und Filmen funktionierte.

Das Gebell schallte weithin über die Wiese. Doch nach den ersten panischen Sekunden begriff Paul, dass die Hunde ihm nicht folgten. Hatte Hanna sie zurückgepfiffen? Paul blieb stehen. Entdeckte einen Felsen, von dem aus er vermutlich bis zur Hütte sehen konnte. Er kletterte hinauf, griff zum Fernglas, stellte es scharf. In einem grün karierten Schlafanzug stand Hanna Krenmayer auf der Schwelle ihres Hauses. In den Händen die Flinte, mit der sie den Eindringling hatte verjagen wollen. Und auf einmal schrie sie in die Landschaft hinein: »Wer immer du bist, du hast nix Gutes im Sinn! Sonst wärst net heimlich gekommen, du Sauhund! Nimm dich in acht! Im Finstern stell ich keine Fragen, sondern schieß zuerst. Verstehst?«

Pauls Herz hämmerte wie verrückt. Sicher war es nicht einfach für eine Frau, hier am Berg ein behindertes Kind großzuziehen. Aber welche Umstände hatten die Bäuerin

gelehrt, derart brutal gegen nächtliche Besucher vorzuge-
hen? Warum glaubte sie sofort an menschliche Räuber? Das
offen gebliebene Fenster konnte sie von da, wo sie stand,
nicht sehen. Weshalb also verdächtigte sie nicht einen Fuchs
oder Marder, den Eimer umgeworfen zu haben? Zu all diesen Fragen gesellte sich Pauls Furcht, die Frau könne nun
mit Hunden und Gewehr losziehen, um den Störenfried
zu stellen. Was war aus der von Touristen geplagten und
doch friedlichen Alpenidylle geworden? Seit wann musste
man sich hier vor schießwütigen Bergbäuerinnen verstecken? Schießwütig. Sie *hatte* ein Gewehr und verstand, es zu
gebrauchen. Hatte sie ihre Schießkünste ihrem Sohn weiter-
gegeben? Würde eine Mutter ein autistisches Kind das Schießen lehren? Unwahrscheinlich. Zu 99,9 Prozent unwahrscheinlich. Aber wie oft mochte Simon seiner Mutter beim
Schießtraining zugesehen haben? Und beobachtet, wo sie
das Gewehr nach Gebrauch verbarg?

Die Hunde hatten sich beruhigt. Paul erinnerte sich an
den Witterungsblocker. Vielleicht wussten die Tiere tatsächlich nicht, dass sich ein Mensch dem Anwesen genä-
hert hatte. Doch er durfte sich nicht darauf verlassen, dass
Hanna sich ins Haus zurückziehen würde. Vorsichtig kletterte er auf der Rückseite des Felsens herab und suchte den
Bach. Er zog die Schuhe aus, band sie zusammen, um sie
über die Schulter hängen zu können, und machte sich im
Bachbett auf den Weg hangabwärts.

Wie alle Bergbäche schien auch dieser selbst im Sommer
Eiswasser zu führen. Doch Paul tat der Kälteschock gut,
linderte sein Herzklopfen. Als er endlich stehen blieb, war
von der Hütte kein Laut mehr zu hören. Paul trat aus dem
Wasser, zog die Trekkingstiefel wieder an.

Und jetzt? Runter in den Ort? Der Gedanke war unendlich verlockend, umso mehr, als Paul jäh bleierne Müdigkeit befiel. Eine Folge des Schocks, den er erlitten hatte, als Hanna ihm den Schuss hinterher sandte. Aber das Wissen um die Ursache linderte die Erschöpfung nicht. Er holte eine Cola aus dem Rucksack, leerte die Flasche zur Hälfte und wusste plötzlich, dass er wieder zurück zur Alm gehen würde. Sollte Hanna tatsächlich etwas zu verbergen haben und annehmen, dass ein Mensch ums Haus schlich, würde sie eventuell checken, ob das, was nicht entdeckt werden sollte, tatsächlich unentdeckt geblieben war. Paul beschloss jedoch, seinen Beobachtungsposten sicherheitshalber auf den Felsen zu verlegen, auf den er vorhin geklettert war, und die Alm lediglich durch das Fernglas zu beobachten.

Er musste trotz aller Anspannung auf seinem Posten eingenickt sein, denn plötzlich schreckte er hoch, komplett desorientiert, mit Schmerzen in Rücken und Nacken. Die Hunde bellten erneut. Hatte Hanna sie rausgelassen, hatten sie Paul entdeckt? In Panik griff er nach seinem Laguiole, klappte es auf. Das Blut dröhnte in seinen Ohren fast so laut wie das Bellen. Dann verstummten die Tiere. Paul, der mittlerweile begriffen hatte, dass die Köter zumindest nicht unter seinem Felsen standen, suchte hektisch nach dem Fernglas und hob es an die Augen. Die Hunde mussten im Haus sein, denn er konnte sie nirgends entdecken. Dafür sah er im schwachen Licht des Mondes etwas anderes: eine Person mit einem Gewehr über der Schulter, die langsam auf die Almhütte zu schritt. An Gang und Statur erkannte er Hanna.

Warum hatte er sie nicht fortgehen sehen? Sie musste das Haus verlassen haben, während er auf dem Felsen schlief.

Hatte sie nur kurz die Umgebung nach dem nächtlichen Eindringling abgesucht oder nach etwas gesehen, von dem niemand wissen durfte? Paul verfluchte sich für die Müdigkeit, die ihn trotz Koffein hatte einpennen lassen. Mehr denn je war er überzeugt, dass die Almbäuerin und ihr Sohn etwas mit den mörderischen Geschehnissen zu tun hatten. Doch in dieser Nacht würde er wohl kaum mehr herausfinden. Er wartete, bis Hanna in der Hütte verschwand, gab zehn Minuten zu und machte sich auf den Heimweg. In seinem Haus angekommen, streifte er die Schuhe ab, legte sich völlig angezogen auf sein Bett und schlief trotz aller offen gebliebenen Fragen sofort ein.

Als er gegen Mittag herunterkam, saß Katrin mit einem Haferl Kaffee am Küchentisch.

»Du hättest kochen können«, sagte er über die Schulter, während er ein Nudelgericht aus der Tiefkühltruhe in die Mikrowelle schob. Monsieur in seiner Ecke schnüffelte hoffnungsvoll in die Luft.

»Und womit? In deinem Kühlschrank ist bloß Mist.« Immerhin erhob sie sich, um Teller und Besteck zu holen. In dem Moment hörte Paul den Müllwagen und stand auf, weil er sich nicht erinnerte, ob er am Vortag die Tonne an die Straße gestellt hatte.

»Ich hab die Tonne rausgefahren«, sagte Katrin zu seiner Überraschung. »Und 'nen Haufen anderen Müll in die Säcke aus der Tischschublade getan.«

Paul starrte sie an. Von welchem Müll redete sie? Die zusätzlichen Abfallsäcke hatte er bei der Stadtverwaltung gekauft, um nach und nach das Wohnzimmer zu entrümpeln und anderen uralten Krempel loszuwerden.

»Du hast doch gesagt, dass vieles aus dem Haus wegge-hört. Ich hab dir Arbeit abgenommen.« Katrin lungerte vor der Mikrowelle herum, während Paul hinaus rannte, nur um die Rücklichter des Müllwagens entschwinden zu sehen. Er lief zurück ins Haus.

»Wovon redest du? Was hast du gemacht?« Monsieur verzog sich bei Pauls aggressivem Tonfall unter den Tisch, während Katrin die Schultern zuckte.

»Dir geholfen. Hab ich doch gesagt. Hast du's mit den Ohren, oder was?«

Der Kaffee duftete vergebens. Paul rannte die Treppe hin-auf in Sonjas Zimmer. Der Schrank stand offen, die Schubfä-cher der Kommode ebenfalls. Der Großteil der Kleidungs-stücke, die Sonja gehört hatten, war verschwunden. Nur die Sachen, die Katrin als Vintage-mäßig und somit tragbar ein-stufte, hatte sie behalten. Zusammen mit dem Bademantel. Am Boden lag ein Hemdchen, weiß mit rosafarbener Spitze. Paul bückte sich danach und setzte sich auf den Fußboden. Er fühlte eine unendliche Leere im Kopf und drückte das Hemd gegen seine Wange. Es roch nicht nach Sonja, son-dern modrig. Nach dem abgestandenen Mief eines zu sel-ten gelüfteten Zimmers.

»Ich hab dir Kaffee gebracht.« Katrin blieb in der Tür stehen, als wolle sie Pauls Reaktion abwarten. In der Hand hielt sie ein Haferl mit Wildschweindekor.

»Warum hast du das gemacht?« Paul wollte sie anschreien, konnte es nicht. Konnte nicht herumbrüllen, nicht in die-sem Zimmer, dem etwas Unschuldiges, Sauberes anhaftete. Etwas, das dieses Alkoholiker-Mädchen nie begreifen würde. »Was denkst du dir dabei, Sachen wegzuwerfen, die dir nicht gehören? Das ist wie Diebstahl, verstehst du nicht?«

»Dir gehörte der Krempel schließlich auch nicht.«

Doch. Rechtlich gesehen hatten ihm die Sachen gehört. Weil er das Haus samt Inhalt gekauft hatte.

»Ist absolut krankhaft, dass du die Sachen einer Toten so lang aufhebst. Alle Sachen, mein ich. Ein oder zwei Erinnerungen, okay, aber den ganzen Trödel? Den fressen bloß irgendwann die Motten.« Da Paul nicht ausrastete, fühlte Katrin sich offenbar sicher.

»Sonja ist meine Schwester.«

»Sie *war* deine Schwester. Jetzt ist sie tot. Und schon ewig lang, wie's aussieht.« Katrin ging vor Paul in die Hocke, drückte ihm den Kaffeebecher in die Hand. »Erzähl mir von ihr.«

Er tat es erst, als sie in der Küche saßen, wo Katrin mit gutem Appetit ihren Anteil der Tortellini verzehrte, während Paul keinen Hunger mehr spürte. Erzählte von seiner und Sonjas Kindheit, ihrer ungewöhnlich engen Bindung. Davon, wie die Eltern zu sehr mit ihrem Laden beschäftigt waren, um sich groß um die Kinder zu kümmern.

»Was für einen Laden hatten sie?«

»Trachtenmode. Dirndl, Lederhosen, Lodenjanker.« Katrin fasste sich an die Kehle, als würge sie allein die Vorstellung, so etwas tragen zu müssen, doch Paul fiel es nicht auf. »Mein Vater hat immer gewollt, dass ich ins Geschäft einsteigen soll. Aber ich bin lieber rauf in die Berge gegangen.« Die andern Jungs hatte das nie interessiert, erzählte Paul weiter, die hatten nur in Clubs abhängen wollen, Party machen. Oder mit den Mopeds rumfahren. »Für die war ich ein Sonderling. Aber die Sonja, die hat das Gleiche gefühlt wie ich. Die wollte immer, dass ich sie in die Berge mitnehme … Die Sonja war ein erstklassiger Bergkamerad, hat nicht viel geredet, nie gejammert, dass es ihr zu anstrengend ist oder so. Ich hab sie gern dabeigehabt.«

Aber sein Vater hatte ihm keine Ruhe gelassen. Überall erzählt, dass es nicht normal sei, dass sein Sohn ständig allein mit der behinderten Schwester rum zog. »Und als dann, nach Sonjas Tod, die Polizei Fragen gestellt hat …«

»… haben die Leute den Bullen eingeredet, dass du ’n Perverser mit ’ner Vorliebe für junge Mädel bist«, begriff Katrin. »Deine Schwester inklusive.«

»Sie haben’s vielleicht nicht so drastisch ausgedrückt, aber der allgemeine Tenor lief darauf hinaus. Und mein Vater«, Paul ballte die Fäuste, »mein Vater hat nichts dagegen unternommen.«

»Und deine Mutter?«

»Die hat dem Vater sowieso nie widersprochen.« Paul stieß die Gabel in die erkalteten Nudeln.

»Aber deine Schwester … Wie alt war sie, als sie starb?«

»15.« Paul starrte ins Leere. »Für meinen Vater war sie ein Depperl. So hat er sie immer genannt. Wegen ihres Down. Er hat sich drüber geärgert, dass sie so war, und hat sie nie gemocht.«

»Was genau ist mit ihr passiert?«

Das hatte nie jemand herausgefunden. »Wir waren wandern, beim Soleleitungsweg. Am Rückweg hat die Sonja gesagt, dass sie noch bei der Oma vorbeischauen will. Aber die war an dem Tag nicht zu Hause … Wochen später hat man dann Sonjas Leiche gefunden. Im Thumsee.«

»Deshalb … hat dich der Tod von der Nina so mitgenommen.« Katrin sah Paul an. »Du warst also der Letzte, der deine Sonja gesehen hat? Lebend, meine ich?«

»Und deshalb automatisch verdächtig.« Paul erzählte, wie er seine Schwester im Sarg liegen gesehen hatte, wie ihm der Anblick nie wieder aus dem Kopf gegangen war. »Die Polizei hat mich x-mal verhört, aber sie konnten mir nichts nachweisen. Deshalb wurde ich letzten Endes freigesprochen.« Aber die Stimmen der Nachbarn ließen sich dadurch nicht zum Schweigen bringen. Pauls Mutter hatte ein schwaches Herz und starb bald darauf ebenfalls. Auch dafür gab der Vater Paul die Schuld, behauptete, der Sohn habe sie vorzeitig ins Grab gebracht.

»Als ich von Reichenhall weg bin, zum Studieren, hab ich gedacht, ich geh nie wieder zurück. Ich hab gedacht, ich hasse diesen Ort, würde am liebsten eine Bombe auf ihn werfen. Damit nichts davon übrig bleibt, gar nichts. Ich hab mir immer anderswo Jobs gesucht. Aber die letzten beiden Jahre in Paris, da hab ich nach und nach gemerkt, dass mir die Berge abgehen ... Und als mit Janine Schluss war und das Haus meiner Eltern zum Verkauf stand, hab ich mir überlegt, dass es Sinn machen könnte, noch einmal zurückzukehren. Um endgültig frei zu werden. Frei von dieser Scheißvergangenheit, die an mir klebt wie stinkende Leimstreifen.«

Lange Zeit schwiegen beide. Schließlich sagte Katrin leise: »Das hat der Basti auch gewollt. Weg von der Vergangenheit. Neu anfangen.« Sie begann zu weinen, und Paul, weil er nicht wusste, was er sonst tun sollte, streichelte ihre Hand. Zog sie aber gleich wieder zurück, als er sich erinnerte, dass er eigentlich sauer auf das Mädel war.

»Und wie gedenkst du nun die Sachen zu bezahlen, die du ohne meine Erlaubnis in den Müll geworfen hast?«

Sie erstarrte. Sprang auf und schlug ihn ins Gesicht. Paul schoss ebenfalls hoch, packte ihre Hand.

»Tickst du jetzt komplett aus? Oder bist du mal wieder besoffen?«

Sie versuchte, sich loszuwinden, schaffte es nicht. Schrie. »Du bist genauso ein verdammter Drecksack wie alle! Glaubst, ich bin leicht zu kriegen, weil ich …« Mehr brachte sie nicht heraus, weil Paul ihr mit der freien Hand den Mund zuhielt.

»Wenn ich von Bezahlen rede, meine ich Geld, verdammt noch mal!« Schockiert, dass sie ihn derart missverstanden hatte, ließ er sie trotzdem erst los, als sie aufhörte, nach ihm zu treten. Setzte sich wieder und stützte den Kopf in die Hände. »Anscheinend traut mir jeder zu, dass ich sämtlichen Frauen gleich an die Wäsche will. Strahl ich was besonders Perverses aus?«

Sie überhörte die Frage. »Ich hab keine Kohle, das weißt du doch. Ich kann dich nur auf andere Weise … bezahlen.« Kampfeslustig hob sie den Kopf. »Obwohl die steinalten Lumpen längst nichts mehr wert waren.«

»Und wofür bezahlt euch der dicke Jakob?«, entfuhr es Paul.

Sie starrte ihn an.

»Jemand hat euch bei der ›Saalach-Bar‹ reingehen sehen. Als ich zur Bank gefahren bin und dich mitgenommen hatte.« Paul war der Meinung, dass sie nicht wissen musste, dass es sich bei dem *Jemand* um ihn handelte.

Sie wich an die alte Kredenz zurück, lehnte sich dagegen. »Die Ev macht Geschäfte mit ihm«, sagte sie nach einer Weile.

»Und wozu braucht sie dich dabei?«

»Zeugin?« Katrin zuckte die Achseln. »Musst du dich in alles einmischen?«

»Was für Geschäfte sind das?«

Katrin schwieg.

»Okay. Andere Frage.« Mit rapidem Themenwechsel hatte Paul in seiner Laufbahn oft verblüfften Interviewpartnern Infos entlockt, die die Betreffenden eigentlich nicht hatten rausrücken wollen. »Die Kreuzotter. Wer hat die in meinen Wagen geworfen? Du?«

»Nein!« Aber es kam nicht so entsetzt rüber, wie Paul es für den Fall erwartet hätte, dass sie unschuldig war.

»Wer dann? Ist dir klar, dass ich hätte krepieren können?«

»Der Quiri sagt, man stirbt nicht dran, wenn einen so 'n Vieh beißt.«

»Wenn's mich in die Eier gebissen hätte, hätt ich vielleicht nie im Leben Kinder zeugen können!«, fauchte Paul zurück.

»Du willst doch eh keine. Willst nur dein Scheiß-Egoisten-Leben mit deinem scheißteuren Zuhälterschlitten!«, schrie Katrin. »Mann, der Quiri hat dir bloß 'nen Denkzettel verpassen wollen.« Sie biss sich auf die Lippen. »Damals, als du mich beim Duschen angeglotzt hast. Ich hab's halt der Eva erzählt. Und die hat's später dem Quirin gesteckt.«

Pauls erster wütender Impuls war, den verdammten Jungen anzuzeigen. Doch fast zeitgleich riet ihm sein Verstand davon ab. Erstens würde Katrin nie vor Zeugen bestätigen, dass ihr Freund die Schlange in Pauls Auto gesetzt hatte. Und zweitens wollte Paul Katrins Vertrauen nicht missbrauchen. Vielleicht würde sie dann irgendwann auch mal mit Einzelheiten zu Evas Geschäften mit dem dicken Jakob rausrücken?

»Und das Feuer in meinem Haus? Das sollte dann wohl ebenfalls 'ne gelbe Karte sein?«

»Mit dem Brand haben wir nix zu tun.« Ihre Empörung klang echt. »Aber wenn du dich immer wie 'n arroganter

Arsch benimmst, brauchst hinterher nicht ausrasten, wenn die Leut' dich wie einen behandeln!«

KAPITEL 14

Der Tag war sonnig und warm, ohne Nebel, und etliche andere Wanderer waren unterwegs, sodass sich auf dem Weg zur Alm kein bisschen von der beklemmenden Stimmung der letzten Nacht wiederfand. Paul genoss das gleichmäßige Steigen, die Ruhe, das Gefühl, quasi ein normaler Naturfreund zu sein, der sich einen Ausflug gönnt. Erst kurz vor dem Ziel erhöhte sich sein Pulsschlag merklich.

War Hanna mit den Schafen losgezogen? Oder blieb sie an diesem Tag in der Nähe ihres Hauses? Hatte er durch den Einbruch ihr Misstrauen zu sehr geschürt? Wie in der vergangenen Nacht wartete er zunächst unter den Bäumen. Nichts regte sich in seinem Blickfeld, von ein paar Vögeln abgesehen.

Schließlich sagte er sich, dass er nichts zu befürchten hatte, selbst wenn er sich zeigte. Inzwischen hatte er sich so oft mit der Almbäuerin unterhalten, dass es durchaus glaubhaft scheinen musste, wenn er vorbeischaute, um guten Tag zu sagen. Er hatte sogar extra die Flasche Meisterwurz eingesteckt, die ihm der Schorsch nach dem vermeintlichen Schlangenbiss gebracht hatte, und die er als Alibi für den

Besuch an Hanna weiterschenken konnte. Und falls sie die Ereignisse der letzten Nacht erwähnen sollte: Verstellen konnte er sich, eine Pokermiene mussten Journalisten des Öfteren tragen.

Die Hüttentür war versperrt. Aber natürlich hatte die Bäuerin tagsüber nicht die hölzernen Läden vorgelegt, sodass Paul, als er um das Hauptgebäude herumging, überall ungehindert hineinspähen konnte. In eine der Kammern strahlte die Sonne, als wolle sie ihm behilflich sein. Paul begriff sofort, dass es sich um das Schlafgemach des mysteriösen Simon handeln musste. An der Tür zur Wohnstube ein Poster mit dem Sternenhimmel. Auf einem Stativ ein kleines Teleskop. War Simon ein Nachtmensch? Hatte er an klaren Abenden das Teleskop auf die Wiese getragen und die Sterne angesehen? Fernab der Ortschaften war die Lichtverschmutzung geringer, sodass sich der Sternenhimmel in voller Schönheit präsentierte. Aber warum hatte Simon, falls er sich jetzt in einem Heim befand, das Gerät nicht mitgenommen? War es defekt? Wollten die Heimleute nicht, dass ihr Schützling nachts herumgeisterte, um den Himmel zu betrachten? Oder log Hanna tatsächlich, und Simon Krenmayer versteckte sich in der Nähe der Alm? Benutzte das Teleskop noch regelmäßig?

Der üble Verdacht, Simon könne in die Morde verstrickt sein, verstärkte sich. Paul fragte sich, ob es besser sei, sich aus diesem Fall zurückzuziehen, alles der Polizei zu überlassen. Dem unsympathischen Kommissar Porant. Sollte der Simon aufstöbern und einsperren, das war schließlich nicht Pauls Aufgabe. Überhaupt war es ein Fehler gewesen, nach Reichenhall zurückzukehren. Vielleicht war die Stelle in Alès, im Süden Frankreichs mit seiner wundervollen Natur, noch frei? Gleich heute Abend könnte Paul sich darum bewerben. Die Säuferclique mit ihren Aggressionen und kleinkriminellen Aktivitäten ebenso vergessen wie die Bergbäuerin und ihren Sohn.

Und Sonja? Paul seufzte. Hatte Katrin recht? Sollte er die alte Geschichte endlich ad acta legen? Ein Geräusch riss ihn aus seinen Grübeleien. Ein Rascheln, ein schneller Atem hinter ihm. Paul drehte sich um, als der Hund ihn auch schon ansprang. Mit solcher Wucht, dass Paul ins Gras stürzte. Ein schwerer Tierkörper auf seiner Brust. Stinkender Hundeatem in seinem Gesicht. Scharfe Zähne nur Zentimeter von seiner Wange entfernt. Paul wagte nicht sich zu rühren, nicht einmal den Kopf zu drehen.

»Der Herr Reporter. Was hast denn gesucht bei meinem Haus?« Hanna tauchte in seinem Gesichtsfeld auf, schien aus seiner momentanen Perspektive größer denn je.

»Sie natürlich. Ich wollt Ihnen was bringen.« Paul mühte sich, Entrüstung in seine Stimme zu packen. »Und dafür hetzen Sie den Hund auf mich?«

»Hat er dich gebissen?«

»Kommt wahrscheinlich noch.« Paul gelang es, sich in echten Zorn hineinzusteigern. Schließlich tat er nichts wirklich Verwerfliches, wollte zwei Morde aufklären.

»Nur wennst dich falsch verhältst. Oder ich's ihm anschaffe.«

»Sehr beruhigend.« Paul fragte sich, wann die Frau endlich ihren Köter zurückpfeifen würde. Darum bitten wollte er nicht. Bluffen, den harten Mann spielen. Wie so oft. Nicht zeigen, dass man Angst hatte. Schwächen einzugestehen, macht angreifbar. Und er wollte nicht angreifbar sein. Gegenüber niemandem.

Der Hund musste auf eine Geste reagiert haben, die Paul entgangen war. Er zog sich zurück, setzte sich ins Gras. Langsam, um das Tier nicht zu reizen, stand Paul auf. »Seit wann empfangen Sie Gäste so unfreundlich?«

»Warum hast in meine Fenster g'schaut?« Sie ging zur Tür, schloss auf, und Paul folgte ihr unaufgefordert ins Innere der Hütte.

»Weil die Tür zu war. Und ich mein Geschenk nicht wieder den Berg runterschleppen wollte.«

»Du hättest's vor die Tür stellen können.«

»Damit jeder Wanderer es sich schmecken lassen kann?« Paul zog die Flasche aus dem Rucksack, pfefferte sie auf den Tisch. Das Auftauchen der Flasche ließ Hannas Miene etwas weniger abweisend werden.

»Letzte Nacht. Da hat jemand bei mir einbrechen wollen.« Unzeremoniell öffnete sie die Flasche, goss ihm und sich ein.

»Jetzt ist heller Tag.« Paul gab sich mürrisch, spielte den Beleidigten und fand Gefallen an der Rolle. Hanna zeigte keine Zeichen von Reue, bot keine Entschuldigung. Trank, ohne abzuwarten, ob er mithielt.

»Im Ort unten …« Paul beschloss, die Frau zu provozieren, »da wird viel geredet.«

»Über mich?« Abrupt setzte sie das Glas ab.

»Ihren Sohn eher.« In Wahrheit redete kein Mensch über den Sohn der Almbäuerin, zumindest nicht mit Paul, aber das konnte Hanna nicht wissen.

»Der Simon geht die Leut nix an!« Sie sprach so heftig, dass Pauls Verdacht sich erst recht verdichtete. Er war sich jedoch nicht sicher, ob er das Thema vertiefen durfte. Nicht, nachdem die Frau ohnehin so misstrauisch war.

»Danke für die Gastfreundschaft.« Er ließ den Schnaps absichtlich stehen und ging Richtung Tür.

»Bist eing'schnappt?«

Paul drehte sich um. »Im Ort scheint manch einer zu glauben, Ihr Simon …« Er ließ den Satz unvollendet. Wartete.

»Was glauben die Tratschen?« Sie verstellte ihm den Weg. Die Furchen in ihrem Gesicht schienen fast bedrohlich.

»Jeder, der von der Norm abweicht, ist den Spießern verdächtig.« Die Bitterkeit in seiner Stimme war echt. Die Voreingenommenheit mancher Kleinstädter kannte er nur zu gut.

Hanna schob das Kinn vor, und Paul schoss der Gedanke durch den Kopf, wie froh er sein sollte, dass sie im Moment kein Gewehr in der Hand hielt. »Der Simon …« Sie brach kurz ab, sog die Luft ein, als wäre ihr fast etwas herausgerutscht, was sie lieber für sich behielt. Und fuhr dann ruhiger fort. »Der Simon hat keinem was getan, das kannst den Leuten unten mal hinreiben!«

Paul schwieg in der Hoffnung, sie würde dem etwas hinzufügen, aber sie tat es nicht. Sprach so gut wie überhaupt nicht mehr. Sie ist argwöhnisch, dachte Paul. Wie die meisten Leute vom Land, die plötzlich mit den Medien zu tun haben. Und er verfluchte die Tatsache, dass sie seit der Sache mit dem toten Bastian seinen Beruf kannte. Sich als Journalist zu outen, brachte nur bei bestimmten Typen von Menschen die ersehnte Redeflut hervor. Zum einen bei denen, die sich von der Welt ungerecht behandelt fühlten und sich freuten, endlich ihre Sicht der Dinge darstellen zu dürfen. Den größten Teil der Erzählfreudigen stellten jedoch die Narzissten. Diejenigen, die ihre eigene Bedeutung und Meinung grenzenlos überschätzten. Im Moment wünschte er, Hanna wäre narzisstischer veranlagt. Aber sie war eher der Typ Auster. Zumachen und zubleiben, bis jemand mit dem Brecheisen anrückt.

Als er sich auf den Weg ins Tal machte, achtete er nicht besonders auf seine Umgebung, in Gedanken immer mit der Frage beschäftigt, wie er die Almbäuerin zum Reden bringen könnte.

Das Rumpeln über seinem Kopf hielt er im ersten Moment für ein Flugzeug. Ehe er erschrocken hochblickte und die riesigen Steine herunterpoltern sah. Paul rannte, rannte um sein Leben. Ein Schlag traf seine Schulter, ein anderer sein Bein. Blindlings stolperte er vorwärts, wusste, dass sein Leben keinen Pfifferling wert wäre, sollte ihn einer der größeren Brocken erwischen.

Und plötzlich Stille. Absolute Stille, ehe die normalen Geräusche des Bergwalds wieder einsetzten, die Vögel ihre Rufe wieder aufnahmen. Paul atmete schwer, und sein Herz jagte wie kurz vor einem Infarkt. Vorsichtshalber suchte er sich eine Stelle, die ein ausreichendes Stück Abstand zu der maroden Felswand bot, bevor er sich auf einen umgestürzten Stamm sinken ließ, um Atem zu holen. Keuchend blickte er auf den Weg, der jetzt von der Steinlawine blockiert war, als wolle er den Zugang zur Alm sperren. Und jemanden dort oben schützen?

Paul starrte auf die herabgestürzten Felsen. Die Angst um das eigene Leben ließ sich nicht so leicht wegstecken. Der Schnaps, den er eben verschenkt hatte, wäre ihm nun höchst willkommen. Er bemühte sich, ruhiger zu atmen, zu logischem Denken zurückzukehren, statt dem instinktiven

Drang zur Flucht nachzugeben. Und dabei drängte sich ein Gedanke auf, der ihm gar nicht gefiel. Natürlich gab es in den Bergen immer wieder Steinlawinen natürlicher Ursache. Aber dass die Lawine genau zu diesem Zeitpunkt losgegangen war, genau als Paul sich auf dem Weg darunter befand … Ich glaube nicht an solche Zufälle! Grimmig betastete Paul seine Schulter und fühlte klebriges Blut. Sein Shirt war an einer Stelle zerrissen. Vorsichtig schob er sein linkes Hosenbein hoch. Der Unterschenkel wies eine lange Schramme auf, die ebenfalls ziemlich blutete.

»Schreck gekriegt?« Die Stimme klang eher hämisch als besorgt, und Paul sprang auf.

»Kein Pflaster dabei?« Der Mann stand wenige Schritte entfernt unter herabhängenden Fichtenzweigen, sodass Paul sein Gesicht mehr erahnte als sah.

»Matieser?« Er ballte die Fäuste. Wie lange würde jemand brauchen, um von den Felsen oberhalb des Weges bis hier zu ihm zu gelangen?

»Ich hätt's nicht bedauert, wenn's dich schlimmer erwischt hätte«, sagte der andere.

»Danke für die Anteilnahme«, knurrte Paul zurück, während er sich wieder setzte und seinen Rucksack öffnete. Der Sicherheitsmann rührte sich nicht vom Fleck. War er ebenfalls außer Atem, oder kam es Paul nur so vor?

»Wo bist denn gewesen?«, fragte Matieser.

»Meine Sache.« Paul fischte eine Binde aus seinem Erste-Hilfe-Set und versuchte, sie um seine Schulter zu winden.

Nun trat Matieser doch näher. »Lass mich mal.«

»Aus reiner Menschenfreundlichkeit? Zwanghaftem Samariterdrang? Oder damit Sie mich nebenbei erwürgen können?«

»Vielleicht nur, weil ich nicht sehen kann, wie deppert du dich anstellst?«

Paul versuchte, die Hand des anderen wegzuschlagen, aber Matieser blieb hartnäckig. Er nahm ihm den Verband aus der Hand, riss Pauls Shirt weiter auf und pfiff durch die Zähne. »Blutet wie Sau. Wird dir schon schlecht?«

»Wenn Sie solchen Blödsinn verzapfen, auf jeden Fall.« Paul vermied trotzdem, die Wunde zu genau zu betrachten. Vielleicht sollte er Matiesers Alkoholatem inhalieren, wo er selbst doch keinen Schnaps dabei hatte? Wenigstens schien der Mann in Erster Hilfe erfahren, denn sein rasch angelegter Verband saß fest und stoppte die Blutung. Paul fühlte sich augenblicklich besser, während er sein Bein nun selbst verarztete.

»Schaffst du's ins Tal?«

»Locker.« Paul hatte das unangenehme Empfinden, dass er sich bedanken sollte. Dann erinnerte er sich an den Elektroschocker und beschloss, die Erste-Hilfe-Aktion als Wiedergutmachungsversuch, Teil 1, zu werten. Was ihm ersparte, freundlich sein zu müssen. »Und wo wollen Sie hin, wenn man fragen darf?«

Matieser nestelte an seinen Rucksackriemen. Sah an Paul vorbei. »Ich wollt den Platz anschauen«, sagte er endlich. »Die Stelle, wo du den Jungen gefunden hast.« Ohne Gruß stapfte er davon.

Überrascht starrte Paul ihm nach. Konnte es sein, dass Matieser anfing, seine Meinung zu ändern? Den Mann, der seine Tochter beherbergte, nicht mehr als Urheber alles Bösen betrachtete? Und erst als Paul schon wieder den halben Weg nach unten zurückgelegt hatte, fiel ihm ein, dass an diesem Morgen Ninas Beerdigung stattgefunden hatte.

Ob Katrin sich auf den Friedhof gewagt hatte, wusste Paul nicht. Schließlich hatte er den gesamten Vormittag verschlafen. Er vermutete allerdings, dass sie aus Furcht, ihrem Vater zu begegnen, die offizielle Zeremonie gemieden hatte. Jetzt begriff er auch, warum sie, im Gegensatz zu ihrer sonstigen Trägheit, Sonjas Schränke ausgeräumt hatte. Weil sie sich ablenken musste. Und er, der Trottel, hatte sie wütend runtergeputzt. Anstatt sie in den Arm zu nehmen und zu trösten ... Er beeilte sich, nach Hause zurückzukehren, doch Katrin war nicht da. Schüttete sie sich mit Eva und dem rabiaten Quirin irgendwo zu? Ob sie jemals wieder herausfinden würde aus diesem Leben, in das sie wahrscheinlich mit unglaublicher Naivität hineingeschlittert war? Zwar besaß sie die Mittlere Reife, aber keine Ausbildung, keine berufliche Perspektive, nichts. Ein Sozialfall für ewig also? Normalerweise verachtete Paul Leute, die sich hängen ließen, anderen zur Last fielen, aber in Katrins Fall ... Waren Alkoholismus und Faulheit weniger schlimm, wenn sie bei hübschen jungen Frauen auftraten? Ließ er sich so leicht korrumpieren? Unwillig schob Paul die Frage beiseite, im Moment gab es wichtigere Probleme.

Nach einem starken Kaffee und einem Glas Whisky fühlte er sich besser und zwang sich, das Erlebte im Rückblick noch einmal unter die Lupe zu nehmen. Drei Möglichkeiten boten sich an. Erste Variante: Die Steinlawine war natürlicher Ursache und hatte Paul zufällig getroffen. Zweite Möglichkeit: Matieser, der Paul definitiv nicht grün war, stand oben auf den Felsen, als er Paul unten herankommen sah. Vielleicht hatte er den ersten Brocken nur herabgestoßen, um Paul zu erschrecken? Eilte seinem Opfer anschließend zu Hilfe, weil die Lawine größer als beabsichtigt ausfiel?

Die dritte Variante fand Paul am schlimmsten und hielt sie zugleich für die wahrscheinlichste. Hatte Hanna begriffen, dass Paul ihren Sohn verdächtigte und sich nicht von der Suche nach ihm abbringen lassen wollte? Sie kannte die Gegend perfekt und wusste, an welcher Stelle es ein Leichtes wäre, eine Felslawine auszulösen. Als Warnung, dass Paul sich nicht in ihre Angelegenheiten mischen sollte, oder gar mit noch bösartigeren Absichten?

Pauls Verdacht, dass die Almbäuerin ihren Sohn versteckte, weil der in irgendeiner Weise mit den Morden zu tun hatte, war mittlerweile fast zur Gewissheit gereift. Aber wo mochte das Versteck liegen? Die winzige Karte des Handy-GPS reichte nicht. Paul fuhr den Computer hoch, lud eine 3D-Ansicht der Berge. Wo ließ sich hier ein junger Mann so unterbringen, dass er von niemandem entdeckt wurde? In einer aufgelassenen Hütte? Einem alten Stollen? War Simon zu einem der sagenhaften Bergmännlein geworden? Paul kniff die Augen zusammen, studierte die Karte genauer. Ein Teil der alten Stollengänge war vermutlich eingestürzt, nirgends verzeichnet. Und die, die auf offiziellen Karten markiert waren, eigneten sich natürlich nicht als Verstecke. Aber wie sollte Paul in dem unübersichtlichen Gelände verborgene Bergeingänge aufspüren? Er holte sich einen weiteren Kaffee, um besser denken zu können. Stollen waren dunkel, ohne Fenster, ohne Heizung. Hanna Krenmayer liebte ihren Sohn, würde sie ihn wirklich in solch ein finsteres Loch stecken? Höchstens übergangsweise.

Aufgegebene Almhütten waren also die Erfolg versprechenderen Ziele. Paul überlegte, welche Bedingungen sie erfüllen mussten, um sich als Versteck zu eignen. Zum einen durften sie nicht leicht zugänglich sein, da sonst Wanderer auf sie stoßen könnten. Zum anderen sollten sie nicht zu weit von Hannas Alm entfernt liegen, da die Bäuerin keine Zeit mit langen Wegen vergeuden konnte.

Paul vergrößerte den entsprechenden Kartenausschnitt. Hanna war eine praktische Frau, mochte eigenhändig eine Hütte gezimmert haben, die zumindest den Sommer über ausreichen würde. Doch nein! Paul rieb sich die Augen. Falls Simon daran gehindert werden sollte, in den Bergen herumzustromern, musste es sich bei dem verborgenen Quartier fast um ein Hochsicherheitsgefängnis handeln. Also doch die Stollen? Nun war Paul wieder da, wo er angefangen hatte, und ärgerte sich darüber. Ohne den Computer abzuschalten, legte er sich aufs Sofa, um noch einmal gründlich nachzudenken. Und schlief stattdessen ein.

Als er erwachte, war es draußen stockdunkel. Katrin war noch nicht zurück, und Paul versuchte, sich keine Sorgen zu machen. Sich lieber einzureden, dass er wütend war, weil sie ihm das Bad vollkotzen würde, wenn sie sturzbetrunken ankam. Doch es half nicht, und er stand auf und fuhr an die Saalach hinab. Niemand.

Wo mochte das Mädel stecken? Paul kaute eine Weile auf seiner Unterlippe, bis ihm eine neue Idee kam.

»Was willst du?« Der dicke Jakob starrte seinen Kunden aus zusammengekniffenen Augen an.

»Einen Spritz al Bitter.« Der Blick auf die nachtstille Saalach hatte Paul an dunkle Kanäle in Venedig erinnert. Und an den Aperitif, den er dort im Urlaub getrunken hatte.

»'nen Hugo kannst kriegen.«

»Also dann einen Hugo.« Eigentlich war Paul der Drink egal. Er war hauptsächlich gekommen, um herauszufinden, ob die beiden jungen Frauen hier abhingen, konnte sie aber nirgends entdecken.

»Hast du Katrin gesehen? Oder Eva?«

Der Kneipier musterte ihn misstrauisch. »Willst einen Aperitif oder Ärger?« Wie zufällig rollte er die Ärmel hoch, gab seine kräftigen Bizepse frei.

»Ich will endlich einen Drink. Hugo, Spritz oder was immer. Nur nicht pappig süß.«

Der Kneipier bedachte ihn mit einem Blick, der besagte, dass *er* bestimmt keine Lust verspürte, Pauls Leben zu versüßen.

»Aber sie waren hier, die beiden Mädel?«, wagte Paul einen neuerlichen Vorstoß, als Jakob den Hugo hart vor ihm absetzte. So hart, dass das Gespräch an dem der Bar am nächsten gelegenen Tisch abbrach und die dortigen Kunden irritiert zur Theke starrten. Paul fiel auf, dass Jakob stärker schwitzte denn je. Aus Angst? Wovor? Paul kam der fürchterliche Gedanke, der stinkende Schweiß des Dicken könne in seinen Drink getropft sein. Augenblicklich würgte es ihn, und er schob das Glas zur Seite.

»Was interessieren dich die beiden Flitscherln?«

Paul hatte Hemmungen, darauf zu verweisen, dass Katrin bei ihm wohnte, obwohl bestimmt der ganze Ort darüber tratschte. »Weil mir jemand geflüstert hat, dass du einer ihrer bevorzugten Geschäftspartner bist«, sagte er endlich.

Jakob schien sich vollends in Schweiß auflösen zu wollen. Er warf einen Blick zu dem Tisch, an dem die beiden Kunden endlich wieder miteinander zu reden begannen. »Jetzt schicken s' dich vor? Wart einen Moment.« Zu Pauls Überraschung verschwand der Kneipier kurz in einem Hinterzimmer und tauchte mit einem verknitterten Umschlag wieder auf. »Bring ihnen das, damit s' eine Weile Ruh geben. Und sag ihnen, verdammt noch mal, dass s' mich net völlig ausbluten dürfen, sonst gibt's gar nix mehr.«

Total perplex brachte Paul ein Nicken zustande, ließ den unberührten Hugo stehen und kehrte in die Nacht zurück. Er stieg in sein Auto, nicht ohne vorher mit einer Taschenlampe den Innenraum auszuleuchten, verriegelte alle Türen und öffnete den Umschlag.

50 Euro. Aber wofür? Schickten die Mädchen Jakob Nacktfotos oder Strip-Videos aufs Handy? Es war die wahrscheinlichste Erklärung, denn wenn es um konkreten Sex ginge, würden sie sofort kassieren. Paul presste die Lippen aufeinander. Er hatte gute Lust, Katrin anzubrüllen, was sie sich bei solchem Blödsinn dachte. Selbst die dümmsten Teenager mussten endlich kapieren, dass sie, sobald sie solche Bilder aus der Hand gaben, stets riskierten, sie irgendwann im Netz zu finden.

Wie oft mochten die beiden Mädchen sich bereits auf diese Weise Kohle beschafft haben? Wütend steckte Paul den Umschlag in die Hosentasche und fuhr Richtung Friedhof, parkte am Ende der Straße. Würde er Katrin hier finden? Zumindest verhindern können, dass sie sich ins Koma soff?

Das Friedhofstor war abgeschlossen, doch selbst mit dem verletzten Bein hatte Paul kaum Mühe, über die Mauer zu klettern. Ein orangefarbenes Licht weiter hinten warnte ihn, sich besser vorsichtig heranzupirschen, und so bewegte er sich im Schatten von Büschen und Bäumen vorwärts, bis er nur wenige Meter von Ninas Grab entfernt stand.

Die jungen Leute saßen in einem Halbkreis vor dem frischen Erdhügel. Quirin, Eva und Katrin. Zwischen ihnen brannte ein winziges Holzfeuer. Wut ließ Paul die Fäuste ballen, als er die Flaschen und Dosen in Griffweite der Gruppe sah.

»Wir sollten ... ihr was abgeben.« Quirins Zunge konnte die Laute nicht mehr sicher formulieren.

Eva stolperte auf die Füße. Sie schwankte, betrunkener als der junge Mann. Ein Sektkorken knallte, und langsam hob sie die Flasche.

»Für dich, Nina!« Mit kreisenden Bewegungen ließ sie den Alkohol auf das Grab rinnen, in einer feierlichen Geste, die Paul an Schiffstaufen erinnerte.

Der Quirin blickte zu Katrin, und sie schien die stumme Aufforderung zu verstehen. Als sie aufstand, erkannte Paul sofort, dass auch sie extrem betrunken war. Eva begann zu singen, obwohl ihr Lied immer wieder in Lallen überging, und Katrin fing an zu tanzen. Ähnlich wie Nina in der Nacht ihres Todes getanzt hatte. Im Tanz verschwand ihre Kindlichkeit, wurde das Mädchen zur Frau. Zu einer, die instinktiv wusste, wie sie ihre Weiblichkeit in Szene zu setzen hatte.

Paul schluckte, wider Willen berührt von der ungewöhnlichen Trauerfeier. Diese drei jungen Menschen führten ein Leben am Rand der Gesellschaft, doch ihre in sich abgeschlossene Szene funktionierte wie eine Familie. In der einer für den anderen da war, einer um den anderen trauerte. Fasziniert rückte Paul näher, durch die Grabsteine vor den Blicken der Gruppe geschützt.

»Abgehauen ist er, der feige ... Arsch. Weil er die Hosen ... voll hatte, da verwett ich ... 'ne Kiste geklauten Schampus drauf.« Quirin sprach schwerfällig, dafür umso lauter.

»Aber du bleibst.« Evas Worte klangen nicht wie eine Frage.

»Ich hab keine Angst … Vor niemandem.« Quirin legte Eva den Arm um die Schultern. »Außerdem … muss sich wenigstens einer … um euch Mädels kümmern.«

Um eine davon kümmere ich mich, du verdammter Angeber!, dachte Paul grimmig, Und ein bisschen Angst würde dir nicht schaden. Ich persönlich glaube nämlich nicht, dass sich dein Spezl Boris davongemacht hat. Ich vermute ganz was anderes, und zwar, dass ihr bald um den nächsten Toten trauern dürft.

KAPITEL 15

»Hast dich wieder mal dran erinnert, dass du einen Vater hast?«

Die unfreundliche Begrüßung störte Paul wenig, darauf war er gefasst gewesen. »Du kriegst doch alles mit, was im Ort passiert?« Das Seniorenheim war eine der größten Klatschbörsen der Stadt; niemand außer den Alten hatte so viel Zeit zum Zuhören und Reden.

»Ja, und vor allem hör ich, dass mein Sohn bald hinter Schwedischen Gardinen landen wird. Was hast mit dem erschossenen jungen Burschen zu tun?«

»Nichts.« Sich gegen die Anschuldigungen des Vaters zu wehren, hatte Paul längst aufgegeben. »Übrigens wurde er nicht erschossen, sondern starb an einer Wundinfektion.«

Beziehungsweise an Organversagen infolge der Infektion. Das hatte der Schorsch herausgefunden.

»Warum hast mir nichts mitgebracht?«

»Die Blumen vom letzten Mal hatten dir nicht gefallen.«

»Ich will kein Grünzeug, sondern Schnaps. Ist das so schwer zu kapieren?«

Wortlos stapfte Paul aus dem Zimmer und kehrte zehn Minuten später mit einer Miniflasche Enzian zurück.

»Früher waren die Flascherln größer.«

»Und du nicht im Heim, wo Schnaps nicht gern gesehen wird.«

Der Vater fummelte an dem Verschluss herum, bis Paul ihm die Flasche wieder entriss und öffnete.

»Jetzt ist auch der Simon von der Krenmayer-Alm verschwunden.«

Kilian Leonberger nahm einen Schluck, hob die Brauen. »Hatten wir über den nicht neulich geredet? War da nicht was mit einem Heim?«

»Vielleicht war ich diesbezüglich falsch informiert.«

»Und vielleicht solltest aufhören, dich mit Narrischen und Haderlumpen abzugeben? Bist wirklich so pervers, dass dir das Spaß macht?«

Paul musste sich zwingen, den miefigen Raum nicht sofort zu verlassen und die Tür hinter sich zuzuschmettern. »Was macht der Simon, wenn er ohne seine Mutter in den Ort kommt?«, fragte er stattdessen mit mühsam vorgetäuschter Ruhe.

»Woher soll ich das wissen? Ich sitz hier tagein, tagaus, und kein Mensch spricht mit mir … Früher ist er öfter an die Saalach runter. Ans Wehr. Das Wasser hat ihn fasziniert.«

Das Saalachwehr. Paul griff nach der Schnapsflasche und trank den Rest, ohne sich um den keifenden Protest des Vaters zu kümmern.

Als er bei sich zu Hause ins Wohnzimmer trat, lag Katrin auf dem Sofa. Die Tür zur unteren Toilette stand offen, das Haus stank nach Erbrochenem. Paul entdeckte, dass Katrin vergessen hatte zu spülen, und hielt die Luft an, während er an der altmodischen Kette zog. Und anschließend das Fenster aufriss. Das Mädchen schlief wie eine Tote. Auf dem Tisch stand eine Flasche Wein, daneben eine Packung Aspirin. Paul räumte die Tabletten fort und schüttete den Rest des Alkohols aus dem Fenster. Als er sich umdrehte, wäre er fast auf ein Handy getreten, das er auf dem Teppich zunächst nicht bemerkt hatte.

Paul hob das Telefon auf, warf einen Blick auf das Mädchen. Seit dem Besuch bei seinem Vater kreisten seine Gedanken nur um eine Frage: Wo steckt Simon Krenmayer? Sicher nicht in einem Heim, wie seine Mutter behauptete. Sonst könnte sie zumindest verraten, in welcher Gegend der junge Mann untergebracht war. Doch jetzt, mit dem Handy in der Hand und der betrunkenen jungen Frau auf seinem Sofa, trat die Frage nach Simons Verbleib vorübergehend in den Hintergrund.

Natürlich wusste Paul um die Gefahr, wenn er sich das Handy genauer ansah. Sollte Katrin tatsächlich Nacktfotos von sich und Eva gespeichert haben und Paul mit ihrem Telefon erwischen, würde sie ihn für völlig pervers halten. Genau wie diejenigen, die ihm früher unterstellten, seine Schwester sexuell zu begehren. Und doch … Er schob das Handy in die Tasche, stieg ins obere Stockwerk, schloss sich im Badezimmer ein und setzte sich auf die hässlichen Fliesen.

Die Fotos im ersten Ordner überraschten ihn. Keine Personen, sondern Abendstimmungen und Sonnenuntergänge. Besaß Katrin eine romantische Ader, die sie vor allen verbarg? Erst beim weiteren Herumstöbern stieß Paul auf ein Bild, das von Eva geschickt worden war: Das Foto zeigte kein Mädchen, sondern den Kneipier Jakob. Der nicht in seiner Bar stand und nicht am Saalachufer, sondern vor grünen Büschen, die keinen Hinweis auf den Ort des Geschehens lieferten. Was vielleicht nicht so wichtig war. Denn vermutlich hatte ein anderes Detail für die Mädchen wesentlich mehr Bedeutung: Jakobs Hose hing auf Halbmast, die Hand des Kneipiers umfasste ein gut durchblutetes, kräftig erigiertes Glied.

Paul starrte auf das Bild. Jakob sah nicht zu seinem Unterleib, sondern mit zusammengekniffenen Augen seitlich an dem Fotografen vorbei. Seine gesamte Haltung schien geduckt, als wolle er nicht beobachtet werden. Und als Paul begriff, was das Bild bedeutete, wusste er nicht, ob er eher Erleichterung oder Entsetzen empfand.

»He, wach auf!« Er schüttelte Katrin so grob, dass sie wimmerte. »Komm zu dir, verdammt!«

»Was soll der Scheiß? Lass mich schlafen.« Sie versuchte sich zusammenzurollen wie ein Embryo, aber Paul zog sie unerbittlich zum Sitzen hoch.

»Trink das! Jetzt!« Er hielt ihr den Kaffee so dicht vors Gesicht, dass sie nicht umhin konnte, ihn zu riechen.

»Mir ist kotzübel.«

»Sollte dir auch sein! Dir und deiner feinen Freundin. Los, runter damit!«

Sie schaffte es nicht mehr, sich zu wehren, trank in winzigen Schlucken.

»Ihr erpresst den Jakob!«

Ihre Augen waren weit wie die eines Kindes. War sie noch zu benommen oder spielte sie ihm etwas vor? »Der Jakob ist ein Wichser ... Wo ist das Aspirin?«

Er gab ihr keins, weil er fand, es sei eine gerechte Strafe für den Gestank in seiner Wohnung, wenn Katrin ihren Kater ohne Medikamente aushalten müsste.

»Wo habt ihr ihn fotografiert?«

Sie blinzelte, unsicher. »Wie hast du ...?«

»Wie ich das rausgekriegt hab? Spielt keine Rolle.« Er hatte das Handy unter einen Sessel geschoben, nicht allzu weit von der Stelle, an der er es gefunden hatte. Und dachte grimmig, dass ihm Quellenschutz zustand.

»Ein Spanner ist er.« Sie legte sich wieder hin. »Die Ev und ich, wir haben ihm 'ne Falle gestellt.« Obwohl sie eine Hand gegen die schmerzende Stirn presste, spielte ein Lächeln um ihre Lippen. »Und jetzt melken wir das fette Schwein.«

Später wanderte Paul in der Küche auf und ab, warf gelegentlich einen Blick aus dem Fenster. In seinem Kopf wirbelten die Gedanken wirr durcheinander. Jakob ein Spanner. Ein Mann, der heimlich junge Frauen beobachtete. Nur beobachtete? Hatte Jakob auch Nina beobachtet? Sie umgebracht, als sie ihn bemerkte? Rückte er plötzlich wieder zum Verdächtigen Nummer 1 auf? Aber warum sollte er Bastian umbringen? Boris verschwinden lassen? Weil sie ihm auf die Schliche gekommen waren? Paul zog die Unterlippe zwischen die Zähne. Ja, er konnte sich vorstellen, dass der schmierige Kneipier das Mädchen getötet haben könnte. Aber dass er Bastian Tritting in den Bergen mit einem Gewehr verfolgte? Und womöglich auch Boris?

Nach einer Weile setzte sich Paul an den Tisch, richtete sich ein Salamibrot, kaute mechanisch. War er mit seinen Recherchen über Simon Krenmayer einer überflüssigen Hexenjagd aufgesessen? Nein, sagten ihm sowohl Intuition als auch Logik. Irgendetwas stimmte nicht bei der Story vom Heim, die die Almbäuerin ihm verkaufen wollte. Konnte es mit dem Spanner Jakob in Zusammenhang stehen? Aber wie? Pauls Kopf begann zu schmerzen, als habe er sich ebenso zugeschüttet wie Katrin. Und dann, wie ein Schlag, kam Paul ein Gedanke, der eine völlig neue Sicht auf die Geschehnisse möglich werden ließ. Nina und Bastian waren tot, Boris verschwunden. Und der mysteriöse Simon ebenso. Was, wenn Simon weder in einem Heim lebte noch von seiner Mutter an einem unbekannten Ort versteckt wurde? Was, wenn auch er dem Mörder zum Opfer gefallen war? Schließlich hatte der Vater erzählt, dass Simon gern an der Saalach umherstreifte. Und ebenso gern in den Bergen.

Paul holte sich eine zweite Schnitte, belegte sie dicker als die erste und stellte nach zwei Bissen fest, dass er keinen Hunger mehr hatte. Zu erregt zum Essen war. Dass Simon tot sein könnte, war eine völlig neue Hypothese, aber was wären ihre Implikationen? Sämtliche anderen Toten beziehungsweise Vermissten stammten direkt aus Reichenhall und hatten einander gut gekannt. Simon kam als Einziger vom Berg. Wie viel Kontakt hatte er mit der Clique um Quirin und Boris gehabt? Hatten die Kampftrinker den autistischen jungen Mann zu illegalen Zwecken ausgenutzt? Als Drogenkurier oder für Einbrüche? Das könnte zur Not erklären, warum Hanna ihren toten Sohn nicht als vermisst meldete. Weil sie seinen und ihren Ruf nicht in den Schmutz gezogen sehen wollte. Oder befürchtete, man würde ihr mangelnde Aufsicht vorwerfen.

Entschlossen fuhr Paul zur »Saalach-Bar«, obwohl die Kneipe noch nicht für den Abend geöffnet sein konnte.

»Nicht schon wieder du!« Der dicke Jakob stellte die Stühle vor der Tür zurecht und kniff finster die Augen zusammen. »Kannst ihnen ausrichten, dass sie jetzt nix mehr kriegen. Lange nicht. Hab schließlich keinen Geldscheißer.«

»Simon Krenmayer. Ist oder war der bei dir Kunde?«

Überrascht starrte der Wirt Paul an. »Der Stadtdepp? Wenn ich dem Alk verkaufen tät, dann hätt mich seine Mutter längst massakriert!«

Paul wartete. Nach einer Weile sprach der andere weiter, vermutlich nur, um Paul von der peinlicheren Thematik sexueller Neigungen fern zu halten.

»Der Simon darf immer bloß in Begleitung der Mama runter in den Ort. Wenn er allein hierher gekommen wär, hätt s' ihn gleich gesucht.«

»Also hatte er nie viel Kontakt zu der Clique um … Eva?«

Jakob wandte den Blick ab, zog einen kleinen Tisch schräg über den Gehsteig. »Die lachen ihn nur aus. Weil er deppert ist.«

»Haben sie ihn jemals zum Trinken animiert?« Paul fragte aus dem Bauch heraus, ohne recht zu wissen, wohin das Gespräch führen sollte. Er wollte einfach mehr über den jungen Mann erfahren, den er nie im Leben gesehen hatte.

»Die teilen ihren Stoff doch nicht freiwillig«, schnaubte Jakob. »Weggejagt haben s' ihn, wenn er ihre Feuer anschauen wollte. Prügel haben s' ihm angedroht, Steine nachgeschmissen.«

Sie lag auf Sonjas Bett und starrte an die Decke. Und vielleicht, weil sie auch wieder Sonjas Pyjama trug, schoss Paul ein nie gedachter Gedanke durch den Kopf. War Jakob schon in jungen Jahren zum Stalker geworden? Womöglich bereits in jenen Tagen, als Sonja verschwand? Am liebsten wäre Paul sofort in die Kneipe zurückgerannt, hätte den Wirt auf die Straße gezerrt und so lange auf ihn eingeprügelt, bis der Dreckskerl verriet, was er an jenem fatalen Tag getrieben hatte … Und es kostete Paul unendliche Mühe, sich zur Vernunft zu zwingen. Sich einzugestehen, dass es im Moment nicht um Sonja gehen durfte. Sondern um Katrin. Um Eva. Und sogar Quirin.

»Wir müssen reden«, sagte Paul, als er seine Gefühle wieder einigermaßen unter Kontrolle hatte.

»Du vielleicht, ich nicht.« Sie setzte sich auf und streifte das Pyjama-Oberteil ab. Ihre festen kleinen Brüste waren eine Fleisch gewordene Verlockung. Für jeden Mann. Paul nahm ein am Boden herumliegendes Shirt und warf es ihr zu.

»Zieh dich an.«

»Dem Jakob hab ich so gefallen.«

»Und ich zeig euch an wegen Erpressung, wenn ihr euch noch ein einziges Mal mit ihm trefft.«

»Sag bloß, du hast Mitleid mit dem ekelhaften Schwein.«

Bestimmt nicht, dachte Paul. Laut sagte er: »Erpressung ist kriminell.«

»Und was bleibt uns außer Kriminalität?«, fragte sie zurück. »Jobs gibt uns doch keiner.«

»Katrin!« Da sie sich nicht anzog, trat Paul ans Fenster, sah hinaus und sprach mit dem Rücken zu ihr. »Irgendjemand hat's auf euch abgesehen. Nina und Bastian sind tot, und meine Befürchtung geht dahin, dass auch eurem Boris was zugestoßen ist. Und möglicherweise dem Simon Krenmayer.«

»Dem Simon?« Ihre Stimme klang plötzlich anders. Paul fuhr herum, fürchtete sich bestätigt in dem Verdacht, dass die Gruppe den jungen Behinderten ausgenutzt oder zu etwas Illegalem angestiftet hatte.

»Was habt ihr mit dem Simon zu schaffen gehabt?«

Katrins Kopf verschwand in dem Shirt. »Nichts.« Unter dem Stoff klang ihre Stimme hohl. »Der Simon ist ein Spasti.« Ihre Augen erschienen über dem Halsausschnitt. »Genau so einer, wie deine Schwester war.«

Paul packte ihren Arm, riss sie vom Bett hoch. »Du verschwindest von hier! Jetzt! Kein Mensch sagt so was ungestraft über Sonja.« Er stieß sie Richtung Tür, und Katrin begann zu heulen.

»Du bist ein Arsch, so ein verdammter Arsch!«

»Und du das, was du so gern anderen unterstellst: ein Volltrottel! Mit mehr Alk als Verstand im Hirn. Schleich dich, verdammt noch mal! Hau endlich ab!«

Kochend vor Zorn hielt er sie nicht zurück, als sie wenige Minuten später ihre Jacke schnappte und die Treppe hinabstolperte. Kurz darauf knallte die Haustür ins Schloss. Und nur vage wurde Paul bewusst, dass er zum ersten Mal seit Jahren wieder einen bayrischen Ausdruck benützt hatte.

Eine Stunde später, als er glaubte, an der vernachlässigten Artikelreihe über Inklusion zu arbeiten, jedoch in Wahrheit nur an seine Schwester denken konnte, die selbst für den eigenen Vater bloß eine Schwachsinnige gewesen war, klingelte es.

Paul vermutete, dass Katrin zurückkam und ihren Schlüssel vergessen hatte, riss die Tür auf und schrie: »Du kommst erst hier rein, wenn du dich verdammt noch mal entschuldigt hast!«

Stille. Dann nervöses Räuspern. »Ich ... wollte mich in der Tat entschuldigen.«

Aber es war nicht Katrins Stimme. Sondern die von Luise Matieser.

»Sie!« Ohne ein weiteres Wort ging Paul ins Wohnzimmer zurück. Die Frau folgte ihm, blieb unsicher auf der Schwelle stehen.

»Hatten Sie gedacht, es sei jemand anderer?«

Paul musterte sie von oben bis unten. Sie wirkte gealtert: Graue Haare am Scheitel waren längere Zeit nicht nachgefärbt worden, und ihre Haltung zeugte nicht mehr von Selbstsicherheit und Anspruch.

»Ihre Tochter«, sagte er, ohne einen Sessel anzubieten.

»Wie ... geht es Katrin?«

»Mir doch egal.« Paul log, wusste, dass er log, und nahm die Worte dennoch nicht zurück.

»Darf ich mich setzen?«

»Solange Sie nicht bei mir einziehen wollen.« Er spürte Befriedigung darin, grob zu sein, zu sehen, wie sie immer unsicherer wurde.

»Ich möchte mich wirklich entschuldigen.« Sie wählte den der Tür am nächsten stehenden Sessel. »Dafür, dass mein Mann und ich geglaubt hatten, Sie würden etwas von Katrin wollen. In ... äh ... sexueller Hinsicht.«

»Erzählen Sie das dem verdammten Kommissar.«

»Das hab ich schon getan.« Sie senkte den Blick.

Paul zögerte, hatte das nicht erwartet. »Wie hat er reagiert?«

»Er …«, Luise suchte nach dem passenden Ausdruck, »schien interessiert.«

Mit anderen Worten, er hatte der Matieser kein Wort geglaubt. Bitter fragte sich Paul, ob er in diesem Ort je den Ruf des Mädchenmörders losbekommen würde. Nichts hielt sich so hartnäckig wie bösartige Gerüchte.

»Mein Mann sagt, dass er Ihnen keine Rechnung über die Scheibe des Gartenpavillons schicken wird.« Nervös knetete sie ihre Finger. »Er ist oft ein bisschen … grob. Aber seine Tochter liebt er. Wirklich.«

»Vielleicht hätte er ihr das auf andere Weise zeigen sollen.« Paul war nicht bereit, die Demütigung durch den Elektroschocker zu vergeben.

»Katrin muss weg von hier. Weg von Reichenhall, verstehen Sie?« Jetzt sah Luise auf, ein ungewohntes Flehen in ihrer Stimme. »Dieser junge Mann aus ihrer Clique … Boris. Der ist jetzt ebenfalls verschwunden. Wir haben das gerade erst gehört, und vielleicht ist er … Mein Mann meint …« Mit feuchten Augen brach sie ab. »Wir haben solche Angst um unsere Tochter.«

»Ich auch«, hörte Paul sich sagen. Endlich fühlte er sich zu einem Zugeständnis bereit. »Wir hatten Streit, Katrin und ich. Aber ich werde sie suchen.«

Doch obwohl er, nachdem Luise Matieser sich verabschiedet hatte, stundenlang durch den Ort wanderte, fand er das Mädchen nirgends.

Der Anruf kam in der Nacht. Als Paul schlaftrunken nach dem Handy griff, hörte er Schluchzen und unverständliche Laute.

»Hallo. Wer ist dort?«

»Paul?« Heftiges Weinen.

»Katrin?«

»Du musst uns helfen, Paul.«

»Was ist passiert? Wo steckst du?«

»Am Stausee.«

Er fuhr in seine Sachen, das Handy in der Hand und Katrins Weinen im Ohr. Zusammen mit ihrer gestammelten Beschreibung des Orts, von dem aus sie telefonierte. Zum Glück war die Nacht hell. Paul hoffte, die Lichtung schnell finden zu können.

Katrin kniete, von Weinkrämpfen geschüttelt, neben dem reglosen Körper. Paul sah auf den ersten Blick, dass es nicht gut um Eva stand, und hockte sich neben Katrin.

»Lebt sie?«

Er erhielt keine Antwort, fühlte mit zwei Fingern nach der Halsschlagader. Der Puls war da, schwach zwar, aber immerhin.

»Hol Wasser!« Paul klaubte zwei der herumliegenden Flaschen auf, eine davon hatte Wodka enthalten. »Hier, nimm die!«

Katrin stolperte auf die Füße. »Beeil dich!« Er schrie ihr hinterher, hoffte, dass der Auftrag sie aus ihrer Erstarrung herausriss. Sie lief schneller jetzt, ließ die Lichtung hinter sich, und Paul drehte sich wieder zu Eva, zog sie zum Sitzen hoch. Im nächsten Augenblick traf ihn ein Tritt in die Rippen, schleuderte ihn ins Gras.

»Was machst mit ihr, du geile Sau?« Mit geballten Fäusten ragte der Quirin über Paul auf.

»Hör auf, du Idiot!« Katrin rannte zurück, die Flaschen in den Händen.

»Wieso ist der hier?«, brüllte Quirin sie an, und sie schrie zurück: »Weil dein Scheiß-Handy auf Scheiß-Mailbox war! Und ich nicht wissen konnte, wann du die Nachricht liest! Weil ich nicht weiß, ob ich überhaupt noch auf dich zählen kann!«

Paul kümmerte sich nicht um den Streit, schüttete Eva das kühle Seewasser ins Gesicht. Das Mädchen reagierte kaum, drehte lediglich den Kopf zur Seite.

»Wir brauchen die Rettung!« Paul zog sein Handy heraus, Katrin fiel ihm in den Arm.

»Nein, nein! Die Ev hat immer gesagt, dass sie nicht … Dass die sie nicht mehr rauslassen, wenn sie ins Krankenhaus … Außerdem, die geben den Alkis Windeln, und die Ev will nicht …« Sie brachte keinen Satz zu Ende, schluchzte heftig.

»Und ohne Krankenhaus stirbt sie.« Grob schüttelte Paul das Mädchen ab, wollte die Nummer der Ambulanz wählen, doch diesmal hinderte ihn der Quirin daran. Überraschend ruhig.

»Hast 'nen Wagen da? Wenn wir sie hinbringen, können wir behaupten, dass sie selbst reinwollte. Dann kommt sie leichter wieder raus.«

Und das hältst du für einen Vorteil? Doch die Zeit drängte, und Paul wollte nicht lange diskutieren. »Hilf mir, sie zu tragen.« Aber der Quirin schwang sich das Mädchen allein über die Schulter.

»Wenn sie mir den Sitz vollkotzt, zahlt ihr die Reinigung«, knurrte Paul, als Quirin die Bewusstlose auf den Rücksitz bettete.

»Ist das alles, was dir wichtig ist, dein grausliger Autositz?«, schrie Katrin, dann heulte sie stärker als zuvor.

Vor dem Krankenhaus murmelte Quirin, dass er noch was erledigen müsse. »Haltet mich auf dem Laufenden, okay?« Ohne jemanden anzusehen, verschwand er eilig. Laut Katrin litt er an absoluter Krankenhausphobie.

Paul hielt es nicht lange aus, auf dem Plastikstuhl im Flur zu warten, suchte einen Kaffeeautomaten und kam mit zwei dampfenden Styroporbechern zurück.

»Wie geht's jetzt weiter?« Er richtete die Frage an Katrin. Doch ein junger Arzt im offenen weißen Kittel, der gerade durch die Schwingtür neben ihnen getreten war, antwortete: »Die junge Frau ist einigermaßen stabil, aber ohne Bewusstsein. Wir werden sie noch eine ganze Weile hierbehalten müssen.« Er musterte Paul und runzelte die Stirn, als versuche er sich zu erinnern. »Sind Sie ein Verwandter?«

»Ich hab sie hergefahren.« Rasch wies Paul mit dem Kopf auf Katrin, die mit beiden Händen den Kaffeebecher umklammerte, als sei er ein Rettungsseil. »Das ist ihre Freundin. Sie hat Eva gefunden.«

Als sie das Krankenhaus endlich verließen, fragte Paul nicht nach Katrins Plänen. Doch sie stieg unaufgefordert mit in den Wagen, machte sich auf dem Sitz klein, als befürchte sie, er werde sie hinauswerfen.

In seinem Haus lief sie schnell die Treppe hinauf, und er hörte, wie sich ihre Zimmertür hinter ihr schloss. Paul selbst fühlte sich zu aufgewühlt zum Weiterschlafen und stellte zudem fest, dass er Hunger hatte. In der Tiefkühltruhe, die dringend ausgemistet gehörte, fand er ein paar Currywürste. Er briet die Dinger, ohne sich zu fragen, wie lange sie schon im Kälteschlaf ruhen mochten. Schließlich schnupperte er kurz an den fertigen Würsten, verteilte sie auf zwei Teller, goss Ketchup daneben, legte Brot dazu und folgte Katrin in den oberen Stock. Ohne anzuklopfen, öffnete er die Tür.

Sie hockte auf dem Bett, die Knie angezogen.

»Hier!« Er stellte einen der Teller auf den Nachttisch, setzte sich auf den Stuhl und begann selbst zu essen.

Das Mädchen rieb sich über die Augen, sah ihm zu. Doch er merkte, dass sie ab und an einen sehnsüchtigen Blick auf die Würste riskierte.

»Iss schon!«

Sie zögerte noch eine Weile, dann holte sie sich die simple Mahlzeit. Beide aßen schweigend.

»Was ist eigentlich passiert?«, fragte Paul schließlich.

»Sterben wollt sie halt.« Katrins Stimme war dünn.

»Warum? Wieso ausgerechnet jetzt?«

»Mach die Lampe aus.« Paul starrte sie an, gehorchte endlich. Jetzt war der Raum dunkel bis auf das spärliche Licht, das von der mondhellen Nacht nach innen driftete. Sanftes weißliches Licht, das die Konturen weich zeichnete.

»Ich hab ihr das erzählt. Das, was du gesagt hattest.«

»Und was hatte ich gesagt?«

»Das von dem Deppen … also ich meine, vom Simon. Danach … ist sie komisch geworden. Still. Hat nur noch gesoffen.« Katrins Stimme drohte zu kippen, doch sie fing sich wieder. »Und dann hat sie gesagt, dass jetzt Feierabend wär für sie. Endgültig.«

Am darauffolgenden Abend war Paul in Richtung Berg unterwegs, während Katrin in Sonjas Zimmer schlief. Paul hatte Luise Matieser Bescheid gegeben, dass ihre Tochter wieder aufgetaucht war. Und weder sie noch ihr Mann äußerten Bedenken dagegen, dass das Mädchen erneut bei Paul untergekrochen war.

Auf dem Wanderparkplatz angekommen, zögerte Paul, dann holte er sein Handy heraus. Auch wenn es ihm widerstrebte, hatte er noch eine Pflicht zu erfüllen.

»Simon Krenmayer«, sagte er, als sich eine müde Stimme meldete. »Sagen Sie Kommissar Porant, er solle nach Simon Krenmayer suchen.«

»Wer spricht, bittschön?« Die Stimme des Polizisten klang jung und verdattert.

»Der Dorftrottel.« Paul beendete das Gespräch, ehe der andere weitere Fragen stellen konnte.

Als er aus dem Wagen stieg und seine Trekkingstiefel fester schnürte, musste er an Eva denken, deren Zustand sich nicht gebessert hatte. Eher das Gegenteil. Sie war in ein Koma geglitten, und die Ärzte kämpften auf der Intensivstation, wo sie von niemandem außer ihrer Großmutter besucht werden durfte, um ihr Leben. Paul bedauerte die alte Frau aus einer anderen Generation, die es gut meinte, aber der willensstarken Enkelin nichts weiter entgegenzusetzen hatte als veraltete Regeln.

Seine Gedanken drifteten hin und her, mal ins Krankenhaus, mal auf den Berg mit seinen Geheimnissen. Er hatte immer wieder versucht, von Katrin mehr über die Beziehung der Clique zu Simon Krenmayer zu erfahren. Doch sie beharrte darauf, dass keine Verbindung existierte. Warum also hatte Eva so drastisch auf Pauls Vermutung, der junge

Mann könne tot sein, reagiert? Paul hegte einen schrecklichen Verdacht. Den er liebend gern entkräftet sehen würde, wofür er sich jedoch wenig Hoffnung ausrechnete. Weshalb er Katrin nichts von seinem Plan verraten hatte. Sie hatte ohnedies den gesamten Tag über genug geheult.

Wenn meine Theorie stimmt, wird sie nicht genug Tränen für alles haben, dachte Paul düster, während er rasch bergan ging. Das Wetter verschlechterte sich leicht, immer wieder schoben sich dunkle Wolken vor den Mond, was die Orientierung erschwerte. Zugleich jedoch würden auch eventuelle Beobachter es schwerer haben, den nächtlichen Wanderer zu erspähen.

Kurz vor dem Felssturz stoppte ihn ein rot-weißes Absperrband. Paul lächelte grimmig angesichts dieses Effizienzbeweises der Reichenhaller Behörden, stieg darüber und kletterte über die Felsbrocken. Je mehr sich die Anzeichen verdichteten, dass er mit seiner Theorie richtig lag, umso überzeugter war er, dass die Gerölllawine nicht zufällig abgegangen war. Was das Risiko, dass der Weg jetzt, in der Dämmerung, gefährlich sein könnte, deutlich minimierte. Trotzdem spürte Paul ein mulmiges Gefühl im Magen, setzte seine Tritte vorsichtig, um möglichst wenig Geräusche zu verursachen.

Wieder hatte er seine Ausrüstung sorgfältig mit dem Witterungsblocker eingesprüht. Dennoch suchte er sich diesmal ein neues Versteck in der Nähe der Almhütte aus Sorge, Hannas Hunde könnten seinen früheren Beobachtungsplatz mittlerweile entdeckt haben.

Er hatte sich trotz aller Ungeduld wieder auf eine längere Wartezeit eingestellt. Umso überraschter war er, als sich bereits nach einer halben Stunde die Tür öffnete und Hanna heraustrat. Ein Hund bellte kurz, wurde mit scharfen Worten zurückgewiesen. Als Hanna sich ein paar Schritte vom Haus entfernte, konnte Paul sie deutlicher sehen. Ebenso wie das Gewehr über ihrer Schulter und den Buschen in ihrer Hand, der einem Strauß aus Wildblumen ähnelte.

Ich wusste es, ich hab's verdammt noch mal gewusst. Pauls Erregung wuchs. Das war es, worauf er inbrünstig gehofft hatte: Dass Hanna ihn zum Grab des Sohnes führen würde.

Und dort? Würde er sich von der Eingebung des Moments leiten lassen. Er vermutete, dass er die ehrlichsten Antworten erhalten konnte, wenn er die Frau direkt am Grab ansprach, andrerseits aber auch die emotionalsten. Was bei einer bewaffneten Gesprächspartnerin nicht ungefährlich war.

Er wartete, bis Hanna den Wald erreichte, und eilte ihr dann, sich im Baumschatten haltend, hinterher. Allerdings durchquerte sie lediglich ein kurzes Stück Wald und ging dann über eine Almwiese, auf der Paul noch nie gewesen war. Die wenigen Krüppelkiefern sowie die paar über das Grün verstreuten Felsbrocken erschwerten es ungemein, der Frau, ohne entdeckt zu werden, zu folgen. Paul musste weiter zurückbleiben, als ihm lieb war, doch er hatte keine Wahl.

Und plötzlich war Hanna verschwunden, vermutlich in einer Senke, die Paul nicht einsehen konnte. Er begann zu rennen, hoffte, dadurch wieder dichter aufschließen zu können, sprintete von Fels zu Fels. Kurz vor der Geländemulde hockte er sich hinter einen Almrausch-Busch, kniff die Augen zusammen und konnte die Bäuerin immer noch nirgends entdecken.

Führte von der Senke aus ein für ihn nicht sichtbarer Weg weiter? Vielleicht handelte es sich auch nicht um eine richtige Mulde, sondern den Beginn eines Abhangs oder einer Schlucht? Eigentlich blieb ihm nichts anderes übrig, als sich aufs Geratewohl weiter vorzuwagen. Geduckt bewegte Paul sich voran, bis er eine Stelle erreichte, von der er hinabblicken konnte. Die Senke war größer, als er vermutet hatte und, da einigermaßen windgeschützt, dicht mit Büschen und Latschen bewachsen. Ein Minidschungel am Berg.

Im nächsten Moment hörte er die Flöte mit einem Klagelied, das der sanfte Wind in Fetzen riss. Wodurch es erst recht unheimlich wirkte. Paul versuchte zu orten, woher das Lied kam, doch es gelang ihm nicht. Aber zumindest war er ziemlich sicher, dass Hanna die Senke nicht verlassen hatte.

Wie sollte er vorgehen? Durfte er sich in diese dunkle Welt aus Latschen und düsteren Geheimnissen hinein wagen? Paul ballte die Fäuste. Er war so weit gekommen, jetzt würde er keinen Rückzieher machen. Vorsichtig stieg er hinab. Unter den Bäumen wurde es augenblicklich finsterer, und er spürte eine seltsame Beklemmung. In welche Richtung mochte Hanna gegangen sein? Wie, wenn er unversehens auf sie stoßen sollte? Er erwog kurz, sein Messer aus dem Rucksack zu holen, unterließ es aber dann. Gegen Hannas Gewehr hätte er damit ohnehin keine Chance.

Paul beschloss, sich in einem großen Kreis durch die Senke hindurchzuarbeiten und hoffte dabei, auf so etwas wie einen Trampelpfad zu stoßen, denn zum Grab des Sohnes war die Almbäuerin bestimmt schon oft gegangen. Als Orientierung sollte ihm eine hohe Felswand zur Linken dienen, sodass er systematisch vorgehen konnte. Jegliche Müdigkeit verflog. Paul spürte, wie das Adrenalin sein Blut aufpeitschte. Trotz der Kühle der hereinbrechenden Nacht wurde ihm warm, seine Sinne waren hellwach.

Dort drüben? War das ein ausgetretener Weg? Nein, schon nach wenigen Schritten blockierten Latschen den vermeintlichen Pfad. Aber dort? Wieder nichts. Und dann, als Paul sich von einem weiteren Irrweg auf seinen Kreiskurs zurück-kämpfte, sah er eine kleine Lichtung. Obwohl er vermutete, nur wieder sinnlose Meter zurückzulegen, ging er doch um die letzten Büsche davor herum. Und erkannte überrascht, dass er sich auf einem Felsen befand, von dem aus er schräg auf Hannas Haus hinüberblicken konnte.

Der Blumenstrauß steckte in einer eisernen Halterung, die vermutlich Hanna am Fels angebracht hatte, und Paul über-lief ein Schauder, als er die breite Felsspalte dahinter betrach-tete: Hier hatte jemand mit viel Mühe größere Brocken Geröll geschickt verkeilt und die Zwischenräume mit Ästen und allem, was die Umgebung hergab, bestückt. Wahrscheinlich zur Tarnung dessen, was sich tief unten in der Spalte befand.

»Keine Bewegung oder du bist tot wie er!«

Paul zuckte dennoch zusammen, erstarrte gleich darauf.

»Darf ich mich umdrehen?«, fragte er nach einer Sekunde stummen Wartens, die ihm eine Ewigkeit zu dauern schien.

»Langsam. Mit erhobenen Händen.« Er kannte die Stimme, wusste, wen er hinter sich hatte. Vorsichtig streckte er die Arme nach oben, wandte sich um.

Die Almbäuerin stand drei Meter von ihm entfernt und hielt die Repetierbüchse auf Pauls Bauch gerichtet. Paul wurde unangenehm bewusst, dass sie jeden Fluchtweg abschnitt. Hinter ihm befand sich nur das Ende eines Fels-sporns, von dem es mindestens 20 Meter in die Tiefe ging.

»Das hier geht dich verdammt noch mal nix an!« Ihre Stimme vibrierte vor Zorn. Paul konnte ihre Augen unter der Hutkrempe nicht erkennen und fühlte sich an die Geschichte von der Schlafenden Hexe erinnert. Hatte er das Ungeheuer geweckt?

»Wie ist Ihr Simon gestorben?« Paul sagte sich, dass er

die Frau von seiner Person ablenken musste, ihr die Möglichkeit bieten, über ihre Trauer zu reden. Damit sie vielleicht das Gewehr weglegte.

Hanna spuckte verächtlich aus. »Gestorben? Ermordet worden ist er!«

Ihre Antwort bestätigte seine schlimmste Vermutung. »Und … wer …?« Er fühlte sich, als geriete er in den Strudel eines Eisbachs, während sich in seinem Kopf 1000 Puzzleteile in rasender Schnelle zu ordnen versuchten.

»Stell deinen Rucksack ab! Und dann gehst rückwärts!«, befahl Hanna. Im ersten Moment begriff Paul nicht, dann wurde ihm klar, dass sie ihn auf den Felssporn trieb. Wollte sie ihn hinabstürzen? Ihn umbringen und es wie einen Unfall aussehen lassen? Am Reden halten, du musst sie am Reden halten!

»Wenn Sie glauben, dass Ihr Sohn … ermordet wurde: Warum gehen Sie nicht zur Polizei? Melden das Ganze?«

»Wozu? Damit die Täter ein paar mickrige Jahre kriegen, während mein Sohn für immer …« Sie brach ab, fuhr ihn dann heftig an: »Was geht dich das überhaupt an? Ich will's dir sagen, wennst nicht selber drauf kommst: Einen feuchten Dreck! Du bist nichts weiter als ein verdammter Schnüffler, der seine neugierige Nase überall reinstecken muss!« Sie fuchtelte mit dem Gewehr herum, dass Pauls Magen sich verkrampfte, als wolle er sich für eine Kugel wappnen. »Und jetzt nimm endlich den Rucksack ab und geh zurück!«

Langsam stellte Paul den Rucksack zu Boden, wich vorsichtig zurück.

»Noch weiter!« Hanna gab sich erst zufrieden, als er am äußersten Rand des Felsens stand, dann zog sie den Rucksack zu sich heran.

Fünf Minuten später marschierte Paul stumm vor ihr her. Sie hatte unmissverständlich klargestellt, dass er den Mund halten solle, und obwohl ihm vor allem eine Frage auf der Seele brannte, hielt er sich daran. Schließlich hatte er im Moment dringendere Probleme. Konnte er riskieren loszusprinten, in die Nacht hinein? Aber gerade jetzt schien der Mond hell, ohne einen einzigen Wolkenschleier. Zudem kannte Hanna das Gelände, durch das sie ihn trieb, sicher wie ihre Westentasche. Während Paul hier noch nie gewesen war.

»Leg dich auf den Boden!«

Verblüfft wollte er sich umdrehen, als sie ihn auch schon mit der Waffe in den Rücken schlug. So brutal, dass er schnellstens gehorchte. Als er wenig später vorsichtig den Kopf drehte, sah er eine schwere Holztür zu seiner Rechten, die in den Fels führte. Zu den Bergmännlein, dachte er mit Galgenhumor. Sie schickt mich zu den Bergmännlein.

Doch eher handelte es sich wohl um einen alten Stollen, zu dem Hanna einen Schlüssel besaß. »Rein da! Aber langsam.«

Die Almbäuerin trat ein paar Schritte zur Seite, und der Lauf ihrer Waffe folgte jeder seiner Bewegungen. Im Stollen war es finster, doch im nächsten Augenblick flammte eine Taschenlampe auf, die Paul den Weg ins Berginnere wies. Die Wände strömten Kälte und Feuchte aus, und Paul dachte sehnsüchtig an den Pullover in seinem Rucksack, den mittlerweile Hanna trug.

50 Meter weiter erreichten sie einen weiten Raum, von dem mehrere Gänge abzweigten, sich in der Dunkelheit verloren. Zu Pauls Linker glänzten die Stäbe einer Gittertür auf. Sie schien jüngeren Datums und grob aus Eisenstangen zusammengeschweißt. Während Paul sich wieder auf

den Boden legen musste, hörte er, wie Hanna seinen Rucksack öffnete. Sie schien endlos darin herumzuwühlen, bis
sie schließlich die Gittertür aufsperrte und ihren Gefangenen hindurchgehen hieß.

»Acht Schritte, dann findest Kerzen auf der rechten
Seite.« Als er stehen blieb, hörte er hinter sich den metalli-
schen Klang der sich schließenden Tür.

KAPITEL 16

Paul wartete reglos, während sich Hannas Schritte und
zugleich das Licht der Taschenlampe immer mehr entfernten, bis endlich auch die weiter außen gelegene Holztür
zum Berg zufiel. Er stand nun in völliger Dunkelheit, wie
gelähmt von dem, was passiert war. Und ärgerte sich im
nächsten Moment, weil er nicht nach den Kerzen gesucht
hatte, solange er noch etwas hatte sehen können. Zudem
strömte der Stollengang einen unangenehmen Geruch aus,
der ihm Übelkeit verursachte. Unvermutet überfiel ihn panische Angst. Die Angst des Tagtiers Mensch vor der Finsternis. Sein Mund war staubtrocken, sein Puls raste, als er sich
die raue Felswand entlangtastete. Wo waren die verdammten Kerzen, falls es sie wirklich gab?

Ein lang gezogener schwacher Laut. Wie eine geisterhafte
Klage. Paul erstarrte von Neuem. Du bist ein erwachsener

Mann, du glaubst nicht an Bergmännlein, schlafende Hexen und König Watzmann. Aber was zum Teufel war das eben für ein Geräusch? Seine Hand tastete herum, ohne die Kerzen zu finden. War er noch nicht tief genug im Stollen oder schon zu weit? Das Klagen wiederholte sich, schien sich an den Wänden zu vervielfältigen, als bewege sich eine Seufzerarmee auf Paul zu. Das Bild der Seufzerbrücke in Venedig kam ihm in den Sinn, jener Brücke mit den durchbrochenen Steinornamenten, durch die die venezianischen Verbrecher auf dem Weg zum Kerker ein letztes Mal die Stadt und die Sonne sahen. Ehe sie in feuchten Verliesen vermoderten.

Paul ließ sich auf alle Viere nieder, suchte den Boden ab, bis seine Finger auf etwas Rundes stießen. Eine große Kerze, endlich! Aber er brauchte auch etwas, um sie anzuzünden, tastete weiter, fand eine kleine Schachtel. Einen winzigen Moment lang fragte er sich, was er zu sehen bekommen würde, sobald er Licht machte. Ob er sich die Finsternis zurückwünschen würde? Dann strich er entschlossen ein Zündholz an, hielt es an den Docht der Kerze, die viele Stunden brennen würde, sofern die Flamme nicht im Wachs ertrank.

Vorsichtig hob Paul die Kerze, sah sich um und erblickte nichts außer den steinernen Wänden. Oder zumindest fast nichts. Weiter hinten, wo der Lichtschein sich schon fast verflüchtigte, schienen Decken zu liegen, sowie ein paar Flaschen. Hatte Hanna dieses Quartier speziell vorbereitet? Aber für wen? Oder nutzte sie den Stollen bei Schlechtwetter als Unterstand? Langsam drehte sich Paul einmal um die eigene Achse und entdeckte zu seiner Freude seinen Rucksack. Der lehnte zwar an der Außenseite der Gittertür, doch Paul konnte problemlos die Schnallen öffnen, wenn er seinen Arm zwischen den Stäben hindurchstreckte.

Da das eigenartige Klagen mittlerweile aufgehört hatte, vermutete Paul, es rühre von Luftströmungen her. Er ging zur Tür zurück, wo er erst den Inhalt des Rucksacks auf seine Seite des Gitters holte und dann mit viel Mühe den leeren Rucksack zusammenpresste und zwischen den Stäben durchzerrte. Zwar war sein Laguiole-Messer verschwunden und auch ein paar andere Sachen, aber wenigstens konnte er jetzt seinen Pulli überstreifen. Eigenartig, wie die paar Dinge aus seinem Gepäck – Schokoriegel, eine Cola, die Regenjacke, das Erste-Hilfe-Set – seine Nerven beruhigten. Natürlich fehlte sein Handy, aber vermutlich hätte er mitten im Berg ohnedies keinen Empfang.

Obwohl er wusste, dass es klüger wäre, das Koffein für eine Notfallsituation zu sparen, trank er einen langen Schluck Cola. Als er die Flasche von den Lippen nahm, setzte das Klagen wieder ein. Fast wäre Paul die Cola aus der Hand gefallen. Obwohl er sich besser fühlte, Licht hatte und für sich die Erklärung akzeptierte, dass das Seufzen durch ein- oder ausströmende Luft verursacht wurde, klang es genauso unheimlich wie zuvor.

Paul stellte die Flasche ab. Ein Luftzug im Stollen bedeutete etwas Positives, nämlich funktionierende Frischluftzufuhr, aber trotzdem nervte das Geräusch ungemein. Zeit also, dieses verdammte Gefängnis genauer zu untersuchen. Er nahm die schwere Kerze in die Rechte. Zur Not würde sie sich als Waffe eignen, sollte er sich unerwartet einem verletzten Tier gegenübersehen. Einem wildernden Hund etwa, den Hanna hier hineingeworfen hatte, weil er ihre Schafe riss. Mittlerweile traute er der Frau fast alles zu.

Schritt für Schritt wagte er sich tiefer in den Stollen. Der widerwärtige Geruch verschlimmerte sich, je mehr sich Paul den verkrumpelten Decken näherte. Das Klagen verstummte kurz, ehe es erneut einsetzte. Paul begriff, dass der eigenartige Laut doch nicht vom Luftzug herrührte. Dort hinten lag etwas. Etwas, das sowohl den Gestank als auch die Klagelaute hervorbrachte.

Am liebsten wäre Paul umgekehrt, zur Gittertür zurückgelaufen, hätte sich hingesetzt und die Ohren zugehalten. Doch er musste wissen, was *Es* war. Jetzt. Zu seiner Sicherheit und zur Beruhigung seiner Nerven.

Das Deckenbündel bewegte sich. Der Klagelaut änderte sich in ein Wimmern. Paul tat ein paar Schritte und starrte voll Entsetzen auf das, was vor ihm lag.

Klingeln. Beharrlich. Es drang durch Katrins weininduzierte Schläfrigkeit. Unerbittlich.

»Paul?« Sie schrie seinen Namen ohne aufzustehen. Warum ging der Arsch nicht ran? Hatte er sich auch zugesoffen? Oder … Katrin geriet in Panik, wurde wacher. War Paul nicht da, hatte sie allein gelassen? Das Klingeln setzte einen Moment aus, um nach einer kurzen Pause erneut zu beginnen. Ihr Herz hämmerte. Eva. Wenn etwas mit Eva sein sollte? Jemand vom Krankenhaus anrief? Auf bloßen Füßen tappte sie in den Flur, rief erneut nach Paul. Keine Antwort.

Warum gab's in dieser beschissenen Bruchbude nur ein einziges Festnetztelefon? Und das im Erdgeschoss? Katrin rannte die Treppe hinab, schnappte sich den Hörer.

»Hallo?« Sie kannte die Stimme nicht, eine raue Stimme, war sich nicht einmal sicher, ob es sich bei dem Anrufer um einen Mann oder eine Frau handelte.

»Wer ist da?« Katrin räusperte sich, noch immer nicht vollends wach. »Geht's um … Eva?«

»Um Paul Leonberger.« Eine Pause trat ein, während der Katrin nichts zu sagen wusste.

»Paul?«, vergewisserte sie sich endlich.

»Bist du Katrin?«, fragte der Anrufer dagegen. Katrin nickte, wurde sich bewusst, dass man das durchs Telefon nicht sehen konnte, bejahte schnell. Was zum Teufel war mit Paul?

»Er ist in Gefahr. Du musst kommen, schnell!« Die Stimme sprach autoritär, keinen Widerspruch duldend. »Aber niemand darf dich sehen, niemand darf's wissen.«

Katrin starrte in das dunkle Haus und begriff gar nichts.

»Hat er gesagt, dass ich kommen soll? Und wohin?«

Sowie ihr der Anrufer erklärt hatte, welcher Wanderparkplatz als Treffpunkt dienen sollte, legte Katrin den Hörer auf und lief zu Pauls Zimmer hinauf. Auch ohne das Licht einzuschalten, sah sie, dass das Bett leer war. Wohin war Paul gegangen? Warum hatte er ihr nichts gesagt? In welche Gefahr hatte er sich begeben, und wie sollte sie, ausgerechnet sie, ihm helfen? Sie fühlte sich fiebrig und schwach. Konnte keinen klaren Gedanken fassen, brauchte was zu trinken. Dringend. Doch der Barschrank war abgesperrt, ebenso wie der Keller. Katrin nahm ein Messer aus Pauls Sammlung, attackierte wütend und unsystematisch das Schrankschloss. Mit dem einzigen Erfolg, dass sie das Holz kreuz und quer zerkratzte. Paul würde ausrasten, aber das war ihr egal. Schließlich gab sie auf, heulend vor Wut, und holte sich statt dem Alk eine Apfelschorle.

Was in aller Welt erwartete Paul von ihr? Sie lehnte sich gegen die Kredenz, trank einen Schluck. Bestimmt war er wieder unterwegs, um etwas über Ninas Tod zu erfahren. In letzter Zeit mischte sich auch in Katrins Träumen das

Schicksal ihrer toten Schwester Nina mit dem der ihr unbekannten Sonja. Und Sonjas wegen hatte sich Paul regelrecht in diesen Fall verbissen, würde nicht eher aufgeben, bis er die rätselhaften Morde geklärt hatte.

Paul brauchte sie. Wenn er sie mitten in der Nacht zu sich rief, musste es dringend sein. Echt dringend. Erneute Panik: Paul brauchte sie, und sie trödelte hier herum.

Katrin beugte sich über die Spüle, spritzte sich kaltes Wasser ins Gesicht. Bisher war es stets sie gewesen, die seine Hilfe benötigte. Vielleicht konnte sie nun zumindest einen Teil ihrer Schuld abtragen? Sie fühlte sich ungewohnt erwachsen und verantwortungsbewusst, als sie ihr Handy nahm und das Haus verließ. Und es war ein überraschend gutes Gefühl. Eines, das sie seit ewigen Zeiten nicht mehr gespürt hatte.

Das eingefallene Gesicht des Mannes brannte. Er lebte, fieberte jedoch erschreckend hoch, sodass er es ohne ärztliche Hilfe nicht mehr lange schaffen würde. Neben dem Mann ging ein Schacht senkrecht in den Berg hinab, der dem Kranken als Latrine gedient hatte, solange er sich noch hatte aufsetzen können. Nun lag er in seinem eigenen Schmutz, vermutlich seit Tagen. Paul spürte eine Mischung aus Ekel und Mitleid, hob die neben dem Mann liegende Wasserflasche auf und setzte sie dem Kranken an die rissigen Lippen. Der Mann stöhnte, und Paul goss ihm etwas von der Flüssigkeit in den halb geöffneten Mund.

Erst dann erkannte er ihn. Boris, der Anführer der Alk-Clique. Mit wochenaltem Bart, pergamentdünner Haut und den eingesunkenen Augen wirkte er wie im Zeitraffer gealtert.

»Du? Du bist hier?« Erneut versuchte Paul, dem anderen etwas zu trinken einzuflößen. Boris bewegte den Kopf, leckte sich über die Lippen.

»Der Schmierenschreiber …« Die Stimme war so schwach, dass Paul sich dicht über ihn beugen musste, um überhaupt etwas zu verstehen. »Du hast doch gar nichts … damit zu tun.«

»Womit? Womit hab ich nichts zu tun?« Es kostete Paul unendliche Überwindung, den Gestank, eine Mischung aus schlechtem Atem, Exkrementen, Urin und Wundbrand auszuhalten. Doch Boris' Bewusstsein driftete wieder fort, zurück in die Fieberwelten. Paul dachte, dass er den anderen säubern müsste. Aber wie sollte er das bewerkstelligen? Wäre es zudem nicht sinnvoller, das Wasser, das noch in Flaschen herumstand, zum Trinken aufzusparen? Andrerseits … jeder, egal wie unsympathisch er Paul persönlich sein mochte, hatte Anspruch auf ein Mindestmaß an Menschenwürde.

Paul betrachtete die verdreckten Decken und würgte. Sollte er eine davon opfern und versuchen, sie in Stücke zu reißen, um sie als Waschlappen zu verwenden? Doch wenn der fiebernde junge Mann Schüttelfrost bekam, würde er hier, unter der Erde, vermutlich mehr wärmende Decken brauchen, als zur Verfügung standen. Paul beschloss, die Entscheidung vorerst aufzuschieben. Wenn die Almbäuerin ihren Gefangenen mit Wasser versorgte, würde sie ihm vielleicht mit etwas Zureden auch Seife und Handtücher überlassen? Oder nicht? Er bezweifelte es. Boris' Zustand sprach Bände. Wenn der Junge sterben würde, wäre es Hanna Krenmayer bestenfalls egal.

Fürs Erste half Paul seinem Mitgefangenen also nur mit Trinkwasser und zerbröselten Aspirintabletten aus seinem

Erste-Hilfe-Set, die das Fieber hoffentlich zu senken vermochten. Dann kehrte er doch zur Tür zurück, um dem ekelhaften Geruch zu entfliehen, und setzte sich auf den Boden, um über seine Lage nachzudenken.

Sie hatte das klapprige Fahrrad genommen, fühlte sich dem Journalisten dadurch näher, fast als ob sie zu seiner Familie gehörte. Doch nein, sagte ihr Verstand schon wenige Minuten später, du gehörst nicht zu ihm, du gehörst zu niemandem mehr. Zu ihm nicht, weil du seine Schwester beschimpft hast. Zu deinen Eltern nicht, weil dein Vater ein Säufer und Brutalo ist und deine Mutter ohne Gefühle. Und die Clique ... Tränen traten in Katrins Augen. Vielleicht hatte sie bald nicht einmal mehr Eva. Abrupt blieb sie stehen. Sie war allein. So allein, als wäre die Welt um sie herum weggebrochen und sie stünde einsam auf dem letzten winzigen Stück Erde.

Der nächtliche Himmel hatte sich mit Wolken überzogen, nur die Straßenlampen spendeten Licht. Niemand befand sich auf der Straße, kein Fußgänger, kein Radfahrer, kein Auto. Kein Grölen, kein betrunkenes Lachen, kaum ein Laut. Außer dem Rauschen der Saalach. Katrin hatte das Gefühl, als wolle die Einsamkeit sie erdrücken. Die Sehnsucht nach Alk, nach dem Ertränken aller negativen Empfindungen, nach Abstumpfung der Sinne und des innerlichen Schmerzes wurden übermächtig.

Doch es gab keinen Alk. Sie hatte kein Geld dabei, hätte klauen müssen, um sich Stoff zu beschaffen. Wenn ich von diesem Auftrag zurückkomme, werd ich den verdammten Barschrank aufbrechen, und sei es mit einer Axt. Und mich zuschütten wie nie zuvor. Jetzt konnte sie verstehen, warum die Ev es getan hatte, warum sie gehofft hatte, nie mehr aufzuwachen. Katrin heulte, während sie wieder in die Pedale trat, um möglichst schnell ihr Ziel zu erreichen, möglichst rasch an den Stoff zu kommen.

Am Parkplatz der Bergbahn war es finsterer als in der Stadt. Die Instruktionen des mysteriösen Anrufers im Kopf, zögerte Katrin instinktiv. Sie stellte das Rad ab, ohne es abzusperren, sah sich um. In den wenigen Autos kein Licht. Vermutlich standen sie die ganze Nacht da, gehörten dem Personal.

Mach voran! Je mehr du dich beeilst, umso eher kannst du dich hinterher zudröhnen. Katrin zog den Stoffgürtel ihrer Hose straffer, dann marschierte sie los. Gleich darauf ein Hecheln, das Tappen schneller Pfoten, freudiges Bellen.

»Monsieur!« Katrin hockte sich auf den Boden, während der Hund auf sie zuschoss. Hier kam doch endlich, endlich jemand, der zu ihr gehörte. Jemand, der sie liebte. Er musste ihr gefolgt sein, ohne dass sie es bemerkt hatte. Sie spürte keine Furcht mehr, lief fast beschwingt weiter, der Hund neben ihr.

Als sie in den Schatten unter den Bäumen kamen, blieb Monsieur stehen und stellte die Ohren auf. Knurrte.

»Ruhig, Monsieur!« War der, den sie treffen sollte, hier? Katrins Hände wurden feucht. Der Hund knurrte erneut, entblößte die Zähne. Dann ein gedämpfter Knall, und das Tier jaulte auf, tat einen panischen Sprung und fiel zur Seite.

Er hörte das Quietschen der schweren Außentür, sprang auf und trat automatisch vom Gitter zurück. Kam Hanna, um ihre Gefangenen ins Jenseits zu befördern? Paul warf einen Blick zu Boris, der dank der Tabletten ruhiger schlief. Dann löschte er die Kerze, um wenigstens kein allzu leichtes Ziel zu bieten.

Das Licht von Hannas Taschenlampe wurde zum Teil durch einen Schatten vor der Almbäuerin verdeckt. Paul erstarrte. Vor der Frau ging jemand, eine eigenartig unförmige Gestalt. Erst, als sie näherkam, begriff Paul, dass die merkwürdige Kontur von schweren Taschen herrührte, die der Ankömmling schleppte. Und schließlich erkannte er die Gestalt und musste sich zusammennehmen, um nicht zum Gitter zu rennen und sie anzuschreien: *Was machst du hier, du Idiotin? Willst du auch draufgehen, oder was?*

»Leg dich auf den Boden!« Die Stimme der Bäuerin, hart und unpersönlich.

»Was wollen Sie mit dem Mädchen? Lassen Sie sie gehen!« Doch während er sprach, legte Paul sich gehorsam hin. Er wusste, dass Hanna die Tür öffnen und ihm keine Gelegenheit geben wollte, sie anzugreifen.

»Halt's Maul!« Sie sprach im Kommandoton eines Feldwebels. »Wennst eine einzige Bewegung machst, eh ich's dir erlaube, erschieß ich euch beide.«

Paul glaubte ihr aufs Wort und rührte sich nicht, während das Mädchen hereinkam und die Gittertür sich wieder schloss. Erst dann wagte er zu reden. »Ich brauche Handtücher. Oder wenigstens Lappen. Für … den Verletzten.« Er nannte Boris nicht beim Namen, fürchtete eine Überreaktion des Mädchens. Oder der Gefängniswärterin.

»Der? Der kriegt nichts. Gar nix. Kannst ihn ja fragen, warum.« Hannas Schritte entfernten sich, und Paul besaß diesmal die Geistesgegenwart, die Kerze anzuzünden, ehe der Schein der Taschenlampe aus dem Stollen verschwand.

Katrin stand starr, unter Schock. Zum Glück stöhnte Boris gerade nicht, sodass Paul hoffte, sie auf den schrecklichen Anblick, den der Kumpan bot, vorbereiten zu können.

»Warum bist du hier?«, kam ihm jedoch als Erstes über die Lippen. »Wieso bist du auf dem Berg? Mitten in der Nacht?«

Im Schein der Kerze tanzten Licht und Schatten auf ihrem Gesicht. Wie bei einer archaischen Gottheit, bei der sich nicht auf Anhieb erkennen ließ, ob sie das Gute oder das Böse vertrat. Doch ihre Stimme, als sie antwortete, war die eines verschreckten Kindes.

»Die Nachricht? Die war gar nicht von dir?«

Paul brauchte eine Weile, bis er den Zusammenhang begriff. Hanna hatte sein Handy missbraucht, um Katrin in die Berge zu locken. Hatte sie das bei Boris auf ähnliche Weise geschafft? Plötzlich schrie Boris in einem fiebrigen Albtraum auf, und der Schrei wurde von den Stollenwänden dutzendfach zurück geworfen, grauenhaft verstärkt. Katrin presste sich an die Wand, die Augen weit. Brach in Tränen aus.

»Was … ist das?«

»Dämliches Echo. Solltest du im Physikunterricht gelernt haben. Falls nicht: Am Königssee kannst du so was täglich hören. Zusammen mit 1000 Touristen.« Paul sprach absichtlich schroff, um sie davon abzuhalten, in Hysterie zu verfallen.

»Aber da hat jemand geschrien.« Sie sah sich um. »Da hinten! Was ist dort?«

»Setz dich.« Paul wollte sie zu Boden drücken, aber sie wehrte sich.

»Paul! Was ist dort?«

»Sieht aus, als hätte Hanna eure ganze Clique im Visier.«

Sie begriff schneller als erwartet. »Boris?« Sie flüsterte nur, rannte dann los. Paul hielt sie nicht zurück, folgte ihr zu dem Schwerverletzten.

»Boris!« Voll Entsetzen fiel sie neben dem Freund auf die Knie, betastete sein Gesicht, schien den Gestank nicht zu bemerken. »Boris, mein Gott!« Die Miene vor Grauen verzerrt, drehte sie sich zu Paul. »Was ist mit ihm passiert?«

»Schusswunden. Sie haben sich infiziert. Ein gebrochenes Knie hat er wohl auch.« Paul hatte sich die Verletzungen des jungen Mannes in der letzten Stunde angesehen und ein paar Worte aus Boris herausgebracht.

»Was für … Schusswunden?«

»Vielleicht kann er uns mehr dazu verraten, wenn er wieder aufwacht.« Vorsichtig goss Paul dem Verletzten etwas Wasser zwischen die Lippen. Im nächsten Moment merkte er, wie Katrin würgte. Schnell zerrte er sie zu dem Latrinenschacht, obwohl dort der Gestank noch ärger war, und hielt sie, während sie sich übergab.

»Die Kat … Was macht die Kat da?«

Paul fuhr hoch, als er das heisere Flüstern vernahm. Offenbar war er vorhin eingeschlafen, ohne die Kerze auszulöschen. Katrin schlief zusammengerollt, mit dem Kopf auf seinem Rucksack, keine zwei Meter von Boris entfernt. Trotz des scheußlichen Geruchs hatte sie sich geweigert, sich zur Gittertür zurückzuziehen, und Paul rührte es, wie sie versuchte, dem sterbenden Freund zur Seite zu stehen. Denn wenn nicht ein Wunder geschah, würde Boris keine drei Tage mehr leben, soviel war Paul längst klar.

»Damals … die Kat war gar nicht dabei …« Paul rutschte näher an Boris heran. Der Junge glühte im Fieber, obwohl Paul einen Teil des kostbaren Wassers, das Katrin in den Stollen geschleppt hatte, dazu nützte, wenigstens seine Stirn zu kühlen.

»Wo war die Katrin nicht dabei?« Zum ersten Mal sprach Paul aus, was er bisher als Verdacht für sich behalten hatte. »Als ihr den Simon umgebracht habt?«

»Die Ev hat er angrapschen wollen ... Unten am Wehr. Er, der Spasti.« Boris war zu schwach, um zu leugnen, wie er es unter anderen Umständen bestimmt getan hätte. Aber seine Stimme gewann an Kraft. »Da haben wir was machen müssen.«

»Ihr hättet ihn einfach wegjagen können.« Paul spürte Ärger in sich hochkochen. Wegen diesen versoffenen Schlägern sollten jetzt auch er und Katrin sterben? »Der Simon war nicht wie andere, das wisst ihr doch. Alle!«

»Wie wir ihn liegen gelassen haben ... da hat er noch gelebt ... Wir haben ihn nicht umgebracht ... haben ihm bloß gezeigt, was passiert, wenn er unsere Mädels ...« Boris brach ab, hustete.

»Ihr habt ihn zusammengeschlagen.«

»Jeder der ... unsere Mädel anlangt ... kriegt 'ne Lektion, die er nimmer vergisst.« Boris' Atem ging rascher. »Aber die Mutter vom Simon ... das ist die Hex vom Königssee!«

Als Paul das nächste Mal erwachte, lag er in absoluter Finsternis, und sein Körper schmerzte vom Schlaf auf dem harten Boden. Er tastete nach den Streichhölzern, zündete die Kerze wieder an. Sie brannte mit leisem Flackern, was Paul beruhigte. Denn es bedeutete, dass im Stollen ein Luftaustausch stattfand, die Gefangenen nicht ersticken würden. Pauls Armbanduhr zeigte fünf nach acht. Katrin und Boris schliefen beide, und Paul beschloss, die ruhige Zeit zu nutzen, um den Stollen weiter zu untersuchen. Kerzen gab es für mehrere Tage, und Katrin hatte neben Wasser etliche

Packungen Brot in den Berg gebracht, sodass die Gefangenen nicht hungern mussten, obwohl ihre Kost eintönig war.

Die Kerze in der Linken, trat Paul zur Gittertür. Falls ihr Gefängnis eine Schwachstelle aufwies, würde sie sich vermutlich dort befinden. Als Erstes untersuchte er das Gitter selbst, aber die Schweißnähte waren solide gezogen und die Stäbe zu dick, um sie ohne Eisensäge durchtrennen zu können. Und die Verankerung? Der Türrahmen war zu beiden Seiten fest in den Felsen hinein gesichert, mit riesigen Schrauben, die sich ohne Spezialwerkzeug nie lösen lassen würden. Denn die Schraubenköpfe waren abgeschnitten, um keine Ansetzmöglichkeit zu bieten.

Systematisch suchte Paul nun den Stollengang ab, entdeckte weit oben an der Decke einen glatten, senkrecht nach oben gehenden Schacht. Die Frischluftzufuhr? Das Licht der Kerze war zu schwach, um weit in die Felsröhre hinein zu leuchten, und oben sah man nicht den geringsten hellen Schimmer. Was entweder bedeutete, dass der Schacht sehr lang war oder nicht, beziehungsweise zumindest nicht in gerader Linie, ins Freie führte. Außerdem war er ohnedies zu eng, als dass sich ein Mensch hätte hindurchquetschen können.

Und der Latrinenschacht? Paul graute davor, in das stinkende Loch hinabsehen zu müssen, doch er durfte nicht die geringste Chance auf Flucht ignorieren. Fast war er erleichtert, als er nach unten hin nicht viel erkennen konnte, nur hier und da Fetzen von Papier, die sich an Wandvorsprüngen gefangen hatten. Ins Freie führte dieser Schacht wohl auch nicht, denn Paul konnte nicht den geringsten Luftzug wahrnehmen.

Weil er nun schon bei Boris war, legte Paul dem Verletzten die Hand auf die Stirn. Boris stöhnte, wachte jedoch nicht aus seinem komaähnlichen Schlaf auf. Sein gesamter Körper glühte. Paul bezweifelte, dass sich die Sepsis selbst in einem Krankenhaus noch aufhalten lassen würde.

»Wie geht's ihm?« Katrin setzte sich auf, presste die Hand auf die Schläfe.

»Schlecht.« Pauls Sympathien für die Alk-Clique befanden sich auf dem Nullpunkt. Oder sogar darunter. »Stimmt das, was er sagt? Dass du nicht dabei gewesen bist?«

Sie starrte ihn an, senkte den Blick. »Ich hab Grippe gehabt damals.« Sie flüsterte nur, was Pauls Misstrauen steigerte.

»Aber du hast sofort gewusst, wovon ich rede«, sagte er hart. »Woher, wenn du nicht beteiligt warst?«

»Willst jetzt dem Scheiß-Bullen Konkurrenz machen?« Der Übergang vom leisen Stimmchen zum Furien-Ton kam so abrupt, dass Paul instinktiv zurückwich. »Was geht's dich an, wie ich's erfahren hab?«

Sie wollte sich wegdrehen, doch Paul packte ihren Arm. »Geht mich sogar 'ne Menge an. Nachdem ich im wortwörtlichen Sinn euretwegen in der Scheiße stecke!«

Für einen Moment herrschte eisiges Schweigen. Dann zog Katrin ein Handy aus der Tasche, drückte ein paar Tasten, warf es vor Paul auf den Boden. »Sieh's dir halt an. Damit du Ruh gibst.«

»Das ist nicht dein Handy.«

»Gehört dem Boris.«

»Wieso hast du's dann?«

»Die Hexe hat's mir gegeben. Hat behauptet, die andern und ich hätten den Simon … Ich hab sie angeschrien, dass das nicht stimmt, dass wir nie so was gemacht haben. Aber sie hat mir nicht geglaubt. Und mir das Ding da aufgedrängt. Gesagt, ich soll damit mein Gedächtnis auffrischen.«

Der Akku war noch etwa halb voll. Paul rannte zur Gittertür, zum nach oben führenden Schacht, doch nirgends hatte er Empfang. Hilfe herbeizurufen, blieb unmöglich. Fluchend schaltete er endlich das Video an.

Schlechte Bildqualität, wacklige Kameraführung. Ab und an loderte am Bildrand ein Lagerfeuer. Simon lag am Boden, stöhnte, wimmerte, versuchte, mit schwacher Stimme zu schreien. Wie auch immer er sich drehte, die Tritte trafen ihn überall. An den Schultern, im Rücken, im Bauch, am Kopf. Zoom auf den Kopf. Blut an der Nase, den Wangen, den Lippen, dem Kinn.

Im Hintergrund Lachen. Beschwipst, hoch. Eva oder Nina? Von denen, die zutraten, schwenkten nur die Beine ins Bild. Beine in Jeans, Füße in martialischen Stiefeln. Oder in hochhackigen Schuhen. Katrin hatte die Schuhe bestimmt erkannt.

»Hört auf, der hat genug!«, Eine Jungenstimme, fast ängstlich.

»Der Basti, das war der Basti.« Katrin schlug die Hände vors Gesicht, hörte aber die wenigen abgerissenen Sätze. Das Stöhnen des Verletzten.

Dann ein Ruf: »Hauts ab, schnell weg!« Der Filmer hatte sich nicht die Zeit genommen, die Kamera abzuschalten, ehe er flüchtete. Das Bild zeigte nun verwackelte nachtdunkle Flusskiesel. Bis der Bildschirm völlig schwarz wurde und Paul begriff, dass das Video zu Ende war. Sein Puls hämmerte wie verrückt.

»Der Simon hat noch gelebt, als die Hanna ihn gefunden hat«, murmelte Katrin. »Das hat mir die Hex selber gesagt.«

Paul ließ das Handy fallen, als verbrenne es ihm die Finger. Er stand auf und wanderte in dem Stollen hin und her. »Egal, ob er tot war oder halb tot: Wieso haben deine

Freunde nicht sofort die Krenmayer verdächtigt, als deine Schwester starb? Der Bastian tot gefunden wurde? Das wär doch naheliegend gewesen.«

Ihr Zeigefinger zeichnete eine Sonne in den Bodenstaub, verwischte sie wieder. »Das hab ich den Boris vorhin auch gefragt«, flüsterte sie. »Er und die anderen haben halt gemeint, der Simon hätt niemandem verraten können, wer ihn geschlagen hat. Weil er doch ... nicht normal gesprochen hat. Und dass es deswegen keiner hätt rausfinden können. Nicht mal seine Mutter ...«

Paul seufzte. »Seine Mutter hat ihn vermutlich trotz allem verstanden. Aber da gibt's noch was, das ich nicht verstehe. Weil's völlig unlogisch ist.«

Ihr Blick traf für einen Moment seinen, doch sie stellte keine Frage.

»Warum hat Hanna damals nicht die Ambulanz gerufen?«

KAPITEL 17

Weder Paul noch Katrin fanden eine Antwort. Und Boris war nicht ansprechbar. In dem Gefühl, dass es seine Pflicht als Mensch sei, versuchte Paul, den Schwerverletzten notdürftig mit seinem T-Shirt zu säubern, aber da er nicht wagte, zu viel Wasser zu verschwenden, war das Ergebnis nicht allzu ansprechend.

»Wir enden alle so. Genau wie er.« Katrin trat kalter Schweiß auf die Stirn, als sei sie ebenfalls bereits von mehreren Kugeln getroffen. Ihre Hände zitterten. Paul vermutete, dass ihr neben dem Schock über die Gefangenschaft und das, was ihre Freunde getan hatten, der Alk-Entzug zu schaffen machte.

»Um das zu verhindern, sollten wir drüber nachdenken, wie wir hier rauskommen.«

»Wie wir rauskommen? Wie er. Vollgeschissen und tot!« Sie schlug mit den Fäusten gegen die Wand. Heulte. Paul ergriff ihre Arme und hielt sie fest aus Sorge, sie könne sich an dem rauen Fels verletzen.

»Noch sind wir am Leben. Hörst du? Am Leben!«

»Ein Scheiß-Leben!« Sie trat nach ihm. »Lass mich los, verdammt! Nur deinetwegen bin ich in die beschissene Falle gelaufen.«

»Spinnst du?« Er war versucht, ihr eine zu scheuern. »Hab jetzt ich den Simon Krenmayer erschlagen oder deine feinen Freunde?«

»Ich jedenfalls hab keinen umgebracht.« Doch sie gab ihre Gegenwehr auf, rutschte an der Stollenwand zu Boden. »Und wie stellst dir das vor, dass wir abhauen?«

»Genau darüber sollten wir nachdenken. Statt zu streiten.«

»Mir fällt nichts ein.« Wütend kickte sie einen Stein beiseite.

»Kein Wunder, dass dein Leben Scheiße ist. Wenn du zu faul bist, über deine Chancen wenigstens mal nachzudenken.« Paul war stocksauer, dass das Mädel versucht hatte, ihn für ihre Misere verantwortlich zu machen. War es schließlich nicht genau umgekehrt?

Den Rest des Tages sprachen sie kaum miteinander, und Paul hätte somit über reichlich Zeit verfügt, verschiedene Ausbruchsszenarien gedanklich durchzuspielen. Nur, dass ihm keine einfielen. Zumindest keine, die ein klein wenig Aussicht auf Erfolg versprachen. Sollte das wirklich das Ende sein? Sollte er so draufgehen, durch die Kugeln einer von Rache besessenen Schafbäuerin? Musste er für ein Verbrechen sterben, das er gar nicht begangen hatte?

Gurgelndes Röcheln schreckte ihn auf. Und Katrin. Boris bekam kaum noch Luft, seine eingesunkenen Augen waren weit aufgerissen.

»Paul! Paul, stirbt er?« Katrins Hand tastete nach Pauls Arm, ihre Finger krallten sich in seine Muskeln.

Doch Paul antwortete nicht. Er tränkte ein Papiertaschentuch mit Wasser, versuchte, dem Verletzten sanft das Gesicht abzuwischen. Boris' Miene verzerrte sich.

»Er stirbt, Paul! Mach was!«, wimmerte Katrin.

»Wir können nichts tun.« Paul erfasste ohnmächtige Wut. Und er wusste nicht einmal, gegen wen. Gegen die Alk-Clique, die dieses Drama verschuldete? Oder gegen die Bergbäuerin, die den toten Sohn gnadenlos und grausam rächte?

Boris rang weiter nach Atem. Röchelte. Katrin ließ Paul los, rutschte auf den Knien zu dem Freund. Vorsichtig streichelte sie seine Hand.

»Stirb nicht, Boris! Du schaffst es! Der Paul überlegt sich was, wie wir hier rauskommen. Wir alle drei.«

Als ob ich Wunder bewirken könnte. Aber das kann ich nicht. Die Verzweiflung überfiel Paul so stark, dass nun am liebsten er auf die Wände eingedroschen hätte. In dem Moment hörte er das Quietschen der Außentür. Paul stand auf und ballte die Fäuste. Wenn dieses verfluchte Gitter nicht wäre, würde er der Frau zeigen, was er von ihren Vergeltungsmethoden hielt. Und wie, verdammt!

Jetzt merkte auch Katrin, dass die Kerkermeisterin nahte, und rannte zum Gitter. »Er stirbt! Der Boris stirbt!«, schrie sie. »Tu was, du Hex! Ruf 'nen Arzt!«

»Stirbt?« Die Almbäuerin blieb drei Schritte vor dem Gitter stehen.

»Ja, er stirbt! Sperr die Tür auf! Sperr die verdammte Tür auf!« Katrin umklammerte die Gitterstäbe, rüttelte daran, doch sie gaben keinen Zentimeter nach.

»Und warum sollt ich das?«

Paul fixierte einen Stein, der zwei Meter von ihm entfernt lag. Wenn er ihn unauffällig heranholen könnte, bestünde dann die Möglichkeit, ihn der Bäuerin ins Gesicht zu schleudern? Aber was hätten sie davon? Selbst wenn er Hanna tödlich treffen würde, wären sie weiter eingesperrt, kämen nicht an den Schlüssel. Und niemand würde sie je finden. Oder höchstens erst nach Jahren, wenn sie alle längst skelettiert waren.

»Du kannst ihn doch nicht einfach krepieren lassen!«, hörte er Katrin schreien, aber Hannas Stimme kam kalt, ungerührt:

»Und wenn's genau das ist, was ich will?«

»Er hat genug gelitten«, versuchte es jetzt Paul. »Und falls ihm ein Arzt überhaupt noch helfen kann, wandert er anschließend in den Knast.«

»Ach wirklich?« Hanna richtete ihre Büchse auf ihn. »Für einen Monat, zwei?« Ihre Stimme verlor die Kälte, bebte vor Hass. »Während mein Sohn tot ist. Für immer!«

»So leicht würde Boris nicht davonkommen.«

»Wirklich nicht, Herr Journalist? Liest keine Zeitung? Sieben und neun Jahre haben s' gekriegt, die beiden, die vor ein paar Jahren in München einen Mann erschlagen haben. Einen Mann, der Kinder vor den Kerlen schützen wollte. Sieben und neun Jahre, und danach dürfen s' wieder frei rumlaufen, die Sauhund. Um den Nächsten totzuprügeln.« Sie setzte sich auf den Boden, zu weit vom Gitter entfernt, als dass Paul eine Chance gesehen hätte, sie kampfunfähig zu machen und den Schlüssel zu erobern. »Und die Bagasch hier, bei der tät der Anwalt behaupten, dass s' nicht richtig schuld sind, weil s' stockbesoffen waren. Oder weil s' eine schwere Kindheit hatten. So machen die's doch immer, die Herren Verteidiger. Und die Richter sind blöd genug, ihnen zu glauben.« Hannas Hände krampften sich um die Waffe, und Paul wagte nichts einzuwenden. Aus Angst, die Frau könne ihre Gefangenen in einem Anfall blinden Hasses sofort erschießen.

»Was ist das für ein blöder Milderungsgrund: besoffen sein?« Die Waffe richtete sich auf Katrin, die etwas hatte sagen wollen, nun aber stumm blieb und langsam zurückwich. »Bleib stehen, Dirndl! Du gehörst auch zu denen, den Sauhund'! Hat euch vielleicht jemand gezwungen, euch zuzusaufen? Hat euch jemand die Flinte an die Brust gesetzt und verlangt, dass ihr sauft? Antwort mir! Hat das jemand getan?«

Katrin warf einen Hilfe heischenden Blick zu Paul. »Nein. Natürlich nicht, aber …«

»Gibt kein Aber!«, fuhr Hanna ihr über den Mund. »Zum Spaß habts euch besoffen, und zum Spaß habts mir den Simon umgebracht! Und jetzt dürft ihr merken, wie viel Spaß's macht zu sterben, dafür sorg ich. Bei jedem Einzelnen von euch.« Sie sandte Katrin, die sich nicht zu rühren wagte, einen verächtlichen Blick, sah dann zu Paul. »Die schlimme Kindheit, die hatten andere auch und sind keine

Mörder 'worden. Glaubst etwa, meine Kindheit wär einfach gewesen hier am Berg? Schuften von morgens bis zum Abend hab ich müssen, und wenn's nicht genug war, hab ich nichts zu essen bekommen. Und Schläge gekriegt obendrein. Aber bin ich deshalb rumgelaufen und hab andere Leut zu Tod geprügelt? Sag's mir, los! Sag's mir!«

Trotz wallte in Paul hoch. »Ich kenne Sie nicht lange genug, um zu sagen, was Sie getan haben und was nicht.«

Im nächsten Moment sprang Hanna auf und drückte ab. Paul spürte einen brennenden Schmerz am Bein, presste seine Hand auf den Oberschenkel und starrte ungläubig auf das Blut, das durch die Hose sickerte. Wie durch Nebel hörte er Katrins entsetztes Wimmern.

»Nur 'n Streifschuss«, sagte Hanna. »Komm mir noch mal frech, und's geht tiefer, hast kapiert?« Sie lachte grimmig, ein wölfisches Lachen mit gebleckten Zähnen. »Mein Vater war ein paar Jahre bei der Legion. Der hat immer einen Sohn gewollt für den Hof. Drum hat er mich wie einen Buben aufgezogen. Und mich das Schießen gelehrt. Ich treff ein einzelnes Haar auf deinem Schädel, wann immer ich will.«

Von hinten, wo Boris lag, kam lautes Gurgeln. Die Hand noch immer am Oberschenkel, stand Paul vorsichtig auf.

»Geht hin!« Aus Hannas Stimme triefte der Hass. »Schauts zu, wie er stirbt! Damit ihr wisst, wie's euch gehen wird, sobald ich mit euch fertig bin.«

Als Paul zu Boris' Lagerstatt gehumpelt war, sah er, dass die Augen des jungen Mannes starr waren.

»Der ist tot! Der ist wirklich tot!« Katrin weinte nicht, sondern schrie. Drehte sich zur Gittertür, wo Hanna stand, auf das Gewehr gestützt wie sonst auf ihren Hirtenstab. »Du hast ihn umgebracht, du Hex! Du verdammte Mörderin!«

Hanna hob die Büchse. Pauls Herz raste. Und doch … wenn sie sterben mussten, konnte er es wenigstens mit einem Hauch von Selbstachtung tun. Er schob sich vor das Mädchen.

»Willst sie schützen? Eine wie die? 'ne Hur und Säuferin?« Hanna spie die Worte fast, spie auf den Boden. Vermutlich hätte sie Paul ins Gesicht gespuckt, wenn er nicht zu weit entfernt gestanden hätte.

»Katrin war nicht dabei, als Ihr Simon gestorben ist«, versuchte Paul zu beschwichtigen, die Augen wie magisch von der Gewehrmündung angezogen, die sich auf seinen Unterleib richtete. »Genauso wenig wie ich.«

»Du bist hier, weil du's aufschreiben wirst. Alles, was ich dir sag. Du wirst alle sterben sehen, als Letzter drankommen. Wennst alles gesehen und alles aufgeschrieben hast! Damit's die Leut begreifen. Damit s' wissen, wie das mit dem Simon war, auch wenn ich selbst irgendwann tot bin.« Hanna senkte das Gewehr nicht. »Vielleicht brauchst aber noch 'ne zweite Lektion, um zu kapieren, wer hier's Sagen hat?« Die Mündung der Waffe kreiste, als suche sie ein neues Ziel an seinem Körper. Paul brach der Schweiß aus.

»Den Paul darfst du nicht töten, der hat überhaupt nichts gemacht.« Katrins Stimme, piepsig wie die eines Grundschulmädchens. »Seine Schwester war doch … behindert. Genau wie der Simon.«

»Halt du's Maul!«, fuhr Hanna sie an. »Dir glaubt kein Mensch! Und damit du's gleich weißt: Du kommst sowieso als Nächste dran.«

Katrin wollte bei ihrem toten Freund Wache halten, was Paul übertrieben fand, da Boris nichts Schlimmeres passieren konnte, als er in seinen letzten Tagen durchlebt hatte.

»Aber er war mein Freund.«

»Meiner definitiv nicht.« Paul fragte sich, ob er dem toten Jungen die Decke über das Gesicht ziehen sollte, aber sie war so dreckig.

»Du kannst mich nicht mit ihm allein lassen!«

»Im Moment würd ich das mit Freuden tun«, knurrte Paul. »Nur leider hindert mich diese verdammte Tür daran.«

»Ich hab immer gewusst, dass du ein feiger Arsch bist!«, fauchte sie.

Paul sah in den Gang, durch den Hanna verschwunden war. »Und ich wüsst verdammt gern, ob du mitgemacht hättest, wenn du dabei gewesen wärst. Damals, als deine Schlägerfreunde auf den Simon eingeprügelt haben.«

Er las das Entsetzen in ihrem Gesicht. »Du denkst, ich hätt auch …?«

»Wenn du mit den anderen gesoffen hättest: Bist du sicher, dass du dann nicht ebenso zugetreten hättest?«, fragte er hart. Katrin senkte den Kopf.

»Und ich hab mal gedacht, du seist mein Freund.« Ihre Haare leuchteten im Kerzenlicht, und auf ihre Wange fiel ein goldener Schein, zu schön für die schreckliche Umgebung. Katrin setzte sich neben Boris an die Wand, umschlang die Beine mit den Armen. Paul fiel auf, wie dünn sie war. »Vielleicht ist auch die Ev schon tot. Und wir sitzen hier und warten, bis die Hex uns …« Sie konnte es nicht aussprechen.

»Wir werden nicht einfach rumsitzen. Wir kommen raus, irgendwie.« Paul musste sich selbst Mut machen.

»Nicht mal tot lässt die uns raus. Die wirft uns in den Schacht, und das war's«, murmelte Katrin. Paul vermutete, dass sie recht hatte. Er fragte sich, wie sie mit Boris' Leichnam umgehen sollten. Hanna würde ihnen sicher nicht erlauben, den jungen Mann draußen zu begraben. Und im Stollen gab es keine Möglichkeit, ein Grab auszuheben.

»Wie lang wird die warten, bis sie mich …?« Katrin legte das Gesicht auf die Knie.

»Katrin! Lass mich verdammt noch mal überlegen! Wenn mir was Vernünftiges einfallen soll, brauch ich Ruhe zum Denken.«

Als er erwachte, war es stockdunkel. Jemand weinte. Verzweifelt.

»Katrin?«

Das Schluchzen wurde stärker. »Die Kerze. Ich hab die Scheiß-Kerze umgeschmissen.«

Paul spürte eine irrationale Angst, gegen den Toten zu stoßen, während er sich auf Händen und Knien über den Boden bewegte, um nach der Kerze zu tasten. Zum Glück hatte er wenigstens die Streichhölzer in der Hosentasche.

»Mach Licht, Paul, bitte! Bitte!«

»Ich hab nicht mal gewusst, dass du das Wort kennst.«

»Wovon redest du?«

»Von dem Wort *bitte*«, knurrte Paul.

»Lass den Scheiß! Und beeil dich! Ich mag die verfluchte Dunkelheit nicht.«

Und wer fragt mich, was ich nicht mag? Pauls Finger ertasteten endlich das Wachs. Erleichtert zündete er die Kerze an. Katrin atmete tief aus.

»Wieder okay?« Paul sah, wie blass sie war, wie ihre Lippen zitterten. Sie nickte stumm. Hatte sie bis jetzt Totenwache gehalten? Es war fast fünf. Draußen würde es schon hell werden. Draußen. Es musste eine Lösung geben, wie sie aus diesem verfluchten Verlies rauskamen. Paul war in seinem Leben in viele brenzlige Situationen geraten, und hatte jedes Mal einen Ausweg gefunden. Es musste, musste ihm auch dieses Mal etwas einfallen!

»Paul?«

Er blickte zu dem Mädchen.

»Mir ist kalt. Ich will bei dir liegen.«

»Ich hab 'ne bessere Idee.« Paul holte die Alu-Rettungsdecke aus seinem Rucksack. »Wickel dich da rein. Aber falls die Krenmayer kommt, musst du das Ding verstecken. Die gönnt uns bestimmt keinen Komfort.«

»Wenn wir beide drinliegen, wird's noch wärmer.«

»Dafür ist die Decke zu klein.« Paul spürte den Drang nach Allein-sein. Er war nie ein Teamplayer gewesen, hatte nie enge Freunde gehabt. Vielleicht trug er tatsächlich eine Mitschuld daran, dass Janine gegangen war? Weil er keine zu große Nähe zuließ? Nicht bieten konnte, wonach Frauen so wild waren: vertrauliche Gespräche, Liebesschwüre, absolute Intimität?

Als er wieder wach wurde, schlief Katrin fest unter der goldfarbenen Decke. Paul warf einen Blick zu Boris. Er fühlte sich schuldig, weil er bei dem Gedanken, sich nun nicht weiter um den anderen kümmern zu müssen, ungeheure Erleichterung empfand. In Wahrheit allerdings waren seine Sorgen durch Boris' Tod nicht wesentlich geringer geworden. Auch wenn das Leichengift in den Bereich der Mythologie gehörte, würde die Anwesenheit eines Toten im Raum auf Dauer zum Problem werden. Soviel Paul wusste, wurde die Verwesung meist durch die Darmbakterien der Leiche eingeleitet. Und würde vermutlich schon nach wenigen Tagen zu noch schlimmeren Geruchsbelästigungen führen.

Paul trat zum Gitter. Die erste Barriere, die sie einreißen mussten. Noch einmal untersuchte er die Verankerung, betrachtete das umliegende Gestein. Stein. Steinzeit. Den Steinzeitmenschen war nicht mehr zur Verfügung gestanden als ein paar Steine. Daraus hatten sie ihre Werkzeuge gebastelt. Was die gekonnt hatten, sollte er mit dem Wissen der Hightechgeneration doch ebenfalls zustande bringen. Wie elektrisiert suchte Paul nach passenden Felsbrocken.

»Was machst da?« Katrin kam heran, das Haar verwuschelt und das Muster seines Rucksacks, den sie als Kopfkissen benutzte, auf der Wange. Paul wandte sich nicht um, hämmerte mit grimmiger Entschlossenheit auf den harten Fels los.

»Wir müssen ausprobieren, was klappt und was nicht.« Die feuchte Luft und die Anstrengung ließen Paul Schweiß auf die Stirn treten. Bis jetzt hatte er lediglich erreicht, dass sein erster primitiver Faustkeil in zwei Teile zerbrochen war. Während der Fels um das Gitter nur einen winzigen Abplatzer an der falschen Stelle aufwies.

»Bis du auf die Weise den Berg kleinkriegst, sind wir 1000 Jahre tot.«

»Hast du ’ne bessere Idee?«, knurrte Paul.

»Ich hab in meinem ganzen Leben keine einzige gute Idee gehabt«, sagte sie mit der Kinderstimme, die er so anrührend fand.

»Umso größer müsste statistisch die Chance sein, dass dir jetzt mal eine zufällt.«

»Wir kommen nie hier raus. Nicht bevor uns die Hex umbringt. Wir haben nichts, mit dem wir ausbrechen können.« Sie sah auf die Kerze. »Nur Wasser und Feuer.«

Wasser und Feuer. Paul hörte auf zu hämmern. Die Worte erinnerten ihn an einen Islandurlaub. An den Ausbruch des Grimsvötn. Feuer, das Steine aufschmelzen konnte. Oder Metall. Allerdings brachte das Feuer der Erde Temperaturen hervor, die er mit den simplen Kerzen nie erreichen würde. Trotzdem. Im Hinterkopf spürte Paul einen Gedanken reifen, der mit Feuer zu tun hatte. Nur konnte er ihn noch nicht greifen.

»Vielleicht ist das unser letzter Tag«, hörte er Katrin sagen. Und fühlte einen Anflug von schlechtem Gewissen, als er dachte: Für dich vielleicht, aber nicht für mich. Er sollte ja Chronist der Rache werden, erst am Schluss sterben. Und solange Eva im Krankenhaus lag, würde Hanna zumindest an sie nicht herankommen. Außerdem lief auch noch der Quirin frei herum. Was Paul eine Gnadenfrist schenkte. Doch eben nur ihm allein.

»Wirst du tun, was die Hex verlangt?«, fragte Katrin. »Aufschreiben, was passiert?«

»Ich weiß es nicht.« Paul sprach die Wahrheit. »Vielleicht.«

»Sie wird dich zwingen.« Katrin warf einen Blick zu Boris. »Sie dürfte dich nicht töten. Nur uns. Weil wir Mörder sind.«

Er sah zu ihr. »Ich dachte, du seist nicht dabei gewesen?«

»War ich auch nicht.« Doch ihr kurzes Aufbegehren sank schnell zusammen. »Ich hab viel nachgedacht, während du gemeint hast, dass ich schlafe. Auch über das, was du gefragt hast. Ob ich mitgemacht hätte, wenn ich dort gewesen wär …«

Paul fragte nicht nach dem Ergebnis – ihre Niedergeschlagenheit sprach Bände.

»Wir haben den Tod verdient.« Katrin wirkte plötzlich reifer. »Das denk ich wirklich, Paul. Wir haben verdient zu sterben. Aber nicht so. Nicht, wie's die Hexe will!« Sie schüttelte den Kopf. »Was die tut, ist nur grausam.«

Und genau das will sie. Dass ihr die Grausamkeit begreifen lernt. Am eigenen Leib. Paul wanderte an der Wand entlang, fuhr mit der Linken geistesabwesend über den rauen Fels, die fast ebenso dunklen Stützbalken. Wusste nicht, was er sagen sollte. Auge um Auge, Zahn um Zahn. Hanna Krenmayer agierte nach diesem Prinzip. Die Alk-Clique hatte ihren Sohn gequält, nun quälte sie im Gegenzug die Täter. Und weshalb? Weil sie die deutsche Rechtsprechung als zu schwach erlebte.

Und ich?, fragte sich Paul. Wenn mir der Kerl in die Finger fallen würde, der Sonja umgebracht hat, wie würde ich reagieren?

»Woran denkst du?«, fragte Katrin.

»An meine Schwester.«

»Erzähl mir noch mal, wie's geschehen ist.«

Paul sah zu dem Toten im hintersten Winkel, dann zu dem Mädchen und runzelte die Stirn. Wusste nicht, ob er wirklich mit ihr darüber sprechen wollte. Ausgerechnet mit ihr. Dann sagte er sich, dass es egal war. Angesichts des Todes war alles egal. »Was passiert ist, weiß eh niemand. Außer dem Täter.« Er lehnte sich an die Wand, starrte auf den senkrechten Balken gegenüber. »Wie gesagt, wir waren wandern gewesen. Am Soleleitungsweg, weil ich mir kurz vorher den Knöchel verstaucht hatte und nicht groß steigen wollte. Als wir zurückgekommen sind, wollte die Sonja noch zur Oma. Im Ort war sie sonst auch allein unterwegs, deshalb hab ich mir nichts dabei gedacht, sie gehen zu lassen.« Er selbst war nach Hause gegangen, weil ihm der Fuß wieder weh tat. Und erst, als Sonja nicht zum Abendessen kam, hatte er angefangen, sich Sorgen zu machen.

»Gefunden hat man sie am Thumsee?«

»Ja.« Paul setzte sich neben Katrin, biss sich heftig auf die Lippen. »Niemand weiß, ob sie aus freien Stücken dorthin zurückgelaufen ist oder von ihrem Mörder hingebracht wurde.«

»Glaubst du …« Sie sah ihn nicht an, als sie endlich weitersprach. »Hat man sie … vergewaltigt oder so?« Er antwortete nicht, und Katrin schwieg ebenfalls eine Weile.

»Meinst du, das waren solche wie wir?«

Paul starrte sie an. Der Gedanke an eine derartige Parallele war ihm nie gekommen. Ohne dass er es wollte, entstanden die Bilder in seinem Kopf. Eine Gruppe Besoffener, lachend und grölend. Sonja, die vor ihnen wegzurennen versuchte. Die Männer kreisten sie ein, schubsten sie von einem zum anderen. Grobe Hände rissen ihr die Bluse herab, stinkende Münder pressten sich auf ihr sommersprossiges Gesicht. Einer der Kerle stieß sie zu Boden, zerrte ihr die Hose herunter … Die Polizei hatte nicht mehr feststellen können, ob Sonja missbraucht worden war oder nicht.

Katrin seufzte. »Gut, dass es ewig lang her ist. Sonst hättest vielleicht in echt gedacht, das seien auch wir gewesen.«

»Ihr hättet's sein können. Deine Freunde hätten's sein können«, brach es aus Paul heraus. »Du hast sie ein Depperl genannt. Und wenn sie euch in die Quere gekommen wäre, am Saalachwehr? Euer Lagerfeuer hätte anschauen wollen? Was hättet ihr mit ihr gemacht? Sie halb tot geprügelt wie den Simon Krenmayer?« Seine Stimme drohte zu brechen, während Katrin totenblass wurde. »Wenn Sonja mit deiner Schwester mittanzen hätte wollen, was hättet ihr mit ihr angestellt?« Er konnte nicht weitersprechen, wieder wurden die Bilder übermächtig. Sonja hatte so gern getanzt. Er sah sie auf dem Jenner, hoch über dem tiefblauen Wasser des Königssees. Ein später Herbsttag war es gewesen, im Jahr vor ihrem Tod. Sie waren die einzigen Wanderer, Sonja und er, weil die Bahn an diesem Tag wegen irgendwelcher Reparaturen nicht fuhr. Als die Sonnenstrahlen durch den leichten Nebel brachen, als die Wassertropfen auf den Felsen aufglänzten wie Diamanten, hatte Sonja zu tanzen begonnen. Mit nach oben gestreckten Armen Pirouetten gedreht. Ihr Lachen klang in die Weite, und Paul hatte bedauert, keine Videokamera dabeizuhaben, nicht mal einen Fotoapparat. Doch das Bild des tanzenden Mädchens hatte sich auch so unauslöschlich in sein Gedächtnis gebrannt. Weshalb ihn Ninas Tanz an der Saalach so fasziniert hatte.

»Ich weiß nicht, was wir getan hätten.« Katrin rückte ein Stück von Paul ab, als befürchte sie, er werde sie schlagen. Doch Paul beachtete sie gar nicht.

»Wer's war, wer Sonja umgebracht hat, wird nie aufgeklärt werden. Schon, weil die Polizei immer noch denkt, ich sei's gewesen.« Zu seiner Verwunderung merkte Paul, dass der Gedanke weniger schmerzte als früher. War er tatsächlich bereit, sich von der Vergangenheit zu lösen, vorwärts zu gehen? Für wie lange?, fragte er sich bitter. Wenn er in den nächsten Tagen umgebracht werden sollte! Er erhob sich, blickte wieder auf den alten hölzernen Stützpfeiler, der schon wer weiß wie lange hier stand und ihn und das Mädchen überleben würde. Und plötzlich wurde die vage Idee, die bei den Worten »Feuer und Wasser« in seinem Kopf aufgekeimt war, deutlich. Ohne dass er sich darum bemüht hätte.

Paul trat zu dem Balken, legte beide Hände auf das Holz. »Betest du?«

Er drehte sich zu Katrin. »Nein, ich denk gerade über was nach.«

Sie näherte sich vorsichtig. »Übers Sterben?«

»Eher über die Chance zu überleben.«

»Was meinst du?«

»Komm mit.« Paul ging zum Gitter, und Katrin folgte ihm. »Der Pfeiler hier«, Paul zeigte auf den senkrechten Balken, der der Gittertür am nächsten stand, »der stützt die Decke ab.«

»Schön für ihn. Oder wohl eher für uns.«

»Angenommen, wir würden ihn anzünden …«

Katrin starrte Paul an. »Warum willst das tun? Damit uns die Decke auf den Kopf fällt? Weil wir dadurch dann wenigstens schnell hinüber sind?«

»Könnte passieren«, gab Paul zu. »Muss aber nicht. Vermutlich ist die Decke nur vorsichtshalber abgestützt worden.«

»Ich versteh nicht, was du willst.«

»Die zweite Gefahr ist der Rauch. Ich weiß nicht, wie gut der abziehen wird. Oder ob er gar nicht abzieht und wir an Rauchvergiftung krepieren.«

»Und warum, um alles in der Welt, willst du dann mit dem Feuer spielen? Bloß weil wir nix zu tun haben?«

»Wenn die Decke auf dieser Seite einbricht«, erklärte Paul, »oder sich zumindest etwas senkt, könnte sich die Verankerung auf der anderen Seite der Tür lockern.«

Katrins Augen weiteten sich. »Könnten wir dann … raus?«

»Hängt davon ab, wie sich die Schrauben unter Druck verhalten, wie lang sie sind und so weiter. Außerdem«, Paul wollte dem Mädchen nichts verschweigen, keine falschen Hoffnungen wecken, »gibt's dann noch die äußere Tür. Die allerdings aus Holz ist. Sich rund um das Schloss aufbrennen ließe.«

»Ein dicker Haufen von *vielleicht* und *vermutlich*. Und 'ne fette Chance draufzugehen«, murrte das Mädchen.

»Ist ja nur eine Idee. Bisher.«

Katrin strich ihrerseits über den Balken. »Wennst allein wärst, tätest du's probieren?«

Er überlegte, um Ehrlichkeit bemüht. »Ja. Ich denke schon. Aber ich bin nicht allein. Und deshalb machen wir's nur, wenn wir's beide wollen.«

»Ich weiß nicht … Eine Möglichkeit hast, glaub ich, weggelassen.«

Stirnrunzelnd sah Paul sie an.

»Dass die Decke uns bloß ein paar Knochen bricht. Wir dann hilflos hier liegen, bis wir verrecken, so wie …«, Tränen strömten ihr aus den Augen, »wie der Boris.«

Xaver Porant hatte schlechte Laune. Die Fortbildung in München zum Thema Bandenkriminalität, die er am Vortag absolviert hatte, war zwar interessant gewesen. Aber dass der Florian Handler, sein alter Kumpan von der Polizeischule, mittlerweile ein Ferienhaus inklusive Boot am schwedischen Vätternsee sein Eigen nannte, wurmte ihn gewaltig. Der Flori war beim Pauken nie eine besondere Leuchte gewesen, wie also hatte er es geschafft, solchen Luxus zu ergattern? Porant versuchte sich einzureden, dass bestimmt die Frau Handler das Kapital mit in die Ehe gebracht hatte. Aber hatte der Florian nicht auch von Immobilienfonds gesprochen, für die er angeblich ein glückliches Händchen besaß?

Der Kommissar seufzte. Sein Neid auf den ehemaligen Kumpel mochte nicht schön sein, aber menschlich verständlich. Für ihn selbst müsste die eigene Yacht nicht mal an einem skandinavischen See liegen. Der Chiemsee wäre Porant ohnedies lieber. Ob er es mit Börsenspekulationen versuchen sollte? Leider traute er der Börse nicht, hatte sich bisher an Festgeld und Tagesgeld gehalten. Schließlich kannte er genügend Beispiele von Leuten, die sich verspekuliert und ihr mühsam Erspartes via Aktien verzockt hatten.

Anstatt sich auf die vernachlässigten Akten auf seinem Schreibtisch zu konzentrieren, stand der Kommissar auf und trat ans Fenster. Vielleicht könnte er zumindest einen winzigen Teil des Geldes, das er für sein Alter zurückgelegt hatte, in Fonds investieren? Oder wenigstens den Segelschein machen, im Urlaub ein Boot leihen? Die Begegnung mit dem Florian hatte Sehnsüchte geweckt, von denen Porant nicht geahnt hatte, dass sie in ihm schlummerten.

Geistesabwesend bückte er sich, um einen Zettel aufzuheben, der von seinem Schreibtisch gefallen war und sich zwischen den Computerkabeln dahinter verfangen hatte. Gleich darauf schrie er nach seinem Assistenten.

»Was soll das? Wo kommt das her?«

Karl Riegler zog es angesichts der Stinklaune seines Chefs vor, bei der Tür stehen zu bleiben. »Das hab ich dir reingelegt.«

»Wann?«

»Äh …« Riegler hatte keine Ahnung, warum sein Chef das Protokoll des seltsamen Telefonats erst jetzt gelesen hatte, ahnte aber dunkel, dass Porant ihm die Verantwortung zuschieben wollte. »Kannst du dir einen Reim drauf machen?«, entschied er sich dafür, mit einer Gegenfrage zu antworten.

»Find raus, ob dieser Simon Krenmayer was mit der Krenmayer-Alm zu tun hat. Und dann ruf ihn an.«

»Um was zu sagen?«

»Um festzustellen, ob er noch lebt, Herrgottsakrament!«

Als Paul die äußere Tür aufgehen hörte, wurde ihm fast übel vor Anspannung. Kam Hanna, um Katrin zu holen? Er verfluchte sich dafür, das Mädchen nicht überredet zu haben, seinen der Verzweiflung entsprungenen Plan sofort auszuprobieren.

»Zwei Tage hast noch.« Die Almbäuerin ignorierte Paul, der sich wieder auf den Boden hatte legen müssen, und sah nur Katrin an. »Übermorgen Nacht hol ich dich. Und dann wirst richtig zahlen dafür, dass ihr meinen Buben umgebracht habt.«

Katrins Lippen bebten, aber sie schwieg. Hanna trat an das Gitter, schob eine Flasche durch die Stäbe. »Statt der Henkersmahlzeit, wennst verstehst, was ich meine. Los, sauf schon!«

Auf ihr Gewehr gestützt, beobachtete die Bäuerin von jenseits der Tür, wie Katrin sich vorsichtig der Flasche näherte. Jetzt zitterten auch die Hände des Mädchens.

»Was haben Sie ihr reingemischt?« Paul traute der Frau in ihrer Rachsucht alles zu. Katrin, die nach der Enzianflasche greifen wollte, hielt in der Bewegung inne, sah zu ihrem Mitgefangenen.

»Wie kommst drauf, dass ich ihr was reingetan haben könnt, du Gscheithaferl?«

»Ich hab also recht?« Im nächsten Augenblick riss Hanna das Gewehr hoch, Paul rollte sich zur Seite, doch es half nichts. Die Kugel schlitzte die Haut an seiner Schulter auf, und er konnte sich nur mit Mühe beherrschen, um nicht aufzuschreien.

»Du vergisst, dass du hier nix zu melden hast«, sagte Hanna kalt. »Aber damit ihr's wisst: Ich hab den Schnaps tatsächlich aufgebessert. Mit Hundepisse.« Sie schob ihre Kappe in den Nacken, während die Gefangenen sie entsetzt anstarrten. »Und du wirst sehen, Leonberger, dass die Hur das Gesöff trotzdem trinken wird. Weil s' eine Säuferin ist.« Die Almbäuerin lachte höhnisch. Dann warf sie einen Block und ein Bündel Bleistifte in den Gefängnisstollen. »Und damit du dich nicht langweilst, kannst schon mal anfangen aufzuschreiben, was du weißt. Über das hier.« Ihre Handbewegung umfasste den ganzen Berg. »Vielleicht wirst nach deinem Tod sogar berühmt durch die Geschichte?« Mit dem gleichen gehässigen Lachen wie vorhin marschierte sie fort.

Sie saßen einander gegenüber, jeder auf einer Seite des Gangs. Paul spielte mit einem Bleistift. Ihn juckte es in den Fingern, das zu tun, was die Hexe, wie Katrin sie nannte, verlangte: aufzuschreiben, was er über den Fall wusste, was an der Saalach und hier im Stollen geschehen war. Seine und Katrins Verzweiflung zu schildern. Die kalte, feuchte Luft. Den ekelhaften, immer schlimmer werdenden Geruch, der von Boris' totem Körper ausging.

Auf der anderen Seite widerstrebte es ihm, sich die Schreibe aufdrängen zu lassen, egal von wem. Tat er, was Hanna befahl, hätte die Bäuerin wieder eine Schlacht gewonnen. Nicht den Krieg, den noch nicht. Aber ein entscheidendes Stück davon.

»Unfair, dass die Hex auch dich abknallen will«, sagte Katrin nach stundenlangem Schweigen, während ihr Blick auf der Flasche ruhte. Sie verbarg die zitternden Hände unter den Achseln.

»Das Leben gibt keine Garantien. Auch nicht für Fairness.«

»Als der Basti weg wollte …« Katrins Stimme wurde träumerisch. »Da hab ich gedacht, dass es vielleicht 'ne zweite Chance gäbe. Für uns alle. Dass wir mit dem Saufen aufhören könnten, uns richtige Jobs suchen. Na ja, wenigstens die Nina und ich.«

»Auf den Kanaren«, erinnerte sich Paul an das, was sie früher mal erwähnt hatte.

»Zum Beispiel. Irgendwo, wo uns keiner kennt. Wir hätten als Zimmermädel gearbeitet oder als Kellnerinnen. Kohle hätten wir nicht viel gebraucht. Nur so viel, dass wir abends, nach der Arbeit, an den Strand hätten gehen können. Sonnenuntergänge sehen. Und Möwen. Ich mag Möwen, weißt du?«

»Möwen sind Raubtiere.«

»Wir Menschen auch. Das macht uns zu ihren Verwandten.«

KAPITEL 18

Der kalte, harte Steinboden war unbequem. Und der Gestank durchzog mittlerweile den gesamten Stollen. Doch seltsamerweise hinderten Paul die äußeren Umstände weniger am Einschlafen als der Gedanke an seinen Vater. Sollte der querulante alte Mann tatsächlich seine ganze Familie überleben?

Dann dachte Paul an die eigene Zukunft, die es nicht mehr geben würde, an die vielen Dinge, die er nie mehr tun könnte. Spontan fiel ihm die Zugspitze ein, zu der er gern an einem schönen Sommerwochenende hinauf gewandert wäre. Über die Höllentalklamm. Eine Tour, von der er träumte, seit er Paris verlassen hatte. Eine entspannte Wanderung mit Übernachtung auf der Schutzhütte und Picknick abseits vom Weg der Massen.

Immer hatte er geglaubt, für die schönen Dinge des Lebens noch viel Zeit zu haben. Schließlich war er erst knappe 38. Und sein Geschick mit Aktien hatte ihm in den letzten Jahren stets das für seine Träume nötige Geld geliefert. Trauer wandelte sich in Zorn. Katrin sollte als nächstes Opfer der Almbäuerin sterben. Paul hatte von Boris erfahren, wie das vermutlich ablaufen würde. Hanna würde Katrin mit gefesselten Händen irgendwo in der Wildnis der Berge freilassen. In der Finsternis. In einer Umgebung, die das Opfer nicht, die Jägerin mit ihrer privaten Fremdenlegionärsausbildung aber wie ihre Westentasche kannte. Zudem benutzte Hanna ein Nachtsichtglas. Als Erstes schoss sie das Opfer an. Damit es nicht zu schnell laufen konnte. Und dann weidete sie sich an seiner Angst, seinen verzweifelten Versuchen zu entkommen. Während sie ihm mehr und mehr Kugeln in den Leib setzte. Bis sie ihr Opfer entweder, wie bei Bastian Tritting, in einen Abgrund warf, oder es, wie im Fall von Boris, zum qualvollen Sterben in den Stollen zurück brachte. Nur bei Nina hatte Hanna Krenmayer ihren ursprünglichen Plan nicht umgesetzt, sondern das schlafende Mädchen an Ort und Stelle erwürgt, als sie es durch Zufall nackt und betrunken an der Saalach entdeckte.

Paul drohte bei der Vorstellung, die Almbäuerin könne ihr grausames Jagdspiel auch bei Katrin durchziehen, das Blut in den Adern zu gefrieren. Er beschloss, am Morgen noch einmal mit dem Mädchen über das Anzünden des Stützpfeilers zu diskutieren. Und sich durchzusetzen. Jetzt besaßen sie sogar die Blätter des Notizblocks, um daraus eine Anzündhilfe zu basteln, die sie mit Kerzenwachs tränken konnten. Jede, auch die winzigste Chance war besser, als untätig und hilflos auf den Tod zu warten. Als er diese Entscheidung getroffen hatte, fühlte Paul sich ruhiger und glitt endlich in Schlaf.

Als er das erste Mal erwachte, herrschte um ihn tiefste Schwärze. Wahrscheinlich war die Kerzenflamme wieder mal im Wachs ertrunken. Er wusste nicht genau, was ihn geweckt hatte, doch dann kam das Geräusch wieder. Es hörte sich an, als setze jemand ein Glas ab. Obwohl sie nur Wasser in Plastikflaschen hatten.

»Katrin!« Ein Gefühl des Horrors überflutete Paul, als er begriff, was geschah. »Katrin, hör auf! Sofort!«

Er fummelte nach den Streichhölzern, fand die Kerze nicht. »Katrin!«, schrie er. »Wo ist die verdammte Kerze?«

Keine Antwort. Auf allen Vieren machte Paul sich auf die Suche, stieß gegen Katrins Beine, ohne dass das Mädchen reagierte. Entdeckte endlich die Kerze, kratzte den Docht frei, strich ein Zündholz an. Und sah, was er befürchtet hatte.

Das Mädchen saß zusammengesunken an der Wand. Die kleine Schnapsflasche halb leer neben sich. »Ich … ekel mich … vor mir selbst.« Ihre Stimme war kaum vernehmbar.

»Das sollst du auch, verdammt noch mal! Mir graust's nämlich auch vor dir! Einem Mädel, das Hundepisse säuft!«, schrie Paul. Er riss die Flasche an sich, schleuderte sie nach hinten, in den Stollenteil, wo sich die Latrine und Boris'

Leiche befanden. Das Geräusch des zerbrechenden Glases bereitete ihm grimmige Befriedigung.

»Du Idiot! So hätt ich wenigstens … mit 'nem Mini-Räuscherl sterben können …«

»Besitzt du überhaupt keinen Funken Selbstachtung?« Paul merkte, dass er wieder brüllte, aber er war schockiert wie selten. Klar hatte er in seinem Leben viele Alkoholiker getroffen. Frauen, die sich für ihre Sucht prostituierten, Jungs, die in Getränkemärkte einbrachen, und Männer, die unter Brücken pennten. Aber nie hatte ihn etwas derart mitgenommen wie der Anblick dieser jungen Frau, die aus der Enzianflasche trank, obwohl sie von deren widerlichem Inhalt wusste.

Katrin ließ sich auf die Seite fallen, rollte sich zusammen. »Mir ist so kalt.«

Ist mir scheißegal, dachte Paul. Warum hatte er die Flasche nicht gleich weggeworfen? Raubte ihm die schreckliche Situation den Verstand? »Schlaf!«, sagte er ohne jedes Mitleid, während er mithilfe eines Bleistifts eine Abflussrinne in die Kerzenwand drückte.

»Lass das Licht an … In der Dunkelheit lauert der Tod.«

»Lauf!« Die Stimme seines Vaters hallte von überall her wider. Paul wusste nicht, wo er stand, um ihn herum war alles finster, unter seinen Füßen Matsch. Oder etwas, das sich wie Matsch anfühlte. Er wollte rennen, doch seine Beine waren zu schwer, und der Untergrund gab nach, immer weiter. Ich versinke. Ich werde im Sumpf ertrinken! Pauls Herz jagte. Ihm war übel vor Angst. Der Matsch stank grauenhaft. Und jemand schrie. Heiser. Schrie um Hilfe. Er selbst?

In Panik schreckte Paul hoch. Ein Traum. Das Sumpferlebnis war ein Traum gewesen. Sein Herz hämmerte noch immer, als wolle es einen Rekord aufstellen. In der Realität schrie niemand, doch nach und nach trat ein gurgelnder Laut in Pauls Bewusstsein. War Katrin schlecht? Von dem Schnaps? Hatte die Almbäuerin nicht nur Pisse, sondern zusätzlich Rattengift in das Getränk gemischt?

Schnell blickte Paul sich um. Was er sah, ließ ihm fast das Blut gefrieren: Katrin hing. Sie hatte es geschafft, den Stoffgürtel ihrer Hose an einem der die Decke stützenden Querbalken zu befestigen. Das andere Ende bildete eine Schlinge um ihren Hals. Der Stollen war an der Stelle so niedrig, dass Katrin sich nicht in voller Länge hatte aufhängen können, sondern röchelnd auf den Zehenspitzen stand. Und immer wieder versuchte, die Knie anzuziehen, um die Schlinge durch ihr Körpergewicht zu verengen. Schmerz, Luftnot und Panik ließen sie dann gleich wieder die Beine ausstrecken, sodass ihre Bewegungen einem verrückten tödlichen Tanz glichen.

Paul schoss hoch, packte das Mädchen an den Beinen und hob ihren Körper an, um den Hals zu entlasten.

»Nimm die verdammte Schlinge ab!«, brüllte er. Seine Stimme hallte tausendfach von den Wänden zurück.

Katrin reagierte nicht, und für einen schrecklichen Moment dachte Paul, sie sei tot, in eben diesem Moment gestorben. Erneut schrie er sie an, und diesmal gehorchte sie, versuchte mit kraftlosen Bewegungen, die Schlinge zu erweitern. Paul konnte ihr nicht helfen, hatte Angst, sie loszulassen. Und so dauerte es ewig, bis es dem Mädchen schließlich gelang, den Gürtel soweit zu lockern, dass sie ihren Kopf herausziehen konnte. Paul ließ Katrin herunter, löste den Gürtel von dem Balken, rollte ihn zusammen und schob ihn in die Hosentasche.

»Bist du jetzt total durchgeknallt, oder was?«, herrschte er das Mädchen an, erleichtert und wütend zugleich.

»Ich dacht halt …« Sie massierte ihren Hals, an dem sich ein roter Striemen zeigte. »Ich hab gedacht … es wär einfacher so. Schneller.« Ohne ihn anzusehen, hockte sie wie ein Häuflein Elend auf dem Boden, würgte und hustete abwechselnd. »Außerdem … Ich hab mich dermaßen vor mir geekelt … gewusst, dass auch du mich widerlich findest.«

»Ich bin einer von vielen«, sagte Paul mit ungewohnter Bescheidenheit. »Gibt Millionen andere, denen deine Sauferei scheißegal ist.«

»Aber diese anderen kenn ich nicht.«

Sie fror so stark, dass es ihren schmächtigen Körper schüttelte. Paul zog sie an sich, um sie zu wärmen. Sie machte sich in seinen Armen klein, blieb lange Zeit still, sodass Paul vermutete, sie sei eingeschlafen. Bis sie wieder sprach.

»Paul?«

»Ja?«

»Ich will mit dir schlafen. Richtig schlafen.«

Instinktiv ließ er sie los. »Nein.«

»Warum nicht? Stehst du doch auf Jungs?«

»Quatsch. Ich will einfach nicht. Nicht hier, nicht jetzt. Nicht mit dir.«

Stille.

»Überhaupt«, fügte Paul nach einer Weile an, »bin ich nicht sicher, ob mein Körper in dieser Situation funktionieren würde.«

»Das könnte man ausprobieren.« Ihre Stimme, eben noch schläfrig, wurde flehend. »Paul, wir werden umgebracht! Ich will mich nicht jetzt schon wie tot fühlen. Lass uns lebendig sein, ein letztes Mal!«

»Ich schlaf nicht mit Alkoholikerinnen.«

»Und wenn ich versprech, zu den AAs zu gehen, falls wir doch überleben, durch ein Wunder oder so?«

Ein Wunder. Paul dachte an Kommissar Porant, den er quasi mit der Nase auf das Verschwinden des jungen Simon Krenmayer gestoßen hatte. Würde Porant den Tipp ernst nehmen? Falls ja, wie würde er reagieren? Und Hanna? Wenn die Bäuerin das Versteck im Stollen verschwieg, würden ihre Gefangenen vermutlich nie gefunden. Müssten im Berg verdursten, sobald die Wasservorräte aufgebraucht wären. Eine erschreckende Vorstellung.

Um seinen Körper hätte er sich nicht zu sorgen brauchen. Der reagierte, wie von der Natur vorgesehen, auf die zarte Haut des Mädchens, die kleinen frischen Brüste, den Flaum ihres Dreiecks.

»Jetzt fühl ich mich besser«, sagte Katrin, als sie eng aneinandergeschmiegt die Kälte der Umgebung zu vergessen suchten. »Als ob ich doch noch was wert wär.«

»Dann sollten wir alles tun, um dein bisschen Leben zu retten.«

Sie rieb ihre Wange an seinem unrasierten Kinn. »Du meinst, den Pfeiler abbrennen?«

»Ja.«

»Und was ist mit der äußeren Tür?«

»Die schaffen wir auch irgendwie.«

Katrin schwieg eine Weile. »Hat's dir gefallen?«, fragte sie endlich.

»Wovon redest du?« Sein Hirn arbeitete bereits an den Details für ihre Flucht.

»Na von eben natürlich. Vom Ficken. Soll ich's dir buchstabieren?«

313

»Nicht erforderlich.« Paul mühte sich, seine Worte mit Bedacht zu wählen. »Katrin, ich bin nicht verliebt in dich.«

»Ich weiß.« Ihre Stimme klang resigniert. »Nur ich in dich.«

»Du bist …?« Automatisch rückte er ein Stück von ihr ab. Fühlte sich schuldig, ohne zu wissen, weshalb.

»Ich kann nix dafür. Ist nach und nach passiert. Gefühle hat man einfach.«

Dagegen ließ sich wenig einwenden. Paul beschloss, das Gesprächsthema zu wechseln. »Wir sollten so bald wie möglich mit dem Feuerzauber anfangen. Für den Fall, dass Hanna ihre Pläne ändert. Früher kommt, als erwartet.«

»Jetzt ist mir egal, ob die Steine mich erschlagen.« Katrin hörte sich fast fröhlich an. »Weil ich weiß, dass du dich doch nicht total vor mir ekelst.«

»Können wir uns endlich auf Wesentliches konzentrieren?«

»Sind meine Gefühle unwesentlich?«

»Überleben ist wichtiger. Weil man nur fühlen kann, solange man lebt.« Paul zählte bereits die Streichhölzer.

Es wollte nicht klappen. Die Anzündhilfe aus Schreibpapier verglühte, ehe sie die feuchte Oberfläche des Holzes in Brand setzen konnte.

»Wir bräuchten mehr brennbares Material.«

Katrin warf einen Blick in die hinterste Stollenecke. »Die … Decken vom Boris?«

Paul sah zu ihr.

»Wenn der Boris wüsste, dass wir versuchen rauszukommen, tät er mir die Decken geben. Die Jungs haben uns immer beschützt.« Katrin biss sich auf die Unterlippe, bis sich ein winziger Blutstropfen zeigte. »Nur, ich schaff das nicht, ihn … auszuwickeln.«

Auch Pauls Lust, den Toten aus den Decken zu schälen, hielt sich in Grenzen. Boris' Leiche war kein schöner Anblick, und der Gestank aus der Nähe noch entsetzlicher. Andrerseits mochten die Decken wirklich nützlich sein.

»Okay, ich mach's.« Paul sehnte sich nach einem Mentholbonbon oder einer Mentholsalbe, die er sich unter die Nase hätte streichen können, um den ekelhaften Geruch zu überdecken. Aber er hatte nichts dergleichen, konnte lediglich versuchen, durch den Mund zu atmen. Und das Gesicht des Leichnams so wenig wie möglich anzusehen.

Er konzentrierte sich auf die Decken und würgte trotzdem, sobald er das Bündel mit dem Toten das erste Mal bewegte. Im nächsten Augenblick beugte er sich über die Latrine, erbrach sich, bis nichts mehr kam. Und zwang sich dennoch, wieder anzufangen. Katrin hatte sich dicht ans Gitter gesetzt, ihm den Rücken zugewandt.

»Besser, du gehst woanders hin.« Paul kam mit der ersten Decke in der Hand, wollte dem Mädchen den Geruch ersparen. Sich eng an der gegenüberliegenden Wand haltend, schob sich Katrin an ihm vorbei.

Paul ballte die Decke am Fuß des hölzernen Pfeilers zusammen, schob zusammengeknülltes Papier darunter. Zündete es mit der Kerze an. Und hoffte, dass die Decke nicht zu viel Kunstfasern enthielt, die giftige Gase emittieren würden. Reichlich Qualm entwickelte sie auf jeden Fall. Schon bald tränten seine Augen, und er begann zu husten. Doch zumindest brannte das Zeug.

Zu Pauls Freude fraßen sich die Flammen nur langsam durch die Decke, sodass der Fuß des Stützpfeilers zunächst oberflächlich abtrocknete, sich allmählich schwarz färbte und schließlich an ein paar Stellen zu glimmen begann. Paul blies vorsichtig auf die am meisten versprechende Glut, bis er endlich, endlich das prasselnde Geräusch eines richtigen Feuers vernahm.

»Gehen wir zu dem Schacht dort.« Paul war mittlerweile sicher, dass die nach oben führende Röhre Frischluft lieferte. Auch Katrin hustete jetzt, die Augen weit vor Angst.

»Aber wenn die Decke vorn runterkommt …«, protestierte das Mädchen.

»Falls sich überhaupt was tut, wird's noch 'ne halbe Ewigkeit dauern. Und wir müssen bis dahin nicht ständig den Qualm einatmen.« Paul zog Katrin mit sich. »Setz dich. Der Rauch steigt nach oben, deshalb kriegt man unten weniger davon ab.« Jetzt war er froh darüber, gelegentlich über Feuerwehreinsätze berichtet zu haben, das dadurch erworbene Wissen kam ihnen hier zugute.

Je länger der Balken brannte, umso dichter wurde der Rauch, bis sich auch Paul ernsthafte Sorgen machte. Zum einen um ihre Gesundheit, und zum andern darum, ob ein Teil des Qualms durch den Luftschacht nach draußen steigen und Hanna auf den Brand aufmerksam machen könnte. Inzwischen konnten sie den brennenden Stützbalken hinter den dichten Schwaden nicht mehr erkennen.

»Okay, gehen wir wieder weiter nach vorn.« Paul spürte ein flaues Gefühl im Magen. Es war eine Sache, über die Gefahren des Ausbruchsversuchs zu reden, aber eine ganz andere, sich unmittelbar von ihnen bedroht zu wissen. Wenn sie im hinteren Teil des Stollens abwarteten, konnte das Einbrechen der Decke ihnen jeden Weg ins Freie auf immer und ewig abschneiden. Stellten sie sich dagegen zum Gitter, riskierten sie, von herabfallenden Steinen erschlagen zu werden.

»Bleib dicht an der Wand.« Paul schob Katrin an die dem Feuer gegenüber liegende Stollenseite, wo sie sofort stärker hustete. Dass er das Mädchen dabei hatte, machte für Paul alles schwieriger. Hatte er ihr Todesurteil gefällt, als er das Feuer legte? Er sah zu ihr, die wie ein verschrecktes Kaninchen neben ihm kauerte, die Haut orange-golden vom Widerschein der Flammen. Die plötzlich erstarben.

Paul fühlte, wie sich seine Muskeln spannten. War das Feuer aus Mangel an Sauerstoff ausgegangen oder der Balken schon komplett verbrannt?

»Was ist jetzt mit diesem Simon Krenmayer? Hast was rausgekriegt?« Kommissar Porant verspürte immerhin eine leichte Neugier darauf, was der lästige Journalist, der vermutlich zwei Mädchen ermordet hatte, ihm als Spur aufdrängen wollte. Denn wer sonst außer diesem Schreiberling hätte sich bei einem anonymen Anruf selbst als »Dorfdepp« bezeichnet?

»Er ist der Sohn der Almbäuerin. Und quicklebendig. Sagt seine Mutter.« Karl Riegler dachte sehnsüchtig an den Döner in seiner Tasche, den er erst würde essen dürfen, wenn sein Chef zufriedengestellt war.

»Hast ihn gesehen?«

»Der ist gar nicht in Reichenhall, sondern auf Dauerurlaub bei Verwandten, wenn man's so nennen will.« Karl blätterte in seinem Notizblock, bis er die entsprechende Seite fand. »Der Typ ist behindert. Autistisch, hat die Mutter gesagt. In ihrem Alter und bei ihrem Job braucht sie wohl ab und an 'ne Auszeit von ihm.«

»Wie kommt dann dieser Hirsch von Leonberger darauf, dass der Junge vermisst sein soll?« Porant fragte sich, wie er diese Geschichte einordnen sollte. Wollte der Journalist ihn auf eine falsche Fährte locken? Zeit schinden, um Spuren zu verwischen? Andrerseits, im Fall von Bastian Tritting hatte der Schmierenschreiber recht behalten.

»Lass dir von der Mutter eine Kontaktadresse geben. Damit wir bei der Verwandtschaft nachhaken können.« Der Kommissar hievte sich aus seinem Stuhl. »Ich werd indessen persönlich beim Leonberger vorbeischauen und mir anhören, was ihm jetzt wieder eingefallen ist.«

Karl wartete, bis sich die Tür hinter seinem Chef schloss und holte den Döner heraus. Wenn nicht einmal der Chef wusste, ob es sich lohnte diesen Tipp zu verfolgen, konnte die Kontaktadresse definitiv warten.

Im Haus des Journalisten blieb auch nach Porants Klingeln alles still. Ein ungepflegtes Haus, wie der Kommissar mit Abscheu feststellte. Zumindest die toten Äste der Hortensien in dem winzigen Vorgarten hätte der Besitzer herausschneiden können. Und mit dem Mähen überanstrengte er sich auch nicht.

Ob der Mann im Garten saß? Porant ging um das Haus herum. Was er dahinter sah, gefiel ihm, dem Mann der Ordnung, noch weniger: Dem hohen Gras ließ sich bestenfalls noch mit einer Sense Herr werden, und die alten Schuppen gehörten dringend renoviert, ehe sie komplett zusammenfielen. Der herumliegende Schrott – verrostete Zinkkannen, Eimer ohne Henkel, faulige Latten mit herausstehenden Nägeln – wartete vermutlich seit ewig auf Entsorgung. Unter zwei wild wuchernden Johannisbeersträuchern lag ein räudig aussehender Kampfhund, der den Kommissar anknurrte. Zwischen den Pfoten hielt er etwas, das aussah wie der kopflose Körper einer dicken Ratte. Es konnte sich aber auch um ein Meerschweinchen aus der Nachbarschaft handeln – so genau wollte Porant das gar nicht wissen.

Das Ordnungsamt sollte man dem Schreiberling auf den Hals hetzen, dachte er. Zum Beispiel wegen des Verdachts auf eine Rattenplage.

»Hallo?«

Porant fuhr herum.

»Sie hier? Hat der Leonberger doch was mit dem Tod von der Nina zu tun?«, fragte Max Matieser mit finster gerunzelter Stirn, während ihm seine Exfrau beschwichtigend die Hand auf den Arm legte.

Der Kommissar ignorierte die Frage. »Und was wollen Sie von ihm?«

»Wir möchten mit unserer Tochter reden«, erklärte Luise rasch. »Ihr anbieten, dass wir ihr ein kleines Appartement finanzieren, wenn sie im Gegenzug eine Ausbildung macht. Oder sich eine feste Arbeit sucht.« Sie seufzte. »Vielleicht habe ich zu lange nicht begriffen, dass sie nicht mehr mein kleines Mädchen, sondern eine junge Frau ist.«

»Im Moment ist niemand hier, außer dem dort.« Porant wies mit dem Kinn zu dem Hund. Jetzt erst fiel ihm die verschorfte Wunde am Kopf des Tiers auf, über der glänzende Fliegen summten.

»Gestern war ebenfalls niemand da. Und in der Redaktion von ›Reichenhall heute‹ hat sich der Leonberger auch nicht gemeldet«, knurrte Matieser. Er blickte zu dem Hund. »Den Tierschutzverein sollt man informieren, weil das Viech wildern geht. Wahrscheinlich weil's nichts zu fressen kriegt von seinem angeblichen Herrn. Und prügeln tut er den Köter obendrein, wie's aussieht.«

Für einen Moment öffnete Luise den Mund, als wolle sie widersprechen, doch sie tat es nicht.

Der Kommissar blickte über den stillen Garten. Zwei Pfauenaugen spielten über dem üppig blühenden Löwenzahn. Ihre Raupen lebten auf Brennnesseln, meinte Porant irgendwo gelesen zu haben. Hier fanden sie ein Festmahl vor; in den schattigen Ecken waren die Nesseln auf stattliche zwei Meter herangewachsen. Ohne dass ihnen jemand Einhalt bot.

Langsam kehrte Porant zu seinem Wagen zurück, rief in der Zeitungsredaktion an. Wo ihm Mad Fred mitteilte, dass »der Arsch von Leonberger« weder ans Handy ging noch seine Mails beantwortete.

Noch mehr Verschwundene? Und wieder war ein junges Mädchen dabei. Natürlich konnte man keine Suchmeldung herausgeben, wenn zwei erwachsene Menschen ein paar Tage lang nicht zu erreichen waren; schließlich ließ sich nicht ausschließen, dass der Journalist und sein Betthaserl einen Kurzurlaub am Chiemsee oder sonstwo verbrachten. Aber man sollte die Sache im Auge behalten. Porant beschloss, seinem Assistenten aufzutragen, alle zwei Stunden Leonbergers Handynummer zu probieren.

»Da tut sich gar nichts«, sagte Katrin mit kleiner Stimme. Der Qualm hatte sich zum Teil verflüchtigt, aber Pauls Theorie von einem Teileinsturz der Decke schien sich nicht zu bewahrheiten. Paul rieb sich die tränenden Augen.

»Wenigstens sind wir nicht von Felsen erschlagen worden.« Doch auch seine Stimmung erreichte den absoluten

Nullpunkt. Das Wegbrennen der Stütze war seine einzige Hoffnung gewesen, und er fühlte sich versucht, gegen die Wand zu schlagen und zu treten. Und tat es nur deshalb nicht, weil er fürchtete, dass dann das Mädchen hysterisch werden könnte.

»Was machen wir jetzt? Warten, bis die Hex …?« Katrin vollendete den Satz nicht, und Paul fiel keine Antwort ein.

»Die Nina und ich … Meist haben wir uns echt gut verstanden. Aber manchmal … hab ich sie richtig gehasst.« Sie hatten ihre letzte Kerze angezündet, doch sie wollte nicht ordentlich brennen. Seit mindestens einer Stunde hatte niemand gesprochen, und Paul schrak zusammen, als er nun Katrins leise bittere Stimme hörte.

»Warum?«, fragte er ohne Interesse, hätte lieber seine Ruhe gehabt. Wenn er auch nicht wusste, wozu. Schließlich würden sie bald für immer ruhig sein. Zwangsweise.

»Sie war ja zwei Jahre älter als ich. Hat mir oft Sachen weggenommen. Spielzeug, als wir klein waren. Später Kosmetika. Und weil sie stärker war und …«, Katrin überlegte kurz, »kämpferischer, hatte ich keine Chance, je was zurück zu kriegen. Außerdem – die Mama war immer auf ihrer Seite.« Sie zuckte die Achseln. »Weil mein Vater nicht wirklich Ninas Vater war. Deshalb hat sich die Mama immer schuldig gefühlt, glaub ich.«

Paul nickte, schnippte ein Steinchen in Richtung der Kerze und verfehlte sie.

»Warst du eifersüchtig auf deine Sonja?«

»Eigentlich nicht …« Dann richtete Paul sich auf. »Oder doch. Ab und an. Als wir klein waren, vor allem. Die Sonja hat spezielle Förderung gekriegt. Ich dagegen sollte immer alles von allein können. Und wenn's nicht geklappt hat, hab ich Watschen kassiert.« Er lachte unfroh. »Aber später wurde eher die Sonja vernachlässigt. Weil mein Vater gemerkt hat, dass sie trotz aller Förderstunden nie wie andere sein würde.«

Katrin brach ein Stück Wachs vom Kerzenrand, knetete es geistesabwesend. »Am meisten gehasst hab ich die Nina, als sie den Quiri hat fallen lassen …«

»Und sich Bastian zuwandte«, vollendete Paul für sie. »In den du verknallt warst.«

Das lastende Schweigen zog sich in die Länge. Bis ein hohles Ächzen, das den gesamten Stollen erfasste, die Gefangenen aufblicken ließ. Im nächsten Augenblick schlug ein fußballgroßes Stück Fels neben Katrin auf den Boden, weitere Steine lösten sich von der Wand. Paul zerrte das Mädchen dicht an das Gitter, gerade rechtzeitig, ehe ein riesiges Stück der Decke herunterkrachte und auf dem Stollengrund in mehrere Teile zerbrach.

»Verdammt, das bröckelt auch draußen!« Paul wies in den Gang hinter dem Gitter, wo sich nun ebenfalls Steinschichten lösten. Sollte zu viel herunterkommen, würden die Trümmer den Ausgang versperren.

Paul rüttelte an den Eisenstäben. Nichts. Kurz darauf erwischte ihn ein Steinbrocken an der Schulter, und er spürte, wie gleichzeitig ein Ruck durch das Gitter ging. Er warf sich mit aller Kraft dagegen. Einmal, zweimal, dreimal. Ein lautes Knacken – und das Gitter hielt den veränderten Kräfteverhältnissen im Fels nicht stand, zwei Stäbe knickten wie von Geisterhand. An der Seite, an der der hölzerne Stützbalken fehlte, sprang die Gittertür aus der Verankerung, war jedoch danach so verdreht, dass sie sich nicht einfach aufschieben ließ. Gemeinsam drückten und schlugen die Gefangenen dagegen, bis die Tür wenigstens einen schmalen Spalt freigab.

»Da komm ich durch!« Im Nu hatte Katrin sich hinausgezwängt.

»Warte bei der vorderen Tür!« Paul rannte zurück zu Boris. Der Gestank der Leiche schien durch den Brandgeruch überdeckt. Oder vielleicht lag es an den reichlich ausgeschütteten Endorphinen im Blut, dass Paul die Fäulnis nicht mehr wahrnahm. Er zerrte die zweite Decke grob von dem Toten herunter, schnappte sich die Kerze sowie seinen Rucksack und lief Katrin hinterher.

Bei der vorderen Tür war der Gang nach wie vor intakt. Paul fragte sich, ob die Luftzufuhr weiter funktionieren würde, falls der nach oben führende Schacht im hinteren Stollenteil kollabierte. Besser, nicht darauf zu warten. Nicht nachzudenken. Denn hatten sie überhaupt eine Wahl? Er prüfte die äußere Tür, stellte fest, dass es reichen würde, das Holz um das Schloss herum wegzubrennen, und begann, aus den herabgefallenen Steinen eine Art Altar für das geplante Feuer zu bauen. Um nicht Brennstoff und kostbare Zeit mit den unteren Teilen der Tür vergeuden zu müssen.

Als er die Wolldecke auf sein Bauwerk packte, hörte er vom hinteren Teil des Stollens ein dumpfes Grollen und gleich darauf ein Krachen, das von den Wänden widerhallte. Ein gewaltiges *Rumms!*, eine Staubwolke schoss auf die Gefangenen zu. Paul riss Katrin an sich, drückte ihr Gesicht gegen seine Brust, während er selbst die Augen schloss.

Als er sie hustend und spuckend wieder öffnete und der Staub sich etwas legte, erkannte Paul, dass der komplette hintere Teil des Stollens zusammengebrochen war. Die Latrine, Boris' Leiche – der Fels hatte alles unter sich begraben. Endgültig.

Langsam gab Paul das Mädchen frei, und Katrin blickte ebenfalls nach hinten. Als sie das Ausmaß des Felseinbruchs erkannte, schossen Tränen in ihre Augen. »Boris«, flüsterte sie. »Der Boris ist …« Ihre Miene spiegelte den Horror wider, den sie empfand.

»Er hat nichts gespürt.« Paul dachte, dass Boris überdies an seinem Schicksal nicht unschuldig war. Dennoch rührte ihn die Solidarität, die Katrin für den toten Kumpan zeigte.

»Nein, aber … Er wird jetzt nie 'n Grab kriegen.«

»Vielleicht ist der Berg gar kein schlechtes Grab.« Obwohl sie eben mit knapper Not der Katastrophe entgangen waren, arbeitete Paul gleich darauf an seiner Feuerstelle weiter. Flüchtig dachte er an den Katholizismus, der seine Jugend beherrscht hatte. Dieselben Leute, die sich sonntags in der Kirche anhörten, dass Jesus die Sünden vergab, hatten unter der Woche eine spitzzüngige Hexenjagd auf ihn, den damals 17-Jährigen, veranstaltet. Wie würden sie Boris' Tod sehen? Im Lauf der Jahre war Paul klar geworden, dass die meisten Menschen, die sich als religiös bezeichneten, einer alttestamentarischen Gotteslehre anhingen. Mit einem Gott, der das Böse knallhart bestrafte. Die Halte-die-andere-Wange-hin-Botschaft stand oft in allzu krassem Gegensatz zum Gerechtigkeitsempfinden des Durchschnittsbürgers.

Während er die Decke in Brand setzte, dachte Paul auch an Hannas Worte, dass Mörder und Totschläger häufig mit läppisch geringen Strafen davonkamen. Vor allem, wenn es sich um junge Leute oder Betrunkene handelte. Paul erinnerte sich, kürzlich von einem Urteil gegen einen Rentner gelesen zu haben, der über Jahre hinweg seine Enkelin missbraucht hatte. Zwei Jahre auf Bewährung hatte er bekommen. Die milde Strafe deshalb, weil er die Taten gestanden hatte. Auch Pauls Gerechtigkeitssinn hatte sich darüber empört, dass der Mann keinen einzigen Tag ins Gefängnis musste. Trug die Justiz tatsächlich Mitschuld an Hannas Rachefeldzug? Weil die Almbäuerin auf keine angemessene Strafe für diejenigen hoffen durfte, die den Tod ihres Sohnes verschuldet hatten?

Weshalb Alkoholmissbrauch sich strafmildernd auswirken solle, hatte sie gefragt. Zumindest in diesem Punkt musste Paul ihr zustimmen. Warum sollte es weniger schlimm sein, wenn die jungen Leute Simon im Suff verprügelten statt bei klarem Bewusstsein? Die Schmerzen und Schäden des Opfers waren in beiden Fällen gleich.

Trotz des beißenden Qualms blieben Katrin und Paul in der Nähe der Tür. Katrin wärmte ihre Hände an den Flammen, Paul hielt das Feuer durch sachtes Blasen in Gang, bis es ohne Hilfe auf die Tür übergriff.

»Vergiss nicht, dass du zu den AA gehst, wenn wir's wirklich schaffen.« Paul musste reden, versuchen, die unerträgliche Spannung abzubauen.

Katrin sah zu Boden. Dann wieder hoch. »Und du musst deine Schwester loslassen. Endgültig«, sagte sie zwischen zwei Hustenanfällen. »Ihr Zeug im Netz verscherbeln, der Caritas schenken oder auf den Mond schießen. Hauptsache, du bringst den Kram los. Und dann musst das Zimmer neu einrichten.«

Er wusste, dass sie recht hatte, dachte aber nicht daran, es zuzugeben. Mit jeder Minute, die das Feuer an der Tür nagte, rückte die Freiheit ein winziges Stück näher. Und Paul wusste, dass er, wenn alles klappte, wenn sie es bis hinab in den Ort schafften, *die* Exklusiv-Story seines Lebens schreiben konnte.

Mad Fred würde anständig blechen müssen, wenn er sie in seinem Heile-Alpenwelt-Blättchen sehen wollte.

»Katrin, hast du das Handy vom Boris? Wenn wir draußen sind, sollten wir sofort die Bullen verständigen. Für den Fall, dass die Hanna in der Nähe rumgeistert.« Paul schätzte, dass es in ein paar Minuten Sinn machen würde zu versuchen, das glühend heiße Schloss mit einem Stein aus der Tür zu schlagen.

Sie hustete erneut. »Ist leer.«

»Das Handy?«

»Ich hab den Scheißfilm angeguckt, immer wieder.« Katrin drehte den Kopf zur Seite. »Bis der Akku zusammengebrochen ist.«

Du bist doch erwachsen, hätte Paul am liebsten geschrien. Dir muss klar gewesen sein, dass wir das Handy vielleicht noch gebraucht hätten! Wie idiotisch konnte dieses Mädel eigentlich sein? Und ausgerechnet mit ihr hatte er geschlafen. Er war alles andere als stolz darauf.

Wütend packte er einen Stein und schleuderte ihn gegen das Schloss, obwohl er gerade noch vorgehabt hatte, ein wenig zu warten. Der Stein prallte ab und flog gegen Katrins Bein.

»Au! Hast 'n Rad ab, du Arsch?«

Doch Paul hörte sie nicht. Er starrte auf das Schloss, dessen hinteres Teil aus dem halb verbrannten Holz herausgebrochen war und einen zentimeterbreiten Spalt ins Freie freigab. Die unerwartete Frischluftzufuhr ließ die Flammen höher und heller lodern. Paul hob einen zweiten Stein, um ihn als Hammer zu benützen.

»Mach schnell, schick dich!« Katrin, neben ihm, vergaß ihre Wut. Und Paul schlug zu, so fest er konnte.

KAPITEL 19

Das Schloss hing nur noch am Türrahmen fest. Paul lud den Rucksack auf die Schultern und drückte versuchsweise auf die Tür. Die sich knarrend öffnete.

»Wir sind frei.« Katrins Stimme kippte, ungläubig.

Draußen war Nacht. Eine dunkle Nacht mit leichtem Nieselregen.

»In welche Richtung müssen wir?«, flüsterte Katrin.

Paul hatte keine Ahnung. Aber er wusste, dass sie sich so rasch wie möglich vom Stolleneingang entfernen sollten.

Doch sie waren höchstens ein Dutzend Schritte gelaufen, als sie ein hartes »Stopp!« vernahmen. »Stehenbleiben!« Die Stimme schien aus dem Nichts zu kommen, doch sie traf die beiden Ausbrecher wie ein Schlag. Paul packte Katrins Arm, riss das Mädchen mit sich, rannte blindlings nach rechts in den Wald. Bis er den gedämpften Knall eines Schusses hörte und einen Schmerz im linken Oberschenkel spürte.

Er warf sich zu Boden, wusste, dass er eine Kugel abbekommen hatte, doch sie schien ihn nicht allzu schwer verletzt zu haben. Paul ignorierte den Schmerz, kroch weiter, in ein Dickicht hinein, in dem es fast so dunkel war wie im Stollen. Katrin an seiner Seite atmete schnell und nervös.

Beide hörten Hanna, die ohne sonderliche Eile durch den Wald näher kam.

Sie trägt das Nachtsichtglas, dachte Paul. Deshalb lässt sie sich Zeit. Sie weiß, dass wir kaum etwas sehen und die Gegend nicht kennen. Im Gegensatz zu ihr. Sein Gehirn arbeitete fieberhaft. Katrins Arm streifte seinen, und er spürte, wie das Mädchen zitterte.

»Bleib hier, bis alles ruhig ist. Dann, aber wirklich erst dann, versuchst du, ins Tal zu gelangen. Hilfe zu holen.« Paul hauchte die Worte in Katrins Ohr. »Ich werde die Hanna ablenken, dass sie mir folgt und nicht dir.« Er befürchtete Proteste, Tränen, doch er hatte Katrin unterschätzt. Sie drückte seine Hand zum Zeichen ihres Einverständnisses und kauerte sich dann zwischen zwei Felsen so klein wie möglich zusammen, während Paul sich extrem vorsichtig, um ihr Versteck nicht zu gefährden, erst ein paar Meter seitwärts bewegte. Dann holte er tief Atem, rannte aus dem Dickicht und einen Abhang hinab, wo ihn der Knick des Geländes vor dem Nachtsichtglas verbarg, obwohl das Knacken trockener Äste seine Fluchtrichtung anzeigen würde. Er musste unbedingt verhindern, dass die Almbäuerin merkte, dass sie nur noch einem Opfer folgte statt zweien. So lief er in das nächste unübersichtliche Latschendickicht hinein, schrie auf, als sei er gestürzt. Lauschte für einen Moment und hörte über dem eigenen hämmernden Puls im Ohr, dass nun Hanna rannte. Hinter ihm her. Er konnte sie sogar als schwache Silhouette erkennen. Somit war Katrin in Sicherheit, wenigstens vorerst. Doch er musste ihr einen größeren Abstand zu der Jägerin verschaffen.

Kurz fühlte er nach der Wunde an seinem Bein. Sie blutete ziemlich, und er erwog einen Moment, sie zu verbinden, sagte sich dann jedoch, dass dazu keine Zeit blieb. Vorsichtig streifte er den Rucksack ab; der würde ihn auf der weiteren Flucht lediglich behindern. Anschließend bewegte er sich leise nach rechts, dahin, wo das Gelände wieder anstieg. Katrin sollte ins Tal fliehen, somit musste er die Gegenrichtung einschlagen, auch wenn es schwerfiel, nicht möglichst rasch die Sicherheit der Stadt zu suchen.

Er hob einen Stein vom Boden, schleuderte ihn in einem flachen Bogen schräg den Abhang hinab. Hanna sollte zunächst glauben, dass er dorthin flüchtete. Wenig später, sobald er eine neue Linie gefunden hatte, würde er sie auf seine wahre Spur zurücklocken. Ein lebensgefährliches Spiel. Paul erinnerte sich an Hannas Worte, dass ihr Vater bei der Fremdenlegion gedient und sie zur Scharfschützin ausgebildet hatte. Dann ermahnte er sich, besser an die Taliban in den Bergen Afghanistans zu denken. In unübersichtlichem Gelände hatten einzelne Kämpfer immer eine Chance, den Gegnern zu entkommen.

Wenig später rannte er wieder, schleuderte den nächsten Stein schräg in die Höhe. Er lief nun in einer Felsrinne, die ständig tiefer wurde, und wusste, dass er damit riskierte, in eine Sackgasse zu geraten. Dass er eigentlich versuchen müsste, wieder herauszukommen. Andrerseits gewährte der kleine Canyon durch Felsnasen und Wandüberhänge immer wieder perfekte Deckung. Was wichtig war, weil allmählich der Tag heraufdämmerte, sich alle Konturen von Minute zu Minute besser erkennen ließen. Immerhin hatte es inzwischen aufgehört zu regnen.

Kurz darauf hörte Paul einen Schuss, einen Querschläger, weit hinter sich. Hanna mochte trotz ihres Alters fit genug sein, ihm zu folgen, doch sie musste immer aufs Neue herausfinden, in welche Richtung er sich gerade bewegte. Und das hatte er ihr bisher so schwer wie möglich gemacht. Er duckte sich unter einen Überhang. Nun war es wieder an ihm, die Position der Verfolgerin einzuschätzen. Vermutete sie, dass er sich in der Rinne befand, und hatte aufs Geratewohl gefeuert, um ihn zu einer Reaktion zu veranlassen? Oder hatte sie ihn tatsächlich gesehen? Die zunehmende Helligkeit machte es der Verfolgerin leichter.

Paul fragte sich, ob er doch die nächste Gelegenheit zum Aufstieg nutzen sollte. Und hatte plötzlich eine Idee. Wenn Hanna ihn umbringen wollte, würde er sie zwingen, selbst in die Rinne abzusteigen. Er sammelte ein paar Steine auf, schob sie in die Hosentaschen und seinen schmutzigen Pullover. David gegen den Scharfschützen Goliath. Doch der beste Scharfschütze würde nicht gleichzeitig auf sein Ziel und seinen Weg achten können. Nicht, wenn dieser Weg sich als Steilabfall im Fels präsentierte. Darin lag Davids Chance. Paul verbarg sich in einer Art natürlicher Felsburg, die einen einzigen Zugang hatte. Sollte er Hanna nicht beim Abstieg erwischen, ließe sich die Burg, in der weitere Steine lagen, zumindest einigermaßen verteidigen.

Um Hanna davon zu überzeugen, dass er sich in der Rinne versteckte, warf er eine Handvoll Kiesel gegen die Canyonwand. Und wartete.

Die Almbäuerin agierte vorsichtig. Erst als er schon glaubte, sie habe sein Manöver nicht bemerkt, sah er, wie sich der Lauf ihrer Büchse über den Felsrand schob. Wollte das Weib ihn aus der Ferne erledigen? Er musste sie dazu kriegen, den Abstieg zu wagen, sonst hatte er gegen ihre Scharfschützenfähigkeiten kaum eine Chance. Pauls Magen verkrampfte sich, als ihm klar wurde, dass er sein Versteck verraten musste, um der Verfolgerin den benötigten Anreiz zu bieten. Wenn sein Plan dann nicht funktionierte, wenn er die Frau mit seiner David-Methode nicht zu Fall brachte, sanken seine Chancen, mit dem Leben davonzukommen, auf Null-komma-null-null-ein Prozent. Oder so ähnlich.

Sei's drum. Er hatte das verdammte Katz-und-Maus-Spiel satt. Direkt auf Hanna oder in ihre Richtung werfen durfte er noch nicht; dafür war sie nach wie vor zu weit entfernt. Mit viel Mühe brachte er einen der Steine aus seiner Brustwehr erst zum Wackeln, stieß dann so heftig dagegen, dass der Brocken hinabstürzte, und zog den Kopf ein. Die Schüsse ließen nicht lange auf sich warten. Doch sie konnten Paul in seiner Burg nicht treffen. Glaubte er. Bis ein Querschläger in seine Hüfte schoss und er in Panik aufschrie. Woraufhin eine komplette Salve gegen die Felsen prasselte.

Paul presste sich eng an die steinerne Wand. Und begriff trotz der Schmerzen, dass er sich nun absolut ruhig verhalten musste. Hanna wusste, dass sie ihn getroffen hatte. Bald würde sie sich nähern um festzustellen, ob er bereits tot war oder sie ihn endgültig ausschalten musste. Er biss die Zähne zusammen, kroch in den einzigen Zugang zur Burg. Wo ihm eine Art Schießscharte gestattete, den Rand der Rinne zu beobachten, ohne selbst gesehen zu werden.

Wieder wurde seine Geduld auf eine harte Probe gestellt. Die Hand auf die stark blutende Wunde gepresst, starrte Paul durch den Spalt. Als sich Hannas hohe Gestalt endlich wie eine Statue gegen den Morgenhimmel abzeichnete, als wolle die Frau sich bewusst zeigen, ehe sie sich an den Abstieg wagte, hämmerte sein Herz stärker denn je. Und er konnte nur hoffen, dass die Angst nicht seine Zielfähigkeit beeinträchtigte.

Dann fühlte er auf einmal, wie sich kalte Ruhe in ihm ausbreitete. Es gab kein Zurück. Hanna wusste, dass er in der Burg lag, und würde ihn finden. Und er musste versuchen, schneller zu sein als sie. Er wartete, bis sie eine besonders steile Stelle erreichte, zog sich kurz hoch, schleuderte den bereitgehaltenen Stein und ließ sich sofort wieder fallen.

Er hörte keinen Schrei, doch das Geräusch einer Geröll-lawine. Vorsichtig manövrierte er sich wieder in die Position vor der Schießscharte. Was er sah, ließ ihn, zusammen mit Schmerzen und Blutverlust, fast ohnmächtig werden.

Die Almbäuerin war den Abhang hinabgestürzt, lag reglos. Ihre Waffe konnte er nirgends entdecken; hatte sie sie beim Sturz verloren? Oder lag sie unter ihr? Wendete Hanna den gleichen Trick an wie zuvor er und stellte sich tot? Vielleicht aber war sie auch bloß einen Moment bewusstlos und konnte jederzeit aufwachen. In welchem Fall Paul rasch handeln musste.

Ihm war bewusst, dass sie ihn erschießen würde, falls sie zu sich kam und die Flinte ergreifen konnte. Aber es war unmöglich, jedes Risiko auszuschließen.

Schleier tanzten vor seinen Augen, als er sich mühsam über die Geröllbrocken zog. Bis er in ein paar Metern Entfernung das Gewehr entdeckte. Es musste bei Hannas Sturz von den Felsen abgeprallt sein und war überraschenderweise nicht losgegangen. Paul robbte schneller, obwohl Blutverlust und Schock ihm immer mehr die Kraft raubten. Er hörte ein Stöhnen, begriff, dass Hanna lebte, warf einen panischen Blick zu ihr, doch sie lag weiterhin bewegungslos. Paul packte das Gewehr und fühlte sich erneut der Ohnmacht nahe.

Katrin hatte lange gebraucht, bis sie sich aus dem Unterholz wagte. Jedes Rascheln im Laub bescherte ihr eine Panikattacke, bei jedem Knacken eines Ästchens meinte sie, vor Angst zu sterben.

Und nun stand sie vor einem Hang, der zu steil und felsig war, als dass sie ihn hätte hinunterklettern können. Ich schaff das nicht. Ich komm nie rechtzeitig in den Ort runter, um Paul zu retten. Sie hätte gern geweint, aus Erschöpfung, Verzweiflung und Furcht. Doch irgendwie hatte sie das Gefühl, kein Recht auf Tränen zu haben. Nicht, solange sie es nicht fertigbrachte, Paul Hilfe zu schicken.

Ein Vogel flatterte von einem Baum in den Himmel, und Katrin fuhr zusammen. Was mochte das Tier aufgeschreckt haben? Hatte die Almbäuerin Paul … erledigt und nahm sich jetzt das zweite Opfer vor? Obwohl ihre Knie zitterten, begann Katrin zu rennen, zurück in die Richtung, aus der sie gekommen war. Sie stolperte über Wurzeln und Brombeerranken, lief in tief hängende Äste, die ihr das Gesicht zerkratzten, bis sie völlig außer Atem in ein Moospolster stürzte. Pilzig-modriger Geruch stieg ihr in die Nase. Und als sie endlich durch einen Schleier von Tränen wieder aufsah, entdeckte sie, nur zehn Meter entfernt, eine kräftige Gestalt. Katrin wollte schreien, doch aus ihrem Mund kam kein Laut. Stattdessen wurde ihr so übel, dass sie sich über eine Gruppe Fliegenpilze übergab.

Paul hatte sich ein Stück zurückgeschleppt und die Schusswunde, in der die Kugel noch stecken musste, notdürftig mit seinem Pullover verbunden. Das Gewehr schussbereit, lehnte er mit dem Oberkörper an einem Felsen und behielt die Almbäuerin im Auge, während er den Schalldämpfer von der Waffe entfernte.

Nachdem er gecheckt hatte, dass das Magazin ausreichend Munition enthielt, richtete er das Gewehr auf den Gipfel einer entfernten Fichte und drückte ab. Natürlich war es zu optimistisch zu glauben, Katrin könne bereits im Tal angekommen sein – ihre körperliche Fitness reichte bestimmt nicht für einen schnellen Abstieg – aber einen Versuch war's wert. Vielleicht trieb sich ein Förster oder Wurzelsucher in der Nähe herum, der Paul zu Hilfe kommen würde.

Als er zurück zu Hanna sah, hob sie den Kopf. Obwohl nun er im Besitz der Waffe war, setzte Pauls Herz für einen Schlag aus. Immerhin hatte die Frau bereits kaltblütig mehrere Menschen getötet, während er selbst so etwas höchstens in Computerspielen geschafft hatte. Und sich fragte, ob er es überhaupt fertigbringen würde, die Bäuerin zu erschießen.

»Rühren Sie sich nicht vom Fleck.« Paul richtete die Büchse neu aus, damit sie besser zur Geltung kam. »Sie sind nicht die Einzige, die schießen gelernt hat.« Wobei *gelernt* in seinem Fall übertrieben war. Er hatte ein paarmal auf Tontauben gefeuert und vor mehr als 20 Jahren an Jahrmarktsbuden für Sonja Plastikblumen geschossen. In beiden Fällen war seine Trefferquote nicht üppig ausgefallen. Aber das musste er nicht verraten.

»Bist gerissener, als ich gedacht hab.« Hanna ließ den Kopf sinken, blickte Paul aber weiterhin an.

»Ihr Simon«, sagte Paul, weil ihn die Frage beschäftigte, die ihm bisher niemand beantwortet hatte, »der war nicht tot, als Sie ihn gefunden haben. Warum haben Sie nicht die Rettung gerufen?«

Sie schloss die Augen, als sei sie müde. Als sie sie wieder öffnete, stand der alte Hass darin. »Der Simon hatte 'ne Kopfwunde. Aber ich hab nicht gewusst, dass es so schlimm war. Im Spital hätt er sich gefürchtet. Deshalb hab ich ihn nach Haus gebracht. Meine Schafe, die pflege ich schließlich auch immer selbst gesund.«

»Und dann ist er bei Ihnen auf der Alm gestorben?« Schädelbasisbruch und Hirnblutung, vermutete Paul.

»Er hat mir noch sagen können, wer's war. Auf seine Art halt … Doch in der Nacht ist's ihm immer schlechter gegangen. Und's war Sturm. Das Handy hat nicht funktioniert. Geschüttet hat's wie nur was. Der Weg war aufgeweicht.

Ich hätt den Jungen nicht runterbringen können, nicht im Dunkeln.« Sie räusperte sich, als ob ihr das Sprechen schwer fiele. »Als er dann tot war … hab ich nicht wollen, dass ihn in der Erde die Würmer fressen. Deshalb hab ich ihn am Seil in die Spalte runtergelassen … Bei unserem Lieblingsplatz.« Fiebriger Glanz trat in ihre Augen. »Auch wenn er damals, an der Saalach, nicht sofort tot war: Um'bracht haben s' ihn trotzdem, die versoffenen jungen Sauhund'. Und wenn du nicht gekommen wärst, mit deiner Scheiß-Neugier, hätten s' alle bezahlt dafür, einer nach dem andern.«

»Die Flöte?«

»Sein Lied.« Ihre Stimme wurde sanfter. »Das Einzige, das ich ihm je hab beibringen können. Sein Vater war 'n Zigeuner. Obwohl man's heut nimmer so nennen darf. Als er weitergezogen ist, hat er mir nur die Flöte dagelassen. Und 's Kind im Bauch. Der Simon hat das Lied gern gespielt, war stolz, dass er das konnte.«

Paul nickte. Er merkte, wie er schwächer wurde. Fürchtete, das schwere Gewehr nicht ewig halten zu können, und ließ es auf den Boden neben sich sinken.

»Wo hab ich dich erwischt?«, fragte Hanna.

»Ich denke, das geht Sie nichts an.«

»Und 's Madl? Wo steckt die?«

Er zuckte die Achseln. Hanna versuchte zu lachen, verzog das Gesicht vor Schmerz. Paul vermutete, dass sie sich etwas gebrochen hatte. Wenn er Pech hatte, nur einen Arm, wenn er Glück hatte, den Oberschenkel. Er glaubte nicht, dass sein Stein ihre schwere Verletzung verursacht hatte, denn er hatte sich kaum Zeit zum Zielen nehmen können. Vielleicht hatte er sie nicht einmal richtig getroffen. Möglicherweise war sie einfach vor Schreck aus dem Tritt gekommen und unglücklich gestürzt. Er hoffte inständig, dass sie nicht aufstehen konnte.

»Ist eh egal«, sagte die Bergbäuerin nach einer langen Pause. »Ist alles egal jetzt.« Ihr Blick glitt in die Ferne. »Jetzt wird keiner mehr dem Simon Blumen zum Grab tragen.«

Hätte sie sich das nicht früher überlegen können? Der Ärger half Paul, nicht das Bewusstsein zu verlieren. Sein Mund war staubtrocken, als hätte er einen Marathon durch die Sahara hinter sich. Ich brauch was zu trinken, dringend, gegen Blutverlust und Schock. Sonst kipp ich hier um. Und dann massakriert sie mich doch noch, und ich liege tot in dieser Scheiß-Rinne, bis der verdammte Kommissar anrückt, oder die Bergrettung.

Die Sonne stieg höher, aber obwohl es wärmer wurde, begann Paul zu frieren. Er verlor zu viel Blut, würde nicht ewig durchhalten können. Er zwang sich, das Gewehr zu nehmen. Das alpine Notsignal bestand aus sechs optischen oder akustischen Zeichen in kurzen Abständen, aber so viele Patronen durfte er nicht vergeuden. Ein einzelner Schuss würde wieder reichen müssen. Er feuerte ihn ab, ohne Hanna aus den Augen zu lassen.

»Mich brauchen s' nimmer mitnehmen, die von der Polizei …« Fast schien es, als errate sie seine Sorgen und bemühe sich, sie zu zerstreuen.

»Sind Sie schwer verletzt?« Er hatte keine Ahnung, ob er eine ehrliche Antwort erhalten würde, aber das Reden lenkte von der quälenden Langsamkeit ab, mit der die Zeit dahin schlich.

»Der Haxen ist gebrochen.«

Wenn das stimmte, konnte sie ihn wenigstens nicht mehr schnell attackieren. *Wenn.* Paul hätte sich gern bequemer hingesetzt, ein Eck des Felsens drückte in seinen Rücken, aber er fürchtete, durch die Bewegung stärker zu bluten.

Und endlich hörte er das Tuckern. Weiter weg erst, dann näher. Paul schwenkte das Gewehr, als der Helikopter in Sicht kam, und blickte zum Himmel, der mittlerweile so hell war, dass es in den Augen schmerzte. Für den Moment war seine Aufmerksamkeit abgelenkt, und als er wieder zurück zu Hanna sah, schien ihm, als würde sein Blut in den Adern stocken. Ihre Hand hielt ein Messer. Ein Schäfermesser, das in der Sonne aufblitzte, als giere es nach Blut.

Seine Kräfte schwanden schnell, aber er umklammerte die Büchse. Die Welt verschwamm vor seinen Augen. Er konnte Hanna nicht mehr klar sehen. Das Tuckern wich einem Rauschen in seinen Ohren. Scheiße, ich werde ohnmächtig. Er kniff sich so fest ins Bein, dass es wehtat.

Schließlich Stimmen. Die sich näherten. Wie durch Nebel sah Paul orangerote Sicherheitswesten.

»Der Leonberger. Da haben wir ihn ja gefunden.« Porant. Die Stimme so gemütlich wie zum Sonntagsausflug. Paul mühte sich, seinen Blick zu fokussieren, doch das breite Gesicht des Kommissars tanzte wie ein beschwipster Mond vor seinen Augen.

Erst im Hubschrauber, als die Infusion zu wirken begann, fiel Paul auf, dass man ihm das Gewehr abgenommen hatte. Obwohl er es nicht mehr brauchte, fühlte er sich ohne die Waffe seltsam hilflos. Und ärgerte sich über Porants zufriedenes Grinsen.

»Wenn ich nicht wüsste, dass es Beamtenbeleidigung ist«, würgte er mühsam heraus, »würd ich Sie einen verdammten Lahmarsch nennen, dafür, dass Sie so spät gekommen sind.«

»Seien S' froh, dass die Wurzelgraber so früh aufstehen. Und einer von denen statt Enzian die Matieser-Tochter gefunden hat. Das Mädel ist völlig aufgelöst im Wald gehockt, und als sie ihre Geschichte erzählt hat, hat der Mann erst gemeint, sie wär blau.«

Katrin war okay. Wenigstens sie. Paul schloss kurz die Augen.

»Die Hanna?« Er musste es wissen, doch Porant breitete die Hände aus, um anzudeuten, dass er dazu nichts sagen konnte und durfte.

EPILOG

Mit der neuen Elektrosäge verwandelten sich die alten Möbel blitzschnell in handliche Stücke, die sich problemlos in die vor dem Haus wartenden Container werfen ließen. Hätte ich früher gewusst, dass das Zerstören toter Gegenstände solche Befriedigung gewährt, wäre ich Sprengmeister geworden, sagte sich Paul belustigt. Obwohl Hüfte und Bein noch schmerzten, arbeitete er in seiner freien Zeit fast ohne Pausen daran, das Haus seiner Eltern zu entrümpeln. Im Vorfeld der Kernsanierung, die dem alten Gemäuer endgültig die letzten Geister austreiben würde.

Sonjas Mädchenzimmer hatte er sich als Erstes vorgenommen und festgestellt, dass er sich tatsächlich freier fühlte, als die Schulbücher, Möbel und Kleidungsstücke seiner Schwester Stück für Stück in den Müll wanderten. Nur einem azurblauen Top, das Katrin besonders gut gefallen hatte, blieb dieses Schicksal erspart. Paul hatte es in einen großen Briefumschlag gesteckt und an die Klinik geschickt, in der Katrin lernte, eine Zukunft ohne Alk zu planen. Katrin hatte ihre eigenen Geister zu bekämpfen. Eva und Quirin, die in Untersuchungshaft saßen, erwähnte sie in ihren Mails kaum, aber Paul wusste, dass sie mit beiden in Kontakt stand. Vor wenigen Tagen jedoch hatte sie zum ersten Mal etwas wirklich Positives geschrieben, nämlich dass sie in acht Wochen ein Praktikum in einem Reisebüro antreten würde. Und hoffte, somit irgendwann tatsächlich nach Lanzarote fliegen zu können.

Das Klingeln des Handys riss Paul aus seinen Gedanken. »Ja?«

»Die Leut sagen, dass du mein Haus abreißt.«

»Erstens ist's nicht mehr dein Haus, und zweitens reiße ich es nicht ab, sondern will es sanieren.«

»Wozu? Das Haus war gut, wie's war.«

»Vor 100 Jahren vielleicht. Die Elektrik stammt aus der Steinzeit und das Rohrleitungssystem bestenfalls aus dem Mittelalter.« Trotz der ständigen Quengeleien des Vaters hatte sich Pauls Verhältnis zu dem alten Mann ein winziges bisschen entspannt. Seit Paul in den Augen des Ortes nicht mehr als Mädchenmörder, sondern als Held vom Berg galt, sonnte sich der Vater im Abglanz des Ruhms. Und erzählte jedem, der sie hören oder auch nicht hören wollte, seine eigene, nicht immer an den Fakten orientierte Version von den Almmorden. Und davon, wie Hanna sich vor den Augen des Kommissars das Messer ins Herz gerammt hatte.

Paul selbst ignorierte das Gerede im Ort lieber. Mad Fred hatte ihm fast ohne Murren eine astronomische Summe für den Exklusivbericht überwiesen, die für die Renovierung gerade recht kam. Mehr brauchte Paul nicht. Nicht im Moment jedenfalls.

Das Flechtarmband des toten Bastian hatte er eines Nachts auf den Friedhof getragen und an einer unauffälligen Stelle an Ninas Grab in der Erde versenkt. Er hoffte, damit im Sinn der beiden jungen Leute gehandelt zu haben …

»Herr Leonberger?«

Paul drückte das Gespräch mit dem Vater weg. Der Mann neben dem Container war groß und schlank mit schütterem Haar und kam ihm vage bekannt vor. Wo mochte er ihm begegnet sein?

»Ich bin einer der Sanitäter, die sich um Frau Krenmayer gekümmert hatten. In ihren letzten Minuten.« Der Mann bemerkte Pauls Unsicherheit und stellte sich als Martin Winklmoorer vor.

Paul bat ihn ins Wohnzimmer, in dem ebenfalls bereits Spuren seiner Zerstörungswut zu erkennen waren. Den Barschrank hatte er mit der Axt zerlegt, die kitschigen Bilder verbrannt.

»Die Frau Krenmayer hat kurz vor ihrem Tod etwas gesagt … Die Polizei meint, für den Fall sei's nicht wichtig. Es scheint eher, als habe sie *Ihnen* eine Botschaft hinterlassen wollen.«

»Hanna Krenmayer?« Paul überrann es kalt. Was wollte die Frau nach ihrem Tod noch von ihm? Dass er auf harte Strafen für diejenigen drängte, die den Tod ihres Sohnes verschuldeten?

»Ich weiß nicht, was sie damit meinte. Ich sag's Ihnen einfach, wie ich's verstanden hab.« Der Sanitäter sprach behutsam, wie zu einem Kranken.

Paul nickte. Und sehnte sich an seine Säge zurück. Zu klaren, sauberen Schnitten.

»Sagen S' dem Paul, der Jakob hat schon immer gern mit dem Feuer gespielt. Genau so hab ich's verstanden.« Erwartungsvoll blickte der Sanitäter zu Paul. Der sich mit einem Mal schwindlig fühlte.

»Wissen Sie, was sie meinte?«

Stumm schüttelte Paul den Kopf. Ein gelogenes Kopfschütteln.

Er hatte nicht zum Thumsee-Sommerfest fahren wollen, tat es trotzdem. Allerdings erst kurz bevor das Feuerwerk beginnen würde.

Am Seeufer drängten sich die Leute dicht an dicht. Paul

stieg ein Stück den Hang hinauf, was nicht viel nützte, da zahlreiche andere Besucher den gleichen Einfall gehabt hatten. Erst nach längerer Zeit fand er einen Platz, bei dem Büsche die Sicht auf den See einschränkten, der aber genau deshalb nicht allzu sehr von Schaulustigen belagert war. Paul warf seine Jacke auf den Boden, setzte sich und sah zu den ersten Sternen am Himmel, die in Kürze künstliche Konkurrenz erhalten würden.

Was hatte Hanna gewusst? Hatte sie vor Jahren etwas beobachtet? Den jungen Jakob beim Zündeln erwischt? Und woher wusste sie von dem Brand in Pauls Haus? Hatte sie das Feuer gesehen, als sie nachts herumstreifte, um die Clique zu beobachten? Es war die wahrscheinlichste Erklärung; Gewissheit würde es jedoch nie geben, viele Fragen würden offen bleiben. Und plötzlich fiel Paul die Bemerkung des Vaters ein, dass der dicke Jakob schon früher einmal in Verruf geraten war.

Erinnerungen stiegen in Paul auf, schneller und schneller. Sonja hatte zu ihrer Großmutter gewollt, die ausgerechnet an jenem Tag eine Bekannte in Berchtesgaden besuchte. Als Sonja merkte, dass die Oma nicht da war, hatte sie vermutlich keine Lust verspürt, gleich nach Hause zu gehen. Und war, wo immer sie dann herumlief, ihrem Mörder begegnet.

Ein Knall ließ Paul zusammenzucken. Die ersten Raketen setzten ihre leuchtende Pracht frei. Nun ging es Schlag auf Schlag, bunte Sterne stahlen den natürlichen Himmelslichtern die Show. Paul stützte den Kopf in die Hände, zu aufgewühlt, um sich an dem aufwendigen Feuerwerk zu erfreuen.

Als er wieder aufsah, erhellte eine Kaskade von Lichteffekten den Hang. Pauls Herz begann zu rasen, als er erkannte, wer wenige Meter unterhalb von ihm saß, eine

Bierflasche in der Linken. Der Saalach-Wirt. Der Spanner, den Katrin und Eva erpresst hatten.

Der Mann, der zur gleichen Zeit wie Paul und Sonja jung gewesen war. Hatte er schon damals heimlich hinter den Mädchen her spioniert? Wie hatte er reagiert, wenn ihn eins seiner Opfer bemerkte und ausrastete? Sonja war eine fröhliche 15-Jährige gewesen. Aber wenn sie einen ihrer seltenen Wutanfälle bekam, war es äußerst schwierig gewesen, sie zum Schweigen zu bringen.

Jakob drehte sich um, hob die Rechte zu einem lustlosen Gruß. Neben ihm steckte eine Fackel in der Erde. Eine Gartenfackel mit rotem Stiel, wie sie halb verbrannt im Schlafzimmer von Pauls Eltern lag. Paul erwiderte Jakobs Geste nicht, stand auf und blickte in die andere Richtung.

Hatte tatsächlich der Saalachwirt Pauls Haus angezündet? Gehofft, dass der Journalist in dem Feuer umkam? Weil Jakob begriffen hatte, dass Paul der Mord an Nina allzu schmerzlich an seine Schwester erinnerte? War der Dicke dadurch in Panik geraten und hatte in einer Kurzschlussreaktion versucht, den letzten Menschen aus dem Weg zu räumen, der ein Interesse daran hatte, den Mord an Sonja aufzuklären? Paul fragte sich, ob sich diese Hypothesen je würden beweisen lassen.

Über dem See erreichte das Feuerwerk seinen Höhepunkt: Rakete um Rakete schoss in die Nacht hinauf. Unter dem brennenden Himmel stieg Paul den Hang hinab und beschloss, am nächsten Tag Blumen auf Hannas Grab zu stellen. Einen bunten Strauß Wiesenblumen.

ENDE

ANMERKUNG

Die in diesem Buch geschilderten Figuren und Ereignisse sind reine Erfindung, ebenso wie die »Saalach-Bar«, das Seniorenheim »Rosenpark«, das Polizeipräsidium und die Zeitung »Reichenhall heute«.

In der realen Welt ist Bad Reichenhall eine wunderbare Stadt, in der die Polizei hervorragende Arbeit leistet.

Quelle: Die Watzmann-Legende findet sich in dem Buch »Sagen und Legenden um das Berchtesgadener Land«, G. Schinzel-Penth, Ambro Lacus Buch- und Bildverlag, 5. Auflage, 2008.

Weitere Titel finden Sie auf den folgenden Seiten und im Internet:

WWW.GMEINER-SPANNUNG.DE

Journalist Paul Leonberger ermittelt:

1. Fall: Watzmanns Erben
ISBN 978-3-8392-2051-1

2. Fall: Der Watzmann und der Tod
ISBN 978-3-8392-2297-3

SPANNUNG

GMEINER

WWW.GMEINER-VERLAG.DE
Wir machen's spannend

Caroline Sendele
Chiemgau-Schweigen
Kriminalroman
320 Seiten, 12,5 x 20,5 cm,
Broschur
ISBN 978-3-8392-0674-4

Filmstar Sanna Schweigart fühlt sich nach einem
umstrittenen Talkshow-Auftritt in München bedroht. Sie zieht die renommierte Journalistin Katharina
Langenfels ins Vertrauen und kündigt eine Auszeit an.
Der Rückzugsort, eine einsame Hütte im Chiemgau,
bleibt geheim. Dort angekommen findet Schweigart keine Ruhe. Ist ihr jemand gefolgt? Katharina
wartet vergeblich auf ein Lebenszeichen der Schauspielerin. Dann wird ein Toter aus Sannas Umfeld
gefunden. Schwebt die Schauspielerin in Gefahr?

GMEINER SPANNUNG

WWW.GMEINER-VERLAG.DE
Wir machen's spannend